# MELODÍA DE LUZ

# MOIRA BUFFINI

# MELODÍA DE LUZ

TRILOGÍA DE LA ANTORCHA. LIBRO I

Traducción de
Pilar Ramírez Tello

**GRAN**TRAVESÍA

MELODÍA DE LUZ

Título original: *Songlight*

Todos los derechos reservados a © Moira Buffini, 2024

Publicado por primera vez en inglés con el título de SONGLIGHT
por Faber & Faber Ltd., Londres

Traducción: Pilar Ramírez Tello

Mapa e ilustraciones: © 2024, David Wyatt

D.R. © 2024, Editorial Océano S.L.U.
C/ Calabria, 168-174 - Escalera B - Entlo. 2ª
08015 Barcelona, España
www.oceano.com

D.R. © 2024, Editorial Océano de México, S.A. de C.V.
Guillermo Barroso 17-5, Col. Industrial Las Armas
Tlalnepantla de Baz, 54080, Estado de México

Primera edición: 2024

ISBN: 978-84-129087-4-9 (Océano España)
ISBN: 978-607-557-915-3 (Océano México)
Depósito legal: B 22278-2024

Reservados todos los derechos. Ninguna parte de esta publicación
puede ser reproducida, almacenada o transmitida por ningún medio
sin permiso del editor. Cualquier forma de reproducción, distribución,
comunicación pública o transformación de esta obra sólo puede
ser realizada con la autorización de sus titulares, salvo excepción
prevista por la ley. Diríjase a CEDRO (Centro Español de Derechos
Reprográficos, www.cedro.org) si necesita fotocopiar o escanear
algún fragmento de esta obra.

IMPRESO EN ESPAÑA / *PRINTED IN SPAIN*

9005882011224

*Para Midie*

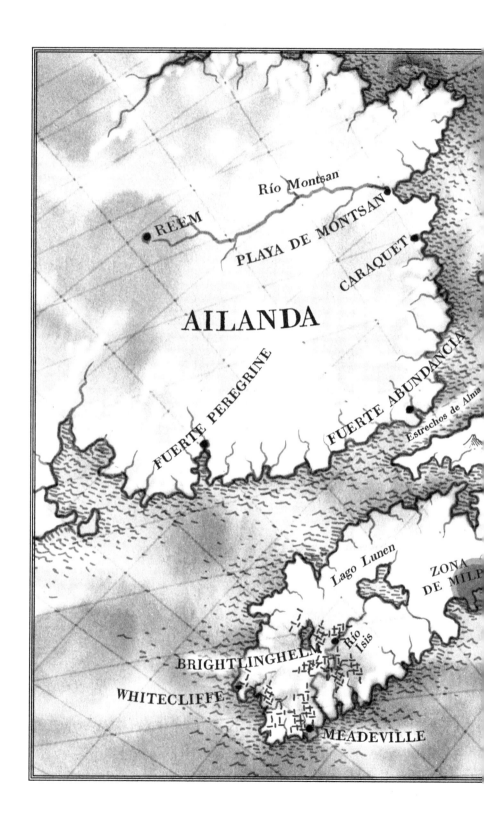

Siempre en pos del equilibrio,
concédenos sabiduría
para guiarnos en la creación.

Antigua plegaria a Gala.
Fragmento del *Libro del Infortunio*.

# PRÓLOGO

# KAIRA

Voy a salir de mi dormitorio por última vez. No puedo llevarme nada conmigo, ya que se supone que es un día de compras normal. Me pongo el abrigo. Llevo años sin cambiarlo, y me avergüenza que me asomen los brazos, tan largos, por las mangas, como las suaves garras de un polluelo. Me miro en mi espejito. Después de hoy, no volveré a hacerlo. Tengo diecisiete años, aunque nadie lo diría. Soy pequeña para mi edad, la enfermedad me ha dejado en los huesos y sigo plana como una tabla. Las gafas gruesas no ayudan. No me atrevo a pensar en lo que estoy a punto de hacer. El corazón me late con fuerza contra las costillas.

«Deja de pensar —me digo—. Vete ya». Cierro la puerta del cuarto al salir.

Me llega el olor a col y jamón. En la cocina, mi última madre está cocinando. Me consuela pensar que no tendré que probar de nuevo su pastosa comida.

—Me voy al mercado —aviso.

Ishbella levanta la vista. Cuando llegó a nuestra casa era elegante, lucía vestidos tiesos con pliegues afilados como cuchillas y siempre se pintaba los labios de rojo. Ahora parece cansada y gastada, y todo lo que digo le chirría como una uña en una pizarra.

—¿Qué pasa con las botas de tu padre? —pregunta.

—Ya he terminado —sonrío, y señalo un par de botas militares relucientes.

—Tráeme una lata de pasta de pollo —dice.

—No —respondo para mí. Y me voy.

El aire fresco me golpea. Es embriagador. El viento sopla a mi alrededor de camino al mercado, aunque ése no es mi destino. Voy a escapar.

Envío una fronda mental al aire, como me ha enseñado Cassandra. Una única nota solitaria de melodía de luz enviada con suma precisión. Noto que toca su espíritu.

—Estoy de camino —le digo.

Siento que la presencia de Cassandra se ilumina al dejarme entrar en su consciencia. Por un momento, veo el mundo a través de sus ojos. Está saliendo del trabajo, camina por el pasillo hacia la entrada del hospital. Pasa junto a un médico veterano y lo saluda con la cabeza.

—Buenas noches, enfermera —le oigo decir.

Cassandra sale del edificio. Camina con elegancia, con un paso ligero y ágil, muy distinto al de mi cojera. Cuando estoy con ella en la melodía de luz, siento una felicidad tan repentina e intensa que me resulta casi doloroso. Bañarme en su luz… Es como vivir el perfecto día de verano.

Cuando estaba en el hospital, Cassandra fue la enfermera que me salvó la vida. Percibió mi melodía antes de que yo me atreviera a darle nombre.

«Sabes lo que eres, ¿verdad?», me preguntó sin usar la voz, aunque la oí perfectamente. Contesté del mismo modo.

«Una inhumana».

«No —contestó ella—. No uses nunca esa palabra. Eres una antorcha».

Ahora veo los charcos de luz de la explanada delante de ella. Las grandes turbinas de la ciudad giran con la brisa y se alzan sobre ella como un bosque de metal.

—¿Recuerdas cuál es el punto de encuentro? —pregunta.

—Sí, estoy lista.

Percibe que tengo el pulso acelerado, mi inquietud.

—La libertad no es fácil. Es peligrosa. Pero es lo correcto.

—¿Adónde iremos? —pregunto.

—Es mejor que no lo sepas. No tengas miedo, pajarito.

—No lo tengo.

Desearía que no me llamara «pajarito». Sé que lo hace por seguridad, que no debemos decir nuestro otro nombre, ni siquiera en la melodía de luz, por si alguna sirena está escuchando. Pero ese «pajarito» me hace sentir como si fuera una niña, como si tuviera que cuidarme.

Ante mí se alza la estación de tranvía, construida al imponente estilo de los Hermanos. Subo despacio al andén, poniendo cuidado en cada paso. Empiezo a cansarme, así que me paro a recuperar el aliento. Cada día estoy más fuerte, pero la fiebre consuntiva ha dejado huella: me canso muy deprisa y tengo la pierna derecha un poco más flaca que la izquierda. Algunos días me duele tanto que necesito bastón. Sin embargo, tengo más suerte que otros. Al menos, he sobrevivido.

El andén está abarrotado, hay ciudadanos a ambos lados de las vías. Intento no mirar al inquisidor que está en lo alto de la escalera, con su uniforme oscuro. Paso junto a él intentando parecer lo más sumisa posible y recorro el andén. Por fin veo que llega Cassandra. Ella también pasa junto al inquisidor y me guiña un ojo. Siento una alegría reluciente. Lo cierto es que seguiría a Cassandra hasta el fin del mundo.

Pienso en los días que pasaré a su lado, y esa luz se convierte en un resplandor que me calienta y me inspira valor. Ya no estoy inquieta.

Voy a ser libre.

De repente, pienso en mi padre y me siento un poco mal, pero el esfuerzo de ocultar quién soy es ya insoportable. Soy consciente de que mi secreto habría salido a la luz tarde o temprano, y de que mi padre habría sufrido una agonía por tener que destruirme. No puedo ser la hija que desea.

Cassandra permanece apartada, como si fuéramos desconocidas que esperan el tranvía. No tendré miedo. No albergaré dudas. Pretendo ser merecedora de su amistad y su cuidado. Me permito mirarla un instante, mientras el alma entera me brilla de amor y gratitud.

Y, entonces, sucede.

Veo que algo parpadea en la atmósfera, a su lado. Una figura masculina la mira. Atisbo a un hombre que lleva un traje barato y un sombrero para taparse la cabeza afeitada. Es uno de los nuestros, una antorcha a la que han capturado y que ahora, a cambio de su vida, usa su melodía de luz para atrapar a otras.

Es una sirena. Y tiene a mi bella Cassandra en el punto de mira.

# PRIMERA PARTE

# 1

# ELSA

Sé que hay algo en la trampa para langostas antes de empezar a subirla. Ahí abajo, en el lecho marino, percibo a la criatura que he atrapado. Se ha comido el cebo y ha intentado escapar de todas las formas posibles, pero sus enormes pinzas no han sido más que un obstáculo. Hago lo que haría cualquier pescador que se precie y me concentro en que Northaven necesita comer. Los envíos de alimentos desde Brightlinghelm son cada vez menos fiables, y no contamos con buenas tierras de cultivo. En lo alto de los acantilados hay páramos y pantanos, no los campos de trigo verdes y dorados que, según cuentan, tienen en el sur. Los temporales destrozaron nuestra última cosecha. En todo esto pienso mientras tiro de la cuerda para sacar la trampa del lecho arenoso y subir a mi barca a la desdichada criatura.

Adoro el azul fundido del mar y el cielo, la espuma salada, guardar el equilibrio con el balanceo de las olas, el resplandor del sol, que el viento me suba el ánimo hasta alcanzar el cielo. Creo que el agua se me da bien por naturaleza, como a mi padre. Mi hermano Piper es un cadete veterano que entrena para la guerra, así que, cuando murió papá, mamá y yo heredamos la barca. Como viuda, se supone que ella no puede trabajar fuera de la casa, de modo que tuve que aprender yo misma el oficio durante esos días tan oscuros, después de la muerte de mi padre. Él sabía que a mí me gustaba el mar. Creo que lo llevo en la sangre. A él le gustaba el agua. Me llevaba con él cuando yo apenas sabía caminar. Se movía por la barca, sonriente, y me enseñaba las maravillas del mar. Me gustan tanto las olas en movimiento que, cuando bajo a tierra firme, me siento pesada y perdida.

Miro la langosta: una hembra enorme. Veo sus sacos llenos de huevos, guardados a buen recaudo bajo el vientre. Admiro su armadura de color negro azulado y sus ojos sobrenaturales. Cuando empiezo a abrir la trampa, me doy cuenta de que no estoy sola.

Sonrío, encantada, y me recorre un escalofrío de emoción. Rye Tern ha venido.

—¿Cómo va la pesca? —pregunta.

Lo veo o, más bien, lo percibo, en realidad. La melodía de luz no se puede describir con palabras. Rye está conmigo, pero no lo está. Lo veo, pero no lo veo. Está aquí en todos los sentidos, pero sólo lo percibo con el sexto. Se ha apoyado en una fregona y lleva la camisa arremangada. Estará en algún lugar de los barracones, aunque, para mí, es como si estuviera en la popa. El sol brilla a través de él, pero, al aferrarse a nuestras mentes, se vuelve más sólido.

—Estábamos desfilando y vi tu barca, así que conseguí que me pusieran un castigo para poder venir.

Blande la fregona. Su forma de sonreír ante las calamidades hace que me dé un vuelco el corazón.

—Idiota imprudente…

Me vuelvo hacia mi trabajo y contemplo la langosta. Rye se acerca.

—Se te parece un poco.

—Yo estoy mejor defendida —respondo, y me derrito con su sonrisa.

Su luz está aún más cerca. Contra Rye, no tengo defensa alguna.

—Lleva sacos de huevos —le digo—. Así que tiene que volver al mar.

Me inclino sobre la borda y dejo que la reina de las langostas se sumerja en el agua. La vemos desaparecer bajo el azul. Su libertad me alegra.

Rye se pasa por mi barca siempre que puede. Es el único lugar en el que nos sentimos seguros, donde no tenemos que ocultar nuestro amor. Aquí podemos dejarnos llevar por el aire, volando juntos como gaviotas... o escuchar las profundidades. Sabemos cuándo vienen los arenques; percibimos su deslizar fluido y los oímos cantar la misma nota. A veces hay atunes de aletas amarillas que nadan bajo nosotros, veloces como estrellas fugaces. Y siempre hay medusas flotando en bancos sin rumbo, como las almas de los muertos.

Ahora mismo, sólo soy consciente de su melodía de luz, de su presencia a mi lado. El deseo me retuerce las entrañas al recordar la última vez que lo toqué de verdad. Cuando caía la noche, alguien llamó a la ventana de mi dormitorio. Rye estaba en nuestro jardín, vulnerable, con la chaqueta desgarrada tras una pelea con su padre. Atesoro esa imagen suya. Me viene a la cabeza una y otra vez: la luz de la luna sobre su piel, el dolor que percibía en su interior... Salí por la ventana y él me abrazó. Lo sujeté con fuerza, sin querer hablar, y la intensidad de su cuerpo me robó el aliento. Su olor, sus brazos de hierro, sus labios en mi cuello... No hay nada en la melodía de luz que pueda compararse.

Juntos bajamos a la playa de Bailey y nadamos. Nos tumbamos en la arena, bajo las estrellas. Temerarios, no hicimos caso de normas ni de restricciones. Al pensarlo ahora, al recordar ese momento de unión en cuerpo y alma, lo deseo de nuevo. Quiero olerlo, besarlo, explorarlo con las manos. Rye se da cuenta de lo que tengo en la cabeza, porque percibo su anhelo en cada aliento.

Lo que hemos hecho está prohibido. Según los *Himnos de la pureza*, que debemos aprendernos de memoria, me han mancillado. Pero ¿cómo puede algo así ser un delito? No somos traidores sexuales; somos Elsa y Rye.

—Tengo que verte —le susurro.

—Lo sé. Esto no puede seguir así. Tenemos que estar juntos.

—Reúnete conmigo —le pido—. En la playa de Bailey. Esta noche. En persona.

—Es peligroso.

—Lo sé.

Nuestra melodía de luz es una aguda nota de deseo. Quiero sentir sus labios en los míos, su vientre contra mí, mis piernas a su alrededor. Mantenemos esa nota, con el deseo patente en nuestro aliento, hasta que el océano entero parece cantar con nuestra melodía.

Entonces noto que vuelve la vista atrás. Por un segundo veo el mundo a través de sus ojos: está en la cantina, fregando el suelo, y oigo pasos pesados que se le acercan.

—Viene alguien —dice.

Al instante, su calor y su energía se desvanecen. Se ha ido, dejándome turbada.

El sonido que me rodea cambia. Ahora soy consciente de la brisa, del agua que lame los laterales de la barca. Odio cuando do Rye desaparece de repente.

Recojo las redes y me vuelvo hacia Northaven. Allí, nadie quiere mi melodía de luz, así que la mantengo encerrada tras los pulmones, la empujo hacia piernas y brazos, y la oculto bajo las uñas. Si en nuestro pueblo hay más personas con melodía, deben de mantenerla muy bien escondida. Por lo que sé, sólo estamos Rye y yo. En Northaven, ese don es una carga; es traición. De vez en cuando, percibo una nota en el aire, como los colores de un telar, o un suspiro, como agua que se cuela por un desagüe, o guirnaldas mentales que cuelgan como el crepitar del fuego. Y, entonces, la persona que las canta se da cuenta y, de repente, cuesta respirar. Conozco la sensación. Cuando el gran hermano Peregrine subió al poder, en la época en la que mi madre era niña, hubo una matanza de inhumanos. Cerraron con llave nuestro templo a Gala. A todos los que tenían melodía de luz les colocaron una banda de plomo en torno a la cabeza y se los llevaron a Brightlinghelm para servir de esclavos. Cada pocos años, un inquisidor viene con su sirena para examinar a la población. La última vez, el inquisidor se llevó a la anciana Ellie Brambling, al señor Roberts y a Seren Young. Era mi primer año como doncella del coro y mi melodía todavía no había surgido por completo.

Antes de que se fuera el inquisidor, nuestros regidores y él nos enseñaron cómo detectar las señales. Si teníamos esa mutación, esa corrupción, pronto sería evidente. Si percibíamos algún indicio de ello, tanto en nosotras como en otros, teníamos obligación de confesarlo. Cuando estábamos solas, ¿sentíamos la presencia de otras personas? ¿Alguna vez habíamos percibido lo que pensaban los demás? ¿Nos había dado la sensación de estar flotando, de estar fuera de nuestro cuerpo? ¿Alguna vez nos había dado la sensación de que nos controlaba la voluntad de otra persona? Si sospechábamos de un inhumano o notábamos una mancha inhumana en nuestra alma, teníamos que dar un paso adelante y hablar. Si éramos sinceras, no nos ocurriría nada. Contendrían nuestra melodía de luz. Podríamos usarla para servir a los Hermanos. «No, gracias», pensaba mientras mi melodía se desarrollaba en toda su plenitud. Noche tras noche me despertaba flotando por encima de mi casa. Estaba fuera, en la barca, y me descubría mirando abajo desde el cielo, sintiendo el canto de los pájaros como si fuera un lenguaje, o viendo el mundo a través de los ojos de las focas que me observaban trabajar. Sentía una conexión muy intensa con todos los seres vivos. Y estaba muy, pero que muy asustada.

Entonces, un día, Rye Tern se presentó en mi barca. Lo conocía de toda la vida, ya que era uno de los amigos de Piper. Se apareció en la melodía mientras yo recogía mis redes. Intenté no prestarle atención; tenía el corazón acelerado por culpa del miedo. «Inhumano. Inhumano».

—Sé que me ves, Elsa.

—Déjame en paz, inhumano...

—Tú también eres inhumana, idiota. ¿Qué vas a hacer? —me preguntó—. ¿Entregarme?

No supe qué decir; una lágrima me recorrió la cara, despacio.

—Es una puta pesadilla, ¿verdad? —preguntó Rye en voz baja.

Asentí con la cabeza.

Durante un tiempo, nos rondamos como gatos, con las uñas fuera, sin atrevernos a confiar el uno en el otro. Sin embargo, suponía un alivio tremendo contar con un amigo. Me había sentido muy sola con mi rareza, muy asustada desde que empezó todo. Era mucho peor que tener el periodo. El dolor y los paños para la sangre no podían compararse con el miedo que se apoderaba de mí cuando la mente empezaba a salírseme del cuerpo. Cuando me di cuenta de que atisbaba lo que se ocultaba bajo los pensamientos de los demás, de que percibía lo que sentían cuando sus palabras decían otra cosa, fue aterrador. Pero Rye y yo compartíamos nuestra otredad. Cada vez que nos encontrábamos era un consuelo. De haber sido más feo que un cardo, es posible que también lo hubiera amado, porque su dolor, su rabia, su dulzura, la forma en que sabe sacarle el lado gracioso a las situaciones más duras... es pura belleza. Aunque el caso es que he visto a Rye Tern pasar de niño a hombre, y no es feo, ni muchísimo menos. Rye Tern es un bombón. Desde las largas pestañas a los impresionantes omóplatos, cada centímetro de su cuerpo me estremece.

En tierra, en persona, nos aseguramos de mantenernos separados. Ni siquiera Piper, mi propio hermano, sabe de nuestra relación. Sin embargo, somos dos canciones unidas. Y existe una palabra para eso.

Armonía.

# 2

# ELSA

Al entrar en el puerto, ya realmente sola, contemplo las sombras de las turbinas eólicas moviéndose como las alas de los dioses sobre nuestros hogares. El pueblo cae por las empinadas laderas que bajan de los páramos, donde las altas torres de los aerogeneradores reciben los vientos costeros. Miro hacia las casas blancas que abrazan la ensenada, cuyas puertas están pintadas con colores alegres. No presto atención al alambre de espino, ni a los emplazamientos de las armas, ni a las torres de vigilancia, para intentar olvidar la fealdad de la guerra.

Northaven gira en torno a su puerto natural. El largo embarcadero con su rompeolas nos protege por un lado, mientras que el promontorio musgoso del otro flanco conduce a la playa de Bailey, de arenas doradas. Más allá, al norte, no hay nada más que páramos y pantanos. Allí sólo viven los pasores. Al oeste y al sur de nuestra gran isla está la Espesura, de donde viene mi madre. Se trata de un bosque infranqueable y montañoso. Sus habitantes viven en tribus nómadas que únicamente salen de allí para comerciar en los mercados. En uno de ellos fue donde mi madre de la Espesura conoció a mi padre pescador. No hay ninguna carretera que atraviese el interior de la isla, así que sólo estamos conectados por mar con nuestra capital, Brightlinghelm. Los cargueros vienen y van a través de los estrechos de Alma, asolados por la guerra; es un viaje de dos días, y, si tenemos suerte, nos traen cereales, además de llevarse nuestra pesca y a nuestros hombres.

Northaven es un pueblo bonito y valiente. Hemos vencido más de una vez a los invasores ailandeses. Sin embargo, al acercarme al puerto, me cuesta más respirar y se me tensan los hombros. Mi casa.

La señora Sweeney me está esperando. Su marido es el práctico del puerto, pero la señora Sweeney es la que hace todo el trabajo. Él está demasiado ocupado aguantando la barra de la taberna, la Ostrera. La mujer está tan azotada por los elementos como la bandera de Brilanda que ondea sobre su hogar. La señora Sweeney suele recibirme con algún insulto de guasa. Le caigo bien, cosa rara entre las regidoras, eso está claro. Estoy esperando una de sus curtidas sonrisas, pero hoy está inquieta.

—Te has metido en un buen lío, Elsa —dice—. El emisario Wheeler está aquí. —Me saca de la barca con sus manos, tan grandes y rojas—. Ha llegado en el carguero de Brightlinghelm.

Miro hacia el más grande de nuestros muelles y veo que están cargando pescado y mariscos en hielo en el barco, mientras las turbinas zumban y el óxido le chorrea de los pernos. Se me cae el alma a los pies. Los emisarios llevan información y edictos a las aldeas. Son nuestro enlace con Brightlinghelm y cuentan con la autoridad de los Hermanos. Aquí, todo el mundo adula al emisario Wheeler, que nunca trae buenas noticias.

—He perdido la noción del tiempo —le digo, consternada.

La melodía de luz está muy en sintonía con las voces humanas corales, así que percibo a nuestro coro, y ese sonido puro me provoca un cosquilleo en la columna. Debería estar allí.

—Yo me ocupo de tu pesca —dice la señora Sweeney—. Corre.

Voy ya por la mitad del muelle cuando me doy cuenta de que llevo conmigo las tres caballas que he reservado para la cena. ¿Debería volver y dejarlas en la barca? Con lo tarde que es ya...

A mi lado hay un largo mural que recorre toda la pared del puerto. Es muy realista, pero corro tan deprisa que los colores se emborronan. Ahí están nuestros valientes con sus uniformes negros y rojos, repeliendo el ataque de una horda enemiga: los ailandeses, desalmados vestidos en turbios tonos azules. Cada vez que los veo siento una punzada de orgullo, ya que odio a los ailandeses más que a nada en este mundo. Esos cabrones salvajes mataron a mi padre.

Subo los escalones medio tropezándome y cruzo la plaza del pueblo. Es el día de la colada, así que las mujeres están frotando las sábanas y las camisas en el lavadero comunitario mientras sus niños juegan. Es como si hubiera mujeres embarazadas allá donde mire. Primeras esposas, segundas esposas, viudas vestidas de gris.

El salón de los regidores, pequeño pero poderoso, está envuelto en banderas y banderolas de Brilanda, en las que se ve nuestra ave de presa, negra y blanca, planeando sobre un fondo rojo. Al acercarme, me llegan las voces de las otras doncellas del coro cantando nuestro himno. He oído tantas veces las palabras y la melodía que las llevo grabadas dentro. Empiezo con mi parte de la armonía antes de llegar a la puerta.

«Brilanda, Brilanda, siempre humana, siempre cierta.

Brilanda, nuestro hogar, nuestra noble tierra anciana,
Los Hermanos nos rehicieron
y nuestra pureza defenderán...».

Empujo las gruesas puertas y corro al interior sin pensar.

«Brilanda, nuestro orgullo, a sus enemigos aniquilará
y los Hermanos saldrán victoriosos
porque luchamos por la libertad...».

La puerta se cierra detrás de mí justo cuando termina el himno, de modo que me encuentro expuesta delante de todos los reunidos. Distingo un breve gesto de rabia en Hoopoe Guinea, la madre del coro. Es la responsable de todas las doncellas de coro casaderas de Northaven. No me cabe duda de que me va a caer un buen rapapolvo. Todos me miran cuando me dirijo a la parte de atrás de la tarima. A un lado veo un revuelo negro de desaprobación: los regidores. Ese abrigo tan lujoso que destaca entre ellos pertenece al emisario Wheeler. No me atrevo a mirarlo a la cara.

Mi amiga, Gailee Roberts, me hace sitio. Después ve las caballas que sostengo y mi cara de angustia. Chaffinch Greening y Tinamou Haines se vuelven para mirarme, como si yo fuera una criatura alienígena. Chaffinch (vestida de rosa, con el pelo esculpido a la perfección) le echa un vistazo desdeñoso a mis botas de pescador. Yo mantengo la vista fija al frente, como si lo que acabo de hacer fuera completamente aceptable.

Wheeler da un paso adelante para examinarnos. Me reserva una mirada de disgusto muy clara. Es alto y proyecta fuerza, pero, cuando abre la boca, tiene una voz aguda y débil.

—Ha llegado el momento de que demostréis vuestra valía como mujeres. Northaven os ha criado en la virtud. Ahora disfrutaréis del privilegio de sacrificar vuestra pureza en el altar del matrimonio...

¿Qué está diciendo? Intento descifrar su grandilocuencia. ¿Matrimonio?

Es como si caminara en sueños. Aunque desde pequeña soy consciente de cuál es nuestro destino, hasta ahora no me había enfrentado a la realidad.

—Los cadetes veteranos se marchan. Poco después regresarán a casa los héroes de Northaven, que tanto tiempo llevan sirviendo al país, con su permiso por matrimonio. Seréis el regalo del pueblo a vuestro esposo y, como tal, debéis servirlo dándole hijos.

No consigo desentrañar lo que dice. «Los cadetes veteranos se marchan». ¿Se refiere a Rye y a Piper? ¿Cuándo se marchan? Miro a Gailee, deseando que me lo traduzca. ¿Nuestros hermanos se marchan? ¿Y un puñado de hombres a los que no vemos desde que éramos diminutas va a llegar a casa para meternos en su cama? Siempre he sabido que sería así, pero lo veía como algo lejano, irreal.

—Por fin... —susurra Chaffinch Greening.

Está tan emocionada que se ha puesto de puntillas. ¿Es que soy la única que está horrorizada?

—Vuestra formación como doncellas de coro ya casi ha terminado —dice el emisario—. Sólo queda que la madre del coro os enseñe los misterios del lecho conyugal.

Mira a Hoopoe Guinea, que nos dedica una sonrisa embarazosa. Nela Lane deja escapar una risita. Uta Malting intenta ocultar su alegría. Tinamou Haines le da un codazo a Chaffinch Greening. Llevan años formándonos para el día de nuestra boda; siempre he creído que me libraría, que me inventaría una razón aceptable para no ser una novia. ¿Cómo voy a casarme con un desconocido? Estoy enamorada de Rye Tern. Todo esto es lo que me da vueltas por la cabeza mientras Wheeler nos observa.

—Sois la esperanza y la belleza de Brilanda. Sois emblemas de la victoria. En los próximos días —añade con voz ronca— se elaborarán las listas. Aquellas que no se entreguen a un hombre como su primera esposa podrán ser elegidas como segunda.

Aprieto los puños, aterrada. Me casaré. Rye se irá.

—Sois el premio que se han ganado nuestros héroes. Debéis dedicarles todos y cada uno de vuestros pensamientos.

Ely Greening da un paso adelante. Es el lamebotas de nuestro alcalde.

—Las doncellas del coro de Northaven están muy bien educadas; de hecho, mi propia hija, Chaffinch, es una de ellas. Puede estar seguro de su lealtad y su devoción.

Siguiendo las indicaciones de su padre, Wheeler mira a Chaffinch. Desde atrás, veo que ella se balancea con aire coqueto, disfrutando de su posición. Wheeler la examina y se nota que la aprueba. Entonces, se fija en mí. Su mirada se detiene un momento. Ve mi vestido manchado de sal marina, el sudor en las axilas, el pelo revuelto y las caballas que llevo en la mano.

—Lo único que lamento es que a una de vosotras le parezca adecuado llegar tarde, cargada con su cena.

—Discúlpate, Elsa Crane —ladra Hoopoe, frustrada.

—Lo siento mucho.

Supongo que debería llamarlo «señor» o «emisario». O balancearme con aire coqueto. Pero lo cierto es que le tengo tanto aprecio como a un charco de meados. Me lanza una mirada asesina, a la espera de algo más.

—Algunas muchachas necesitan mano firme, y espero que la recibas —dice—. No volverás a salir al mar cuando seas esposa.

Es la gota que colma el vaso. Tengo que ver a Rye Tern.

Me escabullo en cuanto nos dan permiso para marcharnos. Al salir del salón, me lleno de aire los pulmones. Gailee Roberts corre a mi lado, siempre leal.

—¿Se te había olvidado que hoy era la inspección?

—Sí.

—Regresa. Haz las paces con Hoopoe Guinea. Dile que tenías el viento en contra.

—He usado esa excusa demasiadas veces.

Chaffinch nos alcanza.

—¿Cómo te atreves a venir al coro apestando a tripas rancias de bacalao?

—Son caballas.

—¿Crees que te van a meter en la lista de primeras esposas si sigues comportándote así?

—Tengo un trabajo, Chaffinch. Salgo todos los días a por comida, mientras que tú tienes la cabeza llena de musgo de turba.

No me doy cuenta de que tengo a Hoopoe Guinea detrás.

—Elsa, el matrimonio es tu primera obligación —entona.

Guardo silencio, abatida. Ha llegado la hora de la verdad y Chaffinch va a disfrutarlo.

—Me has dejado en mal lugar ante el emisario Wheeler.

Has dejado en mal lugar a todas las doncellas del coro.

Hoopoe no me cae mal. Cuando nos dieron la noticia de que mi padre había muerto, fue muy amable conmigo. Desde entonces, no he hecho nada más que decepcionarla.

—Tenía el viento en contra —respondo, avergonzada, aunque no suena muy convincente.

—Sé que tu madre te necesita. Sé que tienes que trabajar. Pero la formación marital siempre debe ser lo primero.

—Lo siento.

—¿Qué pensaría tu padre si viera que te reprenden? ¿Crees que estaría orgulloso?

Niego con la cabeza y clavo la vista en el suelo.

—Gwyn Crane murió cumpliendo con su deber. ¿Cuándo vas a empezar a cumplir con el tuyo?

Eso me ha dolido.

Hoopoe se aleja y las doncellas la siguen. Chaffinch Greening se vuelve para echarme una mirada maliciosa. Gailee es la única que se queda conmigo.

Gailee Roberts nunca será una primera esposa. La única persona que no se da cuenta es ella. Su familia carga con la mácula de la inhumanidad. Cuando se llevaron al señor Roberts a la Casa de las Crisálidas, toda la familia perdió su estatus. A Gailee y sus hermanas les cuesta salir adelante, y su madre trabaja toda la noche haciendo coladas y remendando porque no tiene pensión, como sí ocurre con las viudas de guerra, así que Gailee hace de madre de las pequeñas. Mi amiga no tiene melodía de luz, pero, a veces, me da la impresión de que me lee como un libro abierto.

—¿Quieres que vaya a buscarte esta noche? —me pregunta—. Podemos ir juntas a las prácticas. Todavía no has elegido tu habilidad especial.

—No sirve nada de lo que se me da bien.

—Elsa —me suplica—, podrías ser primera esposa. Tu padre fue un héroe, y eso tiene que darte puntos. —No menciona a su padre—. Me paso después y te ayudo a peinarte.

Ella ya lleva el pelo esculpido en un rígido peinado con trenzas que tiene pinta de aguantar varios días sin moverse. Veo que también ha estado practicando con el maquillaje. Tiene los labios y las mejillas tintados de rojo, y se ha oscurecido los párpados con mano temblorosa.

—También te enseñaré costura, si quieres. Es una habilidad especial muy buena. Y no puede ser muy distinto de remendar redes de pesca...

Debería impresionarme que Gailee albergue tantas esperanzas. Observa a las demás, como Chaffinch o Tinamou, que son carne de primera esposa, e intenta descifrarlas, como si su conducta privilegiada fuera una materia que pudiera aprender. Gailee se me ha pegado porque yo les paro los pies a las demás cuando son crueles con ella. La acosan. Pero, a veces, pierdo la paciencia y yo también le digo alguna crueldad. Me pone de los nervios. Su único objetivo en la vida, al que dedica cada minuto del día, es agradar a los regidores. No se rinde. En parte, se me rompe el corazón por su padre inhumano. Ni una vez hemos hablado de por qué se lo llevaron. El inquisidor y su sirena examinaron a la madre de Gailee y a sus hermanas, pero, al parecer, su padre se había guardado la melodía de luz para sí.

—¿Y qué me dices del baile? —pregunta mientras subimos la colina—. Seguro que sabes bailar. Y esa habilidad especial tiene que gustarles a los hombres. Yo quería elegir el baile, pero Chaffinch me dijo que iba a hacer el ridículo.

—Chaffinch tiene la gracia donde las avispas —le digo, y le ofrezco dos de las caballas—. He pescado éstas para tu madre. En casa tenemos de sobra.

Gailee las acepta con una gratitud tan efusiva que vuelve a irritarme.

# 3

# ELSA

Las sombras son ya alargadas cuando paso por nuestra calle de tiendas, aunque nunca hay mucha gente en ninguna de ellas. La única hora con bastante afluencia es la primera de la mañana, ya que la cola para comprar el pan en la panadería de Malting empieza antes de que salga el sol. Ya ha terminado el trabajo del día en el muelle; todos los barcos de pesca están amarrados y han cerrado la boca del puerto con la barrera. Es por si los ailandeses atacan de noche. No ha sucedido desde que yo era muy pequeña, pero el edicto sigue vigente.

Junto al puerto, dejo atrás la estatua de bronce del gran hermano Peregrine. Es el orgullo del regidor Greening. Recaudó un montón de dinero para erigirla, después de insistirles a todas las familias para que donaran. Nuestro gran hermano contempla con aire sabio el mar, como si viera cómo será nuestro futuro. Debajo hay una inscripción, pero a las chicas no nos enseñan las letras, así que no puedo leerlo. Piper me dijo que rezaba así: «Los humanos prevalecerán», lo que, como es natural, me pone los pelos de punta.

Ya nadie habla de los días anteriores a Peregrine, aunque mi madre me contó que, cuando era pequeña, un ayuntamiento elegido entre todos los ciudadanos, tanto con melodía de luz como sin ella, gobernaba cada ciudad. A esos ayuntamientos, ahora se los llama «camarillas malignas». Se nos enseña que esas camarillas eran mezquinas y corruptas, e intentaban que no progresáramos. El gran hermano Peregrine montó un ejército de ciudadanos, las destruyó y nos unió. Después construyó una gran nación, ayudado por sus diez lugartenientes, los Hermanos. Oímos hablar de ellos en *El discurso diario de la hermana Swan*.

Northaven cuenta ahora con dos radiobinas. Una está en el salón de los regidores, mientras que la otra es propiedad de Ely Greening. Chaffinch la protege con celo, y sólo permite que sus mejores amigas vayan por allí a escuchar *La hora musical de Berney Grebe* y *Soldado de la semana*.

La radiobina es una de las muchas innovaciones de los Hermanos. Dieron inicio a un programa de construcción; nos trajeron la energía de las turbinas y reintrodujeron el uso del dinero. Mi madre me contó que, al principio, la gente se resistía. El dinero era una idea perdida de la época del Pueblo de la Luz y muchos opinaban que no debía recuperarse nada de aquellos días. ¿Acaso no había estado el Pueblo de la Luz a punto de destruirnos? Sin embargo, el gran hermano Peregrine decía que no debíamos descartar sin más algunas de las ideas de la Edad de la Luz. El dinero nos sacaría de la pobreza. Y, efectivamente, Northaven se enriqueció. El puerto tiene su nuevo muro, el salón de los regidores tiene columnas de alabastro y los cargueros ahora zarpan todos los días hacia Brightlinghelm. Por otro lado, la guerra con los ailandeses es una ruina para nuestra nación. Toda la riqueza que teníamos está desapareciendo.

Hay una innovación en la que prefiero no pensar: la Casa de las Crisálidas.

Paso junto al señor Aboa, que lleva del brazo a su primera esposa, en avanzado estado de gestación. Su segunda esposa va detrás; luce un vestido sencillo, a juego con el de la primera, y va metiéndoles prisas a los niños de ambas. Carga con una pesada bolsa de patatas. El señor Aboa es un veterano. Camina con bastón y ya no puede luchar, pero, por lo que veo, lo tiene todo bien atado. Recibe una pensión de los Hermanos y apuesto lo que sea a que nunca mueve ni un dedo. Su segunda esposa parece cansada. Puede que también espere un bebé. La observo y pienso en el futuro que me espera. La guerra. El matrimonio.

Tengo que ver a Rye.

Frente a nuestra casa hay un enorme mural con el retrato de la hermana Swan, la Flor de Brilanda. Mira hacia abajo y tiene los brazos extendidos, como si nos diera su bendición. Se supone que debemos venerarla como el ejemplo perfecto de la feminidad. A mí, personalmente, no me gusta porque tiene aspecto de creída. El estómago me gruñe con ganas, como si mi hambre diera voz a lo que siento.

Me acerco a nuestra casita, con su puerta amarilla, un color elegido en tiempos más felices y que ahora se pela, pálido y desgastado. Dentro, mi madre pica verdura. Curlew Crane, o Curl, como la llamaba mi padre. Tiene el rostro enmarcado por el velo de las viudas. Lo luce desde que él murió, cuando yo tenía diez años.

—Ha venido la señora Sweeney —me dice cuando entro—. Me ha contado que te perdiste el coro.

—No todo. Lo siento.

La palabra se marchita en el aire por exceso de uso.

Mi madre me mira, entre cansada y decepcionada. Dejo en la mesa la caballa que queda para intentar aplacarla.

—¿Sólo eso? —pregunta.

—Le di el resto a Gailee.

No lo desaprueba.

—Bueno, es suficiente.

Echa las verduras a la olla. Tiene la cabeza gacha. Algo la inquieta. Se ha enterado de las noticias...

—Ve a ver a tu hermano —dice en voz baja—. Está en el huerto.

El gran hermano Peregrine nos enseña que los chicos deben apoyarse entre ellos, no en su familia, así que Piper, Rye y los demás cadetes llevan desde los once años viviendo en los barracones. Las visitas a casa suelen ser los domingos, así que es raro que Piper esté por aquí un martes.

Los cadetes se van al frente.

Voy a perder a Rye... y no sé qué hacer.

Observo a Piper un rato antes de que me vea. Está plantando patatas, cubriéndolas de tierra, para asegurarse de que tengamos algo de comer cuando se vaya. Ahora es todo un hombre, musculoso y ágil. Me alegro de ver su fuerza, aunque un buen cuerpo no es garantía de seguridad en la guerra. Y, a diferencia de mí, Piper encaja. Es capitán de cadetes, la graduación más alta de su año. Quiere luchar por Brilanda, como hizo nuestro padre. Me lo imagino dentro de diez años, cuando le llegue el momento de casarse. Estará de pie en la cubierta de un carguero, dirigiendo a los hombres que regresan a casa, orgulloso de haber servido, libre para tomar esposas.

O habrá una lápida con su nombre grabado en una fila ordenada junto a todas las demás lápidas, una hilera tras otra de ellas, allá arriba, al lado de las torres de los aerogeneradores. Mi padre tiene una. «Gwyn Crane», dice, además de la fecha en la que murió. Esas letras sí que sé distinguirlas. Aunque ahí abajo no hay ningún cadáver. «Desaparecido en combate», pone. Durante muchos años, creí que significaba que quizá siguiera vivo, que quizá los ailandeses lo tuvieran encerrado en un campo de prisioneros lejano. Pero Rye me lo aclaró: «desaparecido en combate» es lo que escriben cuando estás tan destrozado que tus compañeros de armas no consiguen encontrar los pedazos.

Al morir mi padre, en casa se hizo el silencio. Éramos muy pequeños cuando se fue a la guerra, pero la esperanza de su regreso era como una luz. Papá era enorme y de buen corazón. El sol sobre el mar era lo que alimentaba su espíritu. Cuando nos dieron la noticia, la pena de mi madre fue como un ola gigante que se alzó poco a poco sobre nosotros. Intentó ocultárnoslo, pero estaba sumergida y se movía por un mundo gris azulado en el que apenas podía respirar. Se esforzó todo lo que pudo por ser fuerte, aunque a veces la veía con los hombros hundidos, mirando con cara de incredulidad su silla vacía. Mamá todavía es guapa (tiene una piel oscura y perfecta, y unos pómulos preciosos), pero sus ojos son como ventanas a lo que ha perdido.

Piper sigue escarbando. Quiero recordarlo así, con ese pelo que no logra domar, con las finas cejas fruncidas, decidido a hacer un buen trabajo.

Se me aparece un recuerdo. Estaba en la playa de Bailey, poco después de la muerte de papá, saltando las olas en un día de viento; al dar el brinco, cada ola se alzaba como una cabeza monstruosa. Luchaba contra ellas en cuerpo y alma, pero, en cierto momento, al ver que ya no tocaba el suelo con los pies, me di cuenta de que me había alejado demasiado. El mar me arrastraba con él. La marea había cambiado y cada ola que se estrellaba contra mí me llevaba más adentro. Piper me oyó gritar, nadó hasta mí y me sacó a rastras, arriesgando la vida. Una vez fuera, me echó la bronca por haber sido tan idiota. Me abracé a él con ganas. Esa sensación, esa sensación de que cada ola que se estrellaba contra mí me alejaba cada vez más de la orilla, de luchar contra una fuerza enorme, eso es lo que siento ahora. Esta guerra es como una marea imparable.

Piper me ve.

—¿Es verdad que van a embarcar a los cadetes? —le pregunto.

—Nos vamos el día de Thal. El barco llega al alba.

Sus palabras flotan en un silencio extraño que no soy capaz de llenar con palabras. Él sigue escarbando en la ordenada hilera de patatas.

Es raro que mi hermano no tenga melodía de luz. Por otro lado, aparte de nuestro aspecto, no tenemos demasiado en común. A Piper le gusta que todo esté en su sitio. Las reglas y las rutinas hacen que se sienta seguro, mientras que a mí me entran ganas de romperlas a patadas. A él le gusta crear cosas con las manos, mientras que yo soy muy patosa. Piper es capaz de convertir un trozo de papel en un cisne. Su antiguo dormitorio está lleno de pájaros de papel y delicados planeadores a escala hechos de cartón y madera tallada. Recuerdo que se sentaba con mamá mientras ella tallaba sus animales, y se ponía a fabricar sus aviones estudiando el panfleto sobre los principios del vuelo que le había dado el sargento. Nunca me dejaba jugar con ellos.

Cuando empezó mi melodía de luz, en el punto culminante de mi desconcierto, no dejaba de intentar comunicarme con Piper, de susurrarle mis notas, de acariciarlo con frondas mentales para ver si me respondía. Nunca lo hizo. Piper siempre ha sido una persona reservada. A veces me da la impresión de que está enfadado conmigo por habérseme ocurrido nacer. Antes de que yo apareciera, tenía a nuestros padres solamente para él. Yo lo aparté de los pechos de mamá, y supongo que siempre he sido la favorita de nuestro padre. Cuando murió, no lo vi llorar. Lo vi temblar de emoción, pero mantuvo las lágrimas encerradas dentro. De un día para otro, asumió el papel del hombre de la familia. Mi madre se esforzó por convencerlo de que siguiera siendo un niño, de que jugara y corriera sin preocupaciones, pero Piper se ocupa de todo él solo. Ahora me mira con sus intensos ojos castaños como si fuera otra de sus cargas.

—Cuando me vaya —dice—, tendrás que ocuparte de mamá.

—Lo haré, ya lo sabes. Y mamá sabe cuidarse sola.

—Asegúrate de estar en la lista de primeras esposas.

—Sabes que no depende de mí.

—Sí que depende de ti. Y lo único que me cuentan es que te comportas con desgana, siempre de mal humor.

—¿Quién te ha dicho eso?

—Conrad Haines.

—Eso es cosa de su horrible hermana, Tinamou. Sabe que no la soporto.

Piper se me acerca. Se ha puesto serio.

—Quiero ser piloto. Sabes que he trabajado mucho para conseguirlo. Si eres segunda esposa, será un golpe para mi prestigio.

Lo miro de reojo.

—Entonces, ¿mi matrimonio sólo sirve para que te beneficies de él?

—Se beneficia toda Brilanda y tú misma. ¿Cómo soportas no ser la mejor? ¿No sientes que papá te está mirando?

Eso me deja de piedra. Por un momento siento la misma presión que siente él, su agotadora obsesión por ser tan bueno como su padre. Me entristece.

—Me esforzaré más.

—Prométemelo.

No quiero prometérselo, ya que mi promesa no será cierta.

—Elsa, prométemelo.

—Te lo prometo.

Piper me da la espalda, se pone la chaqueta y se sacude la tierra de las botas a pisotones.

—Mañana tenemos permiso para comer con la familia. Una comida de despedida. Nos vemos entonces.

Al llegar a la cancela, me dedica una breve sonrisa. Y, después, se marcha.

Cuando entro en casa, mi madre está en su altar. Su diosa es Gala, la Creación, la fuerza vital; Gala, la madre. Todos los templos dedicados a Gala están cerrados desde que el gran hermano Peregrine llegó al poder, ya que muchos de sus sacerdotes y sacerdotisas eran inhumanos, pero sigue estando permitido el culto privado. Gala es la restauradora, la que cura y cultiva, y su paciente trabajo con las cicatrices y toxinas del Pueblo de la Luz está devolviéndole la vida a la Tierra. Al cabo de miles de años, las tormentas han cedido y los grandes desiertos han empezado a menguar. Para mi madre, Gala es la fuerza vital de este planeta.

Ojalá mamá tuviera más hijos que la consolaran, pero Piper y yo fuimos los únicos que pudo soportar. Sufrió una grave enfermedad en ambos embarazos y, aunque sobrevivió a mi parto, su vientre no lo hizo. Por eso no la presionaron para que volviera a casarse. La mayoría de las viudas jóvenes deben casarse de nuevo para seguir engendrando hijos. Ahora, mi madre ayuda a las madres primerizas en el parto. Sin embargo, el tamaño de nuestra diminuta familia es otra de las peculiaridades que nos hace destacar en Northaven. Con razón Piper se esfuerza tanto por encajar.

Mi madre quiere sentarse fuera después de comer, para aprovechar los últimos rayos de sol. Se distrae tallando; se le da bien fabricar cosas. Ve un trozo de madera y es capaz de sacar el animal que lleva dentro. En mi alféizar hay un delfín con la cola envuelta en una espuma marina de nudos. Piper tiene un cervatillo pequeñito. Esta noche, está tallando una garza, pero el trabajo no la consuela.

—Con once años se llevan a nuestro niños a los barracones —dice para quejarse de esa injusticia tan profunda—. Un día o una noche de vez en cuando, eso es lo que nos han dejado ver a Piper desde entonces. ¿Es eso sabio? ¿Apartar a las madres de sus hijos? Los hombres deberían crecer en compañía de mujeres.

—Piper es el mejor cadete que tienen, mamá. Todo el mundo lo dice.

—Eso no quiere decir que no vaya a...

Se reprime y respira hondo. Intento pensar en algo que la consuele.

—Sé que perdimos a papá, pero eso no significa que vayamos a perder a Piper... —Lo estoy empeorando—. He oído que, desde lo de la playa de Montsan, nuestras fuerzas avanzan a buen ritmo...

Mamá esboza una sonrisa irónica, como si yo fuera demasiado joven.

—Cuando Heron Mikane ganó la batalla de la playa de Montsan, dijeron que llegaríamos a Reem con la primera nevada. Eso fue hace dos años. Y Reem sigue en pie...

No soporto esta guerra asfixiante. Maldigo a los ailandeses por todo lo que han hecho. Tengo que ver a Rye. Tengo que estar con él antes de que esta desazón me mate. Aunque sé que es una imprudencia, envió mi melodía de luz como un rayo, en busca de su presencia. Al instante, me percibe y me atrae hacia él, consciente del riesgo. No mantendremos este vínculo por mucho tiempo. Es como si estuviera junto a su residencia, mirando el interior a través de una ventana empañada. Está preparando un macuto con sus compañeros.

—La playa de Bailey —le digo con la melodía—. Ahora.

Rye percibe mi urgencia. Quiere hacerlo. Estará allí. No hace falta que diga nada. Nos separamos.

Estoy en el huerto, de pie, actuando con una calma que no siento. Miro a mi madre, que talla su pájaro.

—¿Por qué no recojo hinojo marino para la cena de mañana? —sugiero—. Como a Piper le encanta...

—Ya se va a hacer de noche.

—Sabe mejor si vas a por él al anochecer. Así recoge el rocío.

Le doy un beso en la mejilla y me marcho antes de que pueda protestar.

Corro por el cabo, que es un promontorio cubierto de hierba y rodeado de rocas y peñascos por sus tres lados. La playa de Bailey está al final. Nunca paso mucho tiempo aquí arriba, porque es donde está el patíbulo.

Al llegar a él, me encuentro con un espectáculo horrendo: dos adúlteros del sur, capturados hace un mes, todavía cuelgan de la horca. Me detengo y noto las rodillas temblorosas al mirar hacia lo que queda del hombre y la mujer que se pudren al viento. Traidores sexuales que huían hacia el norte. Les doy la espalda, aunque la imagen se me queda grabada a fuego en el interior de los ojos. Y, en su lugar, nos veo a Rye y a mí. Las doncellas del coro dicen que este sitio está embrujado, cosa que no dudo. Adúlteros, degenerados, fugitivos y ladrones... Dejan sus cadáveres ahí para que todo el pueblo los vea. Los que tenemos melodía de luz no somos los únicos que tememos por nuestra vida.

Recupero la compostura y bajo por el sendero del acantilado. Unas enormes dunas de arena se alzan para unirse al promontorio. Es donde crece el mejor hinojo marino. Al mirar hacia la playa, veo a Rye a lo lejos, cerca de los acantilados, camino de la otra punta de la playa, procurando mantenerse fuera del alcance de la vista. Se detiene junto a la roca del Cormorán y lanza piedras sobre las olas. Empiezo a recoger hinojo, lo que me da una razón para estar aquí fuera, por si alguien me ve. Después, envío mi melodía de luz para saludarlo.

—Rye.

Me percibe.

—¿Por qué no estás aquí en persona?

Está tan decepcionado que lo dice en voz alta, sin usar su melodía.

—Iba a hacerlo, pero... he visto el patíbulo.

Le enseño la imagen: la pareja colgada, con la ropa hecha harapos y el rostro picoteado por cornejas y azores. Rye lo asimila.

—Deberían acabar con nosotros por lo que le hemos hecho a esa gente —dice—. ¿Qué nos han hecho ellos? Nada. Northaven está maldito, no me cabe duda.

Conozco la ira de Rye. Arde en su interior y sube a la superficie con más frecuencia que la mía. Está enfadado con su padre, con los regidores, con el emisario Wheeler y con los demás hipócritas orgullosos que van por ahí como si fueran los dueños del lugar. Normalmente soy capaz de calmarlo, llevándome su consciencia a uno de nuestros refugios imaginarios. Hemos construido una isla en nuestras ensoñaciones, y en ella vivimos en una cabaña hecha con madera de deriva y tonterías similares. Pero hoy no hay huida mental posible.

—Sé que te envían al frente. Nos lo ha contado Wheeler. Y eso no es todo. Nos ha dicho que los soldados estarán pronto en casa. Se acerca el día de mi boda.

Rye percibe mi desesperación. Yo siento arder las ascuas de su frustración.

—Entonces, nos enfrentamos a una decisión, ¿no?

Asiento con la cabeza. Es una decisión que lleva fraguándose durante mucho tiempo.

—Cuando te obliguen a casarte, ¿cuánto tiempo podrás ocultar lo que eres? —pregunta.

Niego con la cabeza.

—Tendría que convertirme en un fantasma para soportarlo.

—Entonces, hay que huir —dice sin más, de tal manera que hasta suena fácil.

—¿Como la pareja del patíbulo?

—Baja conmigo. Deberíamos irnos ahora, sin vacilar. Treparemos por las rocas mientras la marea esté baja y después cruzaremos los páramos. Estamos lejos de las torres de vigilancia, nadie nos vería.

Mientras lo dice, me doy cuenta de que es algo que lleva todo el día en el fondo de mi mente ¿Qué otra opción tenemos?

—Vamos a arriesgar la vida —le digo.

—La arriesgamos más si nos quedamos… —Deja escapar un suspiro profundo—. Te descubrirán… y yo no quiero morir en una guerra en la que no creo.

Eso me afecta. Nadie odia la guerra más que yo, pero no cabe duda de que hay que lucharla.

—¿Cómo no vas a creer en la guerra? —Él niega con la cabeza—. Rye, los ailandeses son el enemigo. Nos matarían a todos, si pudieran.

—¿Cómo lo sabes? El gran hermano Peregrine ha mentido sobre la melodía de luz. Sabemos que somos humanos, como todo el mundo. Y sabemos que esas personas del patíbulo no hicieron nada malo. ¿Sobre qué más nos mienten los Hermanos? ¿Y si mienten sobre la guerra?

—Los ailandeses mataron a mi padre y a Daniel. Son monstruos.

Una puñalada de dolor le atraviesa el corazón, como ya me imaginaba. La siente cada vez que oye hablar de su hermano. Daniel Tern tenía veintiún años. Les devolvieron su cadáver dentro de un ataúd sellado, lo que venía a significar que el estado de sus restos era demasiado horrible para que nadie lo viera. Cuando pasa el dolor, Rye me mira.

—¿Quién es tu verdadero enemigo? Puede que los ailandeses sean unos salvajes, pero, si los Hermanos descubren lo que somos, nos llevarán a la Casa de las Crisálidas y nos extirparán la melodía de luz del cerebro. A mí, eso me parece más que monstruoso. No debemos luchar contra los ailandeses, sino contra Peregrine y los Hermanos.

Guardo silencio e intento asimilarlo. Es la primera vez que expresa esas ansias de rebelión. Arriba, en el promontorio donde recojo hinojo marino, el suelo parece temblar bajo mis pies. Miro hacia el mar y contengo el aliento. Después, vuelvo a reunirme con él en la playa.

—Rye, nos perseguirán, eso está claro.

—Vamos —me suplica—. Al alba ya estaremos en los Eriales. Podríamos dirigirnos al sur para refugiarnos en la Espesura. Siento un anhelo tan grande que apenas logro soportarlo. Quiero estar con él bajo las estrellas. Quiero ser libre. Estoy a punto de decírselo cuando percibo algo. Puede que me equivoque. Hay algo en el extraño canto de los cormoranes, en el rugir de las olas.

—¿Te han seguido? —le pregunto.

—No.

—¿Estás seguro?

—Sí. —Hace un gesto de impaciencia para señalar la enorme playa vacía—. ¿No crees que tiene que haber más como nosotros, gente que desea que las cosas sean distintas? No todos los que huyen acaban en el patíbulo. He oído que hay personas con melodía de luz escondidas en la Espesura. Podríamos unirnos a ellas...

El corazón se me parte en dos.

—¿Y mi madre? Si me marcho, no tendrá a nadie.

—Si te quiere, se alegrará de que seas libre.

Le veo la pasión en los ojos. Deseo besarlo una y otra vez, dejarme caer con él en la arena y encontrar una armonía distinta. Pero mi mente de marinera no puede evitar ser pragmática.

—Tendremos más oportunidades en mi barca. Si nos vamos ahora, iremos con las manos vacías. Vamos a necesitar comida y dinero para sobrevivir. Reuniré mis ganancias. Y no puede notarse que eres un cadete. Traeré ropa vieja de mi padre.

—¿Cuándo?

—La barrera del puerto ya está colocada. Mañana al anochecer me reuniré allí contigo.

Noto su alivio. Nos abrazamos, unidos en el silencio.

—Mañana al anochecer —me susurra.

Y así queda sellado nuestro pacto.

Al final me aparto de él y, mientras lo acaricio con la melodía de luz, vuelo con las gaviotas.

Me iré con él.

Lucharé con él.

Yaceré con él y seré su esposa.

Viviré con él.

O moriré.

# 4

# RYE

Cuando se va, contemplo el mar. Aunque tengo los pies en la arena, el corazón se encuentra ya en nuestro futuro. Alegría, emoción, me da igual cómo llamarlo: nos marchamos de Northaven. Elsa Crane vendrá conmigo. Su resplandor perdura en todas y cada una de mis células. Elsa. Lanzo una piedra plana sobre la espuma y cuento ocho saltos antes de que se hunda en el mar. Es un récord, incluso para mí, así que lo tomaré como un buen augurio. Ocho. Dejaremos atrás este lugar y seré mejor hombre que mi padre.

Pienso en él ahora, en mi padre, en su hedor a whisky rancio, en ese capullo andrajoso con su traje de regidor que preside todas las noches su taberna. Pienso en mi madre, su segunda esposa, en su vida de penurias y crianza, ocupándose del trabajo sucio. Pienso en cómo la usa mi padre, en cómo le habla. «Mujer, esto; mujer, lo otro; mujer, lléname el vaso». Mi madre debe obedecerlo, incluso cuando está borracho. Y, cuando lo está, se vuelve muy desagradable. Una vez, cuando yo tenía unos siete años, la pelota con la que jugaba le cayó en la cerveza. Me miró y rugió: «Ven aquí, mequetrefe». Y me azotó con el cinturón. Mi padre, Mozen Tern. No seré como él. Me esforzaré para que la vida de Elsa sea mejor con cada día que pase.

Los cormoranes se posan en su roca mientras que yo me vuelvo hacia el pueblo. Tengo que colarme de vuelta en la residencia. Si me descubren, tengo una excusa preparada: diré que he ido a la tumba de mi hermano, sobre los acantilados, para presentarle mis respetos por última vez. Saben que quizá me reúna pronto con el pobre cabrón, así que con eso debería bastar.

Y, entonces, todo cambia.

Una figura elegante e impecable con su uniforme de cadete se me planta delante. Me han seguido.

—Piper.

—He oído lo que has dicho —asegura, pálido—. ¿Con quién hablabas? Has dicho que el hermano Peregrine era el enemigo. Que los Hermanos eran el enemigo. —Me señala—. ¡Inhumano! —Esa acusación me duele como un latigazo. Llevo años temiéndola. Ahora que por fin ha ocurrido, parece irreal—. Inhumano —repite, dolido y traicionado.

Miro a Piper mientras trazo un plan. Se acabó. Tengo que huir ahora, de inmediato. Sin embargo, lo miro a los ojos y, antes de poder moverme, se me echa encima. Es veloz como un rayo y la indignación lo impulsa. Mi traición lo ha enfurecido y es esa rabia lo que irradia, como si fuera calor. Me resisto a su fuerza y lo aparto. Siento que todos esos años de una amistad ahora rota se apoderan de mí. Caemos y aplastamos conchas con nuestro peso. Se retuerce debajo de mí, en el suelo, y seguimos sacudiéndonos como escorpiones, dándole patadas a la arena. Piper es fuerte, pero no tiene mi cuerpo. Es atlético, mientras que yo soy todo músculo… y lucho por mi vida. ¿Qué hago? ¿Lo dejo inconsciente? ¿Lo mato?

Este chico antes era mi mejor amigo. Hemos crecido juntos. Todavía dormimos en la misma litera. Sé cómo suenan sus ronquidos, sé lo mucho que se exige. Lo veo esforzarse todos los días por ser algo que ninguno de nosotros debería ser: un héroe, un héroe en esta guerra vacía, carne de cañón para el campo de batalla.

Lo pongo boca arriba como si fuera un escarabajo.

—No quiero hacerte daño —le digo.

—¡Siempre me has hecho daño! —chilla—. Me apartaste de ti. ¡Y ahora sé por qué! ¡Inhumano!

No le romperé el brazo a este cabrón porque es el hermano de Elsa y mi amigo de la infancia, y porque lo quiero.

—Cuando apareció mi melodía de luz intenté contártelo. Quise contártelo un montón de veces, pero...

Piper me silencia poniéndome un cuchillo en el cuello. Lo suelto al sentir el metal frío contra la piel. Debería haberle roto el puto brazo.

—¿Con quién estabas? —pregunta.

—¡Basta, Piper!

—Te he visto hablar. He oído la mitad de tus planes de cobarde. Eres un desertor. ¿Con quién estabas?

Le tiembla el cuchillo. Este chico no es un asesino. En realidad, debería estar sentado en su catre fabricando pajarracos de papel. Se pasa todas las horas del día intentando estar a la altura del soldado en el que desea convertirse, pero, por la noche, fantasea con ser él mismo. Desde mi cama, sobre la suya, percibo el dolor de sus sueños como si fueran unas espirales de humo que lo rodean. Nunca fisgo, pero no puedo evitar saberlo. Pobre cabrón. Como todos los cadetes, anhela el amor, pero Piper nunca obtendrá la clase de amor que anhela.

—Era una doncella del coro, ¿verdad? —insiste—. ¿Quién?

—Baja el cuchillo. No lucharé contigo.

—¡Dime su nombre!

—¡Vete a la mierda!

El instinto de supervivencia toma el control. Aparto el cuchillo de un manotazo y me pongo encima de Piper. Dejo que mi peso lo aplaste contra el suelo, que le robe el aliento. Por un instante, veo a Elsa en su rostro: la boca grande, la profundidad infinita de sus iris.

—Ríndete y te suelto —le digo—. Como cuando éramos pequeños.

—Inhumano —responde entre dientes—. Traidor...

Le cuesta respirar.

—Ríndete y deja que me vaya. No tendrás que volver a verme. ¡Ríndete!

—Inhumano...

Como no se rinda, le aplasto la puta tráquea.

Piper se rinde. Lo suelto. Me levanto y recupero el aliento, preparándome para correr. Quizá llegue hasta las cicatrices de los páramos antes de que él consiga regresar a los barracones y enviar a los sabuesos a por mí. Sin embargo, de repente, vuelvo a sentirme como un niño. Siempre que Piper y yo nos peleábamos, la sensación posterior era tan dolorosa que acabábamos llorando por la vergüenza de habernos atacado. Ahora mismo quiero llorar y veo que él también.

—Piper, lo siento.

Me rompe el corazón que mi amigo no pueda ser libre. A veces creo que su prisión es peor que la mía.

—Maldita sea tu alma mentirosa e inhumana —dice con la voz rota.

—Ojalá las cosas fueran distintas. Ojalá pudiera habértelo contado todo. Ojalá hubiéramos hablado con sinceridad y sin miedo. Ojalá pudiera haberte querido como tú me quieres a mí...

Piper se abalanza sobre mí y, por un segundo, creo que pretende abrazarme. Hasta que veo que tiene una piedra en la mano.

Oigo el golpe al darme en la cabeza, aunque tardo unos segundos en notar el dolor. Miro a Piper, conmocionado. Mientras me entra sangre en el ojo, doy unos pasos para alejarme de los acantilados, pero las piernas no me responden. Me ceden las rodillas... y doy con mis huesos en el suelo.

Cuando vuelvo en mí, me palpita de dolor la cabeza y me pitan los oídos de una forma muy desagradable. Tengo un tirón tan fuerte en el cuello que no consigo levantarlo. La cabeza me cuelga a un lado. Me enderezo poco a poco, esperando que el mundo, ahora tan borroso, vuelva a ser nítido. Tengo los brazos inmovilizados. No puedo mover ninguna parte del cuerpo. Estoy atado a una silla. Lo primero que hago es intentar comunicarme con Elsa, para avisarla, para contárselo, pero es como si una gruesa manta cubriera mi melodía de luz, y no sólo por el golpe en la cabeza. Me doy cuenta de dónde estoy. Bajo tierra. De donde la melodía no puede salir.

Nuestra cárcel tiene una habitación justo para esto: una mazmorra para los sospechosos de inhumanidad; una sala de interrogatorios. Veo unos escalones resbaladizos que suben hacia la luz. Es por la mañana. Ya es mañana, y Elsa estará preparando su barca, reuniendo en secreto dinero y suministros. ¿Cómo se lo advierto?

Al parpadear, una sombra cae sobre mí. Es el emisario Wheeler, el pez más gordo de nuestro pequeño estanque. Esto va muy mal.

—Inhumano —empieza.

Tiemblo de pies a cabeza. No quiero llorar. Gala, por favor, no me dejes llorar.

—Tu capitán de cadetes te ha oído comunicarte con una doncella del coro. Quiero su nombre.

Me estremezco al pensar en lo que ha hecho Piper. Piper Crane, idiota servil y traicionero, estás poniendo en peligro a tu propia hermana.

—Entréganos a tu cómplice —me ordena Wheeler— y te irá mejor en el juicio.

Dejo escapar el aire y acepto lo que debo soportar. Estoy jodido, de eso no cabe duda. Gala, qué desperdicio, qué estupidez de mierda... En cualquier caso, ya pueden cortarme las pelotas si quieren, porque no pienso entregar a Elsa.

—Te enfrentas a la destrucción de tu mente en la Casa de las Crisálidas —me explica Wheeler con paciencia fingida—. El procedimiento no es sutil. Te trepanarán el cráneo por aquí y por aquí. —Me pone un dedo en la sien derecha y en la izquierda—. Si me lo cuentas todo, enviaré un informe favorable y puede que los jueces te acepten como sirena. Conservarás tu consciencia, ¿qué te parece? En cambio, si te callas, te convertirán en crisálida, sin duda.

No respondo, miro al suelo. Wheeler me agarra por el pelo y me levanta la cara.

—El dolor empezará pronto y, lo quieras o no, me darás ese nombre. ¿Lo entiendes?

Elsa. Tengo que avisar a Elsa.

Todo se vuelve blanco con la fuerza del golpe de Wheeler.

Puede que me haya desmayado, porque, de repente, alguien me está poniendo un trapo fresco sobre la cabeza dolorida. Oigo un susurro.

—Dale un nombre. Dale a Wheeler un nombre y quizá te salves.

El puto Piper Crane.

—Rye, coopera con ellos. Puede que te conviertan en sirena.

Este cabrón traicionero intenta darme agua y atenderme como si fuera mi enfermera.

—Algún día sabrás lo que has hecho —le digo.

—¿Con quién estabas? —insiste—. Intento ponértelo más fácil. Wheeler necesita un nombre.

—Vete a la mierda, Piper.

—Quiero ayudarte. ¿Era Gailee Roberts? Su padre era inhumano.

Lo desprecio tanto que me sale por los poros.

—Eres una rata despreciable...

Piper da un paso atrás, como si le hubiera dado una bofetada.

El cuerpo entero me tiembla y me arde de indignación. Quiero acabar ya con esta farsa. Llamo a gritos a Wheeler, que aparece junto a mi silla con Ely Greening.

—Estoy listo para hablar. Os lo contaré todo.

Veo que se emociona. El emisario asiente para darle las gracias a Piper.

—¿Cómo se llama la doncella?

Piper se queda en la periferia de mi campo visual. Voy a cagarme en el muy cabrón.

—No es una doncella.

Piper deja escapar un gemido y, de repente, me doy cuenta de que no puedo llegar hasta el final. Por mucho que me haya hecho, no soy capaz de asestarle un golpe tan cruel. Ya sufre bastante tormento de por sí.

—¿Quién, entonces? —pregunta Wheeler, que ha fruncido los labios de asco.

—Me he estado comunicando con un ailandés.

—¿Qué ailandés? —pregunta Wheeler, escéptico.

—Estoy enamorado de él. —Veo que Piper está cada vez más alterado, pero ni siquiera lo miro. Sigo adelante con mi mentira, la agrando y le doy color—. No quería darme su nombre real. Su barco está junto a la costa.

—¿Dónde? —chilla Greening, entusiasmado—. ¿Dónde?

—Percibí su melodía de luz en la brisa y lo llamé para que viniera a Northaven. Me pidió que lo llamara Cormorán. Él también me ama.

—¿Y esperas que nos creamos eso? —se burla Wheeler.

Sonrío enseñando los dientes. Es mejor morir luchando que llorando, eso está claro.

—Mi fuerte y bello amante ailandés me dijo que traería su barco para llevarme a Ailanda. Me dijo que le prendería fuego a este pueblo.

Wheeler me pega un puñetazo. Noto el sabor de la sangre en la boca.

—¡Eres una aberración en todos los sentidos! —me grita.

—Y, sin embargo, existo —respondo, y escupo la sangre, que le salpica las botas.

Wheeler me golpea hasta dejarme morado. Me golpea hasta que ya ni me duele. Me golpea hasta que me alzo sobre la silla y lo observo desde arriba. Le veo el sudor en la nuca. Veo a Greening, que saliva. Piper está de pie junto al desagüe asqueroso, rígido, consciente de que no puede apartar la vista. El emisario no para hasta que tiene los nudillos en carne viva.

—Esposadle la mente —ordena, y unos brazos me levantan de la silla.

Elsa. Debo llegar hasta Elsa. Me suben a rastras por los resbaladizos escalones. En cuanto la luz del sol me da en los ojos, envío mi melodía de luz. Mi chica está en su barca. Veo sus gráciles brazos lanzar una caña. El viento le azota el cabello. Su belleza es tan cegadora como el mar iluminado por el sol.

—¡Elsa!

De inmediato, la sacude mi dolor. No estoy lo bastante fuerte como para evitárselo. La conmoción hace que se derrumbe físicamente.

—¡Rye!

Tiene que saber lo que me están haciendo. Tiene que prepararse. Permito que vea cómo me ha golpeado Wheeler. Siento la angustia de Elsa; su melodía es más radiante que nunca, al encenderse todo el arcoíris de su espíritu herido.

—¡Rye!

En la plaza de armas, delante de mis compañeros, mis torturadores me obligan a arrodillarme. Elsa se aferra a mí en la luz. Percibo que se le doblan las rodillas. Dice «no» una y otra vez.

—No dejes que te atrapen —le digo en la melodía de luz—. No dejes que te vean. Por favor.

Wheeler les está contando a mis camaradas lo que soy, mientras Elsa sigue abrazada a mí.

—Hay un inhumano entre vosotros —declara el emisario—. Ha confesado sus poderes y está colaborando con los ailandeses para destruirnos a todos.

Entonces, alza en la mano una banda de plomo y, mientras habla, me la pone en la cabeza. Lo maldigo de aquí al infinito y Elsa siente lo que me está sucediendo.

—¡No… no… no…!

Su amor es lo más preciado de este lamentable universo.

—Sálvate —le suplico—. Prométemelo. Sálvate.
Wheeler aprieta la banda que me ciñe la cabeza. Noto que
ahoga mi melodía, mi luz.

—Te quiero. Te quiero.

Sus palabras me palpitan dentro. Se me rompe el corazón
en mil pedazos.

El emisario aprieta más la banda y cierra el candado que la
sujeta. Mi melodía de luz es un torbellino que se asfixia, que
intenta enviarle mi amor, que se estrella contra las paredes
del cráneo. Por Gala, me reventará la cabeza y se me caerán
los ojos. Los gritos de Elsa me llegan ahora ahogados. Ya no la
oigo. Su luz se desvanece.

—Rye...

—¡Sálvate! —le suplico, pero mi melodía se sumerge en
un silencio enfermizo y mis palabras se pierden en una niebla incolora. Se ha ido.

# 5

# ELSA

Estoy apoyada en el lateral de la barca, temblando de horror. Rye. Nuestra armonía se ha roto y él ha desaparecido. Como una máquina, recojo las redes. Recojo los sedales. Giro la turbina de vuelta a Northaven. No ha sucedido. No ha sucedido. Ha sido una pesadilla y sigo dormida. Me despertaré tumbada en la cama. Rye será libre. Me reuniré con él en la playa y le diré: «Vámonos. Vámonos sin perder ni un minuto más».

Siento náuseas. Me asomo por la borda y vomito en el mar. Dejo que mi cuerpo guíe la barca, porque mi mente está entumecida.

«Sálvate —me ha dicho—. Sálvate».

Tengo un alijo de comida debajo de los asientos. Agarré la camisa de mi padre y una chaqueta que mi madre guarda envuelta en papel, en el fondo de un cajón. También me llevé mi pequeño fajo de billetes. Me fui cuando apenas había amanecido, como si fuera un día normal. Me dolió a reventar abandonar a mi madre sin decirle nada, pero no quería ponerla en peligro. Proteger a sabiendas a un inhumano es un delito grave.

«Sálvate».

Cada vez más desesperada, albergo la loca esperanza de haberme equivocado, de que haya sido un espejismo, como los barcos y las islas que veo a veces, flotando en la calima. Sin embargo, cuando la turbina me acerca al pueblo, percibo un ambiente cargado, un zumbido como de mil avispas. Se está reuniendo una muchedumbre.

Mi madre está en el muelle y su cara me dice todo lo que necesito saber. Agarra mi cuerda y tira de la barca, apesadumbrada.

—Va a haber una Deshonra —me dice—. Nos han convocado a todos. —Cuando hay una Deshonra, todo el pueblo debe acudir—. ¿Estás bien, Elsa?

«Sálvate».

—Me ha bajado el periodo antes de tiempo —respondo, y ella me mira y asiente, sin saber si creérselo.

La señora Sweeney pasa corriendo junto a nosotras.

—Deja tu pesca donde está —me dice, afligida—. Han encontrado a un inhumano entre nuestros cadetes.

Mi madre me ofrece un brazo y me ayuda a subir. Pasamos al lado de un grupo de mujeres de marineros que se están lavando las tripas de pescado de las manos.

—Hemos criado a una serpiente entre nuestros corderos —nos dice una mientras se apresura a llegar a la plaza.

Vacilo, mareada.

—Seguro que podemos verlo desde aquí, si te encuentras mal —sugiere mi madre.

—No.

Tengo que verlo, aunque me mate. No permitiré que Rye pase por esto sin mí. Además, sólo se nos permite faltar a una Deshonra si nos estamos muriendo o de parto. Me obligo a acercarme. Hay una figura atada al poste de la Deshonra. Parece muy pequeño.

—Es Rye Tern... —dice mi madre, sin inflexión en la voz.

Rye intenta permanecer erguido, pero no logra levantar la cabeza. Se le cae hacia delante por culpa de la cruel banda de plomo que se la ciñe. Su melodía de luz está encerrada, no puede penetrar el plomo. Le han dejado la cara horrible, llena de verdugones y moratones. Tiene la camiseta con sangre. Una punzada aguda me atraviesa. Si me hubiera marchado con él anoche, sin vacilar, ya estaríamos corriendo por el interior. Rye se obliga a levantar la cabeza y observa a la multitud. Su familia está ahí. Sus dos madres lloran, pero su padre permanece tieso como un palo. Resulta evidente que está borracho y asustado.

Cuando los ojos de Rye dan por fin con los míos, lo único que veo en ellos es amor. Dejo de respirar, floto en este momento de silencio y deseo que el tiempo se pare.

Que el tiempo se detenga ahora mismo...

Pero sigue adelante y me doy cuenta de que Wheeler está hablando.

—Las pruebas son irrefutables. Un testigo lo vio comunicándose con otro inhumano. Cuando lo interrogamos, confesó que había atraído a los ailandeses a nuestras costas...

Algunos de nuestros conciudadanos dejan escapar gritos de sorpresa. Rye todavía me mira a los ojos. Me emociona su valentía. Entonces, desvía la vista hacia el cielo, como si temiera que el mero hecho de mirarme me pusiera en peligro.

«Sálvate».

—Es un traidor —sigue diciendo el emisario, que lleva el látigo en la mano, enrollado—. A partir de este momento, ya no es Rye Tern. Se le arrebata su nombre y, con él, su humanidad. Ahora aparece ante nosotros como lo que es: un inhumano manipulador de mentes. Que su rostro aniñado no os engañe, porque a este fallo de la creación no les importáis ni vosotros, ni vuestros hijos, ni este país. Nos traicionaría a todos con Ailanda.

—¡Inhumano! —grita Ely Greening, incapaz de reprimirse—. ¡Te desterramos!

Eso les da a los habitantes del pueblo la excusa que buscaban.

—¡Inhumano!

—¡Cabrón vendido!

—¡Demonio manipulador!

Los gritos se suceden muy deprisa. Sin embargo, entre las dos mil almas de Northaven, muchas guardan silencio. Ver cómo destruyen a un muchacho no es del gusto de todos. Piper está con los cadetes veteranos, tenso de hombros, concentrado en su deber.

Wheeler da un paso adelante y le tapa la cara a Rye con una tela de gasa. Es un símbolo de nuestro rechazo; así nos olvidamos de sus rasgos humanos y lo convertimos en una cosa.

—Este inhumano irá a la Casa de las Crisálidas, donde se le juzgará. Después, le perforarán el cráneo para hendir sus poderes. No volverá a hablar ni a manipularnos. Esta criatura no debe engendrar. En la Casa de las Crisálidas renacerá para servir a Brilanda con su trabajo.

Estoy aferrada a mi madre.

—Oculta lo que sientes —me dice entre dientes—. Ocúltalo.

En Northaven no vemos a muchas crisálidas. De repente, soy consciente de lo horrible que es la palabra. Las crisálidas se dedican a los peores trabajos, los que los humanos no quieren: alcantarillado, mataderos… Los usan para eliminar toxinas y los envían a los campos de minas del frente. En una ocasión, vino al pueblo un grupo de ellos con sus amos para desenterrar metal de los páramos, enterrado allí desde la época del Pueblo de la Luz. Sacaron enormes placas oxidadas de industrias antiguas y largas barras de metal que se llevaron a rastras a los barcos de salvamento y recuperación. Los hombres llevaban la cara cubierta por una tela de gasa, y, cuando uno de ellos se ahogó en un estanque de líquido corrosivo, sus amos lo dejaron allí mismo. Son hombres y mujeres. No volveré a llamarlos crisálidas.

Wheeler se mete entre la multitud y nos vigila como un halcón.

—Un manipulador de mentes no suele trabajar solo. ¿Quién más traicionaría a sus vecinos para entregarlos al enemigo ailandés?

Me encojo.

—Te encontraremos. Te pondrás al descubierto. Y te purgaremos de la raza humana. —Entonces, se vuelve hacia el padre de Rye—. Mozen Tern, éste es tu hijo. ¿Qué le dices ahora?

Todo el mundo se vuelve hacia Mozen para ver qué hace. El hombre da un paso adelante e intenta parecer digno. Ha memorizado las palabras que debe decir.

—En nombre de los Hermanos, te expulso. Maldigo el vientre y el huevo que te dieron vida. Como un cuco, creciste en nuestro nido. No volveremos a pronunciar tu nombre. —Le tiemblan las manos, se le sacuden con fuerza. Recoge un puñado de tierra—. Inhumano.

Lanza la tierra, tal y como se supone que debe hacer. Rye mira a su padre sin inmutarse.

Después deben hacer lo mismo sus madres y sus hermanas y hermanos pequeños. Cada uno de ellos tiene que recoger un puñado de tierra y lanzárselo mientras repite la palabra *inhumano*. Wheeler se queda cerca, con la mano apoyada tranquilamente en el látigo. Los que no son capaces de hacerlo, como la segunda esposa de Mozen, reciben la ayuda de los demás. Veo lo rota que está, y eso le duele a Rye más que nada; se le hunden los hombros.

No llores, por favor. No llores, por favor. Eres muy valiente. Te quiero.

La multitud se pone en fila. Algunos están deseando lanzarle la tierra, mientras que otros sólo desean que este calvario acabe de una vez. El señor Malting, nuestro panadero, está furioso. El sargento Redshank lo está pasando muy mal. Por cada ataque cruel que recibe Rye, hay alguien que lanza la tierra con poca fuerza para que no le llegue o vaya a un lado. Pero nadie habla, nadie dice que Rye no es más que un crío, nadie chilla pidiendo que paren. Por dentro, grito que es una injusticia, sin embargo, yo también guardo silencio. Somos un pueblo de cobardes. Cuando hay una Deshonra, se nos dice que debemos demostrar nuestro rechazo y nuestra condena todos a una... y todos obedecemos.

—Inhumano.

—Inhumano.

Piper conduce a sus cadetes y lanza su puñado de tierra con la cantidad justa de fuerza, ni excesiva ni poca, con gran precisión. No demuestra sentimiento alguno, como si estuviera vacío por dentro.

Rye ha caído de rodillas, se ha derrumbado a los pies del poste de la Deshonra, y está cubierto de tierra, encorvado en el lodo. Siempre ha sido más valiente que yo y odiaba tener que ocultar lo que era. Mi madre y yo avanzamos por la cola. Paso junto a los regidores y me obligo a mantener la calma, aunque, por dentro, lloro. Pero Rye no puede oír la horrible y discordante canción de desesperación de mi alma. Vuelve a mirarme. Lo noto a través de la gasa. Quiero ayudar. Quiero liberarlo. Derramo lágrimas de amor.

«Sálvate».

Soy una cobarde. Recojo un puñado de tierra.

—Inhumano —murmuro.

La lanzo.

Después le doy la espalda y me alejo.

Sigo caminando. Estoy a punto de salir corriendo sin parar hasta dejarme caer en el suelo, destrozada, pero mi madre me agarra del brazo. Me lleva con ella hacia el puerto y noto que me insta en silencio a que controle mis emociones. ¿Lo ha averiguado? ¿Sabe que estoy enamorada de Rye?

Creo que lo sabe.

Más adelante, veo que las doncellas del coro se están reuniendo. Hablan sobre Rye Tern. ¿Quién lo habría sospechado? Qué horrible era tener a uno de ellos entre sus hermanos, a un vil inhumano que estaba en contacto con los ailandeses. Gailee está con sus hermanas pequeñas, consolándolas. Sé que deben estar pensando en su padre. Mi madre la llama.

—Gailee, cielo, ¿podrías decirle a Hoopoe que necesito a Elsa en el puerto? No va a asistir a la formación marital. Hoy hemos pescado mucho y hay que clasificarlo todo.

Gailee asiente con la cabeza y me mira, preocupada.

Mi madre me mete en la barca y nos ponemos a trabajar con los peces que he pescado, que, en realidad, no son muchos.

La señora Sweeney está un poco más allá, hablando con algunas de las esposas del mar. Un asunto muy triste, qué pena de familia, qué cosa más horrible. ¿De verdad estaba en contacto con el enemigo?

—Con los manipuladores de mentes nunca se sabe —dice una de las mujeres—. No se puede confiar en ellos. Mejor atraparlos de jóvenes, antes de que causen problemas de verdad... Detrás de nosotras, ya ha terminado la Deshonra y están sacando a Rye del poste. Un sollozo me estremece los hombros. Mi madre me coge la mano.

—Quiero que primero peses los peces. Los pesas uno a uno y los cuentas. Cuando termines, vuelves a empezar.

Uno. Dos. Tres. Cuatro. Los peces muertos me acusan con sus ojos sin párpados: «Cobarde, cobarde».

—Qué aspecto más deplorable —dice la señora Sweeney—. Se lo llevan de vuelta a los barracones.

—Deberían colgarlo en el cadalso —responde una de las mujeres de los marineros.

—Irá en el mismo barco a Meadeville que los nuevos reclutas. Allí tienen un campo de internamiento para inhumanos —le explica la señora Sweeney—. Después lo llevarán río arriba hasta la Casa de las Crisálidas.

—Es el mejor sitio para él —comenta otra de las esposas.

Levanto la vista... y deseo no haberlo hecho. Los cadetes se llevan a rastras a Rye, como si fuera una muñeca de trapo. Wheeler y Greening van detrás, satisfechos por el trabajo bien hecho. Mi madre se queda conmigo. Se hace el silencio. En el puerto, todo el mundo los mira, algunos con expresión desafiante, de justa indignación, mientras que otros menean la cabeza cuando meten el cuerpo roto de Rye en los barracones.

—Mira, cariño —dice mi madre—, creo que te has saltado esas caballas. ¿Me las pesas, por favor?

Las peso por tercera vez. Una. Dos. Tres. Cuatro.

Cuando empieza a ponerse el sol, mi madre me suelta. Creo que se da cuenta de que necesito estar sola.

—Me llevo esta langosta para Piper —me informa—. Quiero prepararle algo especial para su comida de despedida.

Se me había olvidado. Asiento con la cabeza sin hacer ruido.

—¿Por qué no te das un paseo por la playa?

Me está diciendo que tengo que recuperarme, que tengo que actuar con normalidad delante de mi hermano. Debo despedirme de él como se merece. Asiento de nuevo y me voy. Todavía no he dicho ni una sola palabra.

¿Cómo han atrapado a Rye? ¿Quién lo ha delatado? ¿Acaso lo ha traicionado otro cadete? Quizá Piper lo sepa.

Paso junto a algunos de los regidores, que están pontificando entre ellos, felicitándose, como si lo que hubieran hecho fuera defender la ley, en vez de torturar a alguien. Me gustaría vomitarles a los pies.

Los sollozos no llegan hasta que llevo recorrida media playa. Los reprimo lo mejor que puedo, enviando mi melodía de luz a la roca de los Cormoranes. Dejo que sea ella la que grite mi tristeza, mi rabia, mi angustia. Mientras mi cuerpo de carne y hueso permanece inmóvil, de cara al mar, mi cuerpo de luz y canción es libre. En la melodía, rujo con un dolor blanco y sin forma. Si alguien pasa junto a mí, sólo verá a una muchacha de pie en la orilla, mirando las olas con aire ausente. Sin embargo, los cormoranes deben percibir mi melodía desatada, ya que salen volando de su roca y se desperdigan por el cielo, vuelan alto y después bajan en picado hacia el mar.

Cómo odio este pueblo. Odio a esta gente cruel con sus labios apretados y sus sonrisas vacías. Odio a Wheeler y a Greening. Odio a los Hermanos de Brightlinghelm. Odio esa estatua de metal del gran hermano Peregrine. Y, lo peor de todo, me odio. Me fustigo por no haber aprovechado el momento, por haber sido demasiado cobarde para huir con Rye. Tendríamos que habernos marchado anoche, en cuanto tuvimos la idea, pero yo nos contuve. Es culpa mía.

Ahora estoy agotada. Podría caminar por los acantilados como un fantasma hasta que mi cuerpo languideciera y muriese. Doy media vuelta mientras me seco los ojos.

Hay una chica mirándome. Doy un respingo y vuelvo a meterme la melodía de luz en el cuerpo. Pero esta chica es inhumana; lo que veo es sólo su luz incorpórea.

Camina hacia mí. Es pequeña, puede que menor que yo, aunque sus ojos parecen más viejos. Lleva un vestido limpio y lentes, y tiene las rodillas huesudas. Camina con andares desgarbados. El miedo me acelera el corazón.

—Lo siento —dice—. Por tu dolor.—Retrocedo—. Oí tus gritos de lejos.

No es de Northaven. Tiene un acento extraño, parecido al de Wheeler. Hace un gesto hacia atrás, hacia la costa, en dirección al sur.

—Soy de…

—Vete —le digo sin más, y echo a correr.

# 6

# PIPER

El deber es duro. Hay pérdidas y hay que sobrellevarlas. Es la vida del soldado. Un soldado debe seguir adelante sin que se le note flaqueza. Tiene que soportarlo.

Hoy el cielo está muy azul, azul de un modo completamente distinto. No puedo apartar la vista de lo azul que es. Pasan junto a mí con el inhumano. Contemplo la silueta de los barracones al encontrarse con el cielo. Nunca me había fijado en su silueta.

Un manojo de harapos. Sucio. Lo arrastran.

Thal, dios de la guerra y la invención, Thal, ten piedad de su alma inhumana.

Wheeler ordena que usen la manguera para limpiarlo. Lo veo retorcerse como una lombriz, al inhumano. El azul del cielo es de un pesado cobalto. Un azul que aplasta nuestro pueblo.

Thal guía mi mano para que pueda servir.

Me fijo en el sargento Redshank, que está a mi lado. Este hombre es mi roca. Desde la muerte de mi padre ha sido una constante en mi vida. Me pone una mano en el hombro.

—Los cadetes novatos están preparados para tu discurso, muchacho.

Noto un peso azul cobalto en la barriga. Se me había olvidado.

—¿Quieres que ordene que se retiren? —pregunta Redshank. Tiene una voz tranquila y ronca, y las cejas canosas, como un búho—. Dado lo inesperado de los acontecimientos...

—No. Estoy preparado.

Tengo que hacer algo útil. El cielo se emborrona. El peso del azul, que se vuelve líquido. Debo detenerlo. Debo detener este emborronado del cielo, este líquido en los ojos. Enviarlo de vuelta por donde ha venido. Caminar con Redshank. Él me guiará. Los cadetes novatos se ponen firmes al verme para demostrarme su respeto. Les veo los ojos. La conmoción. Tienen miedo. Un inhumano que se retuerce como una lombriz. Lo han purificado. Nos han purificado a todos.

Respira. Sé su ejemplo. Demuéstrales lo que es el deber. Procura que te salga la voz. Tengo un nudo en la garganta. Basta ya de tonterías, Piper Crane. Estos chicos te necesitan. La Deshonra los ha conmocionado y ahora hay que levantarles la moral. El discurso, preparado y aprendido desde hace días. Tienes que sacarlo del cerebro. Los novatos adoraban a Rye. No uses su nombre. El inhumano tenía una fuerza innata, una sonrisa sincera y un brillo travieso en la mirada. Siempre estaba metiéndome en líos. Sus ojos decían: «No te preocupes por esas órdenes. Podemos romperlas, no le va a importar a nadie».

Darme cuenta de que, desde el principio, desde el mismo principio, el encantador y sonriente Rye nos había estado mintiendo a todos, es como recibir el golpe de una ola gigante que te arrastra y te sumerge con la fuerza letal del agua. Pero basta ya, no uses su nombre. Actúa como si se hubiera muerto. Pérdida. Conmoción. Acostúmbrate, porque has hecho lo correcto. Era un traidor.

El sargento Redshank se aclara la garganta. Estos chicos están esperando. Saca fuerzas de flaqueza, Piper Crane.

—El cadete veterano al que conocíais como Rye Tern… era una ilusión —digo, y me trago el nudo de la garganta—. La criatura que anida dentro del cuerpo de Rye Tern es fea. Y traicionera. Lo que le hemos hecho a ese inhumano… es lo correcto. Cuando encontramos entre nosotros a uno de esos manipuladores de mentes, nuestro gran hermano nos dice que debemos arrebatarle su poder. La criatura a la que conocíamos como Rey Tern ya no puede ponerse en contacto con sus malvados amos ailandeses.

Mientras lo digo, sé que no es cierto. Sé que Rye estaba hablando con una chica. Estaba hablando con una doncella del coro, con una de las nuestras. Sin embargo, ahora que la historia se ha hecho pública, no parece correcto contradecirla.

—Debemos desterrar al inhumano. Ya lo sabéis. Y cuesta. Pero, si permanecemos vigilantes, pronto conseguiremos erradicar de nuestra raza esta mutación corruptora.

Sus rostros. Trece, catorce años. Algunos lo aceptan con entusiasmo, en otros sigue siendo patente la sorpresa y la consternación.

¿Por qué ha tenido Wheeler que darle esa paliza?

No pienses en eso.

Ya había confesado.

No lo pienses.

¿Cómo iba a pararlo?

Aplasta esos pensamientos nocivos y sigue adelante.

—… Porque, como nos dice nuestro gran hermano, los inhumanos nos han estado debilitando durante demasiado tiempo.

Rye.

Encuentra las palabras. Pantalones cortos, fusiles de madera junto al costado, nuestra insignia prendida al pecho. Inspira a estos cadetes novatos. Enardécelos, eso es lo que haría Heron Mikane. Eso es lo que mi padre habría hecho.

—Los veteranos marchamos al frente. Hemos recibido nuestras órdenes y nos enorgullece partir. Pero, si atacan los ailandeses, Northaven ahora depende de vosotros. Debéis estar a la altura —sigo, encontrando por fin mi ritmo—. Junto con nuestros regidores, sois nuestra valiente línea de defensa. Entregaréis esos fusiles de madera a los más pequeños y aprenderéis a usar armas reales. Os estáis convirtiendo en hombres, en verdaderos hombres humanos de Brilanda, y no hay nada mejor en este mundo. ¿Estáis listos para luchar por Northaven?

—¡Sí, capitán Crane!

—¿Lucharéis hasta la muerte por proteger nuestro pueblo? Ahora, vuestras madres y hermanas dependen de vosotros.

—¡Sí, capitán!

Ya no piensan en la Deshonra, sino en el futuro. Igual que debo hacer yo. Voy a la guerra y así son las cosas. Perderé a hombres mejores que Rye.

—El sargento Redshank os entrenará, y es el mejor profesor posible. Enseñó a Heron Mikane todo lo que sabe sobre el arte militar y también enseñó a mi padre. Es una bendición de Thal, dios de la guerra y la invención, contar con un instructor de su talla.

—Seguid el ejemplo de Piper Crane, muchachos —dice el sargento con su voz ronca.

Los animo a jalear.

—¡Por la victoria de Brilanda!

Los cadetes novatos lo repiten una y otra vez, hasta que Redshank les ordena romper filas.

Cuando mi padre murió, el sargento estuvo a mi lado, aunque no con cursilerías femeninas de abrazos y pañuelos. Tras darle el pésame a mi madre, no volvió a decir ni una palabra sobre papá. Sin embargo, me enseñó a ser fuerte. La acción sana, decía. El trabajo, también. Me preparó un programa de ejercicios. Me mantenía ocupado de la mañana a la noche. Sabía que me encantaban los dirigibles y los planeadores, así que me traía los boletines de noticias de Brightlinghelm, en los que publicaban imágenes de todos los avances aéreos. Me trajo un panfleto sobre cómo se fabricaban las alas.

Él también es una víctima del encanto del inhumano. Puede que también siente este cobalto en las tripas; se lo preguntaré. Pero, cuando me vuelvo para seguirlo, tengo al emisario Wheeler delante. Debe de haber escuchado mi discurso. Le dedico un saludo militar y hace un gesto para decirme que no son necesarias las formalidades.

—He oído que el inhumano era amigo tuyo —dice.

—De la infancia, emisario.

—¿Sabías que era una doble aberración?

La expresión me desconcierta.

—No…

Wheeler se da cuenta de mi confusión.

—En *Definición del varón humano*, del gran hermano Peregrine, se especifica que nuestro deseo debe reservarse a las mujeres.

Me siento caer.

—Sí, por supuesto. ¿Cómo si no vamos a repoblar la Tierra?

—El inhumano reconoció que amaba a otro hombre. Era un traidor y un pervertido.

—Sí —respondo, aferrado a los laterales del abismo de mi interior—. Los chicos y yo… estamos deseando ir a una casa rosa. Esperamos que sea lo primero que nos ofrezcan cuando lleguemos a Meadeville. Sabemos que vamos allí para entrenarnos, pero se rumorea que nos darán terceras esposas.

Levanto la vista y veo que Wheeler sonríe, indulgente.

—Todos los nuevos soldados tienen derecho a visitar una casa rosa y aprender a plantar su semilla.

—Básicamente, es de lo único que hablamos, señor.

—Me alegro de oírlo. Eso es muy saludable, Crane.

Se acerca un poco más. Colonia. Lleva mucha colonia. Me llega un olor a madera mojada y mandarina. No le miraré los nudillos desollados.

—Dime, ¿alguna vez, aunque fuera en la infancia, se tomó libertades el inhumano con otro cadete?

—No que yo sepa, señor.

—Si lo hizo, debes entregar a ese cadete.

Los dedos se me resbalan por los bordes del abismo.

—No he visto nada de eso —le aseguro.

Wheeler me mira a los ojos. Me aferro como puedo. Por supuesto que llevo un abismo dentro. Por supuesto que estoy vacío. Soy un recipiente hueco cuya única misión en la Tierra es servir a Thal. A Thal y a mi país. Aberración. No soy una aberración.

Wheeler parece satisfecho. Empieza a andar y me pide que lo siga. El azul se hunde en un crepúsculo cargado.

—El sargento Redshank me cuenta que has presentado la solicitud para ser piloto. Es un puesto reservado a la élite. ¿Por qué crees que lo mereces?

Ni siquiera necesito pensar antes de responder.

—Me he dedicado en cuerpo y alma al estudio del vuelo.

Ojalá pudiera enseñarle mi dormitorio de la infancia, señor. Está lleno de pájaros y aviones colgados del techo. Me dedicaba a hacer modelos a escala. He estudiado el diseño de los últimos planeadores. Observo a los cernícalos del páramo para ver cómo caen en picado para cazar. También me fijo en la forma en que las aves marinas se elevan con las corrientes de aire. Estoy convencido de que sería capaz de volar. Y atacaría a los ailandeses desde el cielo.

Wheeler me observa un poco más, como si deseara algo de mí.

—Hoy tiene que haber sido difícil para ti. Has demostrado tu lealtad en todo momento. —Me prende un broche en la pechera. En él hay un par de alas—. Este es tu nombramiento. Enhorabuena, piloto Crane.

# 7

# ELSA

No dejo de correr hasta que ya casi estoy en casa. Aun así, siento que me persiguen. ¿Quién era esa chica? ¿Todavía me observa de algún modo? Su reluciente melodía de luz, ¿de dónde viene? Procuro tranquilizarme, me lavo la cara en la bomba de agua, bajo el mural de la hermana Swan. Levanto la vista para mirar a la blanca y perfecta Flor de Brilanda, pero no me ofrece consuelo. Respiro hondo y abro nuestra puerta.

Veo a Piper sentado con mi madre a la mesa. Ya han comido.

—Lo siento —les digo—. Me he alejado más de lo que pretendía...

—No te preocupes —responde mi madre.

Se levanta y me saca un plato de comida mientras yo me sirvo un vaso de agua. Me lo bebo de golpe sin sentarme, retrasando el momento de mirar a mi hermano a la cara. Mi madre me pone la comida delante. Se ha esforzado mucho: la carne de langosta, el hinojo marino... Tiene una pinta deliciosa, pero es como si el estómago se me hubiera llenado de piedras. Empiezo a cortar la carne blanca sin saber bien cómo voy a tragármela.

—¿Cómo ha ido la formación marital? —pregunta Piper.

—No he ido...

—Es culpa mía —se apresura a intervenir mamá—. Quería que Elsa se quedara conmigo. Hemos pescado mucho.

Piper no lo aprueba.

—Es importante que vaya, mamá.

—Como he dicho, ha sido culpa mía.

Mi cuchillo rechina contra el plato. Odio que Piper hable con mamá como si yo aún fuera una niña. Guardamos silencio.

—¿Qué es eso? —pregunto al fijarme en unas alas de esmalte rojo.

—Mi nombramiento —responde Piper, rebosante de orgullo—. Me han elegido para ser piloto.

—Es un honor —dice mi madre, sonriente—. Reservado a los mejores.

—Eso está bien —consigo comentar—. Nadie se ha esforzado más que tú.

Él traga saliva, casi con timidez.

De repente, veo a Piper caer del cielo con las alas retorcidas a su alrededor, roto en una columna de fuego. ¿Por qué todo lo que pienso me arrastra hacia un pozo sin fondo?

No es Piper, soy yo; estoy ardiendo, caigo del cielo.

—Quedaos ahí sentados y hablad un rato —nos dice mamá, procurando hablar en tono alegre. Le toca el hombro a Piper—. Voy a empaquetar algunas de tus cosas.

Se mete en el dormitorio. La Deshonra pesa entre nosotros, como si el cuerpo destrozado de Rye también estuviera sentado a la mesa.

—Era tu mejor amigo.

—Sí, pero son pérdidas con las que debemos cargar. —Piper bebe, como si tuviera la boca seca—. Me alegro de que lo atraparan.

Tomo aire. Lo dejo salir muy despacio. No debo enfadarme con su ignorancia ciega y estúpida. No tiene melodía de luz. ¿Por qué no iba a creerse lo que dicen los Hermanos? Desde la infancia nos cuentan que la melodía es maligna.

—¿Cómo lo han atrapado? ¿Quién lo ha traicionado?

Eso lo sorprende.

—Rye se traicionó él solo.

—Pero ¿cómo lo descubrieron? ¿Quién lo entregó?

—¿Importa eso?

—Claro que importa.

—Fuera quien fuera, deberías darle las gracias.

—¿Por qué iba a darle las gracias?

—Porque hizo lo correcto.

Piper no me mira a los ojos y, entonces, un horror puro me sube por el cuerpo como la caricia de una llama.

—Vieron al inhumano en la playa —sigue diciendo—. Estaba comunicándose, hablando con una presencia invisible, rebosante de pasión ilícita. La traición era evidente en sus palabras, no te quepa duda.

La llama me abandona de un salto.

—Fuiste tú…

Me mira, superior y desafiante.

—¿Y qué si lo fui?

Jadeo, incrédula.

—Lo querías, Piper, desde que eras un crío…

Piper traga saliva de nuevo.

—Ese inhumano se apartó de mí hace años. Siempre creí que había hecho algo para perder su amistad, pero ahora resulta evidente: tenía un secreto que quería esconder. Si dudas de su traición, que sepas que dijo que su guerra era contra los Hermanos. Tuve que entregarlo. Hice lo correcto.

Este pueblo es un vertedero y mi hermano es una rata.

—¡Rye siempre fue tu amigo! Te quería y era leal.

—¿Cómo lo sabes?

Estoy ardiendo, cayendo, ardiendo. Quiero que Piper sepa lo que ha hecho.

—Porque yo estaba allí.

Piper se aparta de mí y se levanta. Se le ha alterado la respiración. Y ahora mi destino está en sus manos. Debería tener miedo, lo sé, pero soy una llama blanca que se desploma.

—Rye me pidió que huyera con él. Deberíamos habernos ido, haber trepado por las rocas y cruzado los páramos. Le dije que esperara, y eso le ha costado la vida.

Se me rompe la voz.

Percibo la conmoción que sufre Piper. Seguimos así, de pie, mirándonos. Es mi reflejo en muchos sentidos: la poca altura, el pelo, la piel y los ojos oscuros. Pero, en cuanto a nuestra personalidad, siempre hemos sido como agua y aceite. Ahora se suma otra diferencia: él es humano y, a sus ojos, yo no.

—¿Cómo no me había dado cuenta? —se pregunta en voz baja.

—Esperaba que algún día lo hicieras...

—Si no fuera por nuestra madre, te entregaría.

Eso me duele en el alma. No hay nada más que decir.

Seguimos mirándonos a los ojos hasta que regresa mamá. Percibe el ambiente cargado, la ruptura.

—He preparado tarta de manzana —dice—. Vamos a probarla.

Piper niega con la cabeza.

—Me vuelvo a los barracones. Es el momento de beber.

De repente, recuerdo que lo envían a la guerra. Mi madre lo abraza y no quiere soltarlo. Piper oculta la cara en su velo de viuda y veo que un único sollozo espantoso lo estremece. Traga saliva de nuevo, como si tuviera un nudo en la garganta.

Haya hecho lo que haya hecho, sigue siendo mi hermano y se va en el carguero al romper el alba. Ese avión cayendo por el aire... Rezo a Gala por que no sea él.

—Estarás presente en mis pensamientos —dice mamá—. Todos y cada uno de los minutos del día.

Piper la suelta y recoge sus cosas.

—Que Gala te mantenga a salvo —le digo.

Él me mira por última vez.

—Mi dios es Thal. Ya lo sabes.

Cuando se marcha, mi madre se encorva sobre la mesa y se apoya en ella para mantenerse de pie.

—Odio esta guerra —dice.

La rodeo con mis brazos.

No puedo perder la esperanza. No debo desesperar. Rye está esposado en algún lugar de los barracones, arruinado en cuerpo y mente por este suplicio. ¿Qué puedo hacer? Tiene que haber una forma de ayudarlo. Me paseo por mi dormitorio hasta entrada la noche y observo inútilmente cómo sale y se esconde la luna. Un ruiseñor canta cerca de aquí, con un trino fuerte y apasionado. Quizá Rye lo oiga... Quizá ese pájaro, con su canción de amor y anhelo, lo ayude a mantener viva la esperanza.

Dejo de pasearme. Debo salvarlo. Si hubiera ocurrido al revés, si me hubieran atrapado a mí, haría lo que fuera por liberarme. Lo que fuera. Así que actuaré y evitaré que ocurra este horror. Arreglaré lo que ha hecho Piper. Me visto a la luz de la luna, y me imagino cortando alambradas, robando llaves y abriendo candados.

Salgo por la ventana y bajo corriendo al pueblo, evitando la pálida luz de las turbinas para que ningún aprensivo insomne me vea por la ventana. Al acercarme a los barracones, me detengo. Piper sabe lo que soy y quizá se espere algo así. Seguro que me atraparían. Puede que su hermana le dé el asco suficiente como para haber contado ya la verdad; puede que estén yendo a por mí en este preciso instante. Sin embargo, todo está en silencio. Los barracones parecen vacíos. El ruiseñor está más cerca y hiende la noche con su desgarradora canción.

Me subo a un barril de agua y, usando un tubo de desagüe, me subo al tejado de la casa de los cadetes novatos. Desde aquí podría dejarme caer a la plaza de armas. Examino todas las puertas y me pregunto a dónde llevan.

Envío mi melodía de luz como si fuera un foco reluciente. Quizá, sólo quizá, Rye logre percibirme a través del plomo. No puedo perder la esperanza. No permitiré que le destrocen la mente.

—Rye —lo llamo con la luz—. Rye.

El ruiseñor guarda silencio. Un silencio extraño. De repente, me da la sensación de que no estoy sola; y oigo una vocecita.

—Lamento mucho tu pérdida.

Me vuelvo, sobresaltada. Ha regresado y está de pie en la punta del tejado, envuelta en una melodía de luz brillante y nítida. La chica. Luce un camisón con flores colgantes bordadas a mano y lleva el pelo recogido en dos trenzas prietas. ¿Quién es?

—¿Qué quieres? —le pregunto, lista para huir.

—Oí tus gritos en la playa —me contesta con una melodía cada vez más potente—. Sentía lo que sentías tú. Siento mucho lo de tu Rye.

¿Dónde está esta chica? ¿Qué quiere? En sus lentes se refleja un dormitorio pequeño y sencillo.

—¿Cuánto tiempo llevas observándome? —le pregunto, suspicaz.

—Te oí gritar. Me entristeció mucho. —Habla con voz vacilante, aunque su presencia sigue ganando luminosidad—. No corras, por favor.

—No voy a correr. Me caería del tejado, ¿no?

La chica mira a su alrededor y ve los barracones y el manchurrón del alba gris en el horizonte. Lanzo una fronda mental para ver qué encuentro en su melodía de luz. No percibo amenaza. Está tan nerviosa como yo, incluso. No sé por qué, pero creo que es sincera.

Sin embargo, estoy perdiendo el tiempo, no puedo dejar que esta chica me distraiga. Me arrastro boca abajo y me asomo a la plaza de armas. ¿Me haría daño si salto?

—¿Qué vas a hacer? —me pregunta al acercarse.

—Se llevaron a Rye por ser inhumano. Le han puesto una banda de plomo en la cabeza.

—Sí, es lo que hacen. Para que no use su melodía de luz.

—¿Así lo llamas tú también? ¿Melodía de luz?

Asiente. El ruiseñor empieza a cantar de nuevo.

—No puedes rescatarlo —me advierte—. No lo intentes, por favor. Eres una chica contra la marea. Te capturarían enseguida y te destrozarían también a ti.

Algo dentro de mí vacila. No debo permitir que me haga cambiar de idea. Saltaré. Liberaré a mi Rye y, si vienen a por mí, me abalanzaré sobre sus bayonetas. Me preparo…

Y, entonces, me siento bañada en la melodía de luz. La chica me abraza. Es una sensación muy curiosa, como... como si la conociera. Como si me amara.

—No dejes que te atrapen, por favor. Tu amigo habría querido que sobrevivieras...

«Sálvate».

Apoyo la cabeza en las manos y dejo que la tristeza se apodere de mí. Este ruiseñor canta lo que siento. Entonces percibo una armonía de dolor que brota de la chica, justo del corazón, y, por instinto, sé que ella también ha perdido a alguien. Mantenemos juntas este acorde luminoso. Y, cuando soy capaz de volver a moverme, la observo con más atención. A pesar de su soledad, de su vulnerabilidad, su pequeña figura alberga un poder resplandeciente. La canción del ruiseñor parece atravesarla. ¿Es una visión enviada por los ailandeses para confundirme? ¿Es una sirena enviada por Wheeler para desenmascararme?

—No —responde, como si me hubiera oído—. Soy una persona normal. Nada especial, en absoluto.

No hay nada normal en este encuentro.

—¿Dónde estás? —le pregunto.

—En mi dormitorio, en Brightlinghelm.

Al instante, dudo de todo.

—Eso no es posible. Brightlinghelm está a doscientas millas de aquí. A Rye ya le costaba mucho llegar hasta mí cuando yo estaba en la barca.

La chica asiente con la cabeza.

—La melodía de luz varía de una persona a otra. La tuya es muy fuerte. Te oí. Y creo que la mía también es fuerte. Es más seguro que estés tan lejos. Nunca he conectado con nadie cercano. Sé lo peligroso que es...

Ahora estamos sentadas frente a frente. Le miro los pies. Lleva unas pantuflas de ganchillo muy delicadas; parecen hechas por ella. Puede que el ganchillo sea su habilidad especial. El incansable ruiseñor sigue cantando.

—Siempre ha habido personas como nosotras —dice—. Desde el principio de los tiempos. El Pueblo de la Luz tenía una palabra para nosotras: nos llamaban telépatas.

—¿Telépatas? ¿Cómo lo sabes?

—Me lo contó mi amiga Cassandra.

Su melodía de luz cambia al decir su nombre, de modo que sé que ella es la persona que ha perdido.

De repente, se tensa.

—¡Escóndete!

Me tumbo boca abajo. Se están abriendo las puertas y se ha encendido un foco que ilumina la plaza de armas. Me asomo por el parapeto y veo a los cadetes veteranos cargados con sus petates, fusil al hombro, dirigidos por mi hermano. Van camino del puerto. Mantienen la espalda recta y los ojos, empañados de sueño, fijos al frente. Se abre una puerta trancada y dos guardias sacan a alguien a rastras. Rye. Puede andar, aunque apenas. Va despacio y encorvado como un anciano.

—¿Alguna vez ha escapado alguien? —pregunto.

—Eso espero —responde la chica.

Me observa mientras las tropas marchan por el muelle y se ponen en fila para subir al carguero. Cuando el último de los cadetes sube a bordo, Rye llega al muelle. Los guardias se han hartado ya de sus pasos lentos y doloridos, así que lo levantan por los brazos y lo arrastran. Sus camaradas permanecen en formación, en cubierta, y los guardias tiran a Rye a la bodega. La chica tenía razón: si hubiera saltado a la plaza de armas, ahora mismo me estarían atando al poste de la Deshonra.

Hago un juramento.

—No descansaré hasta estar a su lado.

La chica me abraza más fuerte y siente mi dolor. Nos quedamos mirando hasta que el barco abandona el puerto y desaparece entre la niebla. Entonces, me vuelvo hacia ella. Gala, qué tristeza se le asoma a la mirada.

—¿Cómo te llamas?

Se revuelve, nerviosa.

—No deberíamos decir nuestros verdaderos nombres. En Brightlinghelm hay sirenas por todas partes.

—¿Por qué no te han descubierto?

Guarda silencio un instante antes de responder.

—Cassandra me protegía. Me enseñó a mantenerme a salvo. Me dijo que enviara mi melodía de luz cada vez más lejos. Tardé mucho en aprender. Ahora soy capaz de lanzarla al firmamento.

—¿Podría hacerlo yo?

—Puede. Si lo intentas.

Es una fuerza pequeña pero extraordinaria. No sabía que existiera una melodía tan potente.

—¿Has oído a ese pájaro? —le pregunto—. Es un pájaro pequeño con una canción enorme. Te llamaré Ruiseñor.

A Ruiseñor parece gustarle el nombre. Se me acerca un poco más y me mira mientras escoge un nombre.

—Tienes el corazón roto y anhelante. Eres Alondra.

Nos miramos a los ojos y sonrío para aceptar mi nombre. Como si hubiéramos hecho un pacto.

Un poco más tarde, todavía por la mañana, saco la barca y me dirijo al norte. Aquí, la costa es del todo salvaje, con acantilados accidentados y picudos. Todavía queda algo de niebla, y el cielo está denso y cada vez más bajo. Las focas son las únicas que disfrutan de esta parte de la costa. No lanzo los sedales ni las redes. Hoy no pienso pescar ni un puñetero pez, no quiero alimentar a ese pueblo. ¿Por qué iba a hacerlo? Me patearían como a un perro si supieran lo que soy; me cubrirían de tierra. Me tumbo en el banco de la barca y contemplo el vuelo en círculos de las gaviotas. No moveré un dedo por nadie.

Creo que me he quedado dormida porque, cuando despierto, se han levantado las nubes y ahí está Ruiseñor, sentada en la proa, limpiándose las lentes.

—Me gusta tu barca.

—Era de mi padre...

Alarga su mano translúcida como si la apoyara en la madera.

—Esto es precioso.

Miro a mi alrededor, a los acantilados y las gaviotas chillonas, y me pregunto qué verá ella.

—Se llevan a Rye a un campo de internamiento de Meadeville —le digo—. ¿Cómo podría escapar?

—Tiene que ser muy difícil. No quiero darte esperanzas, Alondra. No sería justo. —Le agradezco la sinceridad. Es mejor saberlo—. Pero hay personas que podrían ayudar, otras antorchas, como Cassandra. Nunca usaba la palabra *inhumano*. Me contó que formamos parte de la gran diversidad de la especie humana y que la palabra *inhumano* no era más que una mentira. Me dijo que el tiempo de los Hermanos llegará a su fin.

La miro, pasmada.

—¿El tiempo de los Hermanos llegará a su fin?

—Es lo que ella creía —responde, firme—. Cassandra iba a ayudarme. Me dijo que no estaba sola, que había un lugar...

—¿Qué lugar? ¿Dónde?

—Un lugar seguro. No quiso decirme dónde, pero me estaba ayudando a escapar. Y, ahora, ya no está. Se la llevaron. —Ruiseñor hace una pausa para asimilar su pérdida—. Aunque creo que su refugio existe, Alondra. Y puede que tu Rye encuentre el camino. En algún lugar hay otras personas como nosotras. Y son libres.

Siento que se vuelve a prender una chispa de esperanza. Rye escapará.

Entonces, Ruiseñor empieza a entonar una canción de la radiobina que tiene la melodía más dulce que he escuchado en mi vida. No se sabe toda la letra, pero expresa a la perfección lo que es estar enamorada. La voz de Ruiseñor flota sobre las olas e ilumina el aire. De vez en cuando, añado un tarareo en el punto en el que creo que debería ir otra voz. Nos dejamos llevar, creando una armonía. Se queda todo el día conmigo.

Y no estoy sola.

# SEGUNDA PARTE

# 8

# PIPER

Soy consciente en todo momento de su presencia, encadenado en la bodega, con esa banda en la cabeza. Conozco el olor de su sudor, el sonido de sus ronquidos, cómo mueve las pestañas cuando duerme. Lo conozco. O creía hacerlo. Cuando éramos pequeños, si nos metíamos en líos, siempre se llevaba la peor parte. Se enfrentaba a la gente. Ahora entiendo de dónde venían su fuego y su fuerza. ¿Por qué hablan de luz y melodía cuando es algo tan oscuro y aterrador? Elsa. Se ha apoderado de ella, la ha corrompido.

Bajo la vista para contemplar las olas que pasan, intentando respirar con calma para reprimir las náuseas, mientras el barco se abre paso entre la oscuridad. Sólo estoy mareado. Mareado, nada más.

Hice lo correcto.

Me paseo por la cubierta para luchar contra el estómago revuelto. La mutación de la melodía de luz es uno de los misterios de la ciencia. Me la imagino pegada a cada célula, incrustada en cada nervio, como muérdago, corrompiendo poco a poco a su huésped. Debo extirpar la inhumanidad y cauterizar la herida. Respiro hondo dos veces; entonces, recuerdo de nuevo la historia falsa de Rye sobre sus labores de espía para los ailandeses. Estaba protegiendo a Elsa. Qué noble, qué vil. Una traición doble; triple. Todavía siento en las tripas la conmoción a medio coagular. Los dos envueltos en su hechizo en la playa. Me han excluido de su canción dorada, como si fuera yo el maldito y no ellos. Elsa está arruinada. Es un cáncer para nuestra familia. ¿Qué pensaría mi padre? ¿Seguiría subiéndosela a hombros para cargar con ella hasta la orilla y llevársela en su barca? ¿Seguiría sentándosela en las rodillas y abrazándola con cariño hasta que se durmiera? Gwyn Crane habría cumplido con su deber, lo sé. Y yo he fracasado en el mío. La he dejado allí, corrompiendo a mi madre...

Pero ¿cómo se lo iba a contar a mamá? La habría destrozado.

Elsa. Su sonrisa y sus brazos de muérdago se colaron en el corazón de mis padres. Mi madre no sabe de la malignidad que crece en su casa.

También es cierto que me cuesta pensar en mi hermana pequeña en el poste de la Deshonra. Alzo la vista hacia el cielo nocturno y observo las nubes que se desplazan a toda velocidad sobre las estrellas.

Aquel sueño que tuve... Abrazaba a Rye, sentía sus brazos a mi alrededor, lo consolaba. Él lo entendía. Cuidaba de sus heridas. Él me quería. Me desperté gimiendo, empapado de pegajosa vergüenza. Briggs y Vine se rieron de mí desde sus literas. Le resté importancia diciéndoles que había tenido a la hermana Swan justo donde la quería. Les dije que la había hecho jadear.

«Casa rosa —comentó Vine, sonriente—. Este muchacho necesita una casa rosa».

«Claro, como todos», respondí, y el barracón entero se rio.

Ahora, Rye no representa ningún peligro para mí. Han constreñido sus poderes con plomo. Le voy a decir lo que pienso.

Me ofrezco voluntario para darle de comer.

Aquí abajo, en la bodega, hay dos crisálidas con el rostro tapado que engrasan las turbinas y se encargan de nuestros desechos y de todas las tareas que no se consideran dignas de los humanos. Puede que Rye los haya observado mientras medita sobre su destino. Lo veo acurrucado en el suelo, encadenado a una viga, de cara a la pared. Me dirijo a él como debo, porque ya no tiene nombre.

—Inhumano.

Se vuelve hacia mí como si le doliera el cuerpo entero. Se ha arrancado la gasa de la cara y la lleva al cuello, hecha jirones. Me sorprendo al verle el rostro, tan morado y amarillo por las magulladuras. Tiene el labio roto. Me quedo donde estoy, sosteniendo el cuenco. Lo dejo en el suelo.

—Tu ración.

El silencio se vuelve tenso, como si esta criatura tuviera derecho a estar resentida conmigo.

—Sé que estabas con Elsa. Lo ha confesado.

En ese momento pierde toda la ira, como si fuera la sangre de un cerdo en el sacrificio.

—¿La has echado a los perros, como a mí? —Su voz tranquila y fría me inquieta. Sus moratones me inquietan. No pienso responder—. Así que ésa es la línea que no quieres cruzar, ¿no? ¿La de arruinar a tu hermana?

—Tú eres el que la ha arruinado. La sedujiste y la corrompiste.

—Nos enamoramos.

De repente, oigo una voz atrapada en mi cerebro, que suena como el zumbido agudo de un mosquito: «Estoy viviendo la vida equivocada».

Lo acuso de inmediato.

—¿Estás intentando manipularme, incluso con la cabeza envuelta en plomo?

Me mira como si mi pregunta no tuviera sentido.

—Se me permite beber agua —dice.

Lleno un cucharón con el agua de un cubo y se lo acerco a la boca. Le duelen los labios, pero veo que el líquido lo revive. Bebe con ansia. Me doy cuenta de lo apretada que tiene la banda y de que le han salido verdugones en la piel de ambos lados.

—¿Puedo beber un poco más, por favor?

¿Es que nadie ha dejado que beba? Eso es una crueldad innecesaria. Le lleno de nuevo el cucharón y bebe. Después, dejo el cubo a su alcance.

—No te culpo por hacer lo que hiciste, Piper. Es lo que nos han enseñado.

—Hice lo correcto —le aseguro.

—No te odio. Sé que estás atrapado. Que tus alas se han quedado pegadas en su red.

—Ten cuidado con lo que me dices.

—¿Por qué? ¿Es que hay un castigo peor que éste? —Esboza una sonrisa que recuerda un poco a la antigua. Rye, el irónico. Habla despacio, como si la boca le doliera al moverla—. Sólo escuchamos un credo, Piper. El credo de Peregrine. Se ha convertido en nuestra realidad. Pero hay un mundo más allá de él y debemos encontrarlo. Un mundo donde existe la verdadera libertad.

—Esto es manipulación mental y prueba de tu traición.

—Elsa y yo no hemos hecho nada malo. No somos crueles ni peligrosos para nadie. Estamos enamorados, y eso es bello y bueno.

No puedo seguir escuchándolo. Me vuelvo para marcharme.

—Piper, espera... —me pide—. Tu hermana está en peligro. Está en grave peligro, y lo sabes. Este barco tiene botes salvavidas. Podríamos llevarnos uno, tú y yo...

—Esto es un intento desesperado.

—Podríamos rescatarla. Y todos podríamos ser libres...

Lo miro, incrédulo.

—Soy fuerte, no me afectará tu veneno. No siento nada por ti, inhumano.

Rye me mira a los ojos.

—Entonces, ¿por qué estás aquí?

En cubierta hay un saco de boxeo. Lo golpeo hasta quedar agotado.

# 9

# ALONDRA

Ruiseñor vuelve a mi barca al día siguiente, y también al siguiente. Al principio, es reticente, ya que estamos poco acostumbradas a confiar en los demás. Me observa trabajar y quiere saberlo todo sobre la turbina y la vela, sobre cómo uso los sedales y las redes, y sobre cómo se llaman los distintos tipos de peces. Aparta la vista cuando los subo con las redes, porque no soporta su sufrimiento.

—Serías una pésima pescadora —le digo—. Hay que alimentar a la gente.

—Lo sé. Y me gusta comer pescado, pero...

Percibo la compasión que le sale por los poros al mirar los ojos desbocados y las agallas palpitantes de los peces. Empieza a contarme cosas sobre ella. Me sorprende descubrir que tiene diecisiete años, porque parece mucho menor. Me dice que vive en un piso, a tres plantas del suelo, cerca del parque Peregrine, que no sé dónde está. Su madre murió en el parto.

—Mi padre no ha tenido suerte con sus esposas. La actual, Ishbella (que me obliga a llamarla mamá), no le ha dado hijos. Cuando discuten, mi padre la insulta llamándola estéril. —En Brilanda, ser estéril es un destino aciago—. Mi padre solicitó una segunda esposa, así que supongo que pronto tendré dos madres —añade.

—¿Es un veterano?

—No… —responde, desviando la vista—. Trabaja en una profesión protegida.

No sé bien lo que quiere decir eso, pero, si pregunto, voy a parecer una ignorante; de todos modos, Ruiseñor cambia rápidamente de tema.

—Tienes mucha suerte de contar con todo este espacio. Desde mi ventana sólo veo un árbol esquelético.

—Pero la ciudad tiene que ser increíble.

—El mar es increíble.

Ruiseñor me pide que meta la mano en el agua y después se me pega para sentir el cosquilleo del frío. La sorpresa le arranca una carcajada. Ojalá pudiera compartir su alegría, pero el dolor constante por Rye es como una banda de plomo que me rodea el corazón. Ruiseñor se quita las lentes y cierra los ojos para dejarse bañar por el sol y la brisa.

A través del deleite, atisbo su soledad. Esta chica me rompe el corazón. Creo que no tiene amigos. Rye lo sabía todo de mí, mientras que Ruiseñor carga ella sola con su melodía de luz.

—¿Desde cuándo sabes que eres antorcha? —le pregunto.

—Desde que tenía doce años. Llevo mucho tiempo ocultándolo y a veces tengo tanto miedo que apenas puedo comer.

Puede que parezca frágil, pero me da la impresión de que si usara todo su poder se me caerían los ojos del susto.

Me dice que es una doncella del coro, como yo, y que va a la formación marital cuando se siente con fuerzas.

—El problema es que, cuando hablo con las otras chicas, percibo lo que piensan —me confiesa—. Aunque intento bloquearlo, hace que todo sea más difícil. ¿Qué haces tú para aguantar?

—Es que a mí no me pasa —respondo, perpleja.

Me doy cuenta de que Ruiseñor necesita un respiro. El esfuerzo la está devorando. Empiezo a cantar una canción de marineros mientras trabajo, una melodía alegre y dispersa, y ella escucha y añade alguna que otra nota. No tarda en unirse a mí, tras tumbarse en el banco. Cantamos y aprendemos a confiar en la voz de la otra. Entonces, Ruiseñor toma la iniciativa y se inventa una melodía con letra y todo. La cantamos una y otra vez, hasta que se hace realidad.

*Existe un lugar*
*en el que seremos libres...*

No sé por qué el simple hecho de cantar nos une tanto, pero, cuando terminamos, sé que esta chica va a ser una amiga de verdad.

—Tengo que reunir el valor suficiente para escapar —le confieso—. Y tengo que hacerlo pronto. —Al instante noto su preocupación—. No puedo quedarme aquí, como si fuera una cobarde inútil. Tengo que ir a buscar a Rye antes de que salga del campo temporal.

—¿Una chica en barca que aparece en medio del campo de Meadeville? Aunque consiguieras llegar tan lejos, te detendrían.

Abre mucho los ojos, inquieta. Sé que está en lo cierto, pero es que esto me está matando.

—¿Por qué nos persiguen, Ruiseñor?

—Ya sabes por qué. Por las camarillas malignas.

—¿Los antiguos ayuntamientos de los ciudadanos?

—Los dominaba el Pueblo de la Melodía. Y abusaron de su poder. Las camarillas frenaban el progreso y prohibían todo avance para mantenernos en la ignorancia —responde.

—¿Y tú te lo crees?

—Mi padre se lo cree. Me contó que el gran hermano Peregrine reunió a un ejército civil y, con sus leales Hermanos, les arrebató el poder a las camarillas.

En el antiguo ayuntamiento de Northaven, en la pared de atrás de nuestros barracones, hay un mural que los cadetes usan para prácticas de tiro.

—¿Eran tan malvados como dice todo el mundo? —pregunto.

Ruiseñor se lo piensa.

—Seguramente se aferraron al poder durante demasiado tiempo. Había corrupción. Mi padre era un crío cuando el gran hermano Peregrine nos liberó. Se alistó de inmediato para servir a los Hermanos. Dice que con el gran hermano Peregrine llegó la era de la humanidad.

—¿Has visto alguna vez la Casa de las Crisálidas?

Ruiseñor guarda silencio antes de responder:

—La veo todos los días. Está río abajo.

—¿Qué aspecto tiene?

—Es achaparrada. Apenas tiene ventanas. Está casi todo bajo tierra.

—¿Para que no puedan usar su melodía? —Asiente—. ¿Y cómo matan la melodía?

—Les atraviesan el cerebro con unas agujas. Matan la voluntad de la persona y le quitan la luz. Vemos salir a las crisálidas con una tela de gasa sobre la cara. A las mujeres les quitan el útero y a los hombres los convierten en eunucos. Les roban la esperanza. No se puede permitir que la mutación...

—Para —le suplico—. ¿Cómo salvamos a Rye?

Ruiseñor no tiene respuesta. Me mira como si verme albergar esperanza la sumiera en la tristeza. Contemplo el horizonte y noto que la desesperación se me viene encima como la marea. Pasan los minutos y crece la oscuridad. Rye se ha ido. Esto me destrozará, me hará mil pedazos. De repente, Ruiseñor me envuelve en su generoso resplandor. Le digo que tengo que encontrar fuerzas para marcharme y seguir a Rye, pero, en el fondo, sé que no sobreviviré al viaje, y la muerte es algo temible. Ella lo entiende. Está conmigo. Me abraza como una diminuta y bondadosa chispa de esperanza hasta que la marea de dolor empieza a bajar.

Después, me distrae.

—¿Qué se siente debajo del agua? —pregunta.

Y, sin esperar respuesta, se lanza al mar y tira de mi melodía de luz con la suya. Evidentemente, no estamos bajo el agua de verdad; no nos hemos mojado, ni nos ahogamos, ni somos incapaces de respirar. Movemos nuestra melodía a través del agua como un par de focas espectrales. Ruiseñor se emociona con todo lo que ve y no parece tener miedo. Observa las vieiras y se ríe con su forma de nadar. Imita el rostro arisco de los bacalaos. Se maravilla con un banco de peces plateados que se mueve al unísono, a salvo de mis redes.

Y, entonces, le enseño algo en el lecho marino. Parece un gigantesco pájaro de metal. Tiene la cabeza doblada y enterrada, criando óxido en el fondo del mar. Ruiseñor camina sobre sus anchas alas, cubiertas de percebes, y observa las algas que ondean a su alrededor, hogar de las anguilas.

—Es de la época del Pueblo de la Luz —le explico—. Volaba por el aire y se estrelló aquí.

Ruiseñor se asoma a la larga fila de ventanas.

—¿De qué huía? —pregunta—. ¿Cómo cayó? Ninguna de las dos lo sabe, así que la pregunta queda flotando en el agua.

De vuelta en la barca, Ruiseñor está pensativa.

—¿Alguna vez has visto una ballena? —pregunta—. En nuestro museo tienen el esqueleto de una. Ocupa todo el largo de un salón muy grande.

—He visto una orca. Me aterran. Una vez vi a una orca darle una vuelta en el aire a una foca y rajarla por la mitad. Pero hace años que no se ven ballenas. Supongo que todas desaparecerían en la Edad del Infortunio, como esos bueyes tan altos que se comían las copas de los árboles.

Ruiseñor dice que cree que las ballenas están muy lejos, no muertas. Envía un saludo muy fuerte, una canción de amor para todas las ballenas, allá donde estén. Su claridad baila, su buen humor es implacable. Parece muy contenta en mi barca, como si bebiera de la libertad. Su canción es tan pura que, a veces, duele. Como si todas las partículas que me componen vibraran con sus notas.

Asisto a la formación marital, como se supone que debo hacer. Sabemos que los hombres regresarán en cualquier momento y estamos ocupadas preparando adornos para las nupcias. Hoopoe Guinea, ruborizada, nos ha dicho lo que nos espera en el lecho conyugal.

—El mástil peniano se endurecerá y él lo meterá dentro de vuestra zona más secreta.

Tinamou y Chaffinch se deshacen en risitas mientras Hoopoe describe que nos abriremos como flores. Suena horrible.

Quiero decirle a Gailee que no es así, en absoluto. Que es algo maravilloso. Alegría pura.

Y entonces me doy cuenta de que me dirijo a esta boda como si fuera sonámbula; que camino arrastrando los pies hacia el desastre. ¿Cómo voy a llegar hasta el final? Me siento con Gailee y las doncellas del coro, que bordan un «Bienvenidos a casa, héroes» en una banderola. La colgaremos sobre la plataforma del coro que los regidores y los marineros construyen en el muelle. Quieren que se nos vea bien cuando llegue su carguero. Yo preferiría que la banderola dijera «Volved cagando leches a Brightlinghelm», pero mantengo la cabeza gacha. Aunque el corazón me grita que huya, los pies han sucumbido al terror. No dejo de recordar el poste de la Deshonra.

Echo de menos las palabrotas de Rye. Condimentaba con ellas sus frases, como si fueran sal y pimienta. Sonreía y decía: «Eso es una sarta de gilipolleces» o «En primer lugar, menuda mierda». Sólo Rye sabía soltar tacos y sonar gracioso, listo y lleno de luz... Ahora, yo lo haré por él: nunca perdonaré al cabrón de Wheeler, ni al rastrero de Greening, ni al estúpido de mi hermano por lo que le hicieron.

Intento no pensar en Piper, pero mi madre nota su ausencia. La ansiedad la está destrozando. A veces la veo en la puerta del dormitorio de Piper, mirando los pájaros y las máquinas voladoras. Trabaja mucho para no dejarse llevar por la pena. Si no está ayudando con el parto a una de las esposas, se pasa fuera todo el día ayudando a las nuevas madres. También se ofrece voluntaria con Hoopoe y nos ayuda a terminar la horrible banderola. Sé que quiere estar a mi lado, aunque todavía no soy capaz de hablar con ella. Si le hago alguna confidencia, temo que las compuertas se abran y salga toda la verdad de golpe. Entonces, mi madre habrá estado amparando adrede a una inhumana. No puedo hacerle eso.

Vivo para las horas que le robo al día para estar con Ruiseñor, esos momentos de libertad en los que puedo ser quien soy y decir lo que pienso. Una tarde, echo el ancla cerca de la playa de Bailey. Tengo que destripar un montón de peces. Ruiseñor se entretiene haciendo equilibrios por el borde de la barca. Necesito con desesperación que algo me distraiga del dolor que me roe las entrañas. ¿Seguirá Rye en Meadeville? ¿Irá ya río arriba? No soy consciente de haberlo preguntado en voz alta, pero Ruiseñor parece oírlo.

—Ven a ver dónde vivo —me dice—. Intenta alcanzarme. —Esboza una sonrisa tímida—. Mi piso no es gran cosa. No es tan bonito como esto.

Me hace gracia que alguien pueda pensar que mi pueblo es bonito.

—¿Qué estás haciendo ahora? —pregunto—. En tu cuerpo físico. ¿Dónde estás?

—Estoy sentada en la cocina, pelando verduras.

—¿No es arriesgado?

—Bueno, supongo que podría cortarme el pulgar.

—Me refiero a usar tu melodía de luz.

—Estoy usando mi voz más profunda. Además, Ishbella nunca se fija en mí. Siempre pone la radiobina para que no tengamos que hablar.

—¿Tienes una radiobina?

—¿No la oyes? Es *El discurso diario de la hermana Swan.*

Presto toda la atención que puedo.

—¿Qué está diciendo?

—Escucha.

Ruiseñor me da la mano, cierra los ojos y me arrastra con ella. Estoy quieta y, a la vez, salgo disparada por el espacio; es una sensación tan emocionante como desconcertante. Contengo el aliento, cierro los ojos y, cuando los abro de nuevo, ante mí toma forma una cocina. Estoy tan asombrada que no soy capaz de organizar lo que observo. Ruiseñor me ha traído hasta aquí como si le resultara sencillo. La luz me inunda la mente y me ciega la consciencia. Me dice que respire con calma, que tome aire y lo expulse con ella. Cuando logro ponerme a la par, empiezo a calmarme. Veo que todo está pintado de color crema. Ruiseñor está sentada a la mesa, picando zanahorias. Una mujer, que debe de ser Ishbella, está pelando y cortando patatas en el fregadero. Una voz aterciopelada flota a nuestro alrededor. Sale de la radiobina del estante. La hermana Swan...

—Está en el puerto —me dice Ruiseñor—. Despidiendo a los barcos.

—Hijos de Brilanda, sois afortunados —dice la hermana Swan—. Formáis parte de una revolución. Ya no sois como los ailandeses, víctimas de los inhumanos hambrientos de poder. Sois hombres admirables, hombres a los que podemos venerar... —Su voz es como música, suave como rosas aplastadas—. Los ailandeses viven sin libre albedrío, ya que sus mentes pertenecen a los inhumanos. Pero, con vuestra fuerza, con vuestro libre albedrío, ¡destruiréis su poder! Liberaremos a los ailandeses de sus amos inhumanos y se unirán a nuestra nación civilizada. ¡Los llevaremos al futuro! —Oigo un rugido de vítores patrióticos. Ishbella mira por la ventana, como si estuviera orgullosa de ser brilandesa—. Hablo por todas las mujeres cuando os ofrezco mi agradecimiento, mis plegarias y mi amor. ¡Larga vida a Brilanda!

Se oye un chisporroteo en la radiobina que da paso a un cántico, y, por debajo, se oye una música entusiasta. Me cuesta mantener la concentración. La cocina me da vueltas y me deslumbra, hasta encontrarme de nuevo en la barca.

—¡Ha sido alucinante! —exclamo, encantada.

Ruiseñor se ríe.

—Lo has hecho, Alondra, has venido conmigo hasta Brightlinghelm.

—¡He oído a la hermana Swan en la radiobina!

—Bueno, nosotros la oímos todos los días —responde ella con una sonrisa irónica—. La verdad es que preferiría estar aquí, en el mar, contigo.

—Tienes una melodía de luz muy poderosa. Es increíble. Me llevaste contigo hasta allí... ¿Cómo lo has hecho?

—Cassandra me dijo una vez... —calla un momento, se levanta y empieza a pasearse por la barca. Su imagen titila al recibir toda la luz del sol—. Cassandra me dijo que el poder de mi melodía era excepcional. Estaba intentando enseñarme a controlarlo. Una vez le hice daño. Y, la verdad, me da un poco de miedo.

—¿Por qué?

—Una vez herí a una persona.

—¿A quién?

—A una sirena. Se había fijado en Cassandra. Yo quería salvarla y actué por instinto. Le lancé todo mi poder y... el hombre se derrumbó.

—¿Le hiciste daño a un hombre... con tu melodía de luz? —pregunto, asombrada.

Ruiseñor asiente.

—Creía que eso no era posible.

—Lo mismo digo —responde.

—¿Qué pasó?

—Cassandra me había dicho que me reuniera con ella en una estación de tranvía. Iba a sacarme de Brightlinghelm. Vi a una sirena en la melodía, siguiéndola. Los inquisidores se acercaban. En cuanto percibí a ese hombre, lo ataqué con toda la fuerza de mi melodía. Y... se derrumbó. Perdió la consciencia. Pero ya era demasiado tarde. —Deja escapar el aire; le tiembla el aliento al recordarlo—. Los inquisidores arrodillaron a Cassandra y vi que le ponían la banda de plomo en la cabeza. Sólo sigo aquí para contarlo porque la sirena se quedó aturdida. Le había hecho tanto daño que no fue capaz de reconocerme. Cassandra me suplicaba que me salvara.

Sé que nada de lo que yo diga acabará con su dolor, así que la abrazo, como ella me abrazó a mí.

—Cuéntame cosas de Cassandra —le digo, con la esperanza de ayudarla a hablar—. ¿Cómo os conocisteis?

Ruiseñor se calla un momento y después comparte conmigo su recuerdo.

—La fiebre consuntiva me dio fuerte. Empezó de repente. Me desmayé en la calle y, para cuando mi padre me llevó al hospital, ya estaba delirando. No sé cuánto tiempo pasé allí, pero lo primero que recuerdo al despertarme fue estar metida dentro de un pulmón de acero.

Ruiseñor me da la mano y me enseña una escena. Veo la sala de un hospital por la noche, con sus hileras ordenadas de camas, casi todas ocupadas por niños. Es como si ella estuviera fuera de su cuerpo, flotando en la melodía de luz, mirándose. Tiene el rostro pálido y fantasmal, los ojos bien cerrados y el cuerpo metido hasta el cuello en una enorme máquina. Oigo el lento bombeo del pulmón artificial (adentro, afuera) que imita la respiración humana.

—Tuvo que ser aterrador —le digo.

—Sí, pero habría muerto sin él. Era muy raro estar ahí, flotando por encima de mi cuerpo. Abajo, junto a mi cama, había dos médicos y una enfermera.

Veo a una joven con uniforme azul y blanco refrescándole la frente a la chica con un trapo helado.

—¿Cassandra? —pregunto.

Ruiseñor asiente.

—Tenía los ojos más bondadosos que he visto en mi vida. —Hace una pausa, como si bebiera de la imagen, antes de seguir con la historia—. Uno de los médicos lucía un bigote encerado. Era el mayor de los dos. Y yo los oía hablar.

Veo las figuras tal como ella las describe.

—Estaba diciendo: «La niña no va a sobrevivir». Decía que había otros candidatos que se merecían más la máquina. Ordenó al otro doctor que me diera una dosis alta de morfina para enviarme al otro barrio.

—¿Para matarte? —pregunto, horrorizada.

—Creía que no merecía la pena salvarme la vida. Y, al instante, me di cuenta de que Cassandra pensaba que era una barbaridad.

—¿Qué hiciste?

—Le grité al médico que parara. Le supliqué que no lo hiciera. Pero ni me veía ni me oía. No era consciente de mi presencia. Intenté sacudir al más joven, pero él siguió llenando la jeringa. Me volví hacia Cassandra y le dije: «¡Tienes que salvarme, por favor!».

»Y entonces me di cuenta de que ella estaba encorvada y tenía los ojos cerrados de dolor, como si la estuviera cegando.

»Mi melodía le estaba haciendo daño. Mi melodía, escondida desde hacía tanto tiempo en lo más profundo de mí. Mi melodía, que, hasta ese momento, ni siquiera reconocía tener. Cassandra sintió mi desesperación en forma de dolor.

»"¡Ayúdame, por favor!", grité. Los doctores ni se enteraron, no me percibían, pero Cassandra sí. Fingió que estaba vencida por la pena.

»"Cuesta mucho ver morir a tantos niños —dijo—. Llevo día y noche sentada con esta niña. Es una luchadora. ¿Podemos darle una oportunidad, por favor?".

»El médico del bigote la miró como si pensara que era una tonta sentimental, pero bonita, y le dijo: "Es triste, pero es lo que hay. Esta fiebre está arrasando la ciudad y tenemos que dar prioridad a niños y hombres".

»Mientras, yo gritaba "¡No no!" y suplicaba a Cassandra que me ayudara.

»Cassandra dijo: "Su padre... Su padre es un sirviente leal del Estado. Y se entristecería mucho si la niña falleciera".

»Eso los impresionó más. Y el doctor de más edad detuvo al otro, que estaba a punto de inyectarme la morfina en el cuello, y dijo: "Vamos a ver si remonta. Revisaremos su caso al alba".

—¿Cassandra te salvó?

—Sí. Pero mi súplica me había dejado sin fuerzas. Me desmayé de nuevo. Y creo que esa noche estuve a punto de morir.

Me enseña una imagen de sí misma, tumbada en la oscuridad de la máquina respiratoria. Cuando lo recuerda, se le nota la pena en la cara.

—¿Qué pasó?

—Cassandra vino...

Veo que la oscuridad que rodea a Ruiseñor empieza a disolverse. Los brazos relucientes de una mujer la envuelven, unos brazos capaces, hechos de melodía de luz.

—Sentí la fuerza de su luz toda la noche, pidiéndome que me recuperara.

—¿Te estaba curando?

—No lo sé. Consiguió que yo deseara curarme. Estaba deseando vivir sólo para poder darle las gracias. Cada vez que tomaba aire, me costaba menos. La oscuridad pasó del negro al gris. Del gris al azul. Y, por fin, fue como si estuviera tumbada en el cielo claro. Cuando desperté de nuevo, la máquina había desaparecido y Cassandra estaba sentada junto a mi cama. Me cantaba una pregunta con los ojos, en silencio, como el hervir de una olla al fuego. Me preguntó si sabía lo que era. «Una inhumana», respondí. Y ella me dijo que no volviera a repetir esa palabra. Me dijo que yo era una antorcha muy poderosa... —Ruiseñor cierra los ojos, desesperada—. A pesar de todo mi poder, no pude salvarla.

No sé qué decir. Intento consolarla lo mejor que puedo y, por un momento, el silencio es nuestra armonía.

Al final me seco las lágrimas de la cara. Las sombras se alargan. No he trabajado nada. Todavía hay que destripar los peces.

—Tengo que irme —dice Ruiseñor—. Me encanta estar aquí, Alondra, pero me canso mucho. Mi padre volverá pronto a casa y le gusta verme animada. Se preocupa cuando no paro de dormirme.

Sé a lo que se refiere. La melodía de luz es agotadora. Desde que me veo con Ruiseñor, por las noches estoy muy floja.

—¿Qué es una profesión protegida? —pregunto, pensando en su padre.

Ruiseñor se muerde un labio. Después vuelve la vista hacia la costa, hacia mi pueblo. Sólo ve su belleza dormida y pintoresca. Sonríe.

—Escucha... —dice—. Creo que las doncellas del mar cantan para nosotras.

Y entonces lo oigo. Mi coro.

# 10

# ALONDRA

Cuando llego con mi barca, las doncellas del coro están junto al muelle, sobre la plataforma nueva, practicando bajo la molesta banderola. Medio pueblo las observa. Mi madre me ayuda y me doy cuenta de que está muy frustrada conmigo. Otra vez tarde.

Las doncellas van por la mitad del himno que Hoopoe nos ha estado enseñando, convertidas en una filigrana de voces que se entretejen alegremente. Se me cae el alma a los pies al unirme a ellas.

*Bienvenidos a casa, nuestros soldados valientes.*
*Cantamos para celebrar que volvéis, sonrientes.*
*Diez largos años habéis luchado por la libertad*
*y ahora, agradecidas, a vosotros nos hemos de entregar...*

Me coloco al lado de Gailee y ocupo mi lugar en la armonía. Hoopoe, que dirige, me fulmina con la mirada. El emisario Wheeler está paseándose por el muelle, absorto en su prepotencia. Noto que Gailee pone todo su empeño en la canción. Llevamos meses aprendiendo esta tonada, pero, hoy, presto de verdad atención a la letra. Me parece espeluznante.

*Ponemos nuestro corazón puro en vuestras manos;*
*al amaros, serviremos a nuestros hermanos.*
*Que Thal bendiga a nuestros soldados valientes.*
*Cantamos para celebrar que volvéis, sonrientes.*

—Es mañana —me susurra Gailee—. Nuestros novios llegan en el transporte de mañana.

No estoy lista. No puede suceder.

—¿Mañana? —pregunto, horrorizada.

Wheeler se aclara la garganta. Está dirigiendo el ensayo, que va por la mitad.

—Llegados a este punto, los hombres ya habrán desembarcado —dice—. El comandante Mikane, el héroe que ha arrasado como el fuego de un cometa los campos de batalla de Ailanda, estará a mi lado. Siguiendo las órdenes del gran hermano Peregrine en persona, se me ha encargado la tarea de honrar a Heron Mikane con la mayor condecoración de Brilanda: la Estrella de Thal. —Wheeler está a punto de reventar de vanidad—. En un breve tributo verbal, enumeraré y elogiaré sus hazañas más celebradas... —Se hincha como un pavo real—. En la gloriosa batalla de la playa de Montsan, Heron Mikane lideró a sus soldados, a pesar de que las tropas enemigas los triplicaban en número. Su épica victoria lo ha convertido en un héroe sin igual. —Hace una pausa dramática—. Cuando reciba su condecoración, el comandante quizá quiera agradecérmelo. No vitorearéis hasta que yo dé la señal. Después, pasaréis delante de él y de todos vuestros novios hasta llegar al salón de los regidores, para que los hombres tengan la oportunidad de apreciar vuestra elegancia y vuestro encanto. En todo momento debéis comportaros como las mejores flores de Northaven.

Si este hombre cayera muerto ahora mismo, sí que vitorearía.

Cuando termina de dar su discurso, Hoopoe se le une.

—Doncellas del coro —empieza, entusiasmada—, hemos repasado todos los detalles de la ceremonia. Sabéis lo que se espera de vosotras en el banquete y en vuestra noche de bodas. Ahora, id a casa y preparaos para ofrecer a vuestros novios una noche memorable.

Una corriente de emoción recorre el coro.

Chaffinch Greening está eufórica.

—¡Llevo toda la vida soñando con Heron Mikane!

Tinamou Haines pone cara de estar a punto de desmayarse.

—No me importaría nada ser su segunda esposa.

—Y a mí no me importaría ser la tercera —chilla Nelda.

—Y a Gailee no le importaría ser su perrito faldero —dice Chaffinch entre risas, y las otras chicas se le unen—. ¡Sienta, Gailee!

Gailee se ruboriza, dolida. Y Hoopoe no hace nada por detenerlas. Ya estoy harta. Subo a grandes zancadas la colina y mi madre va detrás de mí.

—Elsa, no te haces ningún favor. Ya sabes que las regidoras están preparando las listas para primera y segunda esposa. Te mereces ser una primera.

—¿Y por qué tengo que casarme? —exclamo, dejando salir toda la rabia—. ¿Por qué tengo que tumbarme para servir a un desconocido? Suena asqueroso y no puedo creerme que me obligues a hacerlo.

Mamá se queda pasmada con mi vehemencia.

—Estoy… estoy preocupada por ti, nada más. Estos días estás muy distante. Elsa, háblame…

Está mal pagar mi ira con ella. No es culpa suya que nos casen con unos hombres a los que ni siquiera conocemos.

—Lo siento... —le digo—. Necesito tiempo para aclararme las ideas. Te veo en casa.

—Yo también lo siento —responde ella, y me cae encima el peso de todas las palabras que no hemos pronunciado.

Decido ir a visitar a mi padre. De camino al cementerio veo a unos niños jugando. Lanzo su pelota contra un mural del comandante Mikane, en el que aparece de pie sobre una pila de muertos ailandeses, con las llamas de la playa de Montsan a su espalda, el pelo oscuro y largo sobre los hombros y un arma en la mano, como si fuera un juguete. Apunto con la pelota a sus enormes huevos de guerrero.

—Ten cuidado, Elsa. Un día te vas a pasar de la raya.

Gailee me ha encontrado. Les devuelvo la pelota a los niños.

—Es probable.

Me pregunta adónde voy y me acompaña. Contemplamos la lápida conmemorativa de mi padre y el enredo de letras: «Desaparecido en combate». Los fragmentos de sus huesos yacen esparcidos por algún campo ailandés. Antes, mamá le dejaba flores todas las semanas, pero dejó de venir por aquí hace tiempo. Su tristeza está en otro lugar y ella ya no vive bajo el agua. Puede que algún día a mí me pase lo mismo con Rye. Arranco algunas malas hierbas de la tumba mientras pienso en qué hacer. No puedo casarme, eso es lo único que tengo claro.

Gailee está mirando el puerto. Chaffinch Greening está sentada allí abajo, en el rompeolas, soltando risitas con Nela

Lane, Sambee James, Uta Malting y Tinamou Haines; seguro que hablan de quiénes serán las señoras Mikane. Heron Mikane es el soldado con la graduación más alta, la mejor pensión y, sin duda, los mejores músculos. Dos afortunadas disfrutarán de la oportunidad de bañarle los pies apestosos y masajearle el cuerpo con aceites aromáticos. Su primera esposa, el regalo viviente de los Hermanos y de nuestro pueblo, lo preparará para el lecho conyugal y se tumbará a esperarlo, agradecida. Después será el turno de su segunda esposa. Las chicas están emocionadas, encantadas de abrir su flor y darle uso. Para mí son como ganado que se riza el pelo antes del matadero.

—Sé que no seré una primera esposa... —dice Gailee en voz baja—. Chaffinch dice que mi familia está mancillada. Me llama «engendro de inhumano».

—Chaffinch Greening es más tonta que una piedra —respondo, frustrada—. Tendrás un marido, si eso es lo que quieres.

—¿Lo dices en serio?

—Pues claro. —Le doy un codazo para intentar animarla—. Puede que incluso te toque Mikane...

—Ja —dice, y esboza una sonrisa tímida—. Ahora sí que sé que estás mintiendo.

Observamos a una familia que está junto a otra tumba. La segunda esposa lleva a un bebé grande a la espalda, dentro de un pañuelo amarillento. Un hatajo de críos descalzos juega en la hierba mientras la primera esposa deja sus flores. Esta guerra está acabando con nuestros hombres.

Se me ocurre que el padre de Gailee no tiene una lápida conmemorativa. Lo ha perdido, igual que yo perdí al mío, pero puede que el señor Roberts no esté muerto. Aunque le hayan robado el nombre, como a Rye, es probable que siga con vida, convertido en crisálida, en alguna parte. ¿Todavía le quedarán recuerdos? ¿Le han arrebatado por completo la voluntad? ¿Puede hablar? ¿Qué queda de su mente? Seguro que Gailee se ha preguntado todo esto miles de veces. No tiene que resultarle nada fácil.

—Hoy mi madre se ha pasado todo el día en la casa de Mikane —parlotea mientras bajamos la colina—. Tu madre también estaba, con el resto de las mujeres del pueblo. Estaban arreglando ventanas y encalando. Estará perfecta cuando llegue el comandante.

—Gailee, cuando se llevaron a tu padre…

Me corta rápidamente.

—No quiero hablar de eso.

Insisto.

—¿Llegaste a enterarte de lo que fue de él? ¿Cuánto tiempo tardaron en llevarlo a la Casa de las…?

—¡Para, por favor!

Gailee se aleja. Me siento mal por haberla entristecido.

Mañana.

Un marido que no deseo.

Mañana.

¿Qué voy a hacer? Me moriré si me marcho, sin duda. Sin embargo, si me quedo, también corro peligro. A solas, intento llamar a Ruiseñor. Tengo que contárselo. ¿Cómo llego hasta ella? ¿Cómo lanzo mi melodía de luz hasta Brightlinghelm?

Me concentro en mi amiga sin pensar en la distancia que nos separa. Intento llevarle mi canción. Me habló sobre alzarse hacia el firmamento, y eso es lo que siento de repente, así que subo hacia la claridad… y caigo desde lo alto, de vuelta a mi cuerpo.

Lo intento de nuevo. Y de nuevo. Cada vez me concentro más en Ruiseñor, en escucharla.

Sin suerte.

Lo intento hasta que la noche cae sobre el pueblo.

—¡Ruiseñor!

Estoy a punto de rendirme. Me siento con las piernas cruzadas, demasiado cansada para seguir. Pero hago un último intento: subo lo más despacio que puedo, procurando no pensar en nada. Me siento ligera... Entonces, de repente, es como si me moviera muy deprisa y, a la vez, me quedara muy quieta; la sensación más curiosa del mundo. La percibo. Me muevo hacia ella como una bengala y me encuentro en un dormitorio opalescente que titila como la bruma. Y ahí está, mirándome mientras plancha un montón de camisas. Ruiseñor. Estoy tan asombrada que apenas puedo hablar.

—Lo he hecho —digo, maravillada por mi logro—. He llegado hasta ti.

La habitación de Ruiseñor adquiere un brillo más firme mientras ella habla.

—Alondra, no puedes estar aquí.

—Tengo que contártelo. Es mañana...

—No vengas por aquí por la noche. Es peligroso.

En persona está muy delgada. Le veo unas ojeras profundas y me fijo en que se muerde las uñas hasta las cutículas. El vestido, tan bien planchado y bordado, parece quedarle grande.

—Tienes que irte —repite.

—¡Pero te necesito! Mi boda...

—Vete, ¡vete ahora mismo!

Me está echando; está aterrada de verdad. Siento una gran decepción. Entonces, oigo una voz de hombre.

—¿Kaira?

Unos pasos se acercan a la puerta de Ruiseñor.

—Estoy planchando, papá —grita, desesperada, mientras su puerta se abre de golpe.

—Déjalo —dice el hombre, que viste un uniforme negro—. Ven a sentarte a mi lado. —El corazón me da un vuelco: es un inquisidor—. Es *La hora musical* y sé que te gusta. Ven y quítame las botas.

Su padre, en el umbral, con las botas negras y una botella de cerveza en la mano. Un inquisidor.

Retrocedo hacia la oscuridad. Cuando mi melodía de luz vuelve conmigo, me estremezco de pies a cabeza. Me siento en el promontorio, mareada.

Ahora sé por qué decía Ruiseñor que su profesión estaba protegida; sé por qué está tan delgada y ansiosa. Con razón le encanta la libertad del mar. Un inquisidor.

Su vida peligra todos los días.

# 11

# ALONDRA

Más tarde, bajo la suave luz de una lámpara de turbina, mamá me prueba el vestido de novia que me ha estado cosiendo. He hecho caso omiso de esta prenda tan odiosa desde que empezó a trabajar en ella, y ahora está casi terminada. Estoy de pie sobre la mesa para que me meta el bajo.

—¿Hay algo de lo que quieras hablar conmigo? —pregunta, cuando el silencio se hace tan insoportable que duele.

—No...

Con los alfileres en la boca, va rodeando el vestido. Cuando pone el último, rompe de nuevo el silencio.

—¿Quieres preguntarme algo?

—Sé lo que me hará, si es a lo que te refieres.

—Para mí fue distinto —dice mi madre—. Yo elegí a tu padre. O nos elegimos el uno al otro, debería decir. Nos conocimos en el mercado de Borgas y sentimos una chispa de inmediato. Tu hermano fue el resultado. Tú llegaste doce meses después. —No quiero pensar en mi hermano. Ni en mi padre—. La guerra te ha arrebatado la oportunidad de decidir —dice Curl con tristeza—. Pero muchas de las mujeres a las que atiendo se sienten satisfechas. Aunque no han elegido a sus maridos, sus hogares están llenos de amor.

—Suenas como Hoopoe Guinea —digo, lo que la silencia.
Me bajo de la mesa y me quito este vestido que en absoluto deseo. Mi madre lo recoge y enhebra la aguja. Parece decidida a hablar.

—Hoy he estado en la casa de Mikane.

—Me lo ha dicho Gailee.

—Recuerdo a Heron Mikane de cuando era más joven que
Piper. Siempre estaba rondando a tu padre, como si fuera un
perrito perdido.

—Ah, ¿sí?

—También me rondaba a mí. Tú eras un bebé. Era un chico muy tímido, un poco desgarbado... Nadie se imaginaba que
llegaría a ser comandante. Aunque, bueno, la guerra cambia a
las personas. —No siento demasiado interés por Heron Mikane, pero me alegro de que mamá esté llenando el silencio—.
La familia Mikane lo ha pasado mal. Al principio de la guerra,
un barco ailandés atacó Northaven. Tú no eras más que una
recién nacida y Piper acababa de empezar a andar. Los ailandeses desembarcaron por la noche para robar provisiones. La
mayoría estábamos en la cama, pero la señora Mikane siempre se levantaba temprano. Trabajaba en la panadería de Malting y se despertaba al alba. Total, que la apuñalaron cuando
intentaba dar la voz de alarma. Después de eso, sus hijos se
desmandaron. Heron fue el único que salió bien. Los otros
dos están muertos, creo. Tu padre trataba a Heron como si
fuera un hermano. Se lo llevaba en la barca. Eras demasiado
pequeña para recordarlo, supongo. —Es raro que recuerde a
Mikane de cuando era un chico normal. En cambio, para las
doncellas del coro, es una enorme bestia heroica. Irreal—. Era
un muchacho tierno —dice con melancolía—. Supongo que
ya no quedará ni rastro de eso.

De repente, recuerdo la ternura de Rye y cómo me ardía el cuerpo cuando lo tenía cerca. Siento una punzada de dolor por todas las cosas que no tuvimos la oportunidad de hacer. Mamá parece percatarse de mi tristeza.

—Elsa —dice—, no sé cómo luchar contra esto. Todas las mujeres tienen que ser esposas... —Quiere que lo de mañana me resulte más sencillo—. Nuestros soldados no son monstruos, sino los amigos y camaradas de tu padre.

—Son viejos.

Cruzo la habitación.

—Como decía antes, ojalá hubieras podido elegir.

—Elegí a Rye Tern —digo en voz baja.

Veo que a mi madre se le cae el vestido de las manos y siento el dolor de su compasión. Si me abraza, lloraré, así que me meto en mi dormitorio y cierro la puerta.

No soy capaz de descansar. Lanzo mi melodía de luz hacia el tejado, con la esperanza de que aparezca Ruiseñor, pero las estrellas viajan por el cielo y yo sigo estando sola. Pienso en Rye, mirando el mismo cielo.

Cuando los primeros rayos de sol saturan el mundo de gris, sigo inquieta y despierta. Entro en la cocina con el cerebro nublado por la desesperación. Ruiseñor no puede ayudarme. Nadie puede ayudarme. Por la ventana, veo que una bruma densa cubre el pueblo. También veo mi bonito vestido terminado sobre la mesa, como un delicado cadáver. Me lo pongo. Estoy orgullosa de Curl: en la superficie picada de nuestro espejo, me veo como un fantasma elegante y encantador.

No puedo hacerlo. No seré una novia callada y sumisa.

Ahora lo veo todo claro: voy a hacer lo que tendría que haber hecho hace días. Me pongo el grueso abrigo de papá sobre el vestido y me meto las botas de pescador. Me corto un mechón de pelo y lo dejo en la mesa, para mi madre. Espero que entienda lo que debo hacer. Sin perder más tiempo, salgo a hurtadillas de la casa.

Me imagino a Rye desembarcando y arrastrando los pies hacia la Casa de las Crisálidas. Lo veo resistirse; lo azotan, lo cuelgan, le disparan, lo destruyen. Después, creo una imagen mejor: Rye huye, es un fugitivo y me busca. Prometí vivir con él o morir, y eso es lo que haré. Bajo al puerto sin prestar atención a los ojos pintados de la hermana Swan. No hay nadie. La señora Sweeney todavía tiene cerradas las cortinas, aunque la barrera está abierta. Me meto de un salto en mi barca, suelto las amarras y, en un segundo, estoy en el mar. La niebla me ocultará.

—Rye. Rye. Rye. —Digo su nombre en alto, cada vez más fuerte—. Rye. Ya voy.

Lo repito con toda la intensidad de mi melodía. Maldita sea la niebla por ponérmelo más difícil. Pero encontraré el camino. Te encontraré, Rye. Llevo este vestido de novia por ti.

Entonces me doy cuenta de que ha venido Ruiseñor y me mira con cara de preocupación.

—¿El día de tu boda? —pregunta al verme el vestido.

—Intenté decírtelo anoche. Por eso fui a buscarte.

—¿Qué estás haciendo? ¿Por qué no estás con tu madre?

—Porque voy a rescatar a Rye o a morir en el intento.

Le doy la espalda para ocuparme de la turbina. Lo cierto es que estoy enfadada con ella. Debería haberme contado lo de su padre. Se da cuenta de mi estado de ánimo.

—Lo siento, no sabía cómo contártelo.

—Nos has puesto en peligro a las dos.

Percibo su soledad desgarradora.

—Creía que si te enterabas de que mi padre era un inquisidor no querrías volver a verme —responde, triste.

—¿Sabe lo que eres?

—Claro que no. Y tengo cuidado, Alondra.

La turbina apenas gira, porque esta puñetera niebla ha matado la brisa. Ruiseñor agacha la cabeza.

—Mi padre no es mala persona —dice. Casi me río, pero Ruiseñor lo defiende—. A veces, las buenas personas hacen cosas malas.

—¿Como enviarnos a la Casa de las Crisálidas?

Parece a punto de echarse a llorar.

—Cree en cosas que no son ciertas, pero es lo que nos cuentan. No puedes echarle la culpa por creérselas. —Lo entiendo. Son las mismas mentiras que nos enseñan en todo el país. También mi hermano se las cree—. Sé que corro peligro, no soy estúpida. Vengo aquí todos los días para verte y retrasar lo inevitable. Me encontrarán.

Entonces se echa a llorar, y sé que son lágrimas de miedo e indefensión. Mi frustración con ella desaparece de un plumazo.

—Ruiseñor, tienes que escapar.

—Lo intenté. Y se llevaron a Cassandra…

—Inténtalo otra vez, ahora. Yo voy a buscar a Rye. Tú también deberías huir. ¿Adónde iba a llevarte Cassandra?

—No me lo dijo. Pensaba que así sería más seguro para mí.

—Pero tuvo que mencionarte algo.

Ruiseñor se lo piensa.

—Una vez me contó que su gente era de las montañas, del este, cerca de la Zona de Milpol.

—¿Milpol?

—Es una de las áreas irradiadas de la época del Pueblo de la Luz. Cassandra me contó que allí la naturaleza está desequilibrada. Me dijo que cada primavera eclosionan muchísimas polillas. La mayoría se las comen las colonias de murciélagos que anidan en lo más profundo de la zona corrompida. Las polillas que sobreviven vuelan sobre las colinas formando grandes nubes. Revolotean, bajan al suelo y, al final, mueren. Me contó que la gente se pasa varios días sin salir al exterior cuando las nubes de polillas flotan en el aire. Y, cuando termina la eclosión, su gente barre las polillas muertas y las entierra en el suelo...

Intento asimilar esta historia tan extraña.

—¿Crees que te iba a llevar allí, a la Zona de Milpol?

—No lo sé. Puede que a algún lugar de la Espesura.

—Rye creía que había personas como nosotras escondidas en la Espesura. ¿Cómo podríamos llegar hasta ellas?

—¿Podríamos? —pregunta Ruiseñor, que ha abierto mucho los ojos.

—Rye, tú y yo —insisto—. ¿Cómo podríamos dar con ellas?

Ruiseñor se da cuenta de que hablo en serio.

—¿De verdad crees que puedes rescatarlo?

—Ya he perdido demasiados días. Voy a navegar hasta Meadeville.

—Eso es una temeridad, Alondra —exclama, muerta de miedo por mí.

—Lo que es una temeridad es casarse con un hombre al que no he visto nunca y que es casi tan viejo como mi madre. Voy a huir, Ruiseñor. Y no tengo otro sitio al que ir que no sea hacia ti y Rye.

Guardamos silencio. Entonces dice:

—Te ayudaré en todo lo que pueda. Enviaré mi melodía de luz hacia Meadeville, para ver si…

Un estruendo ensordecedor la corta en seco; es una explosión terrible que ha sonado en algún lugar de la costa. El ruido vibra a través de nosotras, distorsionado por la niebla. Y se desvanece.

—¿Qué ha sido eso? —pregunta.

—No lo sé. Pero no me gusta.

Ruiseñor se lleva una mano al pecho.

—Oigo gritos.

Presto atención, pero lo único que distingo son las protestas de las gaviotas.

Cerca de aquí, en la costa, hay una nueva estación de escucha dedicada a fines científicos y militares. Hay una gran cúpula metálica en el tejado plano, con una antena en el centro. A veces, cuando estoy pescando, veo que la cúpula se vuelve hacia el cielo; otras veces, la veo apuntar por encima del mar a Ailanda, que está a cien millas de aquí. Antes de la estación, sólo teníamos máquinas para enviar telegramas. Ahora podemos comunicarnos con Brightlinghelm por radiobina.

—Gritos de hombres. Les arde la piel. Fuego…

Ruiseñor tiene los ojos cerrados, como si estuviera con ellos. Intento ver lo que ve ella, pero sólo hay niebla.

—El techo se derrumba. Ayuda. Ayuda. ¡Sacadnos de aquí!

Veo que se retuerce de pánico y dolor. Está desvaneciéndose, como si tiraran de su luz hacia ese sufrimiento tan horrible.

—¡Ruiseñor! —grito—. ¡Ruiseñor!

La rodeo con mi melodía de luz para que se quede conmigo.

—¿Es que no los oyes? —pregunta entre lágrimas—. Se mueren. Ha caído un misil del cielo. El techo se ha hundido. Ay, Alondra...

Un misil. ¿Quién lo ha disparado?

Y, de repente, un buque de guerra ailandés sale de la niebla y aparece justo delante de nosotras.

# 12

# SWAN

Alguien llama a la puerta. Estoy tumbada en mi diván, con la cara llena de pepino triturado. Antes de poder arreglarme, un hombre se planta en el centro de mi dormitorio. Lady Orión, esa idiota descerebrada, lo ha dejado entrar. Apenas tengo tiempo de ponerme la peluca. Me levanto rápidamente, de espaldas a él, mientras me limpio el cieno verde pálido de la cara y me río, avergonzada. Es Starling Beech, el lacayo de Kite, con su mata de pelo de punta.

—Estaba con mis abluciones.

—Perdóneme, hermana —tartamudea—. El hermano Kite me ha pedido que viniera a buscarla. La necesitan en la sala de guerra.

Me tenso al darme cuenta de que se me ha presentado una oportunidad. Siempre con el rostro vuelto, le pido al lacayo que espere fuera un instante. En cuanto sale, le doy un bofetón con todas mis fuerzas a la crisálida. No reacciona, así que también le doy una patada.

—Zorra estúpida y mema. ¿Por qué lo has dejado entrar?

No responde, por supuesto.

Me lavo el resto de la porquería de la cara mientras lady Lyra espera con una toalla para secarme.

—Maquillaje ligero. A toda velocidad —digo, intentando pronunciar con claridad para que estas criaturas tan tontas me entiendan. Mis damas me aplican corrector, colorete y lápiz de ojos. No saldré de mis aposentos sin ese mínimo, aunque resulte insuficiente; por mí, como si el palacio está ardiendo. No sé qué querrá Kite, pero tendrá que esperar hasta que esté perfecta.

—Vamos —ordeno a las crisálidas.

Se mueven en formación, como polluelos de cisne silenciosos en honor a mi nombre, vestidas de blanco, con sus velos de organza, todas ellas productos olvidados de la Casa de las Crisálidas. Ni hablan, ni sonríen, ni lloran. No tienen ni sentimientos ni opiniones. Sólo sirven para obedecer órdenes sencillas y sus órdenes son que deben seguirme. Las he convertido en parte de mi mito.

Starling nos lleva desde mis habitaciones hasta el centro del poder militar de los Hermanos. Recorremos el pasillo de las damas (entre las cuales soy la única residente destacable), atravesamos la larga galería con su arte y sus objetos antiguos, dejamos atrás el salón de banquetes y sus altas vidrieras, las salas de esparcimiento, el claustro en el que el gran hermano Peregrine tiene su biblioteca y entramos en el gran salón. Se construyó en los días en los que las camarillas malignas ostentaban el poder. Sigue manteniendo la forma de un círculo perfecto, bajo una cúpula impresionante. Ahora hay un monumento conmemorativo en el centro, dedicado a la caída de los viejos ayuntamientos y la Gran Liberación de Peregrine. Él mismo está representado en mármol, con su vara de mando alzada sobre un inhumano esposado.

A veces reflexiono sobre los días de las camarillas malignas. Por aquel entonces, la melodía de luz era un atributo que todos anhelaban para sus hijos.

Avanzamos deprisa, en formación, vestidas de blanco de pies a cabeza. Todo el mundo nos cede el paso. Tanto lacayos como consejeros se rebajan ante mí. A pesar de nuestra velocidad, tengo que irradiar calma. Eso también forma parte del mito. Debo ser siempre un emblema de las virtudes femeninas de la paciencia, el amor y la elegancia en este despiadado centro de poder. Mi vestido lleva adornos de gasa blanca que flotan detrás de mí, al andar. Mi peluca está salpicada de diamantes que reflejan la luz del sol matutino. Mis damas y yo siempre causamos sensación.

Al acercarnos a la sala de guerra, Starling se detiene.

—El hermano Kite quiere verla a solas.

—Así que mi visita es clandestina, ¿eh? —Me convendría convertir a este hombre en mi perrito faldero—. Starling —digo, usando su nombre como si fuera una caricia—. Será mejor que me cuentes lo que sabes.

—No... No tengo permiso, hermana.

Le sonrío como si fuera el único hombre que me importa en toda la faz de la Tierra.

—Tienes mi permiso.

Traga saliva y veo que la nuez, enorme, le sube y le baja por el cuello.

—Perdóneme...

—Algún día dejarás de tener miedo —le susurro—. Y, entonces, ¿quién sabe lo que podría suceder?

Se ruboriza hasta las raíces de su sorprendente pelo.

Entro en una entreplanta a oscuras y dejo a mis damas con el tímido emisario. Debajo de mí, el personal militar se comunica con nuestras fuerzas armadas; llevan unos auriculares pesados y están pegados a las radiobinas. Hay un mapa enorme que cubre una pared entera, en el que se ve nuestra larga y verde isla de Brilanda. Se encuentra junto al promontorio continental de Ailanda, separada de nuestro enemigo en el punto más cercano tan sólo por los estrechos de Alma.

Hay batallas marcadas por todas partes, puntos con los que se indica la posición de nuestros barcos. También hay líneas dibujadas y redibujadas sobre Ailanda, para mostrar nuestros orgullosos avances y la vergüenza de nuestras ignominiosas retiradas. No hay líneas en Brilanda. Los cerdos ailandeses nunca han pisado nuestras costas.

A través de la delgada ventana que va del suelo al techo, se ve la nueva pista de aterrizaje de Kite. Me detengo, distraída, cuando uno de sus aviones experimentales de combustible de fuego se dispone a aterrizar. El rugido del motor me vibra en las vísceras al tocar tierra. Deja tras de sí una bruma de combustible.

A estos aviones los llaman luciérnagas y son muy polémicos. Los ha inventado mi dueño, Kite, pero Peregrine todavía no los ha aprobado oficialmente. Los aviones incumplen la Primera Ley y el Consejo de los Hermanos está muy dividido sobre su utilización. Aunque, por Gala, hay que reconocer que son magníficos.

La Primera Ley era el pilar de la Edad del Infortunio, el fino hilo del que pendían nuestros ancestros. Es probable que evitara la destrucción absoluta de la vida en la Tierra y, durante miles de años, todos la hemos obedecido: «La humanidad no volverá jamás a usar el combustible de fuego en ninguna de sus formas».

Contemplo la bruma de calor que bombea el motor de la luciérnaga. El propulsor gira diez veces más deprisa que cualquier turbina. Se detiene en la pista como el carro del mismo Thal.

Mi dueño se me acerca, pintado el fervor en sus ojos. Niccolas Kite, el más ardiente discípulo de Peregrine. Desde que lo conozco ha subido como la espuma, de humilde inquisidor a director de la Casa de las Crisálidas y, de ahí, hasta consejero militar jefe. Sé que he tenido bastante que ver en ello, que he ascendido con él, allanándole el camino, inculcándole sus ideas a los demás. He lubricado sus engranajes para convertirlo en el estratega jefe, y la ambición de Kite sigue impulsándolo. Va camino de ser el heredero de Peregrine.

Han pasado seis años desde que Kite me sacó de entre las ruinas de mi casa. Yo tenía dieciséis años. Al verlo, noto una emoción que me resulta familiar. Antes creía que era asombro. Ahora la llamo por su nombre: miedo.

Kite mueve la mano para ordenarme que me detenga, que me quede donde estoy, donde los de la planta principal no pueden verme. Nadie debe saber que este gran jefe necesita mi ayuda.

—Un buque de guerra ailandés ha destruido nuestra estación de escucha del norte —me cuenta—. Un misil, impacto directo. —Es un gran golpe. La estación de escucha es tecnología de radiobina de última generación y cuesta casi tanto como sus luciérnagas—. Sólo un inhumano podría haber sido tan preciso en medio de una niebla marina tan densa. Encuéntralo para que pueda destruir su barco. —Todos los barcos ailandeses llevan una antorcha a bordo. Al instante sé lo que tengo que hacer—. Peregrine me ha dejado al mando de la sala de guerra y quiero el mejor resultado posible —añade Kite.

Tengo que ser cariñosa, leal, inteligente, deseable y entusiasta.

—Libérame. Permíteme servirte.

Mi supervivencia depende de ser justo lo que él necesita. Le doy la espalda y me quito la peluca. Cuando vuelvo a mirarlo, me siento desnuda. No alzo la vista. Kite puede ver el pelo cortado y afeitado alrededor de su regalo más permanente: una banda de plomo de sirena.

Saca la llave, que lleva enganchada en una cadena oculta. Soy un poco más alta que él, cosa que sé que detesta, así que doblo ligeramente las rodillas para que no le cueste trabajo. Mete la llave en la sutil cerradura de la banda y siento el chasquido recorrerme el córtex cuando la gira. Me quita esta carga tan odiosa. No sólo soy la Flor de Brilanda, sino también la antorcha secreta de Kite.

Le veo en la mirada lo mucho que necesita esto. Quiere encontrar el modo de congraciarse con nuestro gran hermano, porque la relación entre ambos ha empeorado en los últimos tiempos.

—Quiero poder decirle a Peregrine que hemos destruido el barco ailandés —dice.

Mi melodía de luz brota, desatada, y siento una ligereza tan eufórica que, por un momento, se me olvida respirar. Kite no pierde el tiempo y me da la ubicación de la estación de escucha, de modo que envío mi energía hacia el norte. Estoy buscando una embarcación ailandesa en algún punto de la costa. Vuelco mi melodía en la tarea. El cuerpo se me tensa del cansancio, pero, tras el júbilo del principio, ahora mi poder se torna tenue y lento. Ocurrió lo mismo la última vez que me liberó, y también la anterior. Antes, mis poderes fluían sin esfuerzo. Ahora tengo que plegar la melodía a mi voluntad. Siento una ansiedad atroz. Necesito cada partícula de energía que poseo para enviar mi luz tan lejos. Me maldigo mientras los segundos siguen avanzando. No puede ser tan difícil encontrar la estación; debería ser un foco de agonía humana.

—¿Por qué tardas tanto? ¿Dónde estás?

La impaciencia de Kite no ayuda.

Por fin oigo una conflagración lejana, hombres aterrados, hombres que gritan. Me concentro en eso. Sí, los percibo. Su tormento me permite verlos. Paso lo más deprisa que puedo por encima de sus cuerpos repletos de ampollas. Más allá, oigo el mar. Todo está blanco por culpa de la densa niebla. No hay nada a lo que aferrarse, nada salvo las gaviotas y la bruma que lo atenúa todo. Avanzo a ciegas.

Es lo que pasa cuando mantienes la melodía de luz atrapada durante demasiado tiempo: empieza a perder su potencia. Hace unos años habría volado hasta ese barco como un cometa. Ahora, estoy forzando mis límites, y esta ansiedad no me ayuda. Me concentro en el sonido de las olas y me obligo a encontrar mi antiguo brillo. Pocas antorchas pueden viajar tan lejos.

—¿Y bien? ¿Las coordenadas?

—Hay mucha distancia…

Me agarro a un escritorio y sigo adelante como puedo, con todo lo que tengo. Percibo las almas humanas a bordo de un viejo carguero brilandés. Me llegan unas guirnaldas mentales que se alzan como humo, pertenecientes a los soldados que llegan cansados de la batalla. Son nuestros hombres, que regresan a un pueblecito costero.

—Hay un carguero cerca —le digo a Kite—. De los nuestros. Están preocupados por la explosión…

—¡Encuentra a los ailandeses!

Dejo atrás el barco y sigo escuchando.

Percibo una potente energía masculina, una inteligencia brillante y curiosa. Un ailandés, una antorcha. Es la respuesta a mis plegarias y se encuentra en la proa de un buque de guerra magnífico. Siento un gran alivio. Su energía me atrae como un imán, y lo veo mirar al mar, con la vista fija en algo que hay en el agua.

—Los tengo —le digo a Kite.

Me levanto y uso la estación de escucha para triangular la posición del barco. Kite apunta las coordenadas y, en una radiobina cercana, ladra una orden a un subordinado:

—Ponte en contacto con el capitán de nuestro carguero.

—Kite —le digo, mientras sigo flotando sobre las olas—, ese carguero es viejo y está mal equipado...

—Así los ailandeses no se esperaran que los destruya.

Lo oigo hablar en su unidad de comunicaciones con el capitán del barco brilandés. Debería retirarme ya y regresar a mi cuerpo, porque Kite ya tiene lo que quería. Está dando órdenes de disparar sin previo aviso. Debería avisarlo de que es un error, pero estoy disfrutando de mis últimos momentos de libertad. Pronto volverá a enjaular mi melodía, así que aprovecharé cada momento que me quede y me fortaleceré.

Me siento atraída hacia el paisaje mental de la antorcha ailandesa. Reprimo mi odio instintivo porque, si me percibe, atacará. Me poso en la cubierta, concentro la melodía de luz en él y noto que mi presencia se estabiliza. Es más joven que yo, lleva el pelo recogido en una coleta, una gema reluciente colgada del cuello y el acostumbrado uniforme azur. Este hombre es consciente de su atractivo. En un alarde de poder, me acerco, procurando permanecer oculta. El ailandés es inexperto y siente el peso de su responsabilidad como un yugo sobre los hombros. Le veo la piel de la nuca, las manos delgadas sobre la barandilla y la energía en la mirada. ¿Me atreveré a robarle los pensamientos? Kite estaría encantado de saber de dónde partió el barco y cuál es su misión. La antorcha usa toda su luz para enfocar las olas. ¿Por qué?

Entonces la veo: una barquita diminuta, una barca de pesca con una joven dentro. Por Gala, si es una novia… Y no está sola.

En mi otra realidad, soy vagamente consciente de que Kite, tras impartir sus órdenes, se me acerca con la banda metálica.

—¡Espera! —exclamo.

Ansía mi poder, así que lo envidia. Prefiere verme el cráneo envuelto en plomo.

—¿Qué pasa? —pregunta con impaciencia—. ¿Qué ves?

—Una barquita. Otra antorcha… Oigo dos canciones unidas, como una armonía… Una es increíble, juraría que proviene de…

Y, de repente, me ahogo.

He bajado la guardia y la antorcha ailandesa me ataca en la melodía de luz.

—Te tengo, espía —dice entre dientes.

Noto que su energía rodea la mía con una fuerza arrolladora. Inhalo, rígida. Esto es un ataque, un ataque contra mi persona. Intento liberarme y me defiendo. Está luchando contra mi luz. Este ailandés me tiene bloqueada, inmovilizada. Me arrancará el espíritu del cuerpo, si no se lo arranco yo a él.

—¿Quién eres? —pregunta—. ¿Quién te ha enviado, espía?

Siento que sus átomos se aferran más a los míos, hasta que, de repente, estamos los dos en la entreplanta, mirando la sala de guerra. Esto es impensable. La antorcha ailandesa me ha vencido. Kite no lo percibe. Estoy asfixiada, no puedo respirar.

—Mujer, ¿qué estás viendo? —me gruñe.

El ailandés lo mira y noto que se estremece de asco.

—Hermana Swan —dice—, encadenada por tu amo. Esta antorcha ha descubierto mi secreto, sabe lo que soy. Estoy condenada.

De repente, el ruido de un motor se oye por toda la sala de guerra. Fuera, otro avión de combustible de fuego se prepara para aterrizar. Lucho con todas mis fuerzas para liberarme e intentar que el ailandés no lo vea, pero él se queda mirando el avión, empapándose de él, fijándose en el ingenioso diseño de las alas, en la estructura ligera, en los espejos diminutos que captan la energía del sol…, en el motor de combustible de fuego. Forcejeo para soltarme; me siento como un pez en el pico de un pájaro.

Como un fogonazo, me llega la imagen de un niño que se zambulle en un lago de montaña, como un alción. Eso es. Sé cómo se llama.

—Alción —digo, volviéndome hacia él—. Alción…

Afloja un poco su presa, al darse cuenta de que le he sacado su verdadero nombre. Me suelta. Permanece dentro de su melodía de luz, mirándome fijamente a los ojos, mientras su insultante uniforme emite un brillo azul iridiscente. Por un segundo, lo veo todo. Entresaco un remolino de imágenes de su vida: alambrada de espino, hambre voraz, zambullida en un lago helado, sexo, salvación. Noto que algo se me desgarra dentro. ¿Acaso este cabrón acaba de sacarme a mí lo mismo?

—Zara —susurra.

Entonces, en su realidad, se oye un estallido enorme. Se tambalea al recibir su barco el impacto. Me llega una onda expansiva tremenda… y su melodía desaparece. El carguero brilandés ha disparado. Caigo de rodillas, jadeante.

—Te ha atacado, ¿verdad? —me acusa Kite—. Su antorcha te ha visto venir.

—Hemos acertado en su barco —argumento en mi defensa—. Los hemos incapacitado.

Pensaba que eso lo complacería, pero sigue furioso.

—Has dejado que te venza —me dice, frío.

—Estaba distraída...

—Lo has traído hasta aquí. ¿Ha visto esta sala? ¿Los aviones?

Mi silencio es la respuesta.

Kite reprime las ganas de pegarme, agarra la banda de plomo y me la coloca de malas maneras.

—Inútil.

Y así se completa mi humillación.

# 13

# ALONDRA

Estamos gritando, gritando. El buque de guerra va a atravesar mi barca y hacernos astillas. Que Gala nos proteja. Casi soy ya capaz de tocar su costado de acero. Necesito emplear toda mi habilidad y toda la batería que me queda para virar a un lado de su monstruosa proa. Mi barca baila peligrosamente sobre las olas enfurecidas. Lanzo mi peso a un lado y a otro para intentar estabilizarla mientras pienso que, si me localizan, sólo verán a una chica solitaria, ¿no? Soy un pez pequeño, nada de interés, así que no merece la pena matarme.

—Alondra —dice Ruiseñor, señalando la barandilla del barco.

Allí hay un ailandés que me mira. De hecho, se acerca a la proa para verme mejor. Que Gala me ayude, porque todas hemos oído lo que les hacen los ailandeses a las chicas de Brilanda.

Percibo su acorde grave cuando examina nuestra armonía. Tiene la canción.

—Es una antorcha —dice Ruiseñor, que también lo percibe—. Quiere comunicarse contigo.

Lo bloqueo con un muro de odio, pero insiste. Noto el ritmo y el latido de su luz, como un aleteo a mi alrededor. Esta serpiente mentirosa está intentando decirme que no tenga miedo.

—Cabrón ailandés —dijo entre dientes—. Vosotros matasteis a mi padre…

Me doy cuenta de que Ruiseñor se ha sorprendido con mi lenguaje; las chicas brilandesas tienen prohibido decir palabrotas. Una chica brilandesa ni siquiera debería conocerlas. Pero Rye Tern me enseñó bien.

¿Hasta qué punto siente esta antorcha la presencia de Ruiseñor? ¿La percibe físicamente, como yo? ¿Es consciente de su extraordinaria luz? De repente, el ailandés ya no está solo, sino que vemos a una figura espectral en cubierta, detrás de él. Una mujer… Una mujer en la melodía de luz. Pelo rapado. Vestido blanco. Antorcha. Tiene el porte de una diosa y me está mirando a mí.

Entonces, el ailandés corre hacia ella por la melodía y la mujer desaparece sin dejar rastro.

—¿Qué ha sido eso? —pregunta Ruiseñor, perpleja.

Niego con la cabeza y me concentro en alejarme todo lo posible de la antorcha ailandesa. Ruiseñor está a mi lado en todo momento, examinando la niebla que tenemos delante.

Pienso en lo agotador que tiene que ser esto para ella, en lo cansada que estaba yo después de enviar mi melodía a Brightlinghelm. Pienso en el desgaste de tanta emoción, en el esfuerzo dedicado a apoyarme, en toda esa luz…

—Hay otro barco —dice, y señala—. Hombres de Brilanda…

—¿Cómo lo sabes?

—¿No los oyes? ¿No oyes las voces?

Me esfuerzo al máximo, pero no oigo nada en la luz. Es como antes, cuando Ruiseñor oía a los hombres de la estación de escucha.

—¿Oyes a todo el mundo? —le pregunto.

Ruiseñor se queda sorprendida.

—¿Tú no?

Yo sólo percibo a las demás antorchas. Si ella es capaz de oír a todo el mundo, debe de ser una carga tremenda.

—¡Bum!

El cañonazo me tira al suelo. Me encojo en la barca, con las manos en las orejas, mientras algo vuela por encima de nosotras. Medio segundo más tarde estalla la turbina principal del barco ailandés, que se derrumba sobre su cubierta, convertida en una bola de fuego. Empieza a sonar una bocina. Vemos que los ailandeses corren como hormigas, de un lado a otro. La antorcha de la proa da media vuelta y corre hacia el incendio.

—La nave brilandesa les ha disparado —dice Ruiseñor.

Oigo los gritos que brotan del barco. Un hombre envuelto en llamas salta por la borda. Ruiseñor vuelve la vista.

Por fin empieza a levantarse la niebla. Mi vela se hincha con el viento y la turbina gira al fin. Entonces lo veo: un viejo carguero brilandés que sale de la bruma y va derecho a por los ailandeses. De sus costados gotean enormes ronchas de óxido y una hilera andrajosa de soldados lanza vítores desde cubierta, disfrutando del espectáculo del buque ardiendo. ¿Son éstos nuestros hombres, los de Northaven? Un cañón se prende y dispara. Una nube de humo. Un silbido ensordecedor.

—¡Al suelo! —grita Ruiseñor.

Siento el calor del obús al pasar volando por encima de nosotras. Ruiseñor me tapa con su melodía, como si así pudiera protegerme. El proyectil acierta en la popa del barco ailandés y, amedrentada, me percato de que mi barca está entre estos dos barcos en guerra. ¿Adónde voy? ¿Sigo con mi plan de huida? A estas alturas pretendía encontrarme a varias millas de distancia, pero la niebla me ha desorientado. Cuando desaparece, veo unos acantilados que me resultan muy familiares: mi intento de escapar del buque ailandés me ha llevado de vuelta al norte. Sobre mí se alzan las turbinas de Northaven. De repente, nos damos cuenta de que algo ha salido disparado del buque enemigo, bajo el agua. Los torpedos pasan por debajo de mi barca a una velocidad extraordinaria y nos hacen zozobrar. Unos segundos después estalla todo el costado del barco de Brilanda. Se inclina de inmediato, con un agujero en la quilla. Pues claro que los ailandeses tenían que tomar represalias. Claro que sí. Los soldados brilandeses corren por las cubiertas tirando de los lanzamisiles. ¿Se fijarán en mí? ¿Evitarán mi barca? Otra ronda de torpedos sale del buque ailandés. Esta vez, se oye un horrendo estallido bajo el agua cuando acierta en la quilla del otro barco. La onda expansiva amenaza con volcarme.

—¡Estás justo en la línea de fuego! —exclama Ruiseñor.

Levanto la vista hacia nuestro barco, pero lo que veo me angustia.

—Me parece que se ha terminado la batalla —le digo a mi amiga.

El viejo carguero oxidado se escora hacia un lado, herido de muerte. Los hombres resbalan por las cubiertas y sus camaradas corren a ayudarlos. Sigo demasiado lejos para distinguir rostros y voces, pero Ruiseñor está allí, con ellos, sintiendo su pánico y su dolor. Me vuelvo para mirar hacia los ailandeses. De su buque brotan nubes de humo negro, pero siguen navegando. Me percato de que se baten en retirada. Heridos, regresan a su guarida.

El carguero está cada vez más hundido y se inclina peligrosamente. No cabe duda de que está perdido. Los hombres se apresuran a bajar los botes salvavidas, pero sólo consiguen poner dos en el agua, antes de que el mar empiece a tragarse el barco. Retuerzo mi vela y uso lo que me queda de batería para acelerar.

—Tengo que ayudarlos —anuncio, mientras dirijo la barca a los hombres que se debaten en el agua.

—Los hombres de la bodega no pueden salir —me dice Ruiseñor, turbada, tras agarrarme del brazo.

—Aléjate de ellos, Ruiseñor. No puedes hacer nada.

Soy dura con ella. La sujeto con mi luz y la obligo a alejarse de su dolor. ¿Cómo será que el sufrimiento te atraiga como un imán? ¿Es eso lo que la llevó hasta mí? Ruiseñor capta lo que pienso.

—Cassandra me estaba enseñando a controlarlo. Me estaba enseñando a levantar barreras para protegerme. Cada vez se me da mejor. Puedo intentar bloquearlo...

—Te ayudaré. Estoy contigo. Rescataremos a todos los que podamos y así no sufrirán.

Eso parece aliviarla, hasta que, de repente, se queda rígida.

—Ishbella está intentando entrar en mi habitación. Me está gritando.

—Vete.

—No quiero dejarte sola.

—No pasará nada.

—Está golpeando en la puerta.

—¡Vete!

Mi amiga desaparece y, en ese instante, me percato de lo mucho que me ha mantenido a flote su presencia. Ahora estoy sola en un mar de hombres que se ahogan.

Voy hacia ellos. Ya estoy lo bastante cerca como para oírlos gritar y maldecir. Se aferran a los botes salvavidas y a los pecios... O se hunden. El carguero se vuelca y, acompañado del horrible ruido del agua al inundarlo y del metal al romperse, el mar se lo traga junto a no se sabe cuántos hombres. Me alegro de que Ruiseñor no lo vea. Sé que las aguas aquí son profundas, que van bajando escalonadamente desde los acantilados de la costa. Los soldados están atrapados en un remolino que los conduce sin remedio a un terrible agujero oscuro, como insectos en un sumidero.

—¡Aquí! —grito—. ¡Aquí! ¡Id hacia las redes!

Lanzo las redes al agua, con la idea de que los hombres las usen para subir a la barca. Después, alargo una mano y alguien se agarra con fuerza y está a punto de tirarme al mar. El desconocido aterriza en el suelo de mi barca, empapado, sin aliento, con cara de armiño.

—Una novia —dice—. ¿Qué coño es esto? —Me lanza una mirada acusadora—. ¿Es que no quedan hombres en Northaven? —Mete la mano en el agua—. ¡Forbe! —chilla, y saca del agua a un soldado con la cabeza rapada.

—Syker —dice Forbe al caer a la barca—. Gracias al cielo...

Otros hombres se agarran a las redes por el otro lado. Observo cómo el mar se cierra sobre el carguero.

—¡Aquí! —les chillo a los que siguen en el agua—. ¡Aquí!

Otro superviviente logra subir, descamisado, cubierto de tatuajes.

—¡Wright! —grita Syker—. ¿Dónde está Mikane?

—Bajó a la bodega —responde Wright entre toses.

—¿Qué coño me estás diciendo?

—Estaba buscando a John Jenkins.

—¿Va a tirar su vida a la basura por ese retrasado de Jenkins? —pregunta Syker, incrédulo—. ¡Mierda!

—Syker —dice Wright, mirándome—, que hay una dama presente.

No me gusta que me llamen así; me hace sentir inútil.

—Soy marinera. Esta barca es mía.

Syker no parece escucharme y se pone a manejar el timón como si ahora mi embarcación le perteneciera.

—¡Hamid! —chilla—. ¡Usa la puta red!

Un hombre, supongo que Hamid, se sube a la barca. Ahora soy muy consciente de mi condición de chica y de novia. Éstos son los hombres con los que nos vamos a casar. Me siento pequeña y avergonzada, y no sé por qué. Les doy la espalda para buscar más náufragos... y veo una figura flotando boca abajo. Me asomo a la borda y lo agarro por la basta camisa.

—¡Aquí! —grito mientras intento subirlo, y me horroriza comprobar que lleva una tela de gasa tapándole la cara. Como Rye.

—¡Ése no! —grita Syker—. Es una puta crisálida.

Tiro con más fuerza, decidida a salvarlo. Syker cruza la barca, me arranca la mano del hombre y lo devuelve al mar.

—Es un puto inhumano. Salva a los hombres. —Me levanto y lo miro, conmocionada. —Hamid, hazte cargo del timón —ordena—. Dirígete a esos restos.

Otros dos hombres se suben a la barca, empapados, tosiendo salmuera.

—¡Malditos ailandeses! —chilla uno de ellos.

Syker está en la popa. Ahora, él es el capitán.

—¿Cuántas personas más caben antes de que esto se hunda? —pregunta Forbe.

Mi barca pesa y se arrastra por el agua.

—Tira esta mierda al mar—ordena Syker, y se libran de todo mi equipo de pesca.

No es que me importe, porque sé que los hombres son más importantes, pero...

Entonces, Wright ve a un hombre aferrado a una caja de madera.

—¡Ése es John Jenkins! —chilla.

—Olvídate del tarado de Jenkins —responde Syker—. ¿Dónde está Mikane?

Wright le lanza una cuerda a Jenkins, decidido.

—Mikane me pidió que cuidara de Jenkins.

El susodicho se agarra a la cuerda, y Hamid y Wright tiran de él hasta subirlo a la barca. El hombre empieza a gemir mientras se mece adelante y atrás.

—Dioses. Dioses. Dioses —repite una y otra vez—. Tiene algún problema grave.

—¡El comandante! —grita Forbe.

Miro hacia donde señala y veo a un hombre enorme en el agua, con el abrigo puesto, hundiéndose. Forbe se zambulle para sacarlo a la superficie.

—¡Súbelo a bordo! —le ordena Syker.

Wright y los demás lo agarran, y la barca se inclina peligrosamente hasta que consiguen dejar a su comandante boca abajo en cubierta. Tiene la cabeza a mis pies. Parece muerto. Hamid se le acerca y lo pone boca arriba. Le falta la mitad del pelo y tiene la cabeza cubierta de cicatrices. Éste no puede ser el guerrero de los murales.

—¡Mikane! ¡Mikane! —gritan sus hombres.

Wright empieza a hacerle compresiones en el pecho. Deben de habérselo enseñado en el entrenamiento para el campo de batalla, pero antes tendrían que haberlo colocado de lado; es lo que se hace con los hombres que se ahogan, ponerlos de lado. ¿Por qué me da tanto miedo hablar? Podría morirse mientras me quedo callada.

—Ponlo de lado —le digo en voz baja a Wright—. Y presiona en la espalda. Así puede expulsar el agua.

Hamid y Wright mueven a Mikane.

—¡Vamos, comandante!

Wright le hace las compresiones en la espalda. De repente, el comandante sufre una convulsión y me vomita agua en los pies. Se le sacude todo el cuerpo, agitado por las arcadas. Vomita más cieno apestoso y salado. Por fin, respira. Las cicatrices le han robado media cara. Sólo le queda un ojo. Ay, Gala, el olor de lo que ha echado me está revolviendo las tripas.

Cuando se disipan los últimos jirones de niebla, aparecen más barcas de Northaven. Nuestros marineros se hacen cargo del rescate, pero, por desgracia, en el agua quedan pocos hombres con vida. Algunos flotan boca abajo. Las olas se han llevado al resto.

Wright reza, aliviado:

—Gracias, nuestro Señor Thal, por salvarnos en este día…

—No necesito tus plegarias —lo interrumpe Mikane. La gran leyenda sigue tumbada boca arriba, mirando al cielo. Respira. Vivo—. En fin, aquí seguimos —dice.


Para cuando entramos en el puerto, Mikane ya es capaz de levantarse, así que el curtido líder se prepara, aunque con escasas fuerzas. Me da la espalda mientras contempla su hogar de la infancia.

—Northaven… —lo oigo decir, como si no se lo creyera. Supongo que hace más de quince años que no ve este estercolero, y ahí está el pueblo al completo. Los ciudadanos esperan en la orilla, tensos y en silencio. Hoopoe, Wheeler, Greening, los regidores de espaldas rígidas, el pequeño comité de bienvenida compuesto por esposas y madres, la banda de marcha de los cadetes novatos y las doncellas del coro bajo su optimista banderola. Todos tienen el rostro ceniciento y observan a los supervivientes.

—Mirad a esas cositas tan deliciosas —dice Forbe, que observa las doncellas—. Deben de ser para nosotros.

¿Acaba de llamarnos «cositas»?

—Esta noche tendremos dos cada uno —replica Syker, sonriente—. Date cuenta, Jenkins. Dos dulces muchachitas para calentarte la cama.

Le da una palmada entre los hombros, a ver si así reacciona.

—Qué pena malgastarlas con él —comenta Forbe.

John Jenkins está perdido en su propio mundo. No deja de blasfemar entre dientes, como si lo único que quedara de él fueran sus juramentos.

Heron Mikane no dice nada, aunque su único ojo bueno sigue fijo en la costa, cada vez más cercana.

Los regidores nos reciben en el muelle, junto a un grupo de niños que sostienen banderas de Brilanda, sin ondearlas al viento. Los cadetes novatos permanecen firmes con su banda sin melodía. Detrás de ellos, tenderos, ciudadanos y esposas se habían reunido para dar la bienvenida a sus hombres, pero ahora observan, en silencio y conmocionados, el desembarco de los supervivientes. Sólo uno de ellos, Wright, se vuelve hacia mí.

—Gracias, señorita —dice.

Entonces es cuando Mikane se fija en mí. Estoy agachada, con las rodillas contra la barbilla.

—Hm —gruñe antes de salir de la barca.

Otra barca se acerca por detrás de nosotros. Mikane y sus hombres acuden a ayudar a los supervivientes, así que me quedo sola con mi vestido de novia destrozado, mirando a Hoopoe Guinea, la señora Sweeney y mi madre.

—Elsa...

Mi madre me abraza, y es entonces, al sentir su calor, cuando me doy cuenta del frío que tengo. Estoy empapada en agua de mar y tiemblo por culpa de la conmoción. La señora Sweeney le pasa una manta a mi madre, que me envuelve con ella. Pero Hoopoe no tiene piedad y me interroga a fondo.

—¿Por qué demonios estabas en el mar? —pregunta—. ¿Qué estabas haciendo?

Me aferro a la primera excusa que se me ocurre.

—Se... se me ocurrió pescar algunas vieiras para el banquete de bodas.

—¿Quién te lo ha pedido?

—Nadie. Supuse que pescar podría ser mi habilidad especial —respondo, lo que suena muy poco creíble.

Mi madre corre a defenderme.

—¿Qué más da por qué salió en la barca? Ha salvado a todos esos hombres.

Compruebo con alivio que la señora Sweeney la apoya.

—A esta chica deberían darle la medalla de los Hermanos —dice, y me toca la mejilla con su basta mano—. Nos ha traído de vuelta a Heron Mikane...

—Me la llevo a casa —dice mi madre, cogiéndome del brazo—. Si os parece bien.

150

—Pues claro que no me parece bien —exclama Hoopoe—. Ve a ponerte con las otras novias, donde perteneces.

—Está empapada —insiste mi madre.

—Estoy bien —le aseguro.

Agradezco el apoyo de mamá mientras nos acercamos a las doncellas, aunque me duele el corazón. ¿Encontró el mechón que le dejé? ¿Sabe que intentaba huir?

—Ya me contarás cuando estés preparada —me dice, con cara de preocupación.

—Siento lo del vestido.

—Elsa, el vestido me da igual.

Voy a colocarme con las demás esposas, cubierta con una manta.

—¿Qué has estado tramando? —pregunta Tinamou Haines, que me acusa con la mirada, celosa.

No respondo. Mi intento de huida ha sido un fracaso estrepitoso.

—Se fue a cazar hombres con su barca —les dice Chaffinch a todas—. Quería exhibirse delante de nuestros novios antes de que las demás tuviéramos la oportunidad de hacerlo.

Gailee me da la mano.

—¿Cómo te diste cuenta de que estaban ahí, entre la niebla? —Finjo temblar demasiado para responder—. Los has salvado —me susurra.

Eso es cierto, pero, al salvarlos, me he quedado atrapada. Debería estar ya a varias millas de aquí. Sin embargo, esta noche, uno de estos hombres mojados y resbaladizos me pondrá las manos encima.

—¿Cuál de ellos es el comandante Mikane? —pregunta Uta Malting, con los ojos muy abiertos.

Observan a Syker, que se está quitando la camisa mojada.

—Ése tiene hechuras de comandante... —comenta Chaffinch.

Veo que Mozen Tern sale a toda prisa de su taberna para darle whisky a los supervivientes; seguro que después se lo cobra. Cierro los ojos, más lejos que nunca de mi Rye.

—Estás congelada —dice Gailee, y me rodea en un abrazo para darme calor.

Otros barcos de pesca llegan con su cargamento de cadáveres. Heron y sus hombres ayudan a llevarlos hasta el muelle. Veo a mi madre y a otras viudas encargarse de los muertos, colocándolos de modo que tengan algo de dignidad. La segunda señora Aboa ha encontrado a su hijo y deja escapar un lamento quejumbroso, que nos desgarra a todos. El grupo de los dolientes se amplía. Nela Lane sale corriendo de la plataforma del coro, desconsolada: han encontrado a su hermano mayor, Otin. Era muy pequeña cuando él partió para luchar, pero perderlo tan cerca de casa... es una crueldad tremenda.

El comandante Mikane deja de trabajar un momento y clava la vista en las mujeres. Me percato de que mira más allá de la señora Aboa, de Nela y de su familia; está mirando a mi madre, que a su vez se encarga del cadáver de un soldado muerto.

Ella no se fija en él. Heron sigue contemplándola en silencio. Quizá la recuerde. Quizá esté pensando en mi padre...

La mayoría de estos hombres llevan diez años de servicio. Mikane ha servido bastante más. No puede tener mucho más de cuarenta años. El cabello, que tan exuberante y oscuro era en todos nuestros murales, empieza a encanecer en la sien intacta. Los supervivientes se están bebiendo a morro el whisky del viejo Mozen. Cuerpos toscos, fibrosos, todos ta-

tuados, con cicatrices por dentro y por fuera. John Jenkins...
Su madre intenta saludarlo, pero él le da la espalda y se hace
un ovillo.

—Cuántos muertos... —dice Sambee James.

Las doncellas del coro siempre hemos sabido que los veteranos casaderos serían un bien escaso, por eso cada uno de
ellos recibe dos esposas.

—Somos demasiadas —susurra Uta Malting, que dice en
voz alta lo que todas estamos pensando.

Wheeler debe de haber escrito varios libros sobre cómo
ser un capullo pomposo, porque lo veo pasar por encima de
los cadáveres para llegar hasta Mikane. Es como si no soportara tener que abandonar su ensayadísima ceremonia.

—Comandante, no es éste el recibimiento que se merece.

—No es posible que ése sea Heron Mikane —dice Chaffinch, alicaída.

Las doncellas se quedan mirando su pelo canoso y su ojo
destrozado, incapaces de ocultar la decepción.

Wheeler no levanta ni un dedo para ayudar con los muertos.

—Le deseo la más dolorosa de las muertes a los ailandeses
por lo que nos han hecho hoy —dice.

Me da la impresión de que ese imbécil soberbio pretende
entregarle la Estrella de Thal a Mikane justo ahora. No me lo
puedo creer.

El comandante se vuelve hacia él sin cordialidad alguna y
dice en voz bien alta:

—Quizá pueda usted explicarme por qué nuestros superiores de Brightlinghelm ordenaron a un carguero mal equipado atacar a un buque ailandés. Después de tantos años de
guerra, es absurdo que pierda a mis hombres cuando estaban
tan cerca de volver a casa.

Ha tomado a Wheeler por sorpresa y, por una vez, el hombre no sabe qué decir. El puerto guarda silencio.

Greening se les une, conciliador.

—Nuestras mujeres les han preparado comida, comandante. Y sus esposas esperan para consolarlos.

Nos señala a nosotras, las doncellas del coro, mientras esboza una sonrisa obsequiosa. Heron nos mira con desdén y señala los cadáveres.

—Su única novia es la muerte —dice, y su voz resuena como la de un hombre acostumbrado a dar órdenes en el campo de batalla. El puerto guarda silencio de nuevo. Las dolientes levantan la vista—. Hoy no habrá ninguna boda. Hoy enterramos a nuestros hombres.

# 14

# SWAN

**K**ite aparta la vista y continúa paseándose, disgustado, mientras me vuelvo a poner la peluca. La pelea con la antorcha ailandesa me ha dejado muerta de cansancio. Lo único que deseo es dormir, pero me obligo a mantenerme fuerte.

Kite. Se lo debo todo. Tiene la llave de mis cadenas. Lo he convertido en lo que es. Podría acabar conmigo con tan sólo decir una palabra. Las complejidades de nuestra relación me revuelven por dentro mientras hago lo que puedo por restaurar mi belleza sin contar ni con damas ni con espejo. Me miro en la ventana. Mi brillo se apaga, confinado dentro del cráneo. De no estar tan cansada, lloraría.

No tardo en completar la máscara. De nuevo, soy un símbolo de serenidad, la encantadora Flor de Brilanda.

—¿Tanto te distrae tu vanidad? —me pregunta.

Me vuelvo para mirarlo y veo su lujuria. Me desea, incluso ahora. O, mejor dicho, le gustaría castigarme con sexo. Tardé un tiempo en darme cuenta de que Kite quiere mi cuerpo porque mi mente lo elude, así que he aprendido a alimentar su fuego. Si mi melodía de luz está en declive, pronto mi belleza será el único poder con el que cuente.

Entonces aparece el oficial de comunicaciones. Le da a Kite la terrible noticia de que el carguero se ha hundido y el comandante Mikane estaba a bordo. No tiene más información.

—Peregrine debe saberlo lo antes posible —aconsejo a Kite—. No permitas que se entere por otra persona.

Kite me agarra del brazo y me lleva con él.

—Nuestra estación de escucha está en ruinas —me dice entre dientes mientras me arrastra por el palacio—. Un barco en el que viajaba un héroe nacional se ha hundido y una antorcha ailandesa sabe que hemos incumplido la Primera Ley.

—Tiene la voz entrecortada—. Necesito una victoria. Y tú me has entregado una derrota.

Mi fracaso me deja la garganta seca, como si tragara ceniza. «Piensa —me digo—. Piensa a pesar del agotamiento, traza un plan. Se está cansando de ti. Lo único que lo mantiene a tu lado es el sexo. Y eso es algo tan frágil como una telaraña».

Todo mi esfuerzo por ser útil, por ser amada, por convertirme en una parte esencial del gobierno de Peregrine, por inculcarle ideas y levantar la moral, todo lo que he hecho para asegurarme de que me adoren, me necesiten y me veneren, podría borrarse de un plumazo si Kite pronuncia una única palabra: inhumana.

—Kite —digo, parándome en el patio, en la puerta de la biblioteca de Peregrine—, puedes darle la vuelta en tu beneficio.

Me mira como si hubiera perdido la cabeza, pero, cuando le cuento lo que debería decir, asiente, aunque de mala gana.

Por Gala, a veces soy brillante.

Nuestro gran hermano está sentado a su escritorio con los dedos manchados de tinta, enfrascado en la gran tarea de dejar su vida por escrito. Siento un vago temor cada vez que me reúno con él, y no sólo porque sea todopoderoso. Peregrine me recuerda a mi padre. Tiene las mismas ondas de pelo plateado, el mismo aire de sabiduría mojigata. Se levanta al vernos llegar.

—Querida Zara —me dice.

Es la única persona que usa mi nombre de la infancia, y siempre me saluda a mí primero. Estoy segura de que no son más que buenos modales, pero me inquieta todas y cada una de las veces. Hoy, no obstante, me siento agradecida por su cortesía. Sé que respeta mi incansable campaña publicitaria y mi utilidad en general, aunque sería una presunción por mi parte confundir su educación con cariño o buena voluntad. Debajo de su sonrisa risueña, en los ojos siempre le brilla el acero de la desconfianza.

Nos lleva al interior de su santuario, una habitación que resulta acogedora a pesar de su gran tamaño. En unos estantes de caoba que ocupan del suelo al techo está su colección de libros y objetos antiguos. Huele a papel viejo, incienso, pimienta y tiempo. Éste es el laboratorio de Peregrine, donde intenta resucitar una reliquia tras otra. Nos conduce hasta su mesa de trabajo, donde hay un muestrario bien organizado de instrumentos científicos, lupas y engranajes desgastados por el paso de los años.

—Mirad esto —nos dice, entusiasmado—. Una expedición científica lo ha traído de las cuevas bajo la Zona de Milpol. —Nos enseña su última adquisición: un antiguo dispositivo eléctrico, antes blanco, ahora amarillento y agrietado por la edad—. Llevo horas intentando averiguar para qué sirve.

Al principio creía que era un arma; estas cuchillas de la base antes estaban afiladas. Pero esta cúpula de hidrocarbono las protege. Creo que se trataba de una herramienta para la cocina. Estaba rodeada de cristalería antigua. Mi última teoría es que se usaba para licuar comida.

—Muy ingenioso —comenta con educación Kite.

Gracias a las arrugas en torno a los ojos y el pelo canoso, Peregrine proyecta humildad. Una vez dijo: «No existen los grandes líderes, sino líderes con grandes hombres detrás». Ese tipo de lemas son los que se graban bajo sus estatuas, por todas partes. «Una hermandad es más fuerte que un rey». «No hay hogar sin una mujer: debemos multiplicarnos para prosperar». Y el más famoso de todos: «Los humanos prevalecerán».

«El trabajo sanará el mundo», ésa era la consigna que adornaba la estatua de Peregrine en Fuerte Abundancia, la colonia de Brilanda en la que crecí, el lugar en el que los ailandeses asesinaron a mi familia. Mi padre, antes de que le cortaran el cuello delante de mí, nos leía todos los días las sabias palabras del gran hermano Peregrine.

Incluso después de tantos años en el poder, Peregrine sigue rebosando curiosidad intelectual y un interés genuino y autocrítico por los demás. Sin embargo, por debajo, hay un corazón implacable. Peregrine ha llegado hasta aquí a la fuerza, y no puedo confiarme: no deja de ser un asesino muy afable.

—Han destruido la estación de escucha del norte… —empieza a contarle Kite.

—Lo sé. ¿Qué más?

Peregrine guarda sus artefactos mientras Kite le expone con eficiencia los sucesos del día, describiendo brevemente la desafortunada destrucción del carguero.

—Infligimos un daño importante al navío ailandés. Es bastante posible que haya quedado inutilizado.

—Pero nuestro barco se hundió, ¿no?

—Sí, por desgracia.

—¿Alguna noticia de Mikane? —pregunta Peregrine.

—Todavía no.

—Ha sido un ataque imprudente y desacertado.

No necesito la melodía de luz para percibir la rabia del gran hermano. Éste debería ser el final de Kite. Él dio a nuestro carguero la orden de disparar, a pesar de que ponía en peligro a nuestros hombres. Sin embargo, lo veo recitar el argumento que le he dado.

—Si hubiéramos puesto en servicio nuestros nuevos aviones, podría haber enviado a un enjambre entero a bombardear ese barco ailandés en cuestión de media hora. No habría sido necesaria la participación de nuestras embarcaciones.

Peregrine lo mira, sorprendido.

—¿Estás convirtiendo esto en un alegato en favor de tus aviones?

—Podrían estar protegiendo nuestra costa mañana mismo. Ese barco ailandés ni se hubiera podido acercar.

Estoy segura de que Kite conseguirá lo que quiere y que tendrá que agradecérmelo. Pero Peregrine frustra mis planes.

—Es tan buen momento como cualquier otro para contártelo —dice, mirándolo a los ojos—. He tomado una decisión con respecto a tus aviones: no.

Kite cree que lo ha oído mal.

—¿Perdón?

—No seguiré apoyando su desarrollo. Un no rotundo es lo mejor. No seguiremos investigando.

Es algo que ni Kite ni yo nos esperábamos en absoluto.

—¿Por qué? —pregunta Kite, ofendido—. Ha visto las pruebas. Las luciérnagas son la innovación que buscábamos.

—Es algo que me preocupaba desde el principio.

—Supondrán un punto de inflexión.

—¡Sólo un fanático incumpliría la Primera Ley! —exclama Peregrine.

Kite recupera el aliento, aunque sigue costándole creérselo.

—Pero el motor estaba inspirado en los descubrimientos que hizo usted en su laboratorio...

—La Primera Ley, Kite: «No se volverá jamás a usar el combustible de fuego en ninguna de sus formas». Esa moratoria nos salvó de la extinción. No puedo incumplirla. No quiero que ése sea mi legado, ¿lo entiendes?

—Su legado sería la victoria —insiste Kite—. Gran hermano, contamos con una ventaja y debemos aprovecharla hasta el final. Deje que arme los aviones. Ya estamos entrenando a los pilotos. Podríamos atacar Reem en un mes.

Kite debería ocultar mejor su ambición. Peregrine acaricia con un dedo una vieja máquina plana con teclado, una fusión misteriosa de óxido y plástico. Han desenterrado miles de ellas, pero ¿su uso? Desconocido.

—Si revivimos tecnología ilícita, también lo hará Ailanda. Si los atacamos con combustible de fuego, se vengarán... y la matanza seguirá adelante.

Kite tiene que dejar de hablar ya. Existe una forma de darle la vuelta a esto, pero sólo si actúa con inteligencia. Debemos volver a la trinchera. Sin embargo, aunque le toco el brazo, sigue adelante.

—Podríamos destruir Reem. Podríamos arrasar por completo su capital.

—Kite —responde Peregrine, con paciencia y cansancio—, ¿y si esta guerra de desgaste no puede ganarse? Me quedo perpleja. Peregrine ha expresado lo impensable: una duda. Veo que recorre a Kite como una descarga eléctrica. Tiene que retirarse y pensar. Que no diga ni una palabra m...

—En boca de otro, eso sería traición —dice Kite, que echa fuego por los ojos.

Peregrine deja escapar el aire. Guardamos silencio; el tira y afloja del poder se palpa en el aire. Doy un paso adelante para intentar llamar la atención de Peregrine, como diciéndole: «Kite no habla en serio. Es que está enfadado por todo lo que hemos perdido en el ataque, y, como su estratega jefe, se siente responsable y carga con el peso de tener que hacerse con la victoria».

No hay manera porque los dos hombres están concentrados el uno en el otro. Yo no soy más que una irrelevancia, un adorno.

—¿Lo he oído bien, gran hermano? —pregunta Kite—. ¿Me está diciendo que cree que perderemos?

—Lo que estoy diciendo es que quizá ningún bando pueda ganar —explica Peregrine con una calma letal.

A modo de advertencia, apoyo una mano en el brazo de Kite, pero él se la sacude de encima como si fuera un mosquito molesto. Está decidido a jugar su peor baza.

—El combustible de fuego nos dará todo lo que soñamos hace quince años. Como le corte las alas a nuestros aviones, hará lo mismo con nuestra esperanza.

Peregrine se enciende de rabia.

—Queridos hermanos —intervengo—, me duele ver así a mis hombres favoritos —comento para restarle importancia, como la flor encantadora e insulsa que debo ser.

—Perdónanos, Zara —dice el cortés Peregrine—. Puede que no me haya expresado con la suficiente claridad. —Clava en Kite una mirada tan aterradora como la de mi padre—. En multitud de ocasiones he sido despiadado en nombre de nuestro país. He devuelto a los humanos al lugar que les corresponde. Le he dado al hombre la libertad y la supremacía que se le debe. Aunque el coste no ha sido pequeño, nunca he dudado. Pero esto es pasarse de la raya. Nuestros antepasados envenenaron el planeta por culpa del combustible de fuego. Los bosques ardieron, crecieron los desiertos. Los hombres morían de hambre y luchaban. Murieron tantas personas que nos quedamos al borde de la extinción. La Primera Ley nos salvó, y no pienso quebrantarla. Hemos evolucionado, Kite.

Kite por fin se da cuenta de que ha ido demasiado lejos.

—Gracias, gran hermano. Alabo su sabiduría, como siempre.

—Nuestros planeadores y dirigibles no tienen rival. Quizá sólo necesitemos una estrategia mejor para ganar.

Tras la pulla a su estratega jefe, Peregrine me besa la mano, señal de que debemos irnos.


Kite camina deprisa, sin hacerme caso, y yo me cuelgo de su brazo para consolarlo.

—No es más que un revés. Tenemos que…

—No quiero oír ni una palabra más. Eres un fracaso.

De nuevo, me culpa a mí. Toda la culpa es mía. Estoy agotada. Me palpita la corteza cerebral y tengo que dormir lo antes posible. Intento recuperar la claridad. Necesita que lo asesore.

—En el consejo puedes luchar contra su decisión —le digo mientras tira de mí por el pasillo de las mujeres—. Te ayudaré.

Deja que use mis poderes. Puedo influir en los favoritos de Peregrine.

¿Por qué he dicho eso? ¿Por qué he insinuado que Kite no es uno de sus favoritos? Me aprieta tanto el brazo que sé que acabaré con un moratón.

—Deja que visite a Peregrine mañana —le suplico—. Deja que hable con él...

—Ya has hecho más que de sobra, inhumana —replica Kite, rebosando desprecio—. Has permitido que esa antorcha ailandesa te venza. Has sido débil. Por tu culpa conocen mis planes. Por tu culpa hemos perdido el factor sorpresa.

—Mi melodía de luz sería más fuerte si me dejaras usarla a mi antojo —contesto.

—¿Para que intentes influir en mí?

—¿Qué más debo hacer para demostrarte mi lealtad? —exclamo, frustrada. Estamos en mis habitaciones. Me ha empujado para que entre y se va a marchar—. Ven conmigo —le ruego—. Permíteme calmarte. Es sólo un pequeño contratiempo, Niccolas.

Idiota. Nunca uses su nombre. «Jamás debes permitir que vea tu desesperación».

Aprieta los labios sobre los dientes.

—Cuando era inquisidor, sabía que las sirenas no duraban mucho. La melodía de luz arde con más fuerza en las jóvenes... —Se acerca—. Que no se te olvide nunca cómo perdió su corona mi última flor. —Trago saliva—. Como vuelvas a decepcionarme, sufrirás el mismo destino.

Se marcha.

En mis encantadoras habitaciones, blancas y solitarias, mis odiadas damas miran al frente con ojos vacíos, tapado con gasa el rostro, a la espera de una orden. Estas criaturas me desquician.

—¡Desapareced de mi vista!

Lanzo lo primero que encuentro a mano; el cepillo para pelucas alcanza a lady Orión, que apenas reacciona. La crisálida recoge el cepillo, se me acerca y lo recoloca en silencio.

Después, todas ellas se retiran, estas criaturas sin alma ni luz.

# 15

# ALONDRA

Mikane y sus hombres trabajan sin descanso excavando tumbas en nuestro cementerio, junto a las torres de los aerogeneradores. Las mujeres del pueblo amortajan a los muertos. En vez de marchas nupciales, las doncellas del coro entonamos un doloroso canto fúnebre. El sol empieza a ponerse cuando damos sepultura a los ahogados. Algunos son forasteros (la tripulación del barco procedía de distintos lugares de Brilanda), pero a muchos los lloran madres, padres, hermanas y amigos. Nela no está con nosotras, sino con su madre. El sargento Redshank había conocido de niños a muchos de los fallecidos, así que está encorvado, doblado por el peso de la tristeza acumulada. Año tras año, los envía a la guerra. ¿Cuántos de los chicos a los que ha entrenado se pudren ahora bajo tierra? Mientras cantamos, tenemos el rostro surcado de lágrimas. Aquí estamos tan lejos de todo que, para nosotros, la guerra es algo que sucede en otros lugares. Los acontecimientos del día nos la han traído hasta las puertas de casa.

Silencio mis pensamientos cuando el comandante Mikane se dirige al pueblo.

—Todos los soldados conocemos la Muerte —empieza con voz atronadora—. La Muerte es nuestra compañera desde hace tiempo. Viene para llevarse tanto a camaradas como a enemigos. La oímos, la sentimos... La gran dama de la masacre. Los soldados la alimentamos con nuestras hazañas. Por la noche acude a nuestros sueños y nos recuerda lo que hicimos durante el día. Suya es la sangre que nos salpica la cara, suyo es el sabor del líquido vital de otro hombre. La Muerte nos enseña su poder. Hoy, la hemos traído a Northaven.

Wheeler mira a Greening, que tiene los ojos como platos. No es el discurso que buscaban.

Mikane sigue hablando.

—Todos permanecemos en un compás de espera con ella. ¿Cómo atacará? ¿A quién se llevará? ¿Por qué otras penurias nos hará pasar antes de unirnos a ella envueltos en una sábana?

Miro a los hombres de Mikane. Wright lo seguiría al fin del mundo. Jenkins tiembla, con la vista fija en las tumbas. Syker parece incómodo, con su cara de armiño retorcida en una mueca.

—La Muerte me robó un ojo y la mitad de la cara. Me ha marcado como suyo... —Señala las tumbas—. Ahora, estos hombres yacen en su lecho conyugal. Más duermen en el fondo del mar. —Se calla un momento y se le sacuden los hombros—. Un carguero no está hecho para la guerra. Como nuestros líderes han dejado bien claro. —No se reprime en absoluto. Sus palabras caen como la nieve y se nos funden encima como las frías verdades que son—. De nuevo, los errores de los generales, con sus órdenes de lejos, llenan una fosa común de carne brilandesa.

Wheeler interviene. Está claro que esto le parece intolerable.

—Han muerto como héroes, luchando por Thal —exclama—. ¡Han muerto por Brilanda y por la gloria!

Sus clichés suenan a hueco. Mikane se ofende, como si no soportara escucharlos.

—La gloria no los traerá de vuelta. Lo mejor que podemos hacer es respetarlos con nuestro silencio —dice.

Wheeler se calla, ya que decir algo más habría sido insultar a los muertos. Guardamos silencio. Nadie se mueve. La muerte se mueve a nuestro alrededor con la brisa, dándose un banquete, acariciándonos. Puede que Jenkins lo perciba, ya que se derrumba sobre una de las tumbas y se abraza a la tierra, angustiado. Syker se pone hecho una furia.

—Levanta, cabrón lunático —le dice entre dientes.

—Déjalo en paz —ordena Mikane.

—Esa tumba debería ser la suya —exclama Syker, frustrado.

—Tú da gracias de que no sea la tuya —responde Mikane con un brillo peligroso en su único ojo. Se acerca a Jenkins y lo levanta—. Ya estás en casa, John —le dice con cariño—. Hoy no habrá más muerte.

Después se lo lleva hacia el promontorio, lejos del pueblo. Cuando ya no nos oye, Wheeler toma el relevo.

—Que Thal, el dios de la guerra y la invención, los conduzca a sus sagrados salones, donde serán héroes para siempre.

Sigue parloteando un rato sobre lo estupendo que es estar muerto, pero ya no lo escucho.

Gailee y yo regresamos del brazo al pueblo. Sambee James se nos acerca. Es una de las doncellas más jóvenes.

—¿Habéis echado cuentas? —pregunta.

—¿De qué hablas? —contesto.

—Sólo quedan nueve novios. Nosotras somos veintiséis. Calcúlalo.

—Llevo pensando en eso todo el rato —dice Gailee—. Algunas seremos terceras esposas.

De inmediato, sé que ése será mi destino.

Hoopoe convoca una reunión informal en el salón de los regidores para las doncellas y nuestras madres. Chaffinch está sentada con su madre, que viste un elegante vestido de luto y hace pucheros. Gailee está cerca, agarrada a la mano pequeña y preocupada de su progenitora. Nela también está con la suya, aunque tienen la mirada perdida, atontadas por el dolor de la pérdida.

—Como sabéis —empieza Hoopoe—, cuando hay un exceso de mujeres jóvenes, los Hermanos necesitan que sirváis de un modo distinto. —Respira hondo, como si fuera muy difícil vendernos su argumento—. Ser tercera esposa es un honor. Las que no seáis elegidas como primera o segunda, partiréis rumbo a Brightlinghelm, donde ayudaréis a nuestra gran nación ofreciendo consuelo a nuestras tropas.

Se hace el silencio. De Northaven nunca ha salido ninguna tercera esposa.

—¿En las casas rosas? —pregunto, al ver que nadie más habla.

—Sí, Elsa, las terceras esposas son devotas de Thal y residen en las casas rosas. Los Hermanos les conceden medallas al servicio.

La madre de Uta Malting parece a punto de estallar.

—No permitiré que le hagan eso a mi hija —afirma.

La señora Greening se vuelve hacia ella, sabiendo que Chaffinch, como hija de un regidor, está a salvo.

—Negarse a un edicto se considera traición, como bien sabes.

Se oyen murmullos de descontento. Hoopoe intenta calmar los ánimos.

—Señoras, por favor… En estos tiempos de guerra, las terceras esposas se casan con Brilanda. Los Hermanos cuidan bien de ellas. Tendréis las mejores raciones, la mejor ropa…

—¿Y los bebés? —la interrumpe Sambee—. Si tenemos bebés, ¿qué pasa con ellos?

Hoopoe parece incómoda. No hay forma de endulzar este mal trago.

—Los Hermanos han decidido no cargar a las terceras esposas con las responsabilidades de la maternidad.

La madre de Uta salta al oírlo.

—Entonces, ¿es cierto? ¿Les sacan el vientre a las terceras esposas?

Esto horroriza a las doncellas, y Hoopoe empieza a perder la paciencia.

—Nadie desea esta situación —exclama—. Es el resultado de los trágicos sucesos de hoy…

La señora Greening la interrumpe con un grito bien alto.

—¡Es culpa de Ailanda! ¡De los malvados ailandeses y sus manipulaciones! Ya se han cobrado la vida de demasiados hombres. ¡Muerte a los ailandeses!

Como loros bien entrenados, todas se le unen («¡Muerte a los ailandeses! ¡Muerte a los ailandeses!») y vuelcan su miedo y su furia en nuestro odiado enemigo. Al hacerlo, se les olvida e, incluso, absuelven a los que quieren sacarnos el útero.

—Debemos cumplir con nuestro deber hasta que ganemos la guerra —afirma Hoopoe, reafirmada por el estallido patriótico.

Cuando termina la asamblea, Hoopoe y las regidoras se reúnen en torno a una mesa. Las casamenteras. Son las que elegirán a las nueve afortunadas primeras esposas. El resto de nosotras tendremos que mostrar nuestras habilidades especiales para que los hombres nos seleccionen como segunda.

Gailee guarda silencio y no tiene buena cara; creo que ha perdido la esperanza. Su madre, tan menuda, parece incapaz de soportar otro golpe. Nela llora al salir. Incluso Tinamou Haines está aterrada.

Mamá me dice que espere fuera, en la plaza, lo que me deja claro que piensa suplicar en mi nombre.

—No —le digo, pero insiste.

Me quedo entre las sombras, junto a la puerta, y veo que se acerca a Hoopoe, que está en la mesa de los refrigerios, preparándose una infusión calmante. Mi madre se saca del bolso una pequeña talla; es un búho.

—Un pájaro sabio para una mujer sabia.

Hoopoe entiende de inmediato que se trata de un soborno.

—Es precioso, pero sabes que no puedo aceptarlo.

—Mi marido dio la vida por Brilanda —empieza mi madre— y veo su espíritu en Elsa. Es fuerte y trabajadora, y sería una primera esposa fantástica.

Me destroza ver la lástima pintada en el rostro de Hoopoe.

—Curl... —Se inclina sobre ella, como para hablar en confianza—. Me cae bien Elsa. Es lista y está llena de vida. Pero los Hermanos establecen que las cinco cualidades que debe tener una esposa son belleza, obediencia, modestia, frugalidad y elegancia. Y Elsa es... rebelde.

—Es apasionada. ¿A qué hombre no le gusta la pasión?

Entonces veo que la señora Greening se les ha acercado.

—Es una cualidad muy deseable en una tercera esposa —dice mientras se sirve un vaso de agua—. Estoy segura de que Elsa lo hará muy bien.

Mi madre se muerde la lengua y la señora Greening vuelve a su asiento.

—¿Cómo puedes formar parte de esto? —le dice entre dientes a Hoopoe—. ¿En convertir a nuestras niñas en furcias del ejército? Si permanecemos unidas, Wheeler no se las podrá llevar.

Hoopoe mira a la señora Greening y le hace una advertencia a mi madre:

—Hay quien diría que eso es sedición, Curl.

Mi madre evalúa la situación y se traga su respuesta. Se marcha. Yo salgo de mi escondite y le doy el brazo, agradecida por su ayuda.

Me voy a la cama en cuanto puedo y dejo a mamá a cargo de resucitar a mi vestido. Sin embargo, en cuanto toco la almohada, empiezo a darle vueltas a la cabeza y no logro conciliar el sueño. Echo tanto de menos a Rye que se me retuercen las entrañas. Le envió mi melodía de luz y siento una soledad insoportable. Qué prescindibles son los hombres. Con qué facilidad mueren. Revivo las imágenes del día. El mar tragándose el carguero, el desconocido de cara tapada ahogándose, la antorcha ailandesa, cuya melodía era como plumas aleteándome en la cabeza, los soldados en mi barca, la crudeza de sus palabrotas, Mikane vomitándome en los pies, John Jenkins asustado de su madre. Y Ruiseñor... Su presencia pequeña y brillante en mi barca, dándome fuerzas, sintiéndolo todo con tanta intensidad. Ruiseñor es un pajarillo muy preciado.

Puede que me haya oído porque, de repente, la tengo tumbada a mi lado, apenas un atisbo de su persona, con la melodía de luz más tenue imaginable, como si estuviera muy lejos. Tiene unas ojeras profundas.

—¿Estás bien? —le pregunto.

—Cuando mi luz arde con fuerza, me canso mucho.

—Gracias por quedarte conmigo.

—Temía que murieras en el mar.

Sonrío.

—Deshacerse de mí es más difícil de lo que parece.

Me devuelve la sonrisa y se queda dormida. No la preocuparé con lo que me depara la mañana.

Observo a mi madre a través de la rendija de la puerta de mi dormitorio; tras limpiar el vestido de novia, lo deja junto a la estufa para que se seque, y después enciende una vela en su altar a Gala y reza.

# 16

# ALONDRA

Estoy en la parte de atrás del desfile nupcial, al lado de Gailee. Se ha esforzado al máximo con su aspecto, cada bucle está bien tieso y en su sitio, y lleva una máscara de maquillaje. Parece una muñeca muy pintada. Cada una de nosotras lleva en las manos un ramillete de lirios como símbolo de nuestra pureza. Los cadetes nos acompañan con flautas y tambores, y nos guían por delante de los habitantes del pueblo, que han acudido a observar. Las doncellas más jóvenes, que desfilan detrás de nosotras, serán las siguientes. Puede que la guerra ya haya terminado para entonces; aunque también puede que los perros vuelen.

Chaffinch y Tinamou son las primeras y no parecen demasiado afectadas por los sucesos de ayer. Llevan años viviendo para este día y no van a permitir que nada empañe su brillo. ¿La muerte? Eso fue ayer. Hoy toca la vida.

Hay otro carguero en la bahía. Veo a Wheeler entrando en la plaza del pueblo con otros dos emisarios. No están aquí sólo por lo sucedido ayer, sino que han venido a llevarse a las terceras esposas.

Al llegar a la plaza, vemos a los soldados esperando, a nuestros novios. Ellos son nueve; nosotras, veintiséis. Se han esforzado por limpiarse bien, pero casi todas sus cosas se hundieron en el mar, así que visten camisas prestadas y lo poco que les queda. Heron Mikane luce su abrigo mojado. Tiene un brazo sobre John Jenkins, que mira al suelo; quizá intenta evitar que el pobre John salga corriendo hacia las colinas. Syker y Forbe nos examinan como si ya estuviéramos desnudas. Esta misma noche, todos estos hombres contarán con una casa y dos esposas. Y el resto de nosotras... No quiero ni pensarlo.

Wheeler se acerca a Mikane y recita su discurso engolado, el que no pudo dar ayer, decidido a que no le roben el momento. Yo, Leland Wheeler, ordenado por el gran hermano Peregrine para bla bla bla, el mayor honor de Brilanda, bla bla bla, coraje y valor, bla bla, os pongo esta asquerosa condecoración. Le prende la Estrella de Thal a Mikane en el abrigo empapado de mar. El rostro del comandante permanece inescrutable cuando Wheeler le pregunta si desea decir unas palabras. El pueblo guarda silencio, expectante.

—Le agradezco este honor al gran hermano Peregrine —dice Mikane, que se quita la condecoración del pecho y la sostiene en alto—. Dedico esta medalla a los fallecidos.

Se la mete en el bolsillo sin decir nada más.

Wheeler, un poco irritado, se acerca al centro de la plaza.

—Aquí, a la vista de Thal —anuncia con toda la solemnidad y una escoba metida por el culo—, que dé comienzo este día de boda.

Cantamos nuestro himno de camino al salón de los regidores.

*Bienvenidos a casa, nuestros soldados valientes.*
*Cantamos para celebrar que volvéis, sonrientes.*

*Diez largos años habéis luchado por la libertad*
*y ahora, agradecidas, a vosotros nos hemos de entregar...*

Los soldados nos siguen. Detrás de ellos, los emisarios, los regidores y los habitantes del pueblo. La sala no tarda en llenarse. El sol entra a borbotones a través de las altas ventanas mientras todos ocupamos nuestro sitio. Con cada nota de la alegre canción que entonamos me siento más pequeña. Los soldados se sientan frente a nosotras. Entre ambos grupos, bajo el mural de Mikane, el héroe de Montsan, hay unos bancos en los que, para el final de la ceremonia, se sentarán los tríos casados.

Hoopoe Guinea está al mando de todo, nerviosa, comprobando su lista de emblemas familiares. El emisario Wheeler está junto a ella, muy serio, preparándose para darle el nombre de cada uno de los soldados supervivientes. Los padres, ansiosos, contemplan la escena. Me preocupa que mi madre no haya logrado abrirse paso entre la multitud, así que examino a los presentes hasta que, al fin, la veo al fondo, pegada a la señora Sweeney. Debería haber comido algo; a primera hora de la mañana no lograba comer bocado, pero ahora estoy mareada.

—Marcus Wright —empieza Wheeler, y Wright se coloca en el centro. Casi huelo su colonia desde aquí.

Sé que no estoy en la lista de Hoopoe. Es imposible que me hayan elegido como primera esposa, soy la que menos se lo merece. Estaré en el grupo de las segundas, en el que las chicas tendremos que actuar y demostrar nuestras habilidades especiales. Y yo no tengo ninguna. Esos emisarios me llevarán con ellos al carguero y, a partir de ahí, no sé nada más. Noto que a Gailee se le acelera el corazón. Tanteo hasta que doy con su mano y se la aprieto, sin querer pensar en su destino.

Mi espíritu se eleva por puro instinto, intentando llegar hasta Ruiseñor. Entonces me doy cuenta de lo que estoy haciendo y vuelvo a bajar. No hay escapatoria posible de lo que va a suceder aquí, ni en cuerpo ni en mente.

Suele decirse que, si metes a una rana en agua hirviendo, huirá de un salto, pero que si empiezas con el agua fría y la calientas poco a poco, la rana no intentará salvarse, sino que se quedará dentro hasta hervir. Nosotras llevamos dentro de la olla desde que empezó la formación marital.

Es como si los Hermanos nos engañaran de nuevo, igual que con la Deshonra de Rye, cuando nos ordenaron aceptar un sinsentido cruel y abominable, cosa que todos hicimos, como si nos hubieran hechizado. Hoy nos sentamos frente al pueblo entero mientras nos cuecen a fuego lento.

Cierro los ojos y veo con claridad a Rye en nuestro huerto, bajo mi ventana, afectado tras una pelea con su padre.

«Ven conmigo a la playa. Pasemos la noche juntos».

Me pierdo en ese recuerdo. Salgo por la ventana, salto y él me atrapa al vuelo. Pegada a él, salimos de allí. Nos amamos en aquella playa, Rye Tern y yo.

Soy vagamente consciente de que debería estar cantando. Para cuando abro los ojos, seis hombres tienen ya a su primera esposa. Seis pulseras de boda se han cerrado en torno a seis muñecas. Seis novias se han sentado junto a seis desconocidos. Está sucediendo muy deprisa, como si tuvieran que correr antes de que a alguien se le ocurra gritar que paren.

Hoopoe se prepara para la siguiente pareja.

—Gyles Syker...

Syker se levanta, con el pelo peinado hacia atrás. Se coloca en el centro del salón, muy pagado de sí mismo, dejando vagar la vista por nuestros pechos; es un hombre que no duda de su recio atractivo.

Hoopoe sigue hablando.

—Es un privilegio para nosotros poder ofrecerle el preciado regalo de Tinamou Haines como primera esposa... Oigo a Tinamou exhalar, como si hubiera estado conteniendo el aliento durante toda la ceremonia. ¿Es alivio lo que siente? Syker la observa con apetito carnal cuando ella se le acerca. Las doncellas del coro cantamos nuestra armonía pidiéndole a Gala que los bendiga con fertilidad. Mientras lo hacemos, Syker cierra la pulsera que rodea la muñeca de Tinamou y la besa con aire posesivo. Ella se ruboriza de la emoción. Después se sientan con las demás parejas bajo el mural del hijo más querido de Brilanda.

—John Jenkins... —anuncia Hoopoe.

Jenkins no se mueve mientras masculla:

—Dioses. Dioses. Dioses. Dioses...

Mikane lo ayuda a ponerse en pie y, al pasar a mi lado, veo la oreja derretida del comandante.

—Aquí, John —le dice Mikane en voz baja—. Los Hermanos, en su sabiduría, dicen que debes casarte.

Lo deja en su sitio y Hoopoe sigue hablando.

—John Jenkins, es un privilegio para nosotros poder ofrecerle el preciado regalo de... —Hoopoe consulta su lista para asegurarse de que no lo ha entendido mal—. Nela Lane como primera esposa.

Nela, desconcertada, mira a su madre, indecisa entre el alivio y el temor. Su madre la urge a avanzar. Cantamos sobre la alegría de fabricar bebés mientras ella se acerca a Jenkins. Está perpleja; se casa con un hombre que, sin duda, ha perdido la cabeza. Hoopoe ayuda a Jenkins a ponerle la pulsera a Nela.

—Dioses —dice Jenkins.

A Syker se le escapa una risa histérica. Nela se pone roja de vergüenza. Su madre, enfadada, mira a Hoopoe Guinea, que, a su vez, nos pide que cantemos con ganas para ahogar los ingobernables juramentos de Jenkins.

De repente, percibo en él una chispa de melodía de luz tintineante, discordante y atonal. Cuando la música aumenta de volumen, él la escucha y deja de soltar maldiciones. Es entonces cuando se encuentra con mi mirada y sé sin lugar a dudas que Jenkins es una antorcha; una antorcha rota. Me muero de miedo. ¿Me percibe? Procuro ahogar mi luz y cerrar los ojos. Cuando los abro, Jenkins mira por la ventana, perdido en la música.

¿Acaso nuestra canción lo ayuda a controlar las disonantes volutas de su melodía de luz? Cuando la música desaparece, empiezan de nuevo sus murmullos bajos y desesperados.

—Dioses, dioses, dioses...

Cómo lo compadezco. El corazón me late con fuerza. Sólo queda un hombre.

—Comandante Heron Mikane...

Todos observamos a Mikane, que se dirige a su sitio. El mural de su juventud y belleza se burla de él por detrás.

—Héroe de Montsan, orgullo de Northaven, es un privilegio para nosotros poder ofrecerle el preciado regalo de...

¿Por qué hace una pausa? Todos sabemos que se trata de Chaffinch Greening.

—Chaffinch Greening como primera esposa.

Chaffinch sonríe, intentando parecer encantada de la vida, tal y como le han enseñado. Sin embargo, cada vez se le hiela más la sonrisa de camino a reunirse con su marido, como si prefiriera casarse con el mural. Mikane fulmina con la mirada a Wheeler mientras le pone la pulsera de boda. No mira a Chaffinch. Se sientan.

Delante de mí, Uta Malting empieza a sentir pánico. No la han elegido y está horrorizada. Su padre es un regidor, nuestro panadero, ¿cómo no va a estar en la lista? A Gailee le suda la mano, que todavía sujeto con la mía. Tiene la cabeza gacha. Sabía lo que iba a suceder.

—Doncellas del coro, tomad asiento, por favor —nos pide Hoopoe.

Obedecemos, todas a una. La voz de Hoopoe es tranquila y comedida mientras se dirige a los novios.

—Se les ha obsequiado con una primera esposa en premio por su servicio. La segunda esposa queda a su elección. Cada una de las jóvenes que quedan nos enseñará ahora su habilidad especial...

—Las que no sean elegidas —añade Wheeler con voz ronca— tendrán el honor de servir a nuestro ejército como terceras esposas.

Las chicas están consternadas. Yo aprieto los dientes y me preparo, mientras que Uta llora de miedo, en silencio.

—Empezaremos con Gailee Roberts —dice Hoopoe en tono alegre—. Su habilidad especial es la canción tradicional brilandesa.

Han puesto a Gailee la primera, qué crueldad. Casi oigo cómo le late el corazón de puro terror. Se levanta... y me levanto con ella.

—Elsa Crane, siéntate —me ruge Hoopoe. Le clavo la mirada a modo de protesta—. Siéntate hasta que diga tu nombre.

—¡No tengo ninguna habilidad especial! —grito sin poder evitarlo.

Miro a Gailee, que niega con la cabeza, suplicándome en silencio que me siente. Pero es demasiado tarde, ya he saltado de la olla, así que me alejo de los recién casados y me abro camino entre la multitud hacia la puerta. Es lo más difícil que he hecho nunca. Mi madre se levanta a toda prisa cuando salgo.

Cruzo la plaza sin saber adónde voy ni qué ocurrirá a continuación. En cualquier momento, los emisarios me alcanzarán y me harán morder el polvo por atreverme a protestar. Sin embargo, por lo menos lo saben, saben que uno de nosotros se opone. Me vuelvo esperando ver a Wheeler y a sus secuaces, pero no sale nadie.

Oigo la voz temblorosa de Gailee, que ha empezado a cantar, y, destrozada, soy consciente de mi propia irrelevancia. No creen que merezca la pena perseguirme. El resto de la ceremonia es más interesante que yo. Ya me castigarán después, cuando haya pasado la diversión. Me consume una horrible sensación de vergüenza; mi protesta no tiene importancia alguna. Trepo a las ramas de un árbol cercano.

—¿Qué estás haciendo, Elsa?

Sólo mi madre me ha seguido. Miro abajo y su cara me deja hundida.

—Algunas de nosotras seremos terceras esposas —le digo—. Puedo soportar esa vida. Otras no.

—Por favor, intenta que te elijan —me suplica, a punto de llorar.

—Gailee no sobreviviría, mamá. La matarían.

Mi madre me sostiene la mirada. Parece estar tomando una decisión, hasta que me sorprende trepando al árbol. Lo hace como una chica de la Espesura y se coloca a horcajadas sobre una rama cercana. Me mira a los ojos.

—Si quieres huir, huiré contigo.

No podría haberme dejado más pasmada.

—¿Qué quieres decir?

—Tu padre está muerto y Piper se ha ido. He intentado encajar en este pueblo, pero no lo he logrado. Y no permitiré que te lleven como tercera esposa.

Le arde la mirada. ¿Estaba planeando esto mientras rezaba a Gala durante la noche? Me baña una ola azul de amor por mi madre y noto que se me afloja la tensión en el pecho. Lo dice en serio.

—Se acercan nubes por encima de los páramos. Los centinelas no nos verán en la oscuridad —añade mientras nos damos la mano, cómplices—. Ve a recoger lo que necesites. Les diré que estás enferma.

—Curl... —digo, usando su nombre—. Si nos atrapan, nos colgarán.

Mi madre asiente. Las dos lo entendemos: es mejor no hablar en voz alta del riesgo, de la posibilidad real de la muerte. Se baja del árbol con gracia felina y regresa al salón.

Contemplo Northaven. Observo sus turbinas y su incansable faena, las barcas, las casas de colores alegres, la luz que baila sobre el mar... Me lo grabo todo en el alma mientras le digo adiós.

Presto atención a los sonidos que brotan del salón: Uta Malting está tocando su violka. Tiene que estar nerviosa. Suele tocar muy bien, pero hoy el arco araña las cuerdas. Sufro por ella.

Estoy cruzando la plaza cuando alguien más sale de la sala: Heron Mikane. Cómo se atreve a marcharse.

Se enrolla un cigarrillo. Este hombre representa la única esperanza que les queda a mis hermanas, ¿y va y se marcha mientras actúan? Qué forma más horrenda de completar su humillación.

—Mis hermanas están cantando por su vida ahí dentro.

Lo digo en voz alta, pero él no me mira, sino que clava la vista en el mar mientras se enciende el cigarrillo.

—Ya he oído suficiente —afirma al exhalar anillos de tabaco.

Para él, las doncellas del coro no somos nada más que una molestia, efímeras a las que espantar de un manotazo. Este cabrón va a mirarme, lo juro.

—¿Por qué te freíste la cara? —le pregunto. Mikane se vuelve, despacio—. Había oído hablar de hombres que se cortan los pies para no tener que luchar. Parece que un poco de aceite de freír también sirve.

He conseguido captar su atención. Sigue fumando mientras me mira.

—Sabes mucho del tema.

—De no ser por mi barca, seríais alimento para los cangrejos —le digo—. Pero, para vosotros, todas nosotras somos invisibles.

Asiente despacio, dándome la razón.

—¿Has elegido ya segunda esposa?

—No.

—Elige a Gailee Roberts. Es dulce y no tiene madera de prostituta.

—¿Y tú qué? ¿Tienes madera de prostituta?

—Preferiría tirarme por un acantilado antes que casarme con uno de vosotros.

Mikane se toma mal el insulto y da un paso hacia mí, enfurecido. He picado al viejo lobo y ahora me atacará.

Entonces sale Hoopoe Guinea, nerviosa.

—Comandante...

—Estoy cansado. Mis hombres están cansados —responde él de modo terminante.

—Podrían ver a las segundas esposas mañana, si quiere —lo aplaca Hoopoe—. Seguro que al emisario Wheeler no le importa concederle un día de gracia.

—¿Ha tomado su decisión John Jenkins?

—No, ¿me permite que le sugiera a...?

—Elige a Gailee Roberts.

Lo miro, sorprendida, al igual que Hoopoe.

—Gailee Roberts, sí, por supuesto... ¿Y usted, comandante? ¿Le ha echado el ojo a alguna de nuestras doncellas?

—¿El ojo? —pregunta Heron con intención.

—Mis disculpas. ¿Alguna le ha llamado la atención? Nos reuniremos de nuevo mañana.

—No es necesario. Me quedo con ésta. —Y me señala a mí—. Puede enviarme a mis esposas a casa.

Da media vuelta y se aleja, dejándonos boquiabiertas a las dos.

# TERCERA PARTE

# 17

# SWAN

Mientras mis damas me visten con un traje de noche, veo que lady Escorpio está cerca, así que le piso el pie con ganas al pasar junto a ella.

—Zorra —le digo.

Ella carga el peso en el otro pie y sigue mirando al frente. Si estas criaturas reaccionaran, no sería tan cruel con ellas, pero es que se quedan ahí, observándome. Odio a lady Escorpio con cada átomo de mi ser. Evidentemente, ella no me odia a mí. No es celosa, ni servil, ni desdeñosa, ni leal. Jamás volverá a sentir miedo ni lujuria. No tiene ni mala actitud, ni gusto, ni opiniones. Sólo está aquí para obedecer.

Como todas mis damas, fue un regalo de Kite. Estos regalos son una advertencia: lady Escorpio tenía otro nombre. Antes de que yo apareciera, era la amante de Kite, su antorcha secreta. Ahora, su propósito es ser una amenaza constante: «Como vuelvas a decepcionarme, correrás el mismo destino…». A veces descubro a Kite mirándola a través del velo de gasa, intentando dilucidar si sus ojos expresan algo. Sin embargo, la mujer que era está muerta. Me pregunto si la echa de menos.

No. Es incapaz de amar. Yo sí. Dentro de mí vive un corazón ardiente y sé que alberga amor, porque esta soledad me está consumiendo. Kite se asegura de que no vea más allá de él, de que él sea lo único que importa. Es un cáncer que me devora poco a poco.

Le he dedicado varias horas a mi aspecto, por si me encuentro con él. Está todo depilado, perfumado, peinado, matizado, hidratado. Me he cambiado siete veces el color de las uñas. He elegido con esmero mi vestido, para el que he optado por varias capas de tul que me hacen parecer desenfadada. Llevo los labios del mismo tono que las terceras esposas. Creo que lo llaman «Lista para la cama». Salgo de mis aposentos para dar mi discurso por radiobina, y mis damas me siguen como una neblina blanca y vaporosa.

Kite.

Mi supervivencia depende de él desde que tenía dieciséis años. Mientras recorro los pasillos medio vacíos, recuerdo la primera vez que lo vi. Por aquel entonces era un inquisidor y tenía el rostro muy suave, de una pulcritud sorprendente. Me arrodillé ante él en Fuerte Abundancia; fría, mojada y andrajosa.

Los ailandeses nos habían atacado por sorpresa y fue una masacre.

A mi padre, uno de los regidores del consejo, le habían cortado el cuello en la calle, mientras que mi madre y mis hermanas se habían ahogado al intentar escapar por mar. Yo era la única superviviente. Kite me encontró escondida en un depósito de agua subterráneo. Estaba encogida dentro de mis enaguas blancas y temblaba como un gato medio ahogado.

—Eres la hija del regidor Swan, ¿verdad?

—Sí, señor.

—Zara…

Kite me llevó a sus habitaciones, me envolvió en una manta y me calentó junto a su fuego. Me dio comida. Al principio, creí que estaba siendo amable, que era un héroe amable y guapo. Hasta que sentí que me tocaba la cara con dedos fríos y me la volvió para que lo mirara.

—¿Por qué estabas en el depósito de agua? —preguntó.

—Porque... porque oí que llegaban los ailandeses y me escondí.

—Quiero que dejes de mentir, Zara. —En aquel momento me percaté de que lo sabía—. Dime por qué estabas en el depósito.

—Mi padre...

—Tu padre ¿qué? —No respondí porque estaba aterrada—. Te encerró allí, ¿verdad?

—Me... No...

—No me mientas —insistió, y me soltó de golpe—. Recibí un telegrama del regidor Swan hace dos días. ¿Quieres que te lo lea?

Se sacó del bolsillo un papel muy bien doblado y me leyó la nota de mi padre.

—«La tragedia ha llegado a nuestra casa. Mi hija mayor, Zara, es una inhumana. Es necesario que se la lleven lo antes posible. He encerrado a la chica en un depósito de agua subterráneo, donde creo que su melodía de luz no puede hacerle daño a nadie. Si se ahoga, espero que sea rápido, y así se libraría del destino que les espera a todos los inhumanos. Creo en el objetivo de lograr una raza humana pura y maldigo el óvulo que engendró semejante horror. Espero poder saludarlo a la mayor brevedad, William Swan».

Kite vio mi angustia y juraría que sonrió.

Mi padre descubrió que era inhumana cuando me metí dentro de la mente humana corriente de mi hermana pequeña y planté allí la necesidad de decir palabrotas. La metí en un lío tremendo y me pareció una broma fantástica. Sin embargo, cuando mi hermana me vio reírme, ató cabos y se fue derecha a mi padre. Él empalideció, lo recuerdo perfectamente, como si todo su amor por mí se desvaneciera. Me llamó influencia malvada, manipuladora de mentes. Su rechazo fue repentino y absoluto. Yo tenía dieciséis años y apenas sabía lo que era mi melodía de luz o cómo usarla.

Intenté defenderme frente a Kite, pero no daba con las palabras adecuadas. Él no dejó de interrogarme hasta que lo único que me quedó fue una súplica maltrecha. Sí, había invadido la mente de mi hermana. Sí, era capaz de percibir lo que pensaban los demás.

—¿Percibes lo que pienso yo? —preguntó Kite—. ¿Qué estoy viendo?

Por más que lo intenté, no veía más que un pozo oscuro, cosa que le dije.

—Interesante... —repuso—. Ese pozo oscuro es la imagen que uso para evitar que los inhumanos me lean la mente. Es poco común que una antorcha sea capaz de leer e influir en las mentes humanas. En general, la melodía de luz sólo puede conectar con otra melodía. Puede que os llamemos manipuladores de mentes, pero lo cierto es que pocos cuentan con esa habilidad. Eres un caso excepcional. —No supe que responder—. Sabes lo que les pasa a los inhumanos, ¿no?

Me postré ante él y le rogué que me perdonara. Estaba sollozando, era un mar de lágrimas.

—Las lágrimas no son más que una molestia muy desagradable.

La manta que me cubría cayó al suelo, y entonces me di cuenta de cómo observaba mi cuerpo. De repente, se me ocurrió un modo de sobrevivir: le prometí mi lealtad, mi desnudez y todo lo que quisiera, con tal de que me perdonara la vida.

Kite me puso de pie y dijo:

—Deja de llorar.

Era una orden tallada en hielo puro. Me obligué a obedecer: creé mi propio pozo oscuro mental y eché allí toda mi angustia. De nuevo, sentí que Kite me tocaba la cara.

—Eres toda una belleza. —Ésas fueron las palabras que me cambiaron la vida. A veces me pregunto cuál habría sido mi destino si mis rasgos no le hubiesen agradado—. Quizá pueda darte algún uso —dijo.

Kite tomó mi cuerpo en aquel mismo instante. Nadie lo supo. Nadie me ayudó después. Ésa era mi nueva realidad. Kite me había perdonado la vida, me estaba salvando. Ahora era suya. ¿Cómo iba a poner objeciones?

A la mañana siguiente, Kite me hizo caminar por delante de una fila de prisioneros ailandeses. Tenía que señalar con la cabeza si localizaba a una antorcha. No me costó encontrar a una, y mi diligencia pareció impresionar a Kite. Esa noche, tras poseerme de nuevo, agarró unas tijeras y me cortó todo el pelo. Después me rodeó el cráneo con una banda de plomo tan apretada que temí que me reventaran los ojos.

—Te acostumbrarás —me dijo.

Nunca lo he hecho. Todavía me hace rozaduras. Este metal odioso encadena mi espíritu. Creo que el plomo me envenenará poco a poco.

Kite me dio un velo blanco de luto para cubrir mi cuero cabelludo rapado y ocultar mi estatus de sirena. En el camino de vuelta a Brightlinghelm, la tripulación me trató con ternura, ya que sabían de mi tragedia familiar, pero no de mi melodía de luz. Para ellos era la única superviviente de una masacre horrible. Mi pérdida me otorgaba un rango especial y empezaron a llamarme «florecilla». Kite se fijó en que mi presencia inspiraba un comportamiento valeroso.

Cuando llegamos a la ciudad, me compró una peluca cara y un vestido de doncella del coro antes de llevarme ante el gran hermano Peregrine y pedirme que le describiera el ataque contra Fuerte Abundancia. Sin embargo, el parecido entre Peregrine y mi padre me desbarató. Al principio, no era capaz de mirarlo a los ojos, no encontraba las palabras. Pero aquel hombre tan poderoso fue paciente conmigo y me animó a hablar. Me hizo sentir cómoda. No tardé en contárselo todo sobre mi familia, sobre lo que había perdido, y le describí de una forma muy gráfica lo que había visto desde debajo de la rejilla baja del depósito de agua: que los salvajes ailandeses habían volado en pedazos nuestros muros y habían entrado a caballo. Kite ya me había enseñado que llorar resultaba irritante, así que saque de mi pozo oscuro toda mi pena, pero sin lágrimas.

—Creo que debería hablar delante del pueblo —dijo Peregrine, trazando mi futuro—. Hay algo radiante en su aspecto y dignidad en su resistencia. Cuando nuestros compatriotas escuchen su historia, se borrará cualquier duda que puedan tener sobre la guerra. —Entonces me sonrió con sus ojos letales y chispeantes, sin saber lo que yo era—. Quiero que seas útil para nuestra causa, querida mía.

Y, desde entonces, lo he sido. Me he ganado el respeto de todos. Soy la única mujer en el Consejo de los Hermanos. Mi puesto es decorativo, por supuesto (estoy allí para garantizar el comportamiento cortés y los buenos modales), pero mi presencia importa. Kite me quita la banda de plomo siempre que necesita información sobre un rival o que siembre una opinión en una mente dócil. Elegimos con cuidado a nuestras víctimas, ya que los hombres corruptos son los más sensibles a mi influencia. Tomo todas las precauciones posibles para que no me descubran. Y, conmigo a su lado, Kite ha ascendido en el escalafón, aunque su ambición no cesa.

Si mis poderes se debilitan, me sustituirá, porque nada evitará que consiga lo que desea, y lo que desea es ser el heredero de Peregrine, cueste lo que cueste. Sé que va a la Casa de las Crisálidas para examinar a las recién llegadas, a la espera de la combinación correcta de belleza y habilidades. Al final, la encontrará y atacará. Y yo seré como lady Escorpio.

He planeado meticulosamente mi discurso. Me siento detrás del micrófono de aspecto arácnido, dentro de la cámara forrada de madera, y empiezo.

—El Pueblo de la Luz estaba más que acostumbrado a volar por todo el globo. Cruzaban continentes y océanos, llegaron hasta nuestra reluciente luna y más allá del planeta Marte. Ahora vivimos con los errores que ellos cometieron: los desiertos y las tormentas que descargaron sobre nosotros; las zonas irradiadas, en las que quizá no podamos entrar nunca. Quemaron tanto combustible de fuego que todo el planeta se encendía por la noche. Por otro lado, gracias a su ingenio, llegaron a las estrellas…

Hablo sobre volar durante media hora entera. Cuando termino, me dispongo a continuar con mi misión, que esta noche no implica melodía de luz. ¿Cómo va a hacerlo? La banda de sirena está bien cerrada bajo mi peluca.

Con mis damas, que forman un halo blanco a mi alrededor, llego a la puerta de las habitaciones del gran hermano

Peregrine. Los guardias me piden que espere. Nunca lo he visitado a solas y quizá se niegue a recibirme.

Un momento después, sale un hombre. Es el hermano Harrier, un hombre del pueblo y el principal rival de Kite. Lleva bastón por culpa de una vieja herida de guerra y me sonríe a través de la barba.

—¿Swan?

Él no me llama «hermana», como todos los demás.

—Buenas noches, hermano.

Nunca he intentado influir en la mente de Harrier porque no es un político como el resto, sino que dice justo lo que piensa y no le importa quién lo oiga. Si yo fuera libre, me resultaría muy atractivo, pero no me permito ese tipo de pensamientos peligrosos; los ahogo en mi pozo oscuro.

—Me ha gustado tu discurso por la radiobina —dice, sonriente—. Un cuento para antes de dormir muy inspirado, en el que condenas el combustible, a la vez que nos haces anhelar una época de vuelos.

—Me alegro de que lo hayas disfrutado, hermano.

Harrier se inclina un poco hacia atrás para observarme.

—Ojalá vinieras a la ciudad conmigo, Swan.

¿Por qué me sugiere tal cosa? ¿Qué quiere?

—Voy a menudo —respondo con frialdad.

—No libremente. Siempre te programan cada segundo.

Es cierto. Esos días están repletos de funciones y apariciones en público. Me escoltan a lo largo de una serie de acontecimientos orquestados a la perfección, en los que tengo que reunirme con viudas, doncellas, veteranos, inquisidores, cadetes, casamenteras, regidores, niños y cualquier otra persona que pueda beneficiarse de mi incansable cruzada.

—Me gustaría verte caminar libre por las calles —añade, y me atraviesa con esos ojos suyos bordeados de líneas de expresión.

—¿Para qué? —le pregunto, perpleja.

—Para que hablaras con la gente, para que vieras cómo vive. El pueblo te ve como alguien cercano. Te quieren gracias a la radiobina. ¿Te das cuenta de la influencia que tienes? Podrías usarla para algo bueno.

—Ya la uso de la mejor manera posible: para el triunfo de Brilanda.

Este hombre consigue que el mundo se mueva bajo mis pies.

—Nuestros hermanos están obsesionados con ganar la guerra —me dice—. Pero me preocupa no estar atendiendo a las necesidades básicas del pueblo. Y el pueblo te ve como una aliada. Deberías acompañarme a la ciudad. Podríamos conseguir algunos cambios positivos.

—Tengo la agenda bastante llena.

—La agenda de Kite —afirma, taladrándome con la mirada. Se me acerca demasiado, y el pelo descuidado y el aspecto rudo no hacen más que aumentar su atractivo—. Sin ti, Kite no sería nadie ni estaría donde está.

Harrier inhala mi olor y después se marcha, dejándome alterada.

Cuando por fin me invitan a entrar, dejo a mis damas en la puerta. Los guardias me sorprenden llevándome directamente al cuarto de baño privado de Peregrine. De inmediato me doy cuenta de que aquí todo es una reproducción de la época del Pueblo de la Luz. Hace poco encontraron unos sanitarios esmaltados y conservados a la perfección en una de las casas desenterradas de la turba en el páramo de Gabarus. Tenían un tono verde excepcional, y habían puesto de moda en el palacio la instalación de inodoros con cadena y profundas bañeras esmaltadas.

—Perdóname, Zara. Tengo problemas de espalda y esto es lo único que me los alivia.

Está sumergido hasta la cintura en una espuma lechosa y sonríe como un cocodrilo. Intenta perturbarme con una camaradería en la que no debo confiar. Gracias a Gala por las burbujas.

—Siento oír que nuestro gran hermano sufre —le digo con toda la dulzura que puedo.

—Harrier acaba de pasarse por aquí para crujirme la columna, como un médico de los huesos.

Me guardo ese dato para más adelante: la relación con Harrier es tan estrecha que le permite manipularle la espalda dolorida. A Peregrine ni se le ocurriría permitirle a Kite acercarse tanto.

—Deja que te lea la mente —dice, y veo que le brillan los ojos de acero—. No me va a costar mucho. Quieres abogar por los aviones de Kite.

—Sí —respondo, algo inquieta por su primera frase.

—Tu lealtad te honra.

—Kite no sabe que estoy aquí —le aseguro, sin prestar atención al vello tupido y mojado del pecho del anciano.

—Dime cómo puedo ayudarte, Zara.

—Gran hermano, soy yo la que he venido a ayudar —lo tranquilizo.

Él arquea las cejas y espera.

—Sé que hay espías sueltos. Algunos son inhumanos.

—¿Sí?

—¿Está de acuerdo en que es muy posible que Ailanda ya sepa de la existencia de nuestras luciérnagas?

Espero que eso cubra mis huellas. Peregrine no debe enterarse de que dejé entrar en nuestra sala de guerra al cabrón de la coleta. Entorna los párpados.

—¿Me estás diciendo que es demasiado tarde? ¿Que, ahora que ya hemos seguido esta senda ilícita, debemos continuar por ella?

—Si abandonamos ahora el combustible de fuego, Ailanda nos ganará la partida. ¿Y si ya tienen el suyo?

Peregrine deja escapar un profundo suspiro.

—Por eso me duele la espalda. El cuello me ha estado matando toda la tarde. —Se sienta—. Ayúdame a salir.

El gran hermano Peregrine me desconcierta al tenderme una de sus venosas manos. Busco una toalla y se la paso mientras el anciano se agarra a mí y se levanta, usándome para conservar el equilibrio. Después sale de la bañera y me salpica de agua el tul blanco puro. Procuro apartar la vista. Es muy extraño tenerlo ahí, goteando sobre la alfombra. No percibo carnalidad en él, no como el constante baile del escorpión con Kite, sino más bien como si yo fuera su madre y él, un niño pequeño. No, tampoco es eso. Me trata como si yo fuera otro hombre, casi su igual, como Harrier. Esa intimidad me desarma.

—Espero que el baño haya aliviado su dolor —le digo.

—Ha sido tu sinceridad la que lo ha logrado.

Cuando estoy segura de que tiene la toalla bien enrollada en torno a la cintura, lo miro. Veo la silueta del joven que antes fuera. Todavía hay fuerza en su figura. Se pone de nuevo el anillo de mando, pensativo.

—¿Qué me aconsejas? —pregunta.

Es una trampa. Es bien sabido que Peregrine desprecia a las mujeres; si puede evitarlo, ni habla con ellas ni las mira. No tiene esposas y, que yo sepa, nunca se ha acercado a una casa rosa. No me dejaré engañar por su cordialidad. Este cocodrilo viejo y astuto podría estar a punto de morderme.

—Sería impropio dar mi opinión —respondo con la cantidad justa de elegante desdén hacia mi persona. Peregrine me mira y hunde los carrillos. Le demostraré que yo también soy astuta.

Camina descalzo hasta su dormitorio y se pone una bata vieja. No me ha pedido que me vaya, así que lo sigo. Hay libros y pergaminos apilados alrededor de la cama; es la habitación de un hombre que nunca para de trabajar, de un hombre que se encuentra más allá de las exigencias del amor físico. No quiere sexo, sino otra cosa. ¿El qué?

—Cuando era pequeña, en Fuerte Abundancia, le masajeaba el cuello a mi padre. Siempre me decía que se me daba bien aliviarle las molestias. ¿Me permite?

El gran hermano Peregrine se sienta y me deja ponerle los dedos en el cuello. Le palpo la columna huesuda y los nudos de tensión; veo lo fino que es el vello de la espalda. Está dolorido. Aplico algo de fuerza y, al cabo de unos minutos, los nudos de los músculos se sueltan y, cuando mueve la cabeza, noto el chasquido de los tendones. Suspira de alivio.

—Harrier cree que deberíamos destruir los aviones de la forma más pública posible, de modo que llegue a oídos de nuestros enemigos —me confía—. Los ailandeses entenderían que, después de experimentar con el combustible de fuego, nos lo hemos pensado mejor.

—No se lo creerían —respondo de inmediato—. Los ailandeses no son tontos.

Otro suspiro, más largo y profundo.

—Es justo lo que he pensado yo —. Hace una pausa—. La soledad es un cliché del poder, Zara. Cada decisión lleva consigo un peso monumental.

—Cuenta con nuestro apoyo, gran hermano. Con mi apoyo. Todos lo amamos.

—Envíame a Kite, hablaré con él. Aunque me temo que sus luciérnagas serán nuestra perdición. Una victoria. Una victoria. El corazón me da brincos en el pecho.

Al salir a toda prisa de los aposentos de Peregrine, me siento incomprensiblemente conmovida. Aunque debería alegrarme por mi éxito, noto un dolor extraño y punzante en el pecho. ¿Qué significa?

De repente, entiendo la genialidad de nuestro gran hermano, que se ha mostrado vulnerable ante mí y se ha ganado mi amistad. Con su humildad, ha conseguido hacer aflorar mi amor. Este viejo reptil es tan astuto que ha percibido mi soledad y me ha ofrecido justo lo que más anhelo: compañerismo. ¿Quiere que lo ame como si fuera mi cruel y amado padre? ¿Por qué? ¿Para qué me necesita? No tengo respuesta para esas preguntas y, aun así, lo único que deseo ahora mismo es regresar a sus habitaciones y dormir como un perrito faldero, acurrucada a sus pies.

Freno el ritmo y respiro hondo para calmar las emociones que me embargan. No consigo concentrarme en mi frío amo hasta que llego al cuarto de Kite.

Starling Beech me deja entrar, y yo le sonrío, «Lista para la cama». Él se ruboriza y me lleva ante su jefe. Mis damas me siguen, y ahí nos quedamos, como fantasmas, mientras Kite practica el arte marcial de Thal. No lleva camisa, se ha untado el cuerpo de aceite y está descalzo; es como una salamandra.

Me hace esperar y sigue con su férrea rutina de posturas tortuosas. Estoy segura de que pretende impresionarme con sus proezas, pero tengo que reprimir la sonrisa. Tengo veintidós años y este hombre tira de mis riendas desde hace seis. Comparada con la masculinidad natural de Harrier, la de Kite resulta casi ridícula. ¿Cómo es que no me había dado cuenta antes? Por fin, se vuelve hacia su altar a Thal e inclina la cabeza. Después, me mira.

—Peregrine va a permitirte seguir con tus aviones —le digo.

Su rostro no revela nada, pero, mientras se viste, le leo el resentimiento en la mirada. Lo he desautorizado, he interferido.

—Arañita lista.

—¡Te he conseguido lo que querías! —exclamo, frustrada.

—Es impresionante verte tejer tu red —sigue diciendo—. Pero se te olvida que puedo convertirlo todo en polvo con hacer un gesto.

Estoy harta de esto, de que me intimide, de que me use y me amenace. Estoy harta de estar asustada. Una llamarada de furia estalla dentro de mí, como si fuera combustible de fuego.

—Sólo las arañas se reconocen entre sí —le suelto—. Y tu red se ha quedado colgando, llena de agujeros.

—¿Qué quieres decir?

Lo miro. Veo su inseguridad, su necesidad.

—Léeme la mente —respondo, y, tras dar media vuelta, me marcho.

# 18

# RYE

Los días se hacen eternos. Cuando llegué a Meadeville, sólo éramos cinco. Ahora somos quince. Los buques cargueros vienen y van; traen tropas que entrenan en el campo. También traen prisioneros con esposas y bandas en la cabeza. Dicen que son inhumanos. Meadeville es el último campo de internamiento antes de que nos lleven río arriba y nos entreguen a la Casa de las Crisálidas. Llevo días encadenado, paseándome o sentado con la espalda contra la valla. Nos dan raciones dos veces al día y tenemos algo de cobijo. No quieren que muramos ni de frío ni de hambre, ya que invierten en nuestro cuerpo. Seremos esclavos de Brilanda.

No hablo mucho con los demás, ¿para qué? ¿Por qué conocer a nadie? Sólo serviría para sufrir más. Más allá de la cortesía de decir mi nombre y de dónde soy, intento guardar silencio. Pero esta gente no puede evitar revivir su trauma. Se pasan el día dándole vueltas a lo mismo. Examino la alambrada e intento no escuchar sus desgracias. La alambrada interior, la alambrada exterior, el alambre de espino, las torres de vigilancia. Observo la puerta y el campo de entrenamiento del otro lado. Nadie va a escapar de este estercolero.

El miedo ha podido conmigo. Me obligo a enfrentarme a lo que me espera para que, cuando ocurra, no me lo haga en los putos pantalones. Una barcaza nos llevará río arriba, y antes nos drogarán para mantenernos tranquilos durante el viaje hasta la Casa de las Crisálidas. Cuando lleguemos allí, nos someterán a una farsa a la que llaman juicio. Nos leerán nuestros delitos ante un grupo de inquisidores que harán de jueces, y la sentencia será la misma para todos, aunque a algunos los indultarán y los entrenarán para servir de sirenas. Sin embargo, a la mayoría los enviarán a su cita con los cirujanos. Esos cirujanos son el culmen de los logros médicos de Brilanda: la mejor formación, los más experimentados. Destruyen nuestra capacidad de pensar, de imaginar, de resistir, de ser quienes somos, aunque tienen la amabilidad de dejarnos la de trabajar. Nos extirpan las pelotas y el útero, y nos cortan la lengua. Una vez que han terminado con esas intervenciones tan delicadas, nos envuelven en vendas. Ahí es cuando nos convertimos en crisálidas. Y después emergemos transformados, sin espíritu, voluntad ni huevos, nada más que peones para la causa brilandesa.

Estoy decidido a morir por el camino. Correré hacia la alambrada para que me acribillen a balazos. No seré su marioneta. Sin embargo, amanece otro día y sigo aquí. Algo me retiene. ¿La falsa esperanza de la huida? Seguro que todos nosotros albergamos el mismo sueño imposible.

No pienses. No pienses en Elsa. No pienses en abrazarla. No pienses en aquella noche en la playa de Bailey. Deja de pensar ahora mismo si no quieres hundirte por completo. ¡Basta ya!

Veo desfilar a soldados y marinos. Pronto enviarán a estos chicos a la costa ailandesa. Tiene que ser bueno para su moral vernos a los inhumanos encadenados y humillados; así recuerdan por qué luchan.

Siguiendo la orilla del río, alcanzo a ver unos edificios bajos de madera. Dos o tres están pintados de rosa. De vez en cuando, atisbo a alguna chica fuera, tendiendo ropa o barriendo. Tienen lazos rosas cosidos en el cuello del vestido. Ahí abajo también hay tabernas que, al caer la noche, cobran vida con guirnaldas de luz de turbina. La parranda de los soldados nos mantiene despiertos hasta entrada la noche. Al menos, les han dado la posibilidad de fornicar.

Me paso el día observando los aviones y planeadores que despegan y aterrizan. A los pilotos no les dan tregua, se ve que alguien quiere entrenarlos lo más deprisa posible. Primero suben en planeadores, y después, cuando les pillan el truco a los controles, los meten en las luciérnagas. Esos aviones están en boca de todos. Nuestros guardias alzan la vista con orgullo cuada vez que uno despega y su ruido desgarra los cielos. Son más rápidos de lo que parece posible y, cuando aterrizan, dejan atrás una estela de gases químicos. Mi segundo día, veo que uno se estrella contra la pista y estalla.

¿Piper?

Durante el resto del día imagino su muerte, pero no siento nada, ni tristeza ni satisfacción. Sólo una nostalgia lejana por lo que tuvimos. Pobre cabrón, toda la vida esforzándose por volar para, al final, ir de cabeza a la muerte. Es una muerte tan absurda que me entran ganas de reír.

Entonces lo veo, esta misma noche. Lleva un uniforme nuevecito y va con un grupo de aviadores que cantan canciones de borrachos en la puerta de una casa rosa. Se dan palmadas en la espalda y entran en el edificio de uno en uno. ¿Piper Crane en una casa rosa? Para partirse de risa, coño. Me quedo despierto hasta que oscurece, sin apartar la vista de la casa. ¿Cuánto tiempo aguantará ahí dentro?

Me distrae el chico que está sentado cerca de mis pies. Se llama Freed Atheson y es de Want's Cove. Tiene quince años. He intentado evitar a este quejica desde que llegué, pero me sigue a todas partes. No deja de tirarse de la banda de plomo y de rascarse la cabeza hasta que le sangra, y por la noche se tumba ahí y gime llamando a su mamá. El puto Freed Atheson me rompe el corazón, maldita sea. Ojalá me dejara en paz, pero no se despega de mí, como si pudiera protegerlo. Qué iluso.

—Los guardias dicen que la barcaza llegará dentro de un rato, para llevarnos a Brightlinghelm —me informa—. Dicen que tiene un techo plano para que se nos vea bien.

—Cierra el pico, Freed.

Pero él sigue hablando.

—Lo organizan para que lleguemos cuando todos los ciudadanos estén de camino al trabajo.

—¿Y qué más da? Me arriesgaré a saltar al río. Te recomiendo que tú también lo hagas.

No debería darle esperanzas.

—No puedes —responde—. No podrás...

—¿Por qué no?

Entonces veo a los guardias. Están en la parte de fuera de la alambrada interior, armados con porras, preparados por si se lía. Uno está llenando de algún tipo de droga una bandeja de jeringas. Gala... Ha llegado el momento de saltar esa valla, de agarrarla con las manos encadenadas e intentar treparla. Cuanto más subas, más deprisa te dispararán. Ha llegado el momento de acabar con esta farsa...

Entonces me encuentro con los ojos de Piper Crane. Acaba de salir de la casa rosa y me mira de frente.

Se acerca, luciendo su autoridad como miembro de la élite. Aquí se venera a los pilotos. Veo que llama a los guardias y que uno de ellos se acerca a la puerta. No sé qué le dice Piper, pero el hombre lo deja entrar. Mientras tanto, están empezando con las jeringas. La señora Kitt, la adúltera, es la primera. Se resiste con ganas, pero la sujetan y le clavan la jeringa en el brazo. La mujer se queda sin fuerzas y las palabrotas se le mueren en los labios. Freed Atheson se une a los otros prisioneros, que corren a esconderse en las esquinas. Los guardias se lo van a pasar en grande jugando al pilla-pilla. Me quedo donde estoy, con la vista fija en Piper, que tiene una jeringuilla en la mano y se me acerca.

—Les he dicho que te había atrapado yo, así que me han concedido el honor —me dice, y mira la jeringa—. Así sufrirás menos. —No tengo nada que decirle, ni una palabra—. He venido a ayudarte —añade al acercarse—. Hay una forma de sobrevivir... —Pienso en esa luciérnaga estallando en llamas—. Hay una forma de evitar que los cirujanos te agujereen la cabeza. En el juicio, puedes pedir que te hagan sirena. Tienes que convencer a los jueces de tu buena disposición. Así funciona: debes suplicarles que te permitan entrenar. —Me río, incrédulo. Hay que ser muy cobarde para convertirse en sirena—. No estoy diciendo que sea una elección sencilla, pero conservarás tus facultades —me asegura—. Conservarás tu espíritu.

—¿Tan mala opinión tienes de mí?

Piper guarda silencio.

No juzgo a los que se arrodillan ante los inquisidores para que los conviertan en sirenas. ¿Quién sabe? Puede que, cuando llegue el momento, yo también caiga de rodillas y ruegue piedad como el que más. Sin embargo, si algo me han contado mis compañeros de prisión es que a las sirenas no las indultan hasta que encuentran una antorcha, le dan caza y se aseguran de que la atrapen. La mayoría no consigue llegar hasta el final. Al enfrentarse a la realidad de destruir a otra persona, casi todos acaban en la Casa de las Crisálidas. Los cotilleos constantes de esta celda me han enseñado que las sirenas no duran mucho. La señora Kitt nos habló de la sirena de su pueblo, que se volvió loca de remate y después de atacar a su inquisidor y quitarle el cuchillo, se suicidó clavándoselo en las tripas. Otros dicen que sólo los cabrones más fríos tienen éxito.

—Estoy intentando ayudarte —dice Piper—. Entrena como sirena. Puedes sobrevivir a esto, Rye.

Detrás de él, veo que llega una barcaza negra baja, con techo plano.

—A la mierda con tu ayuda.

Y se abalanza sobre mí con la jeringuilla.

Lo aparto. Forcejeamos. Es tan intenso como un abrazo, pero sigo débil por las costillas que me rompió Wheeler. Piper ha estado entrenando mucho y tiene brazos de acero. No tarda en tirarme de espaldas.

—Me has acusado de ser una rata —dice—. No soy una rata. Hice lo correcto.

Uno a uno, mis desafortunados vecinos sucumben a los guardias. Dos de ellos sujetan a Freed Atheson, que chilla como un lechón al tirarlo al suelo. He bloqueado todo el sufrimiento de estas personas, pero, aun así, conozco la historia de todas y cada una de ellas.

—Mira a tu alrededor, Piper —le digo, porque pienso contarle a este cabrón de cara de rata lo que he aprendido aquí dentro—. Ésta es la verdad: la mayoría de estas personas no son inhumanos. —Miro hacia la señora Kitt—. Esa mujer es una adúltera. Ese hombre es un ladrón. Esa chica huyó de una casa rosa. Y ese chico de ahí... —Me giro para que Piper vea a Freed—. Ese chico está enamorado de otro chico. —Los guardias le clavan la jeringa a Freed en la espalda. Poco a poco, se queda sin fuerzas. Piper sigue mirándolo—. Pueden tachar de inhumano a cualquiera. La Casa de las Crisálidas es para todos. Rezo porque nunca tengas que verla. —Piper me mira y veo que mi advertencia le ha impresionado. Dejo de resistirme. ¿Para qué cojones seguir haciéndolo?—. Tú ganas —le digo—. Me rindo. ¿Por qué no alivias mi puto sufrimiento?

El tiempo parece ralentizarse cuando Piper me acerca la aguja a la piel, pero no me la atraviesa. ¿A qué espera este cabrón?

Entonces deja que el contenido de la jeringuilla me gotee por el exterior del brazo, inofensivo.

Lo miro a los ojos. La vieja rutina de la infancia: luchamos, lloramos.

—Hice lo correcto —insiste.

Cierro los ojos y finjo que la droga me lleva volando en sus alas. Me quedo quieto. Piper espera un segundo de más, sujetándome en el mismo abrazo forzado. Después me suelta y se va.

# 19

# ALONDRA

En vez de hacer las maletas y huir al páramo, mi madre y yo intentamos entender lo que acaba de pasar. Soy la segunda esposa del comandante Mikane.

Ella me acompaña a casa tras salir del salón de los regidores, tan desconcertada como yo.

—¿Por qué te ha elegido?

—No lo sé. Lo he insultado. Le he preguntado por qué se frio la cara.

—Ay, Elsa…

—Pero él ha salvado a Gailee Roberts sólo porque le dije que debería hacerlo.

Mi madre guarda silencio un momento mientras medita.

—Quizá se diera cuenta de quién eres. Tu padre era amable con Heron. A lo mejor me recuerda.

—Le importa un pimiento quién sea yo. Ni siquiera se esperó a oír mi nombre. Sabe que es más viejo que el inferno y que está más asado que una chuleta. Puede que sólo quiera castigarme.

—No seas tan cruel —me regaña—. Esas quemaduras tienen que haberle dolido mucho.

Ha corrido a defenderlo y, la verdad, no me siento orgullosa de mi frivolidad. No es el aspecto del comandante lo que me inquieta.

—Otra chica será tercera esposa en mi lugar —le digo—. Eso sí que es cruel.

Mi madre se calla. En cuanto entramos, saca el viejo whisky de papá y sirve un vaso para cada una. Me pasa el mío. Siento su fuego bajarme por la garganta. Después, planteo la pregunta que flota en el aire entre nosotras.

—¿Qué pasa con lo de huir?

Mamá se sienta y me mira.

—Elsa, ahora todo es distinto. Eres la esposa de un gran comandante; aunque sea segunda esposa, no está nada mal. Y ya sabes lo que pasaría si huimos. —Veo de nuevo la horca y el muerto balanceándose, colgado de ella. Mi madre intenta suavizar el golpe—. Si Heron Mikane se parece en algo al chico que yo conocía, hay esposos peores.

Me bebo de un trago el resto del whisky. Ella hace lo mismo. Llena de nuevo los vasos.

—Ese discurso que dio cuando enterró a sus soldados... —reflexiona—. Sobre la muerte. No soporto pensar en lo que habrá visto ese hombre. Está sufriendo.

—Nosotras también.

Me mira a los ojos.

—No sé qué decirte. Ojalá pudiera casarme con él en tu lugar. Si no puedes aguantarlo, sigo preparada para huir, pero tendrás una posición privilegiada como esposa de un comandante. —Percibo su desesperación—. Estarás a salvo.

Estoy a punto de decirle: «Mamá, soy una inhumana, nunca estaré a salvo. ¿Y si Mikane se entera?». Pero me pongo a recoger mis cosas, lista para mi noche de bodas.

Al dejar la casa, veo a un grupito de personas reunidas en el puerto, a la luz de los grandes focos de turbina del carguero. Las terceras esposas están esperando para subir a bordo. Wheeler y los otros emisarios las acorralan y las separan de su hogar y de su familia. Van con la cabeza gacha. Bajo corriendo la colina.

—¡Elsa! —me grita mi madre.

No respondo. Que le den a Mikane, puede esperar. Mi madre me alcanza y nos unimos a los congregados, que son, sobre todo, familiares y vecinos de las ocho chicas sobrantes. Me sorprende ver entre ellas a Uta Malting. Ninguno de los soldados la ha elegido. Hasta mí llega la ardiente humillación que irradia. Francine Merrin y Stacee Shrike se abrazan, entre el miedo y la incredulidad. Rhea Vine y Molla Quail parecen a punto de enfrentarse al pelotón de fusilamiento. Para ellas no hay ni boato ni orgullo, ni banda ni coro para despedirlas. Quieren sacarlas de aquí antes de que asimilemos la conmoción.

¿Cómo podemos permitirlo? ¿Por qué nos quedamos todos paralizados? ¿Cómo podemos mirar mientras estos emisarios se llevan a nuestras chicas para que las violen?

Mientras observo, un hombre da un paso adelante. Es el padre de Uta Malting, nuestro apacible panadero, amable y decente, respetado en el pueblo. Cuando Uta cumplió dieciséis años, nos regaló una tarta a cada una de las integrantes del coro. Ahora permanece firme. No oigo lo que dice, pero Wheeler niega con la cabeza, implacable. El señor Malting alza la voz. Después, como siguen negándose a hacerle caso, grita un insulto. Otros se le unen. Mi madre me coge de la mano y avanza.

Wheeler y los emisarios han sacado los látigos. Wheeler levanta la mano como si, en su benevolencia, comprendiera que esto es difícil. Eso enfurece aún más al señor Malting, que se pone en movimiento, como si fuera a pegarle. ¿Quién habría pensado que sería capaz? Uta grita su nombre, y su angustia hace que aflore la de las demás. Sin poder evitarlo, empiezo a imprecar a Wheeler, pero mi madre me sujeta con fuerza.

—No, Elsa. ¡Te llevarán a ti también!

El señor Malting coge a su Uta. Rhea Vine corre hacia su abuela. Los guardias del barco disparan una descarga de advertencia. Las chicas gritan. La gente se tira al suelo. Los tres emisarios chascan los látigos. La multitud se acobarda. Una a una, suben a las muchachas a bordo. Los emisarios arrancan a Uta de los brazos de su padre y los regidores lo detienen. Stacee Shrike se zafa y sale corriendo; parece dispuesta a lanzarse desde el muelle. Su madre la llama a gritos. Uno de los emisarios agarra a Stacee y la levanta en volandas para echársela al hombro, como si fuera una muñeca de trapo. Wheeler sube a bordo con ellos. Seguro que no quiere perderse el viaje, en el que consolará a las chicas indefensas diciéndoles lo mucho que los Hermanos se preocupan por ellas. Sin duda, probará la mercancía. Cabrón. Cabrón. Cómo lo odio.

—No deberías mirar —me dice mi madre, abrazándome—. No puedes hacer nada para ayudarlas.

Ardo de culpa y de vergüenza. Me seco las lágrimas, furiosa.

—Debería ser yo.

—No deberíais ser ninguna de vosotras.

Los regidores, ninguno de los cuales ha perdido a su hija, dispersan a la multitud. Al señor Malting se lo llevan a la cárcel. Mi madre y yo nos quedamos hasta que el barco rodea el promontorio y se pierde de vista.

—De haber querido, Mikane podría haberlo evitado —gruño—. Podría haber bajado aquí para defender a esas chicas. Sus tropas podrían haberse enfrentado a los emisarios.

—¿Por qué iban a tener Mikane y sus tropas algún problema con las terceras esposas? —me pregunta mi madre—. Llevan más de diez años en la guerra. Las casas rosas son normales para ellos.

Todavía me corre la ira por las venas cuando llegamos a la puerta de Mikane. A estas horas, ya habrá tomado posesión de la esposa número uno. Mi primera tarea como segunda esposa, según las instrucciones de Hoopoe, es alimentarlos a ambos y volver a preparar el lecho nupcial. Conocemos de memoria las reglas y los procedimientos y, si nuestro esposo se desvía de ellas, debemos devolverlo amablemente al buen camino. Mi madre llama a la puerta.

—Heron sólo es tres años menor que yo —dice, casi para sí—. Y ahora se lleva a mi hija.

La señora Mikane, algo desorientada, nos abre la puerta. Al instante me doy cuenta de que sigue siendo virgen.

—Puede que te eche —le susurra a mi madre, ansiosa—. Mi madre vino a traerme y le dijo que se fuera. A nuestras madres se les permite prepararnos para la noche de bodas, pero la ha echado de casa.

—Es muy descortés por su parte —responde educadamente mamá.

—¿Dónde está? —pregunto mientras suelto mis cosas en una silla.

—Ahí dentro —responde Chaffinch, señalando el dormitorio—. ¿Te lo puedes creer? Cuando he intentado entrar, me ha gritado que me vaya.

—Seguro que está muy cansado y quiere dormir —dice mi madre—. Acaba de salir del campo de batalla, Chaffinch.

—Te agradecería que usaras mi nombre de casada —responde ella, mirando a mi madre por encima del hombro.

—Perdona, señora Mikane...

¿Cómo voy a vivir con esta lagarta insoportable? Mi madre deja en la repisa de la chimenea un pajarito tallado por ella, su regalo para la casa. A continuación, se remanga y empieza a recoger la mesa, donde parece que ha estado alimentándose un puerco enorme. Chaffinch no mueve un dedo y después señala mis cosas.

—No dejes ahí tu porquería. Ve a meterla en la habitación de atrás.

Veo que se prepara para toda una vida de darme órdenes; sus manos seguirán suaves mientras yo dedico cada hora del día a trabajar para cuidar del cerdo y de ella. A partir de hoy, necesitaré su permiso para hacer cualquier cosa, incluso para salir al mar. ¿Cómo voy a reunirme con Ruiseñor? Llevo mis pertenencias a la habitación de la segunda esposa, que es diminuta, sosa y oscura. En este espacio minúsculo, me abruman las ganas de abandonar Northaven. Rye. Rye. Es como si estuviera más lejos que nunca. Mi madre y yo podríamos estar corriendo por los páramos en estos momentos. Ya es la segunda vez que una persona que me quiere me pide que huyamos y por segunda vez me he quedado, como la cobarde que soy. Pienso en el futuro gris que me espera. Pienso en cuando Heron Mikane me posea. ¿Qué he hecho?

No soy la única que se siente atrapada. Cuando salgo de mi dormitorio, Chaffinch está revoloteando por la sala, asustada, como un pájaro encerrado en un invernadero. Se retuerce las manos y habla en voz baja con mi madre.

—No me dejó bañarlo. Tenía preparado el aceite para sus pies, pero no me dejó que le quitara las botas. Todavía las tiene puestas. ¿Por qué duerme con las botas puestas?

—Puede que tenga podredumbre del pie —sugiero.

—Calla, Elsa —me calma mi madre.

—Lo digo en serio. Puede que los dedos se le salgan con la bota.

—¿Por qué te eligió a ti? —me suelta Chaffinch—. Mikane debería haber elegido a Uta o a Rhea. Cualquier chica se lo merecería más que tú. Mi madre dice que la jugada de Elsa Crane es la comidilla del pueblo.

—Te agradecería que usaras mi nombre de casada —replico.

—Mis amigas están en esa barcaza —se lamenta Chaffinch—. Ojalá estuvieras tú.

Mi madre la corta con determinación.

—Todo os va a resultar más difícil si hay conflicto en la casa.

—Tiene toda la razón —gruñe alguien.

Mikane está en el umbral de su dormitorio, en ropa interior y botas, convertido en el rey de la mugre. Menudo espectáculo. El poco pelo que le queda está de punta, y el torso, surcado de cicatrices, cubierto de sal y una costra de suciedad. Prende una cerilla contra la pared de piedra y la usa para encender un cigarrillo apestoso. Entonces parece darse cuenta de quién es mi madre y le cambia la voz.

—Curlew Crane… —Entra en su dormitorio y regresa con una camisa puesta y cara de vergüenza—. La esposa de Gwyn.

—Sí, y ésta es su hija, Elsa.

Me mira como si fuera la primera vez y reconoce los rasgos de mi padre. Después mira a mi madre y se fija en el velo de viuda.

—Era un buen hombre.

—Sí.

—Te acompaño en el sentimiento.

Mi madre lo mira de una forma muy rara, como si viera algo que yo no veo.

—Fue hace mucho tiempo, Heron —le dice.

Guardan silencio, pero siguen mirándose.

—Te deseo paz y armonía con tus jóvenes esposas —dice mi madre.

Estoy bastante segura de que ahí hay una amenaza velada. Mikane esboza una media sonrisa, mi madre se despide con una educada inclinación de cabeza y se marcha.

Nuestro marido nos mira sin satisfacción alguna.

—Quiero bañarme —dice—. Preparad el agua sin tanta cháchara.

Heron vuelve al dormitorio y deja la puerta abierta. Se tumba en la cama sin quitarse las botas. Chaffinch y yo nos miramos.

Me dedico a hervir ollas de agua mientras ella se preocupa y nuestro marido ronca. Una clara pista de los felices días que nos esperan. Cuando el baño está listo, Chaffinch echa aceites y hierbas. Después prepara ropa limpia y enciende velas. Contemplamos la enorme figura dormida.

—Tú eres la primera esposa, así que tú lo despiertas —le digo.

Se acerca a la cama y me mira, indecisa, antes de apoyar la punta del dedo en el hombro ileso de Heron, que se despierta de golpe, como en el campo de batalla, y agarra tan fuerte a Chaffinch de la muñeca que la chica chilla. Por fin, Heron se percata de dónde está.

—La próxima vez que me despiertes, hazlo con la voz.

Cuando ella se ofrece a desnudarlo, él rechaza su ayuda. No sólo eso, sino que nos saca de la casa y cierra todas las contraventanas, así que nos sentamos en un banco, bajo la ventana principal, y esperamos a que termine de asearse. Chaffinch juguetea con su pulsera de boda, dándole vueltas y más vueltas. Ninguna de las dos tiene nada que decir.

La tierra me resulta demasiado llana y pesada. Estoy deseando volver al mar; quiero que las olas me levanten, quiero sentir la brisa en el rostro, quiero subir y bajar con la mano en el agua. Quiero ver a Ruiseñor. A ella le parecería muy raro que el comandante Mikane duerma con las botas puestas. Se sorprendería de que le preguntara al comandante si se había frito la cara. ¿Qué le parecería esta triste unión? Estoy a punto de arriesgarme a llamarla cuando Chaffinch me pide que le suelte el pelo, que sigue sujeto en su peinado de boda. Le quito con delicadeza las horquillas.

—Se supone que ya tendría que haberme poseído, pero apenas me ha mirado.

—Seguro que se ha bebido un barril de cerveza entero. Ni siquiera podrá enfocar la vista.

—Tinamou Haines… Su marido, Gyles Syker, no le quitaba las manos de encima. Creía que se iba a poner al lío allí mismo, en el salón de los regidores. Tiene a Sambee James de segunda esposa. Sambee es un amor. Ojalá me hubiera tocado Sambee James.

—Ojalá me hubiera tocado a mí. Pero me has tocado tú. Y yo a ti. —Me arriesgo a ser sincera—. No me abalancé sobre Mikane —le confieso—. Me largué de allí para que no me eligieran. Pensaba huir.

—¿Por qué? —pregunta ella, pasmada.

Me encogí de hombros.

—Es probable que no hubiera durado mucho.

—¿De verdad preferías huir antes de ser tercera esposa?

—Me sorprende que nadie más tuviera la misma idea.

—Mi madre dice que a las terceras esposas les dan dinero, que son ricas y viven en casas elegantes. Dice que los Hermanos cuidan de ellas.

—No me apetece que me extirpen el vientre.

—Los Hermanos cuidan de nosotras, Elsa. Nunca exigirían ese sacrificio sin dar algo a cambio. —Oímos chapotear a nuestro marido. Lo que dice Chaffinch a continuación, muy bajito, parece sincero—. Le tengo miedo.

Reconocerlo parece hacerle bien, saca fuera toda su ansiedad.

—Ese discurso que dio en el cementerio... Se supone que los héroes no hablan así. ¿Y por qué está siempre enfadado con todos? ¿Por qué es tan maleducado y grosero con el emisario Wheeler y con mi padre?

—Supongo que ya lo averiguaremos.

—Sé que mi deber consiste en ayudarlo a olvidar sus preocupaciones, pero ¿y si no me deja?

Paso los dedos entre los enredos de su melena y la ahueco hasta que el pelo le forma un halo. Noto la tensión que le recorre el cuerpo, así que le doy un masaje en los hombros y en el cuero cabelludo, el mismo que nos enseñaron para relajar a nuestro hombre.

—Nada de esto está siendo como decía Hoopoe Guinea —le digo—. Tenemos una oportunidad, Chaffie. Podemos seguir saltándonos a la yugular, tú sentando las reglas como un perrito gruñón y yo molestándome con cada cosa que digas, o podemos trabajar juntas. En público, seré sumisa como un ratoncito. Pero, en privado, trátame como tu igual y seré tu amiga.

Chaffinch lo medita. Quiero llegar a ella, abrir la puerta y dejar volar a este pájaro atrapado, aunque temo que sea de las que prefiere la seguridad del invernadero. No tardará en ponerse a dar saltitos para comer pulgones y moscas de la fruta, mientras yo me rompo el pico y me estrello contra los cristales.

Oímos que se acerca alguien. Gailee sube la colina medio corriendo, sin duda de camino a casa de su madre.

—Nuestro marido está llorando —dice, sin aliento—. No sabemos qué hacer. Está diciendo unas palabrotas horribles, horribles de verdad, y, cuando mi madre se fue, empezó a gemir. No sabemos cómo hablar con él. Parece muy perdido.

Está a punto de llorar, así que me levanto.

—Ay, Gailee...

Ella se retuerce las manos.

—Sé que tengo suerte. Sé que soy una de las afortunadas...

Intento consolarla.

—Quizá sea buena que Nela y tú le cantéis.

—¿Cantarle?

—Creo que deberíais quedaros muy tranquilas cuando estéis con él y cantar. Creo que tenéis que intentar crear una armonía con él.

—¿Cómo sabes eso? —pregunta Gailee, sorprendida.

—Por la cara que puso cuando cantaba el coro. ¿No te diste cuenta? Creo que encuentra paz en la música.

Gailee me echa una mirada extraña, pero después asiente y sale corriendo. Chaffinch y yo la miramos. Me parece que pensamos lo mismo: puede que no nos haya ido tan mal.

Ya no se oyen chapoteos, sino una cascada de agua, lo que significa que nuestro marido está saliendo de la bañera.

—¿Cómo estoy? —pregunta Chaffinch, que se recoloca el pelo sobre los hombros, nerviosa.

—Si fuera un soldado, me acostaría contigo —respondo tras mirarla de arriba abajo.

No sabe si regañarme o reírse. Lo considero un paso adelante y le sonrío.

Cuando entramos, Mikane está vestido con pantalones de obrero y un chaleco, de pie junto a la chimenea, y mira el pájaro que talló mi madre. Vemos su lado ileso. Tiene un pelo tupido y oscuro que empieza a encanecerse en las sienes, un rostro de rasgos marcados y un físico perfecto y musculoso. A las dos nos pilla por sorpresa. Está resplandeciente de la cabeza a los (intactos) pies.

—¿Qué es esto? —pregunta, con el pájaro en la mano.

Al volverse, distingo hasta dónde le llegan las cicatrices: el hombro izquierdo, el brazo, el pecho. Me pregunto si mamá tiene razón; si su sufrimiento es constante.

—Lo hizo una de las personas del pueblo —responde Chaffinch, disimulando su recelo—. Todos han contribuido con algo. Yo he hecho las cortinas, ¿ves? —Corre a la ventana y muestra con orgullo su trabajo—. Las bordé de modo que, cuando se cerraran, se viera a los ailandeses ardiendo en la playa de Montsan. Tú estás aquí... Y los valientes doscientos... —Mikane asiente de forma casi imperceptible, como si fuera lo esperado—. En el pueblo estamos muy orgullosos de ti —sigue canturreando Chaffinch—. Afianzaste nuestra posición en la costa ailandesa. Con tan sólo doscientos hombres, obligaste al enemigo a retroceder y, para cuando llegaron los refuerzos, todo Montsan ardía y tres de sus barcos se quemaban en el mar. Me conozco de memoria todas tus batallas —presume.

Espera con impaciencia a que Heron cuente su historia. Nos han enseñado que a los hombres les gusta que alabes sus hazañas, pero Heron guarda silencio.

—Mi madre talló el pájaro —comento, orgullosa de su pericia.

Él vuelve a mirarlo. Mi madre ha logrado captar la vigorosa quietud de la garza, el pájaro que da nombre al comandante.

—Curlew Crane... —Le da una vuelta al pajarito en sus manazas antes de dejarlo en su sitio—. Quiero más comida. Y mucha bebida.

Chaffinch no ceja en su valiente intento de hacer hablar a Heron. Como se limita a seguir comiendo, empieza a contarle todos los detalles de su aburrida vida, todos los premios que ha ganado por cantar, todas las cosas maravillosas que su padre le ha comprado. Cerca de la medianoche, Heron se pone de pie.

—Tengo que mear —dice, y sale de la casa.

Chaffinch contiene el aliento, expectante. Ha llegado su gran momento. Su himen está a punto de ser historia. Y, ahora que su marido está bien limpio, la perspectiva no le resulta tan desagradable. Cuando regrese, se arrodillará frente a él, como se supone que debe hacer, y le preguntará humildemente qué es lo que desea.

—Así van a ser las cosas —dice él, señalando el diminuto dormitorio de atrás—. Yo duermo ahí. Solo. —Luego señala la gran cama de matrimonio—. Vosotras dos dormís ahí. Y, si alguien os pregunta, podéis decirle lo que queráis.

Se mete en el dormitorio de atrás y cierra la puerta de una patada. Yo me meto en la cama con Chaffinch, que está muerta de vergüenza.

—No le gusto —dice—. ¿Cómo es posible?

—Creo que no le gusta nadie.

Ella me da la espalda y me deja sin manta.

En plena noche, oigo algo: el grito ahogado de un hombre, el sonido de una pesadilla. Me levanto de la cama, muerta de curiosidad. Recorro de puntillas la casa. Su puerta está abierta una rendija y, a través de ella, veo a Heron sumido en un sueño inquieto. Atendiéndolo está la elegante figura de la Muerte. Sus dedos huesudos le acarician la cara y se detienen en el contorno de sus cicatrices. Entonces, la Muerte se percata de mi presencia. Sus cuencas negras me miran, enfadada por la interrupción. Corre hacia mí esbozando una sonrisa odiosa... y me despierto.

Es mi pesadilla, no la de Heron Mikane.

Estoy sudando. Chaffinch ronca como un cachorrito a mi lado. Me siento para recuperar el aliento y me acerco a la ventana, a ver si el alba me consuela. Veo a mi marido en el jardín, observando el pueblo. Tiene un cigarrillo en la mano, aunque no lo enciende. No hace nada. Se queda ahí, mirando su lugar de nacimiento, mirando el mar.

# 20

# RYE

Es de noche. Estamos tumbados y drogados en la cubierta plana de la barcaza y hay dos focos de turbina apuntándonos. Nos rodea la niebla densa y blanca del río. Me asomo a través de la gasa que han vuelto a ponerme en la cara: dos guardias, el capitán, dos esclavos en los motores. He tenido suerte por partida doble: Piper no me drogó y la niebla envuelve el río.

Mis compañeros parecen cadáveres. Me obligo a adoptar la misma quietud, aunque la cabeza no para de darme vueltas. El sargento Redshank nos enseñó qué hacer si los ailandeses nos hacían prisioneros de guerra: un hombre puede deshacerse de sus esposas si sabe dislocarse el pulgar. El dolor es casi insoportable, pero ¿qué más da si a cambio se consigue la libertad? A Redshank nunca se le pasó por la cabeza que usaría su truco para huir de los guardias de Brilanda. Poco a poco, sin que se note, desencajo el pulgar. Puede que me fastidie la mano para siempre, pero sería capaz de aplastarme todos los huesos con tal de liberarme. Aprieto los dientes para soportar lo que se avecina… y noto que algo cede. Saco la mano y me quedo tumbado, sudando de dolor. Pero ahora, cuando lo necesite, podré usar los brazos para nadar.

Tengo que soltarme los pies y no me queda mucho tiempo. Llegaremos a Brightlinghelm al alba.

Es como si la niebla me embotara la mente mientras intento dar con un plan. Si no hay otro remedio, me lanzaré de cabeza al río, aunque tenga los pies sujetos. Sé que las cadenas y la banda de plomo me arrastrarán hasta el fondo, pero me ahogaré siendo libre.

La vida es corta. Es una desgracia lo corta que es, y estoy enfadado por ello.

Los dos guardias de la parte delantera están armados con ballestas. Me fijo en su lenguaje corporal: están discutiendo. Uno de ellos levanta la voz, pero no oigo lo que dice. El otro se aleja de él y le da patadas a los prisioneros para cerciorarse de que están vivos. Espero que no me vea la mano izquierda dislocada; la estoy intentando ocultar con el torso. La patada me acierta en la base de la columna y el dolor me recorre desde el culo hasta los ojos. Comprueba que respiro y sigue adelante. Se acerca a la parte de atrás de la barcaza, se sienta a un metro de mí y empieza a liarse un cigarrillo.

Me permito pensar en Elsa, en su piel bronceada, en su magnífico cabello, en su radiante melodía de luz, en su sonrisa. Veo sus elegantes hombros, recuerdo su risa, su ternura al susurrar mi nombre. Elsa vivirá. Veo sus ojos. Siento sus caricias, su cuerpo. Me quiere. Elsa vivirá. Vivirá por los dos. Si muero ahora, al menos habré amado; tendrá que bastar con eso. Es mi única oportunidad.

El guardia del frente clava la vista en la niebla; su colega, que fuma a su lado, está de espaldas a mí. Salgo disparado. Rodeo con un brazo el cuello del guardia más cercano y tiro con todas mis fuerzas. Soy como un animal, enseño los dientes y rujo. No lo soltaré hasta que muera. Es fuerte y se resiste, y a mí me duele horrores la mano, pero cuento con ventaja. La turbina y el agua en movimiento ahogan el ruido de los pies del guardia contra el suelo, desesperado por liberarse. Retuerzo con fuerza. Se le rompe el cuello. Espero hasta que se queda flojo y lo acuno como a un niño.

Mi primer asesinato. Mi primera víctima como soldado, y se trata de uno de mis compatriotas. Le meto la mano buena en los pantalones porque, como no tenga las llaves de los grilletes, puedo darme por muerto. Puedo darme por muerto y habré matado a un hombre para nada.

Dulce Gala, aquí están. Al tercer intento, la llave encaja.

—¡Eh! —grita el guardia de delante, que me ha visto—. ¡Eh!

Hace ademán de levantar la ballesta. Los grilletes están abiertos. Se me clava una flecha en la pierna, pero, antes de que la señal llegue al cerebro, salto al agua.

Está fría. El cuerpo siente la conmoción, se me congelan los pulmones. Tengo que permanecer bajo el agua. Tengo que esconderme. Si subo a respirar, me matarán. Gala, la banda de plomo pesa mucho. Las flechas caen a mi alrededor. Los pulmones me gritan, desesperados por subir. Sin embargo, sigo bajando para sumergirme en lo más profundo de la oscuridad. Nado como nos enseñaron, moviendo las piernas como una rana. Estoy empezando a subir. O respiro para tomar aire o el cerebro me va a estallar. Asomo la cabeza. Veo al guardia que queda y al capitán, ambos con las ballestas alzadas. Tomo aire con ganas y una lluvia de flechas vuela hacia mí. Una de ellas me acierta en el hombro, pero el agua la frena y no siento nada. De no ser por la oscuridad y la niebla, la estela de sangre me delataría. Me sumerjo como un cormorán, obligando a mi mano dislocada a trabajar; tendré que guardarme todo el dolor para después. Le doy las gracias al sargento Redshank por enseñarnos tan bien a los cadetes. Algo viscoso me roza los brazos: algas, frondas. Saco la mano buena y me agarro a ellas. Una flecha ralentizada por el agua rebota en la banda de plomo.

Es posible que la muy cabrona me haya salvado la vida. Me abro paso entre las algas, palpando. Buceo río abajo con la marea menguante. El dolor empieza a destrozarme. El estallido de luz de mi cerebro me indica que necesito oxígeno. Tengo que subir. Tengo que respirar. Me permito sacar la cara del agua.

Y veo la barcaza un poco más lejos. Otra flecha sale volando, pero ya no me ven y aterriza muy lejos. Intento tocarme la flecha que se me ha clavado en la pierna. Aunque no ha entrado mucho, duele como mil demonios. Maldita sea, me la extraigo. Libre, soy libre como las estrellas. Me vuelvo y floto boca arriba. Me entrego a la marea y me alejo de la barcaza, camino de la desembocadura del río.

# 21

# RUISEÑOR

Por la noche, oigo un estallido al borde de un sueño, así que supongo que es una batalla naval. Pero no tarda en despertarme uno de los hombres de mi padre, que llama a nuestra puerta. Oigo susurros urgentes y, al levantarme, veo que papá se está poniendo las botas.

—Vuelve a la cama, Kaira.

—¿Qué ha sido ese ruido?

—Un dispositivo incendiario.

—¿Dónde?

Vacila.

—En nuestra estación de inquisidores.

Arrugo la frente, preocupada. Él podría haber estado allí, podrían haberlo herido. Su hombre espera junto a la puerta, sin aliento, de uniforme.

—No tardaré en volver —me asegura mi padre—. Vete a la cama.

Ishbella y yo nos quedamos despiertas, a la espera de noticias a través de la radiobina. Sabemos que han sido los insurgentes. Ya han atentado contra las fuerzas de la ciudad varias veces, y sus ataques son cada vez más frecuentes. Tengo sentimientos encontrados sobre esa gente. Sé que debe de haber antorchas entre ellos, luchando por su libertad, pero atacan a los defensores de la ley, como mi padre. Cuando por fin llegan las noticias, los graznidos metálicos de un hombre nos cuentan que dos inquisidores y una sirena han muerto por culpa de las heridas sufridas en la explosión. La culpa es de los insurgentes: terroristas, traidores. Están registrando la ciudad casa por casa. Se les ha ordenado a todas las sirenas de Brightlinghelm que salgan a la caza. La ley será rápida. Dice que vengarán a los inquisidores muertos, a los que se considera héroes en la lucha contra la amenaza inhumana.

Cuando papá vuelve a media mañana, está demacrado. Trae con él a un hombre delgado que viste un traje gris andrajoso, cubierto de polvo de mortero. Me quedo pálida. Una sirena.

Oculto la melodía de luz en los rincones más recónditos de mi corazón y rezo por que Alondra no intente contactar conmigo.

—Éste es Keynes —dice mi padre—. Va a ayudarme durante un tiempo.

Una correa de acero larga y retráctil une a Keynes con mi padre, de cintura a cintura, por si a la sirena se le ocurre escapar. Papá cierra la puerta por dentro, se mete la llave en el bolsillo y se desencadena del hombre.

—Keynes ha perdido a su amo en el atentado.

—¿Evans ha muerto? —pregunta Ishbella, atónita.

Evans era el jefe de la estación de mi padre. Él asiente y se sienta, claramente afectado.

—Ay, papá —le digo.

Veo que quiere consuelo, así que lo abrazo sin saber qué decir. Me esfuerzo por frenar los latidos del corazón, igual que hice el día que se llevaron a Cassandra. «No pienses en ella

—me digo—. No pienses». Sé que la sirena lleva una banda de plomo alrededor de la cabeza, pero es un depredador y está justo aquí, en nuestra casa.

—¿Dónde están tus modales, perro? —le ladra mi padre a Keynes—. Ésta es mi hija.

—Buenos días, señorita —dice la sirena.

—Buenos días, Keynes.

Se supone que las sirenas no deben interactuar con los humanos de verdad, pero está claro que hoy es una excepción. Mi padre ordena a Keynes sentarse en un taburete junto a la puerta. No puede sentarse a la mesa con nosotros, eso sería demasiado. Preparo té caliente. Ishbella fríe taquitos de beicon y tortitas de patata.

Tengo que avisar a Alondra; hoy no debe venir a mí. Sin embargo, también tengo que mantener la mente vacía y prístina, por si un rayo suelto de melodía de luz se escapa de los grilletes de plomo. Keynes lleva el pelo corto, peinado de punta, y tiene la piel cubierta de cortes y una gruesa capa de polvo, a consecuencia de la bomba. Tiembla y se le ve afectado.

—¿Puedo traerle una manta, papá?

Pero no me oye porque está hablando con Ishbella.

—Hemos perdido el complejo —dice—. Conseguimos desenterrar a Evans de entre los escombros. Sanchay ha perdido una pierna. Sigue vivo, aunque no por mucho tiempo. La sirena hembra fue la que se llevó lo peor del impacto. —Mi padre señala con la cabeza a Keynes—. Este sabueso tiene suerte de seguir con vida. Va a dormir en nuestro sótano durante un tiempo.

Gala. Gala. Debo ser educada con él, amable y educada, para que no sospeche. Me repito que, con la banda de plomo puesta, no puede percibirme. Estoy a salvo. Le llevo un cuenco con agua y una manta. Una vez que tiene limpias las manos y la cara, le sirvo el té y un plato de comida.

—¿Qué estás haciendo? —chilla Ishbella—. No malgastes el beicon con esa cosa.

Le quito los trocitos de beicon y le pongo otra tortita de patata.

—Gracias, señorita —me dice.

Lo miro a los ojos y asiento, sonriente. Si me ve nerviosa, sospechará.

—Keynes es un buen sabueso —dice mi padre—. No pasa nada si hoy le damos una golosina.

Vuelvo a ponerle el beicon en el plato.

Percibo a Alondra aleteándome en la mente. Sé que tiene algo que contarme, pero la freno. Estoy deseando saber de ella, aunque no aquí, ni mucho menos. Keynes está demasiado cerca.

—Gracias, señorita —repite.

Iré andando al parque, buscaré un lugar tranquilo y me aseguraré de que nuestro encuentro sea breve. Alondra, mi valiente Alondra. ¿Estará de camino a Brightlinghelm para convertirse en tercera esposa?

La hermana Swan aparece en la radiobina para su discurso matutino. Habla con voz grave por respeto a los muertos. Nos dice que un segundo inquisidor ha fallecido a causa de sus heridas. Mi padre agacha la cabeza. Sanchay era amigo suyo. La hermana Swan habla del vital trabajo patriótico que hacen los inquisidores; habla del enemigo interno, de los insurgentes inhumanos, que son más traicioneros que los ailandeses. Me abrazo al cuello de mi padre. Dylan Sanchay traía cerveza y jugaban juntos al dominó hasta entrada la noche. Pienso en que la gente que odia a mi padre podría haberlo volado en pedazos. Ciudadanos de Brightlinghelm. Traidores.

Y soy uno de ellos.

La hermana Swan nos cuenta que los Hermanos, preocupados por nuestra seguridad, van a imponer un toque de queda. Continuarán con los registros casa por casa y debemos permanecer en el interior desde el anochecer hasta el alba, a no ser que tengamos un permiso sellado. Las puertas de la ciudad permanecerán cerradas y se registrará todo el tráfico por carretera y río.

—Va a ser un día con mucha tarea —dice mi padre.

—¿No puedes descansar un rato? —le pregunto.

—Ahora soy el jefe de la estación. Recae sobre mí y sobre este sabueso la obligación de encontrar a la escoria que ha hecho esto.

Cuando se van, no pierdo el tiempo: tomo el abrigo y me lo pongo. Estoy en el pasillo mientras Alondra sigue agitándose y titilando a mi alrededor. Está desesperada por hablar conmigo.

—¿Adónde crees que vas? —me grita Ishbella—. Tu padre va a usar este piso como estación de inquisidores, así que tienes que ayudarme a organizar la sala.

Se me cae el alma a los pies.

—Deja que vaya al mercado en tu lugar —me ofrezco—. Vas a necesitar pan, queso y carne. Hay que alimentar a papá y a sus hombres.

—Eres demasiado debilucha para cargar con todo.

—No, qué va, ya verás.

Recojo algunas bolsas y las libretas de racionamiento, y me voy.

El aire de fuera huele a lluvia. El sol está débil y acuoso, pero es agradable sentirlo en la piel. Hoy no me duele demasiado la cadera. Veo a una fila de niños varones marchando hacia las cabañas de los cadetes novatos. Se me hace la boca agua cuando paso por delante de la cola del pan. Todavía no, Alondra, todavía no.

Corro por el mercado lo más deprisa que me permiten las piernas. Hay soldados armados e inquisidores registrando tabernas y cafeterías, y sacando a los clientes afuera. Iré al parque y buscaré un lugar tranquilo. Recogeré la comida a la vuelta. El gran hermano Peregrine me mira con ojos bondadosos desde el enorme mural pintado sobre la cola de las verduras: «Los Hermanos proveerán».

Pienso en el día que perdí a Cassandra. Después de aquello, caí enferma con una fiebre que no me soltaba y temí que acabara conmigo. Al calentárseme el cuerpo, me elevé; la melodía de luz se soltó de mi forma física como si la estuviera enviando más allá del firmamento azul, hacia la medianoche del espacio ilimitado. Envié el nombre de Cassandra en un estallido de melodía resonante, queriéndola, dándole las gracias. Si estaba en algún lugar del planeta Tierra, quería que me oyera. Envié su nombre hasta las nubes más altas, donde la atmósfera se encuentra con el espacio.

—¡¡¡Cassandra!!!

Quería que Gala me oyera, quería que me oyeran en las profundidades cuajadas de estrellas. Grité su nombre con todo mi ser.

—¡¡¡Cassandra!!!

Hasta donde la mente me lo permitía. Mi consciencia me sobrevolaba mientras yo seguía respirando, a la espera de una respuesta. Y, entonces, casi inaudible, me llegó una voz muy lejana, la mera insinuación de una canción casi infantil, de una pregunta ensortijada que apenas podía descifrar.

—¿...?

Quizá fuera Gala. Quizá fuera uno de los hombres de las estrellas de la época del Pueblo de la Luz. Cuenta la leyenda que, cuando prendieron fuego a la Tierra, intentaron huir de ella, como náufragos, rumbo a los vastos confines muertos del espacio interestelar. La pregunta regresó de nuevo, más clara, más incisiva.

—¿...? —gritó la voz.

Temí que fuera el truco de una sirena lejana, así que regresé a mi cuerpo sin responder. Durante un tiempo, perdí el sentido de lo que era real y lo que no. La fiebre me llevó con ella. Entonces tuve un sueño. Quizá fuera una visión o un mensaje, no lo sé. Vi un barco en una espiral de azul, un barco enorme flotando en el aire y, detrás de él, una ciudad preciosa de casas abovedadas y relucientes torres con cúpulas. En aquel lugar, alguien se había fijado en mí, había oído mi grito. Alguien me buscaba.

—¿Dónde...? —llegó la pregunta.

Puede que no fuera más que una fantasía, pero atesoro mi ciudad, mi sueño febril, con sus lentos barcos flotantes y sus grandes cúpulas de cristal repletas de jardines interiores. La he dibujado en mi cuaderno de bocetos. No sé por qué he pensado hoy en ella, pero me consuela. Quizá algún día Alondra y yo encontremos ese lugar. Quizá algún día nos reunamos. Pienso en lo maravilloso que sería eso y se me olvida lo cansada que estoy.

Me acerco al parque. No hay nadie por ninguna parte. Alondra acude a mí en una avalancha de melodía de luz que me trae la brisa de la encantadora Northaven. Se alegra mucho de verme en la calle.

—Necesitas que te dé el aire fresco en la cara —me dice.

Me rodea de noticias. Llega todo tan deprisa que tengo que pedirle que frene porque no estoy segura de haberlo entendido. ¿Es la segunda esposa del comandante Mikane?

Me cuenta lo sucedido y lo que siente a través de imágenes, una tras otra. Él fumando, vestido con su uniforme manchado de mar; después, con la talla de una garza en la mano; durmiendo en una habitación diminuta mientras la Muerte le acaricia la frente.

Al instante sé que es el destino, que así debía ser. Algo sucederá gracias a esta unión. Mikane es un gran héroe y, para mí, Alondra también lo es. Las sombras que me han pesado toda la mañana pierden su fuerza.

—Todo esto ha pasado por algún motivo —le digo.

—Sabía que dirías eso —responde, riéndose.

Alondra me enseña lo destrozado que está Mikane, lo roto que está. Me enseña lo mucho que bebe. Me dibuja la imagen de un hombre derrotado.

—Aun así, no deja de sorprenderme —dice—. No nos ha poseído, apenas nos mira. Tiene la cabeza en otra parte, en otras cosas. Creía que lo odiaría, pero no.

Debería contarle las noticias, mis miedos. Sin embargo, algo me retiene. Estoy disfrutando mucho de la reacción de Alondra ante el parque Peregrine. La fuerza y la belleza de mi amiga me reconfortan. Contempla las vistas que tenemos debajo, el movimiento circular de los aerogeneradores de la ciudad, y la llevo hasta el borde de la empalizada. Al bajar la vista, se ve todo Brightlinghelm. Está entrenando su melodía de luz; estoy segura de que es cada vez más brillante y potente.

—Es muy curioso ver un lugar en la melodía de luz —dice—. La ciudad entera centellea y se mueve.

—Así veo yo Northaven: vívida y brillante.

Alondra guarda silencio. Sus pensamientos se vuelven oscuros.

—¿Cuál de esos edificios es la Casa de las Crisálidas?

Le enseño un edificio bajo cerca del río; es austero, sin apenas ventanas. Hay una barcaza atracada cerca, de la que están descargando a unas figuras inconscientes. Siento que Alondra anhela ver a Rye, igual que ella sabe de mi pena por Cassandra. Los lloramos juntas, y nuestra melodía de luz compartida nos sirve de dorado consuelo.

Entonces, ambos lo percibimos juntas. Otra presencia.

Melodía.

Alguien nos observa.

—Vete —digo.

Alondra desaparece.

Me vuelvo. A lo lejos, cerca de la fuente, mi padre está con Keynes. El corazón se me desboca al darme cuenta de que mi padre tiene la banda de plomo en la mano, lo que significa que los poderes de la sirena son libres.

Me siento desnuda, así que me arrebujo en el abrigo. Después esbozo una sonrisa falsa y camino hacia ellos. Embuto mi canción en una bellota, en un fruto duro e impenetrable. La escondo dentro del bazo. ¿Me ha percibido? ¿Ha percibido a Alondra? El mero hecho de preguntármelo es peligroso. Dejo de pensar y me concentro en el sonido del agua que fluye de las manos de nuestra fuente. Hasta el año pasado, era una figura de Gala con vientre y pechos generosos. La reemplazaron por una hermana Swan de mármol.

—Voy camino del mercado —le dijo a mi padre—. Para compraros comida a los héroes.

Sonrío, vacía por dentro.

—¿Cómo te sientes? —me pregunta él—. ¿No te duele la pierna?

—No, estoy bien. —Soy una enorme nube soleada sin nada dentro—. ¿Por qué estáis en el parque?

—Keynes está trabajando. Dice que aquí lo percibe todo con más claridad. Va a cazarme a un terrorista.

Me pinto en la cara la sonrisa más grande que soy capaz de esbozar. Aplasto todo pensamiento. Soy un rayo de sol, una burbuja, una estúpida flor sonriente.

Entonces noto las uñas sucias de alguien abriéndome la cabeza. Están intentando entrar. Me obligo a bajar las barreras. No debo mirarlo. No lo haré. Noto un nudo en el pecho cuando empieza a hurgar y culebrear, en busca de una entrada.

—¿Qué ocurre? —pregunta papá, preocupado.

—Nada —respondo—. Nada.

Sin embargo, sé que mi sonrisa es una mueca.

No permitiré que me ataquen así. No permitiré que esta criatura espeluznante me viole de ese modo. Dejo escapar el aire con todas mis fuerzas y, con toda la voluntad que soy capaz de reunir, me imagino un vendaval que lo expulsa.

Keynes retrocede y se da contra un banco. Veo que le ceden las piernas. Me suelta. Lo sabe. No hay duda alguna: la sirena lo sabe.

—Tengo que ir al mercado, papá. Se lo prometí a Ishbella.

—No te esfuerces demasiado, mi vida.

Nos separamos. Mi padre se vuelve y ve a Keynes en el banco, sin aliento.

—¿Quién te ha dicho que puedes sentarte? —le ruge—. Has venido a trabajar, así que sigue haciendo lo que te ha salvado la vida.

Keynes me mira con cara rara.

—Que pase un buen día, señorita —me dice.

—Igualmente, Keynes.

Sonrío, como si todo fuera a la perfección.

Para cuando llego a casa del mercado, cargada con un jamón enorme, pan, leche y queso, ya estoy agotada. ¿Qué le he hecho a Keynes? ¿Cómo he conseguido que me soltara? Era como el rugido de melodía de luz que envié a la sirena que seguía a Cassandra. Fuera lo que fuera, me ha dejado sin energía. Tengo la cabeza como corcho y me pesan las piernas. Tardo una eternidad en subir la escalera que conduce a nuestro piso, a pesar de sentir una urgencia apremiante. Porque necesito contárselo a Alondra: lo impensable ha sucedido, Keynes lo sabe. La casa está en silencio. Ishbella ha despejado la sala para los hombres de papá. Me entrega una lista de tareas, pero le digo que estoy mareada y me voy a mi dormitorio, a mi refugio. Cierro la puerta.

Con mis últimas fuerzas, me elevo hasta el cielo, lo más alto y lejos que puedo, como me enseñó Cassandra: «cuanto más te alejes, más les costará rastrearte». Sin embargo, apenas tengo energía para llegar a Northaven. Fuerzo la melodía de luz como buenamente puedo; me duele la cabeza, que parece a punto de reventar.

Encuentro a Alondra sola, fregando la cocina de su marido. Sin decir palabra, lo comparto todo con ella: «Keynes lo sabe, lo sabe». Ella deja el trabajo y sale al jardín para pensar en qué hacer.

—Ruiseñor, vete ahora mismo. Llévate algo de dinero y vete.

La idea de abandonar a mi padre me produce una gran tristeza, aunque sé que tiene razón. Para Alondra sería muy sencillo: metería algunas cosas en una bolsa y saldría corriendo escaleras abajo. Después se apresuraría por las calles hasta llegar a las puertas de la ciudad, donde se le ocurriría un plan maravilloso para trepar los muros y deslizarse sobre los tejados. Ojalá contara con su fuerza, en vez de temblar de cansancio.

—Han cerrado las puertas de la ciudad —le digo—. ¿Adónde voy a ir?

Alondra me mira, impertérrita.

—Ya lo averiguaremos. Tu amiga Cassandra conocía a alguien. Seguro que hay antorchas que ayudan a otras antorchas.

—¿Los terroristas?

—Tu padre y su sirena son los terroristas —responde en voz baja Alondra—. Tienes que encontrar a los amigos de Cassandra.

—Pero ¿qué pasa con Keynes? No puedo usar la melodía de luz.

—Te ayudaré.

Eso hace que me sienta muy aliviada. Alondra me ayudará, y ella es fuerte, brillante, vibrante. Me inspirará valor.

—Hay un toque de queda —le digo—. Si salgo tras la puesta de sol, me detendrán.

—Entonces, llega todo lo lejos que puedas mientras sea de día. Busca un sitio en el que esconderte y quédate allí.

La miro, agobiada, pero tiene razón.

La dejo y regreso a mi cuerpo. Los sonidos del día regresan a mi consciencia: niños jugando en el patio. Meto debajo de la cama mi preciado cuaderno de bocetos. Por segunda vez, observo mi cuartito antes de abandonarlo para siempre. Necesito sentarme unos minutos, cinco minutos nada más para recuperar fuerzas. Me acomodo en la cama y lucho contra la irresistible gravedad de mi cansancio.

Quiero dejarle algo a mi padre para que sepa lo mucho que lo quiero. Me gustaría que lo intentara comprender. Decido que una imagen vale más que mil palabras y hago un dibujo en el que salimos ambos, pero no tardo en emborronar el papel con mis lágrimas. Me las seco y empiezo de nuevo. Me dibujo como una niña flotando en el aire. Él me da la mano y me sonríe, a punto de soltarme.

Cuando termino, lo arranco del bloc y me tumbo un momento porque me duele todo el cuerpo. Me quedo dormida en cuestión de segundos.

# 22

# ALONDRA

—¿Dónde está Heron? —le pregunto a Chaffinch, que está tumbada en la bañera de hojalata de nuestro dormitorio. El agua apesta a perfume.

—Ha subido al cementerio —se queja—. Ve a por más agua caliente.

Le echo una jarra de agua caliente en el interior de la bañera y me voy a la búsqueda de Heron. No sé cómo hablar con él, pero tampoco se me ocurre a quién más recurrir. La situación de Ruiseñor es desesperada y el comandante es la única persona que conozco, aparte de ese pedazo de mierda de Wheeler, que ha estado en Brightlinghelm. Quizá pueda sacarle algo de información. ¿Dónde podría estar a salvo Ruiseñor?

Por otro lado, ¿cómo se lo pregunto? ¿Qué le digo? Decir algo en voz alta es ponerme en peligro… No obstante, algo me da ánimos: Heron odia al emisario Wheeler, me quedó claro en el funeral. También odia a Ely Greening y admiraba a mi padre. Respeta a mi madre. Es amable con John Jenkins. Quizá sea compasivo. Por otro lado, ha estado luchando por los Hermanos desde el inicio de la guerra. Si supiera que soy inhumana, sería implacable conmigo.

Al llegar a lo alto del sendero, lo veo a lo lejos, de pie junto a las tumbas nuevas, hablando con una de las viudas. Sorprendida, me doy cuenta de que es mi madre. Puede que ella ya estuviera aquí, visitando a mi padre. Heron la mira mientras ella habla. No sé de qué estarán charlando, pero hay algo entre ellos, una intimidad tensa en su postura.

Qué raro.

Heron me ve y se aleja de mi madre. En vez de saludarme, ella da media vuelta y se arrodilla para dejar unas flores de tallo largo en las tumbas nuevas. Es como si intentara recuperarse, como si no quisiera que le viese la cara. El comandante se me acerca por el sendero del páramo y mira más allá de mí, como si no quisiera que lo molestara.

—¿Marido?

—Voy a comprar un caballo —dice, y sigue andando sin hacerme caso.

—¿Podría hablar contigo?

Veo a un comerciante de caballos esperando al borde del páramo. Sigo a Heron, que va a su encuentro.

—Tengo que preguntarte una cosa...

—Pues pregúntala.

Me quedo en el sitio, perdida, intentando dar con las palabras adecuadas. Él estrecha la mano curtida del comerciante y mira sus animales. Me muerdo los labios mientras elige su caballo: una yegua robusta y briosa. No se trata de un orgulloso semental de caballería, sino de un animal de carga hecho para los páramos. Cierra el trato y el caballo es suyo. Le da una zanahoria.

—¿Heron?

Espera a que hable. No sé por dónde empezar, así que acaricio la yegua y le pongo una mano en el suave hocico gris.

Descarto la idea de hacer comentarios absurdos; lo mejor es ir directa al grano.

—Tengo una pregunta sobre Brightlinghelm... —Espera a que siga—. Aquí nos llega poca información, sólo rumores...

—¿Cuál es la pregunta?

Está contemplando el horizonte con su único ojo. Quiere cabalgar. No puedo hablarle de Ruiseñor, así que lo hago de Rye.

—Tenía... tenía un amigo. Era amigo de mi hermano, Rye. Un cadete. Lo conocía de toda la vida. El caso es que lo deshonraron y lo apalizaron. Descubrieron que era...

No logro pronunciar la palabra.

—¿Un inhumano?

—Lo llevaron a Brightlinghelm y me preguntaba si... si sabías qué podría pasarle allí, si...

—Irá a la Casa de las Crisálidas. Si suplica lo bastante, lo entrenarán como sirena. Lo más probable es que acabe siendo una crisálida; seguro que ya lo sabes.

—Pero, por ejemplo, ¿qué pasaría si escapara? ¿Alguna vez escapan?

Entonces me mira.

—¿Por qué quieres saber eso?

Piso terreno peligroso, pero ya no puedo volver atrás. Ruiseñor me necesita.

—He oído que hay insurgentes. He oído que ayudan a los inhumanos.

—¿Insurgentes? ¿Traidores, quieres decir?

—¿Sabes... algo sobre ellos?

—¿Qué te hace pensar que sé algo?

Y, de repente, todo se desmorona y mi desesperación queda patente.

—¿Sabes... sabes dónde están? ¿Sabes cómo entrar en contacto con ellos?

Mi preocupación rezuma por los poros, pero no puedo permitir que se lleven a Ruiseñor.

Heron guarda silencio ante mis preguntas y me atraviesa con la mirada. Con cada palabra que he dicho, he cavado un poquito más mi propia tumba.

—Lo siento —digo, volviéndome hacia el pueblo—, no sé por qué se me ha ocurrido hablar de algo semejante.

Me alejo con las mejillas ardiendo. Heron ha arriesgado la vida mil veces luchando por la causa de los Hermanos, ¿en qué estaba pensando yo? Soy una estúpida, una imbécil.

Cuando llego a lo alto del camino que baja al pueblo, oigo su yegua detrás de mí.

—Elsa.

Me vuelvo, sorprendida de oírlo pronunciar mi nombre. Hasta el momento, sólo se había dirigido a nosotras como a «vosotras dos» o «chica». Levanto la vista, temiendo lo que vaya a decir.

—No sé mucho sobre ese tema, ya que no me aflige esa condición —dice mientras se enrolla un cigarrillo—. Pero tu amigo, si escapa, podría contar sus tribulaciones en una casa rosa.

Por la forma en que lo dice, sé que hay algo más de lo que parece a primera vista.

—¿En qué casa rosa?

Deja mi pregunta flotando en el aire mientras se enciende el cigarro.

—Me cuentan que un hombre puede encontrar alivio a todos sus males en la calle de las Doncellas. La marca de la rosa azul...

Da media vuelta con la yegua y lo veo dirigirse a los páramos. Algo ha pasado entre nosotros, algo mucho más valioso que cualquier información: confianza.

Intento ponerme en contacto con Ruiseñor, pero no la percibo. Me entra el pánico, porque es la misma sensación que me llega cuando está durmiendo. Me quedo abatida. ¡Debería estar saliendo de casa! No tiene tiempo que perder. Sigo intentándolo, pero mi melodía de luz no es lo bastante fuerte como para colarse en sus sueños.

Me voy a mi nueva casa y, cuando llego allí, Chaffinch está sentada en el umbral, enfurruñada.

—¿Dónde te has metido?

Mientras yo estaba fuera, ella ha tenido visita: su desagradable y frívola madre, y Hoopoe Guinea. Ha tenido que prepararles el té y está enfurecida porque yo no estaba allí para encargarme de todo.

—No puedes irte si yo no te lo pido.

—Lo siento —mascullo.

—No, no lo sientes. Dices que quieres que trabajemos juntas, pero no me respetas lo suficiente. Tienes que pedirme permiso antes de irte.

No tengo tiempo para esto.

—He visto a nuestro marido —le digo—. Acaba de comprarse un caballo.

El cambio de tema la intriga.

—¿Para qué quiere un caballo?

—¿Puede que para alejarse de nosotras?

—Supongo que eso te parece gracioso. —Me trago la sonrisa—. He tenido que mentir por él. Hoopoe y mi madre me estaban interrogando. ¿Nos ha poseído a las dos? ¿Cuántas veces? ¿Va todo como debe?

—¿Qué les has dicho?

—¿Cómo iba a decirles que mi propio esposo no me desea? Me siento a su lado e intento sentir compasión.

—Seguro que sólo necesita algo de tiempo.

—Tinamou ha venido esta mañana a regodearse. Me ha contado todas las cosas que le ha hecho Gyles Syker. Quiero que me he haga esas cosas.

—No creo que tarde en sucumbir a tus encantos, Chaffie.

—Pero esto no es viril. Un hombre debería tomar a sus esposas en cuanto se las entregan. Quiero que me levante en volandas y me sujete sobre la mesa.

Esto empieza a cansarme.

—¿Quieres que limpie el establo para su caballo?

—No. Hay que pelar patatas y lavar las cosas del té.

—¿Qué vas a hacer tú?

Chaffinch está decidida.

—Cuando Heron Mikane llegue a casa, voy a estar irresistible.

Se mete en nuestro dormitorio y, con mucho teatro, cierra la puerta.

Intento ponerme en contacto con Ruiseñor una y otra vez, pero guarda silencio toda la tarde. Cada vez siento más ansiedad. ¿Y si es demasiado tarde? ¿Y si ya le han esposado la mente? Cuando vinieron a por Rye, pasó todo muy deprisa. Oculto mi miedo trabajando sin descanso: friego, preparo la comida, limpio el establo y, para cuando llega Heron, le he lavado la sal y la mugre del abrigo y estoy colgándolo fuera para que se seque. Me observa. Lo miro con cautela.

—¿Tiene nombre tu yegua? —le pregunto.

—Los caballos no necesitan nombres —responde mientras desmonta.

—Se llama Erix —le digo, sacando el nombre de una de las historias de mamá sobre la Espesura.

Erix es una chica del bosque que se casa con el rey del inframundo. Heron me mira y asiente, aceptando el nombre.

Entra en la casa. La confianza sigue ahí.

Unos minutos más tarde, lo oigo gritar:

—¡Sal de mi cama!

# 23
# RUISEÑOR

Está oscuro cuando despierto y todavía me duele la cabeza. Oigo a mi padre y a sus hombres en nuestra sala, y el zumbido de fondo de la radiobina. ¿Cuánto tiempo llevo dormida? Me siento y me restriego los ojos. Y, cuando los abro, retrocedo de un salto hacia las almohadas: Keynes, la sirena, está sentado en mi cama y repasa mi cuaderno.

—Hola, Kaira. La melodía de luz cansa mucho, ¿verdad? Ay, Gala bendita.

—Tu padre lleva todo el día usando la mía para buscar a la escoria malvada que puso la bomba incendiaria. Podría pasarme una semana seguida durmiendo...

—Keynes.

—Me impresionaste mucho al echarme de tu cabeza. No había experimentado nunca nada parecido. Supongo que tuviste que emplear toda tu energía... —Gala me ayude—. Fue como una descarga de turbina. Y ya veo que te ha dejado agotada...

—¿Qué quieres? —susurro.

—Quiero que seamos amigos, Kaira. Pero has engañado a tu papá, ¿no?

Me siento como si cayera de un barco en llamas.

—No se lo digas, por favor.

—Has sido muy astuta. Pobre papá. Cuando lo descubra, seguro que se viene abajo. —Keynes sonríe como si disfrutara con la idea. Kaira, piensa en cómo luchar contra él. Lucha—. Le destrozaría el corazón enviar a su hijita a la Casa de las Crisálidas. Resulta evidente que eres lo único que le importa en este mundo. Me doy cuenta de lo mucho que Keynes odia a mi padre. Me entregará sólo por verle la cara.

—No te creerá —le digo.

—Puede que no, pero la duda estará sembrada. Y crecerá. Lo cierto es, Kaira, que odio a tu padre más que a la peste y que disfrutaría haciéndolo sufrir.

La angustia se apodera de mí y me estremece. Soy una llorona. Alondra no lloraría; ella miraría a los ojos a esta sirena y pensaría en algo fuerte que responderle.

—No tienes pruebas.

—La chica con la que te estabas comunicando en el parque... Creo que la has dibujado en este cuaderno. —Keynes escupe su odio usando una voz agradable y amistosa. Levanta el bloc. No le entregaré a Alondra—. Es ella, ¿no? —Me enseña uno de los retratos. Alondra me devuelve la mirada con sus profundos ojos de carboncillo. En mis ratos de soledad, la plasmé en papel. ¿Cómo he podido ser tan descuidada y estúpida?—. Esta mañana, en el parque, no la podía ver bien. No era más que un brillo con forma —me cuenta Keynes, como si fuera una charla corriente—. Pero su melodía de luz me causó una honda impresión. Este pelo tan encantador, ondeando al viento... Es preciosa, ¿verdad? Me gustan sus botas de pescador... —Alondra no, no irás a por Alondra—. Las torres de los aerogeneradores... Esa aldea tan bonita de fondo... No me costará averiguar dónde está...

—Como no salgas de mi habitación, se lo digo a mi padre.

Entonces, él sonríe.

—¿Quieres que se lo diga yo? ¿Le revelo lo traidora que eres? —Su pregunta cae en un abismo sin fondo—. Pobre Kaira... Yo también fui un niño asustado, como tú.

Trago saliva para fingir un valor que no siento.

—Dime lo que quieres.

Keynes me sostiene la mirada.

—Quiero que me liberes.

Cierro los ojos. La habitación me da vueltas. Me tiene atrapada como un escarabajo con un alfiler.

—Trabajo mucho —se queja—. Me agoto limpiando el país día tras día. Y, por la noche, me encierran en una celda sin agradecerme nada, sin felicitarme. A las sirenas deberían alabarnos por lo que hacemos, pero nos maltratan. Nos pisotean e insultan los hombres para los que trabajamos. Tu padre nos trata como a perros. Bueno, pues no soy su sabueso... —Las emociones lo traicionan. Le huelo la amargura en el sudor—. Te perdonaré la vida, Kaira. Puedes seguir viviendo tan tranquila como hasta ahora. A cambio, quiero libertad.

Me maldigo por haberme quedado dormida. He perdido mi oportunidad. Ahora no seré libre.

—¿Qué quieres que haga?

Keynes se aparta de la cara los mechones de pelo lacio y deja al descubierto la cruel cerradura del cráneo.

—Tu padre lleva la llave colgada del cuello. Róbasela.

Al instante sé que no seré capaz. Fracasaré. Y el hecho de intentarlo me dejará al descubierto, de todos modos.

—¿Y si me pilla?

—Es un riesgo que tienes que asumir. O robas la llave esta noche o le contaré lo que eres.

De un modo u otro, estoy perdida.

—¿Adónde irás? —pregunto para ganar tiempo—. ¿Te unirás a los insurgentes?

Su sonrisa se vuelve mueca, como si lo que he dicho le hiciera daño. Se balancea hacia delante y atrás, y se envuelve más en su chaqueta. Inclina la cabeza.

—Radika Helms... —tras pronunciar el nombre, es incapaz de seguir. Se recompone antes de continuar—. Era mi compañera sirena. Su celda estaba al lado de la mía. La bomba le dejó los intestinos colgados de los barrotes —dice Keynes con la voz ahogada.

—Lo siento. Siento mucho que la perdieras. Lo siento.

Y es cierto. Siento una puñalada de compasión por este miserable. Nunca se unirá a los insurgentes porque los odia hasta la médula.

—Lo que haga cuando sea libre es asunto mío —dice—. Pero me cobraré venganza.

Soy ahora consciente de hasta qué punto es puro odio y, por tanto, peligroso. Muy peligroso.

—Haré lo que me pides.

Me mira y se pregunta si puede confiar en mí.

—Antes del alba me sacarás del sótano y me darás esa llave.

Asiento. Se levanta para marcharse. Con mi cuaderno.

—Dame mi libro.

Niega con la cabeza.

—Es mi prueba, por si me fallas. —Pasa las hojas, devorándolas—. Es maravilloso, la verdad. Al principio creía que lo habías sacado todo de tu imaginación, pero entonces me di cuenta de que lo habías visto. Esa ciudad que dibujaste, con cúpulas de cristal y jardines colgantes, ¿dónde está?

—No es real. Me la inventé.

—La viste. Igual que viste esos enormes dirigibles y esta chica con botas de pescador. No eres una inhumana cualquiera, Kaira; tu melodía de luz me tiró de espaldas. —Se mete el bloc en la chaqueta gris polvorienta—. Si me decepcionas, serás mi presa más importante.

—¿Qué haces aquí, chucho? —Mi padre aparece en la puerta, agarra a Keynes por el cuello de la camisa y tira de él hacia el pasillo—. Sabueso asqueroso. No te acerques a mi hija. Esto va a empeorar las cosas, cabreará a Keynes, que odiará más a mi padre. Los sigo para intentar aplacarlo.

—Es culpa mía —le aseguro a mi padre—. Quería cerrar la ventana y le pedí ayuda.

—No hables con él, Kaira. Las sirenas son perros, todas ellas.

Mi padre le da una patada a Keynes para que vaya más deprisa.

—¡Papá, no seas cruel!

—Sólo hay una forma de tratar a los de su especie.

—Me estaba ayudando. No me ha hecho nada malo.

—Halagará y manipulará para intentar liberarse —responde él, agarrándolo por las solapas—. Mi hija es amable, pero no es tonta, sabueso. Sabe que eres escoria inhumana.

Keynes se da media vuelta para mirarme, lamiéndose las heridas.

—¡Te he dicho que no la mires! —exclama papá—. Esta noche no hay cena.

Saca a Keynes del piso y baja con él la escalera. Oigo cerrarse la puerta del sótano.

Esperar a que mi padre se duerma es una agonía. Le sirvo cervezas mientras él se queja del día.

—A veces me entran ganas de dejarlo todo —dice.

—No es verdad —responde Ishbella—. Eres el jefe de la estación. —Habla sobre cómo mejorará todo. Evans, el anterior jefe de la estación, tenía una casa con jardín. Tenía un salario mejor y una pensión mejor—. Esto podría arreglarnos la vida.

—Ya no es como era —suspira él, desalentado.

Y, por fin, se marcha a la cama.

El toque de queda dura hasta el alba, así que no puedo huir hasta entonces. No puedo salir. Intento conectar con Alondra, pero es plena noche y duerme. Me siento en la cama y pienso en Keynes, encerrado en el sótano de abajo, sin comida, sin agua, sin tan siquiera una manta.

«Tu padre nos trata como a perros».

Siempre he querido a mi padre. Me ha mimado desde el día en que nací y siempre se ha preocupado por mí. Se sentó en mi cama cuando creía que me moría y lo oí gemir como un oso herido. Sin embargo, debo enfrentarme a la realidad: ser un inquisidor lo ha convertido en una persona mezquina, tanto por dentro como por fuera. Lo ha apagado. Ni siquiera es consciente de su propia crueldad.

Pienso en lo que le hemos hecho a Keynes todos nosotros, todos y cada uno de los brilandeses. Pienso en él recibiendo patadas, aguantando que lo llamen perro, viendo los restos de Radika Helms deslizarse por los barrotes de su jaula.

Se me cae el alma a los pies, pero sé lo que debo hacer: tengo que liberar a la sirena.

Una hora antes del amanecer, mientras mi padre duerme profundamente, me cuelo en su dormitorio. Ishbella es la que está más cerca, así que tengo que rodear la cama para llegar hasta él. Papá me da la espalda y le veo la llave al cuello. Me he traído mis tijeras de costura para intentar cortar la cuerda, pero está hecha de un material fuerte y elástico.

Se despierta.

—¿Qué estás haciendo?

Ve mi cara de pasmo, las tijeras en la mano... y lo sabe.

Me lleva a la cocina.

—Será mejor que me cuentes lo que pretendes, Kaira.

Decido hacer que todo parezca idea mía, una muestra de compasión.

—Papá, deberías liberar a Keynes. Es una crueldad tratarlo así.

Él me mira, desconcertado, hasta que le cambia la cara.

—Ya sé lo que está pasando. Ese cabrón te ha manipulado.

Agarra el látigo y se dispone a bajar al sótano, pero tiro de él y le suplico que no vaya.

—Liberar a Keynes ha sido idea mía. Es muy desgraciado, papá. No soporto verlo.

—¿Desgraciado? —pregunta él, incrédulo—. Tiene suerte de seguir con vida. —Me sienta como si le explicara algo a una niña—. Tienes que comprender una cosa, Kaira: las sirenas nos odian. Tengo que tratarlo así para que no nos mate mientras dormimos. Créeme, Keynes es una víbora.

—Pero es culpa nuestra, papá. De todos nosotros.

—¿De qué estás hablando? —estalla él—. ¿Quieres nuestro país infestado de basura manipuladora de mentes? ¿Es eso lo que estás diciendo?

—No...

—¿Estás diciendo que no apruebas lo que hago? Porque soy el que lleva la comida a la mesa. —Suelta una palabrota entre dientes y noto que se me saltan las lágrimas mientras me lleva a mi dormitorio—. No tienes ni idea de a lo que tengo que enfrentarme todos los días. Y espero que esa pequeña serpiente no se te haya metido en la cabeza, porque tu deslealtad me rompería el puto corazón.

Dicho lo cual, cierra de un portazo. Es la primera vez que dice un taco delante de mí; estoy temblando de pena.

He fracasado, como sabía que pasaría. Y mi padre descubrirá la verdad.

# 24

# ALONDRA

No paro de dar vueltas en la cama pensando en la barcaza junto al Isis, en los cuerpos que descargaban en la Casa de las Crisálidas. Me despierto sin aliento, tras soñar que Wheeler me ponía una gasa negra sobre la cara. Me paseo por la casa mientras escucho los gemidos de Heron, que lucha contra los ailandeses en sus propios sueños revueltos. Me siento a la mesa de la cocina y contemplo las nubes que se mueven a toda prisa entre las estrellas. Empieza a amanecer cuando percibo a Ruiseñor. Su ansiedad me llega a borbotones.

—¡No he conseguido la llave!

Intento calmarla, pero está demasiado inquieta. Su melodía de luz me ciega, desesperada y descontrolada. Casi resulta dolorosa.

—¿Qué llave?

—Entré en la habitación de mi padre. Intenté cortar la cadena de la que le cuelga la llave, pero se despertó.

Horrorizada, escucho a Ruiseñor contarme que estaba intentando liberar a una sirena.

—¿Te has vuelto loca? El único propósito de las sirenas es que caigas en su trampa.

Intento frenarla, pero me cuenta toda la historia en una avalancha de imágenes dolorosas. Su miedo me arrolla. No me imagino lo que se siente al tenerle tanto miedo a tu único progenitor. Es urgente que salga de ahí. Esto es un desastre.

—¿Te ha encerrado?

Ruiseñor está tan dolida y asustada que ni siquiera ha probado a abrir la puerta, que, para su sorpresa y alivio, se abre.

—Debería haber sabido que no sería tan cruel. Él nunca me encerraría.

Ojalá Ruiseñor no le pusiera excusas a ese hombre, pero, junto con el miedo, percibo también el poder de su amor. Es complicado, no cabe duda.

—¿Dónde está tu padre ahora mismo?

Ella se asoma al pasillo.

—Se está lavando. Ishbella se está vistiendo.

—No pierdas ni un momento. Huye.

—Le prometí a Keynes que lo ayudaría.

—Ruiseñor, lo has intentado. Huye ahora, te lo suplico. Rye perdió su oportunidad, ni se te ocurra perder la tuya.

Mientras toma su abrigo, le enseño mi conversación con Mikane.

—Te has puesto en peligro por mí —susurra, conmovida, y se va hacia la puerta.

—Heron me dijo que deberíamos buscar una casa rosa con una rosa azul en la puerta. Ve allí. Está en la calle de las Doncellas.

Oigo a su padre en el baño, lavándose. Veo a su madrastra encorvada en la cama, metiéndose la falda con aire cansado. Me aterra que sea demasiado tarde. Ruiseñor abre la puerta del piso con todo el sigilo posible y la cierra al salir, rezando por que no chirríe. El corazón le late muy fuerte.

—Estoy contigo —le digo—. Estoy contigo hasta el final.

Corre escaleras abajo y deja atrás la puerta del sótano de Keynes. La veo vacilar.

—¡Sigue moviéndote lo más deprisa que puedas!

Ruiseñor corre por el patio, aunque el dolor de la cadera la frena. Si alguien la ve...

Entonces, oigo mi nombre.

—Elsa, ¿es que estás sorda?

Le doy la espalda a la realidad de Ruiseñor y vuelvo a la mía. Chaffinch me está sacudiendo el hombro. Estoy sentada a la mesa de la cocina, con la mirada perdida. Ella se ha levantado y se ha vestido.

—Nuestro marido quiere desayunar.

Heron está de pie en la puerta de su dormitorio, abrochándose la camisa mientras me mira con curiosidad. Sigo en camisón, con los pies fríos y descalzos.

—Lo siento, he pasado mala noche.

Pongo el hervidor al fuego y voy a vestirme. En mi dormitorio, conecto con Ruiseñor, que avanza como puede por la calle. Ya está sin aliento.

—Me subiré a un tranvía —dice—. Me llevará al centro de la ciudad y así no gastaré toda mi energía.

La parada del tranvía parece estar a un millón de millas de distancia. No deja de volver la vista atrás por si alguien la sigue. Deprisa, Ruiseñor, deprisa.

—¡Elsa! —me llama Chaffinch—. ¿Dónde está nuestro té?

—Ve —dice Ruiseñor—. Mantente a salvo.

—¡Volveré en cuanto pueda!

Chaffinch se ha puesto el vestido más escotado que se ha atrevido a lucir. Los pechos le sobresalen por arriba como lunitas. Preparo a toda prisa la tetera y ella se inclina sobre Heron para servirle una taza. Después pasa el brazo por delante de él para coger la jarra de leche, asegurándose de que tenga una vista lunar perfecta.

—Dime cuánta quieres —le dice.

—Lo tomo solo —murmura Heron sin levantar la vista.

Yo dejo el pan y la mantequilla en la mesa, y preparo una bandeja con pescado ahumado y queso. Chaffinch procura sentarse de modo que cada una de sus extremidades lo incite.

—Estaba pensando en darme un baño —dice con voz sedosa.

Heron no comenta nada, sino que sigue con la vista fija en la comida, que desaparece en un abrir y cerrar de ojos. Son las costumbres de los soldados, supongo: atibórrate mientras puedas.

La primera esposa toma un tarro de ungüento y se lo ofrece a Heron.

—Te he comprado este regalo.

—¿Qué es?

—Espero que no te importe, pero es una pomada para las cicatrices. ¿Quieres…? —Hace una pausa para pasarse la lengua por la punta de los dientes—. ¿Quieres que te la eche?

—¿Hay algún problema con mis cicatrices?

Ella no sabe qué responder. Heron se limpia la boca con el dorso de la mano.

—Estaré fuera hasta la noche —nos informa.

—Pero es tu luna de miel —ronronea ella—. Podrías quedarte en casa conmigo.

Heron se termina el té, saca sus cigarrillos y sale de casa.

—Pero ¿cuánto tiempo va a durar esta estupidez? —exclama Chaffinch, que por fin está perdiendo la paciencia—. ¿Cuándo cumplirá con su deber? Es su deber.

—Puede que le dispararan en el miembro —sugiero.

—Lo he visto hacer pis y mea como un hombre. ¿Por qué no me posee como un hombre?

Tengo que salir de aquí. Tengo que estar con Ruiseñor.

—Chaffie, ¿me das permiso para...?

—¡No! Este problema nos incumbe a las dos. Para cuando vuelva a la guerra, deberíamos estar embarazadas. —Chaffinch es incansable—. Estoy deseando contarle a mi madre que este hombre es un fracasado —se queja—. ¿Todas esas historias sobre batallas? Empiezo a pensar que ni siquiera son ciertas.

—No se lo cuentes a tu madre. Si Heron descubre que no le has sido leal, será todavía más difícil metértelo en la cama.

—Lo suyo no es natural —resopla ella.

De repente, se me ocurre una escapatoria.

—Puede que necesite ostras —sugiero—. Se dice que las ostras hacen que los fluidos de los hombres se activen. —Chaffinch siente curiosidad; llegados a este punto, es capaz de intentar lo que sea—. ¿Puedo salir al mar? —le pregunto, como una buena segunda esposa—. Sé dónde encontrar las mejores. Seguro que cuando Heron las pruebe, se pondrá como un toro.

Tomo su risita como gesto de aprobación y salgo corriendo de la casa. Me encuentro al comandante ensillando la yegua y le pregunto qué le parecen las ostras.

—Prefiero comer gusanos —responde.

Se me cae el alma a los pies.

—Me conozco los mejores bancos de vieiras. Podría recogerte algunas.

—¿Por qué estás tan desesperada por salir al mar? —pregunta, mirándome con la misma curiosidad de antes.

—Por mi madre —digo, aferrándome a lo primero que se me ocurre—. Se marea mucho en la barca y ahora está sola. Quiero ayudar.

Heron mira colina abajo. Mi madre sale de casa hacia el puerto, calzada con las viejas botas de pescador de mi padre. Le quedan varias tallas grandes.

—Ve a decirle a Curl que te encargarás de su barca. —Usa el diminuto de su nombre, no «señora Crane» ni «tu madre»—. Pesca un atún. No hay nada que me guste más que un filete de atún.

—Para pescar atunes tengo que alejarme —digo, encantada—. Podría pasarme fuera todo el día.

—Tengo a Erix para hacerme compañía —responde, dándole una palmadita a su yegua, como si él fuera el rey del inframundo.

Mi madre nos está mirando. El viento le saca el pelo del velo de viuda y, no sé por qué, parece distinta, como si le hubieran quitado de encima uno de los pesos con los que carga. Heron la mira.

—Invita a tu madre a comer con nosotros —me dice, lo que es generoso, aunque problemático.

—¿Invito también a la madre de Chaffie?

—No —responde antes de marcharse.

Corro a buscar a mi madre y le digo que Heron me ha pedido que me encargue de la barca. Ella se siente agradecida.

—Ayer estaba el mar revuelto —me cuenta—. Creía que me quedaba sin tripas. Y no pesqué ni la mitad que tú.

—Te ha invitado a comer con nosotros.

Está sorprendida. Y contenta. Es como si quisiera decirme algo, pero tengo que darme prisa para volver con Ruiseñor. Corro colina abajo y dejo a mi madre con cara de desconcierto.

A la entrada del puerto, estoy a punto de tropezarme con el señor Malting. Está atado a un poste, arrodillado en sus propios meados. Debe de ser su castigo por enfrentarse a Wheeler. El regidor Haines está vigilándolo.

—No hables con él —me ladra—. Está recibiendo su castigo.

Miro al señor Malting a los ojos y le hago saber lo mejor que puedo que me parece que es todo un héroe.

Al principio, la señora Sweeney no quiere que me lleve mi barca.

—Los recién casados no salen al mar, trae mala suerte.

A Sidón no le gusta.

La casa de la señora Sweeney es, básicamente, un altar al dios del mar.

—Mi marido quiere que lo haga —le respondo—. Pregúntaselo, si no me crees.

Ella cede y me ayuda con las redes; le brillan los ojos porque está deseando enterarse de cotilleos.

—¿Cómo está el comandante? —pregunta, y me guiña el ojo con picardía.

—No es asunto tuyo, señora Sweeney —respondo, fingiendo escandalizarme.

—Es un animal enorme y magnífico, y tú una descarada con mucha suerte. Las cicatrices no me supondrían ningún problema... Creo que es muy hombre. —Suspiro como si me doliera el cuerpo de placer—. Entonces, dime, ¿cómo lo atrapaste? He oído que trepaste a un árbol para que te viera las partes íntimas.

Esto empieza a cansarme.

—¿No habrías hecho tú lo mismo? —le pregunto.

Se carcajea como si fuésemos dos muchachas parloteando. Estoy deseando largarme.

Me alegro de estar de vuelta entre las olas. Izo la vela y uso la brisa para dejar la costa atrás.

—Ruiseñor. ¡Ruiseñor!

¿He llegado demasiado tarde? ¿La han capturado? Mientras el viento lleva la barca mar adentro, ella conecta conmigo... y me permite vislumbrar dónde está. Me encuentro en un tranvía, acercándome a la estación del centro de Brightlinghelm. Ruiseñor siente un gran alivio al verme. El tranvía es enorme y espléndido, y traquetea y ruge como una bestia mítica. Las puertas se abren con un brillo cristalino y vomitan personas al andén. Ruiseñor sale y siento que está cerca del río y recorre una calle estrecha en dirección al barrio rosa.

—Nunca he estado en esta parte de la ciudad. Tiene una reputación temible.

—Busca la calle de las Doncellas —le recuerdo—. Una casa rosa, un cartel con una rosa azul.

La distancia entre nosotras es enorme. Con el movimiento de las olas, me agota estar a su lado. Cuando Ruiseñor me visita, consigue que parezca sencillo; su melodía de luz es un rayo poderoso, mientras que la mía está al límite de su capacidad. La veo titilar en una niebla de calles. La luz del sol en el mar me deslumbra, y mis dos realidades chocan. Descanso sobre las olas un instante y respiro despacio. Cuando me deja de dar vueltas la cabeza, me reúno de nuevo con Ruiseñor, envuelta en esa sensación tan peculiar de viajar a través del espacio, pero sin moverse del sitio.

Estoy con ella en una calle abarrotada, muy muy lejos de mi cuerpo. Se aferra a mi melodía de luz con la suya y la refuerza. Oigo una cacofonía de voces, los gritos de los comerciantes: el zumbido de la gran ciudad. Cerca de Ruiseñor, se oye música. Una radiobina retumba con una canción patriótica en un bar de soldados.

En la barca, pongo espadines de cebo en los anzuelos grandes de mis sedales y los dejo caer al agua. Pescar atunes es complicado; son de los peces más rápidos del océano y, además, cuesta subirlos a la barca. Me adentro más en el mar y, mientras preparo los sedales, Ruiseñor se detiene, desconcertada.

—Me he perdido.

La calle centellea, enfocándose y desenfocándose. Me quedo muy quieta y respiro despacio para concentrarme en su realidad. Estamos en una calle estrella y sinuosa, repleta de puestos de mercado.

—Una casa rosa. Un cartel con una rosa azul —le recuerdo.

—Aquí casi todas las casas son rosas. Pero las calles no tienen nombre. Es como un laberinto.

Tiene razón. Un callejón anónimo desemboca en otro. Hay comerciantes y mendigos, veteranos amputados y niños harapientos. Intento elevarme para hacerme una idea general, pero Ruiseñor tira de mí.

—Que nadie te perciba —susurra—. Mantén tu armonía dentro de la mía para que cantemos una sola nota…

Camino con ella, dentro de ella, sintiendo el doloroso esfuerzo de la rodilla y la cadera. Respiramos a una, unidas en una canción tenue. Pasamos junto a vendedores callejeros, carteristas, un predicador espeluznante del templo de Thal. Seguimos andando, buscando. Por todas partes hay soldados, marineros, personal militar, fragmentos del enorme ejército de Brightlinghelm en sus pocos días de permiso. El brillo de la distancia me regala colores vívidos y potentes, y sombras suaves e irregulares. Pasamos junto a una estatua de Peregrine: «Los humanos prevalecerán».

—¿Percibes a Keynes? —le pregunto—. ¿Te está buscando ya?

—No lo menciones. El mero hecho de pensar en él es peligroso.

—Una rosa azul. Tú concéntrate en una rosa azul.

Cada casa está pintada de un tono rosa distinto. En algunas hay jóvenes sentadas en las ventanas, apenas vestidas y con profundas ojeras. En otras hay mujeres posando en los umbrales, envueltas en halos de humo de tabaco. Todas llevan bandas rosas en el cuello. Ruiseñor es demasiado blanda para este sitio; en realidad, yo también. Hoopoe nos dijo que las terceras esposas vivían en casas bonitas y vestían ropa elegante. No es cierto. Estas chicas parecen endurecidas y muertas de hambre.

Un grupo de soldados pasa junto a nosotras. Veo que llevan unos pantalones holgados de forma extraña, abrigos forrados de piel y unas gafas enormes colgadas del cuello.

—Pilotos —dice Ruiseñor al notar mi perplejidad.

De inmediato, pienso en Piper. Llevo mucho tiempo evitando pensar en él. Piper. Vuelvo a esconder su nombre en el agujero en el que antes estaba mi hermano.

—Eh, nenita —grita uno de ellos—. Somos todos héroes, ¿no lo sabías? Danos un beso.

Horrorizada, veo que uno de ellos le da un beso de borracho.

—Venga, devuélvele el beso —gritan los otros. Ruiseñor se resiste, pero la sujetan con fuerza—. ¿Qué te pasa? ¡Es un puto héroe!

Vuelco toda mi fuerza en ella.

—Dale un rodillazo en los huevos —le digo.

Ruiseñor estrella la pierna buena contra la entrepierna del hombre.

—No quiero darte un beso.

Los hombres se parten de risa mientras su camarada se agarra las pelotas.

—Serás zorra... Pero miradla, si parece un pollo desplumado.

Los pilotos la dejan marchar mientras cloquean y chillan como gallinas. Ruiseñor se detiene un momento junto a la alcantarilla para recuperar su dignidad.

—No pierdas la calma —le advierto—. La emoción podría dejarnos al descubierto.

Percibo lo mucho que le ha subido la temperatura. El corazón le traquetea de cansancio. Pasamos junto a un puesto en el que venden estiércol y el olor le da náuseas. Se detiene y se apoya en una torre de turbina oxidada. Ojalá Heron Mikane tuviera melodía de luz, porque así podría preguntarle dónde narices está la puñetera casa rosa. Un perro enorme empieza a ladrarle y a gruñirle mientras tira de su cadena. Ruiseñor retrocede, trastabillando. Después sale corriendo por un callejón estrecho y aparece en otra calle; la pierna mala le duele.

—No hay manera —dice—. Necesito descansar.

De repente, veo algo. Al final del pasaje que tiene detrás hay una puerta medio oculta de color rosa sucio, con una rosa azul desvaído pintada en ella.

—Mira detrás de ti.

Ve la flor y noto su alivio... y su inquietud.

—¿Y si es una trampa? ¿Y si me encierran ahí dentro y me obligan a ser tercera esposa?

El viento se lleva nuestro plan, que era tan poco consistente como el papel. Sin embargo, por lo que sea, sigo confiando en Heron.

—¿Qué otra opción tenemos? —pregunto—. Llama.

Ruiseñor alarga la mano para llamar...

... y, de repente, siento una avalancha horrenda. Dolor, DOLOR...

Retrocedo de un salto...

Mi cuerpo... mi cuerpo no está ahí...

Es una sensación horrible, como si me ahogara, y un pánico aterrador. ¿Dónde estoy?

Grito. Es algo atroz.

Una caída desde muy alto... en un abismo blanco...

—¡¡Ruiseñor!! —grito.

Caigo para siempre, con las tripas revueltas...

Veo mi barca abajo, con mi cuerpo real allí tumbado. No respiro. Gala, ¿qué me está pasando? No consigo regresar a mi cuerpo. Tengo que respirar...

La barca va a toda prisa sobre las olas, golpeándose contra las crestas. No entiendo tanta velocidad. Un segundo después, Ruiseñor está en la melodía conmigo, abrazándome.

—Te tengo.

Con su ayuda, me reúno conmigo y lleno los pulmones de oxígeno. Durante un instante, me limito a respirar con dificultad contra el viento.

—La barca se mueve demasiado deprisa —dice—. Creo que por eso tu melodía de luz había perdido la conexión con tu cuerpo.

Tiene razón. Vuelvo a sentir las extremidades, contenta de estar entera. Entonces veo los sedales para atunes y que dos de ellos están tensos como cuerdas de violka. Un atún no puede tirar así de la barca. Ni siquiera dos. Sigo tan jadeante y desarticulada que apenas logro hablar.

—¿Qué está tirando de nosotras? —pregunto.

Ruiseñor concentra su luz y se asoma al agua.

—Es un pez negro y blanco enorme. ¡Gigantesco! —chilla. Entonces, la bestia surge de las olas y se vuelve a sumergir, con los sedales en la boca.

—No es un pez —respondo—. Es una orca.

Estoy desorientada, mareada, torpe; no puedo mover correctamente brazos y piernas. Estoy buscando mi cuchillo.

—Alondra —me dice, fascinada—. Tiene melodí…

Y, entonces, me sintoniza con la arrolladora canción de la criatura. Mi cuerpo no puede soportarlo, la vibración es demasiado grande. El animal está enloquecido por culpa de los sedales. Tengo que cortarlos y liberarlo. ¿Dónde está mi cuchillo? Por fin doy con él.

—¡Ahora! —grita Ruiseñor—. ¡Se va a sumergir!

La criatura se mete en el agua y se lleva con ella el lateral de la barca. Caigo por la borda e intento agarrarme a una cuerda, pero no lo consigo.

—¡Sujétate, Alondra! ¡No dejes que te lleve!

Un golpe, un movimiento. La barca vuelca. Siento la conmoción del agua fría. No hay nada a lo que agarrarse. Algo más poderoso que Sidón se vuelve y surca el agua hacia mí. Da con mi pierna. Siento el mordisco de sus dientes cuando me arrastra con ella hacia la oscuridad.

# 25

# RUISEÑOR

Estoy gritando.

—¡¡Alondra!! ¡¡Alondra!!

Con cada latido, su nombre surge de mi cuerpo como un trueno. Caigo de rodillas a la acera, justo delante de la puerta rosa con la rosa azul, y grito.

—¡¡Alondra!! ¡¡Alondra!!

Grito cada vez que exhalo y con todo el poder de mi canción hasta que se me queda la garganta en carne viva y, aun así, sigo gritando. La gente se reúne a mi alrededor. Un hombre de dedos afilados me sacude, pero estoy en el mar.

—¡¡Alondra!!

Chillo bajo el agua como un dios del inferno, ensordeciendo a la orca, que la escupe. Intento llevarla de vuelta a la luz de la superficie.

—¡¡Alondra!!

El hombre de dedos afilados grita mi nombre.

—Kaira, Kaira, para. ¡Me estás haciendo daño!

Keynes me ha encontrado.

No puedo perderla. No puedo quedarme sola.

—¡¡Alondra!!

Tiene los pulmones llenos de agua…

# 26

# SWAN

Una voz joven. Un grito desesperado y sentido. ¿Quién? ¿Dónde?

—¡¡Alondra!!

Estoy en la mesa del consejo. Kite tiene a sus luciérnagas volando, pero Peregrine no quiere armarlas y Harrier está de su parte. Debajo de mi peluca perfecta, tengo la banda abierta. Mi amo me ha dado instrucciones: tengo que manipular al hermano Drake, un libertino asqueroso. Tiene que votar a favor de Kite. El debate es crucial, de una importancia letal, dado el creciente distanciamiento entre Peregrine y Kite, pero no logro concentrarme. En mi cabeza se produce un estallido de sonido y luz.

—¡¡Alondra!!

Mientras habla Peregrine, me veo obligada a levantarme.

—¿Qué ocurre, hermana? —me pregunta.

Por su cara de desconcierto, me doy cuenta de que soy la única que ha oído el grito. Explicarlo sería mi condena.

—No me encuentro bien.

—¡¡Alondra!!

El dolor me confunde. Una melodía de luz cegadora me deja sin fuerzas.

—Hermana —exclama Peregrine, que se me acerca con preocupación paternal—, ¿qué te duele?

—¡¡Alondra!!

Las piernas me ceden. Kite me ofrece apoyo, fingiendo caballerosidad. El dolor es atroz.

—¿Qué estás haciendo? —me susurra entre dientes cuando llegamos al pasillo.

Me agarro a la pared y caigo de rodillas. Me levanta y me vuelve hacia él.

—¡¡Alondra!!

Una lluvia de chispas angustiadas me estremece el cerebro.

—¡Explícate!

Vomito sin poder evitarlo, horrorizada, y cubro a Kite de líquido caliente.

Él da un paso atrás y gruñe de asco.

# 27

# RUISEÑOR

El esfuerzo de sujetarla es tan grande que se me retuerce todo el cuerpo.

Estoy cada vez más débil. Llamo a Gala; llamo a Sidón, el dios del mar.

—Alondra…

Oigo una voz débil y lejana con un acento extraño.

—¿Dónde estás? —pregunta débilmente.

Oigo a mi padre gritar mi nombre.

—Kaira. Kaira…

Intento mover los labios, pero no consigo que funcionen.

—Dadle espacio —pide él a la multitud—. Retroceded.

Tengo que sostener a Alondra en mi melodía de luz. No soportaría que se ahogara.

—Alondra…

Alguien me pone una tela en la cara. Sueño líquido, la mejor herramienta de un inquisidor. Me resisto hasta que tengo que respirar.

Entonces, todo se funde en negro.

# CUARTA PARTE

# 28

# PIPER

Volar es algo natural para mí, como si fuera un pájaro. ¿Por qué me pusieron el nombre del zarapito? Soy más bien un vencejo, porque aquí estoy, en el aire, subiendo y bajando con mi avión, girando con el viento, y así me siento. Quiero hacer esto todos los días durante el resto de mi vida... y si para eso esa vida debe ser corta, que así sea.

La primera vez que alcé el vuelo tenía los dientes apretados de miedo, pero, casi al instante, el temor se transformó en euforia. En el aire puedo olvidarlo todo y concentrarme tan sólo en la tarea, en formar parte de la máquina. Dejo que Thal guíe mis manos. Tras unos pocos días de entrenamiento, soy capaz de aterrizar sin una sola sacudida. Otros chicos no han tenido tanta suerte. Ya hemos sufrido dos pérdidas, que Thal exalte su alma. Un muchacho se pasó de largo la pista mientras su avión no paraba de dar vueltas. Otro tenía un motor defectuoso y el avión estalló en una bola de fuego. El teniente coronel Axby ha lamentado cada una de esas muertes. Nos emociona lo mucho que se preocupa por nosotros, lo mucho que desea nuestro triunfo. Estamos aprendiendo a enfrentarnos a esta velocidad tan increíble y hay una legión de ingenieros que no paran de ajustar y rediseñar para que nuestro motor sea más seguro y eficiente. Que Thal los bendiga.

—Ahora voláis con los dioses —dice el teniente coronel Axby—. Corréis un gran riesgo. El aire no es el medio natural de los hombres mortales. Sin embargo, la guerra nos exige dar el máximo.

Nos han asignado artilleros que se sientan con nosotros en la cabina. Los artilleros son todos muchachos de baja estatura, que caben en los diminutos asientos frontales para usar nuestras armas. Mi artillero se llama Tombean Finch, un tipo enjuto de Whitecliffe. Tiene una sonrisa contagiosa. Finch y yo hemos decidido que el avión se llama Curlew. Tiene unas alas largas y delicadas, cubiertas de placas diminutas, como espejos, que captan y almacenan la luz solar. Su batería sirve de apoyo al motor de combustible de fuego. Mi cabina está llena de diales, y todos los días nos repiten para qué sirve cada uno. Nos han enseñado a economizar combustible aprovechando las corrientes de aire y hemos aprendido lo que pueden significar las distintas formaciones de nubes. Empiezo a entender mi nuevo elemento, el aire.

Finch tiene ojos penetrantes y sonrientes, y una risa que me hace sentir que no existe ningún problema en el mundo. Me alegro de que Axby nos pusiera juntos. Finch y yo acertamos en todos los objetivos y ahora somos líderes de la formación. El cielo, la luz, mi avión reluciente, mi amigo Finch, el horizonte del mundo. Todo esto me ha levantado el ánimo. El futuro se presenta como algo magnífico.

No hace falta que piense en el pasado.

Cuando llegamos, el hermano Kite hizo una visita especial a nuestro escuadrón. Permanecimos en fila para que nos inspeccionara y me sorprendió la elegancia de sus rasgos. Era como un icono de Thal.

«Thal me envió un sueño —nos contó—. Vi un avión volando como un cometa, alimentado por combustible de fuego. El mismo Thal me ha enseñado que vosotros, los pilotos de Brilanda, derrotaréis a Ailanda para siempre».

El hermano Kite nos recordó que los ailandeses están desgarrados por la corrupción. Nos inspiró al contarnos que los guerreros de Brilanda eran la vanguardia de la raza humana. Consiguió que anhele la lucha. Cuando nos tatuamos en los brazos al dios de la guerra, me aseguré de que el mío tuviera el rostro de Kite.

Hoy tenemos nuestra primera misión larga, para comprobar la resistencia de nuestros aviones. Desde Meadeville nos dirigiremos a Brightlinghelm y después pasaremos por encima de la Espesura, hacia la Zona de Milpol. Nuestro objetivo es la ciudad en ruinas de Milpol, construida por el Pueblo de la Luz. Se introduce en el gran océano Palántico, que nadie ha cruzado en épocas recientes. La Zona de Milpol todavía está irradiada, como el continente desértico deshabitado que se encuentra al sur. Axby nos ha dicho que tenemos que imaginarnos que Milpol es Reem, la capital de Ailanda. No estaremos armados con bombas, sino con misiles llenos de pintura, para comprobar nuestra precisión. Creo que mi artillero tiene buen ojo.

Partimos al alba. El motor de combustible de fuego nos lleva a gran altura y, en menos de media hora, sobrevolamos Brightlinghelm, cuando en barcaza se tarda toda la noche en llegar. Nos asomamos a las torres de los aerogeneradores y a los edificios residenciales; son unas vistas gloriosas. El Isis fluye a través de ella como una cinta azul.

—Ése es el palacio de los Hermanos —me informa Finch. Veo césped y edificios elegantes, pero, antes de poder admirar bien su magnificencia, dejamos la ciudad atrás y sobrevolamos aldeas, pueblos y campos. Al cabo de un rato, Finch se vuelve y me pasa un bollito. Seguimos el curso del río durante varias millas de tierras de cultivo y después pasamos por encima de una llanura deforestada, donde el lodo y los tocones de árbol forman un paisaje deprimente. Finch bromea sobre mi acento de Northaven. Cuenta chistes a través del dispositivo de comunicación, chistes buenos que me hacen reír y bromas sobre lo mucho que se asustaría si se quedara encerrado en un dormitorio con la hermana Swan. Su falta de respeto resulta liberadora.

Finch comparte historias sobre su familia. Entre las dos esposas de su padre, tiene diecisiete hermanos. No logro imaginarme cómo será vivir con una familia así. Con razón no calla ni debajo del agua, tiene que haberle costado hacerse escuchar. Sus hermanos mayores están todos sirviendo a Brilanda. Cormack, el mayor, murió. Tiene cuatro hermanas casadas, mientras que las criaturas más pequeñas todavía son niños y bebés. También tiene sobrinos, y primos por todas partes.

—Siempre hay colada tendida —dice—. Nunca he visto a mis madres sin un bebé amarrado a la espalda.

Me parece que en Whitecliffe todo el mundo debe de ser pariente de Tombean Finch.

Me pasa una bolsa de *toffees*. Decido comprar algo delicioso para la próxima vez, algo que compartir con él.

—¿Qué me dices de ti, Crane? ¿Cómo es tu familia?

No me cuesta hablar de mamá y papá. El amor que siento por ellos me sale por los poros. Finch me compadece por mi padre. Después me pregunta por mi hermana, y me siento tan confundido que guardo silencio. No soporto pensar en ella ni imaginarla saqueando la barca de papá con sus manos inhumanas. Es una afrenta a Thal. Pero no lo digo en voz alta. Sólo le cuento que es un grano en el culo. No se me ocurre qué más añadir.

¿Por qué papá malgastó su amor con Elsa y no conmigo? Con ese cuco inhumano que me echó del nido el mismo día que nació. Me revuelvo, inquieto.

Finch señala algo abajo, una larga cicatriz verde que recorre la tierra.

—Ésa debe de ser una de las grandes carreteras del Pueblo de la Luz —me cuenta—. Las llamaban autopistas, qué cosas.

Me alegro de que esté aquí para distraerme. Cuesta hundirse en la oscuridad cuando te ilumina su presencia.

—Era un pueblo poderoso —coincido, asombrado por su estupidez—. Hombres poderosos. Y, sin embargo, ahí están, bajo el verde.

—Entonces, ¿qué te parece este combustible de fuego?

—Creo que es un regalo de los dioses —respondo, pensando en el hermano Kite.

—¿No te incomoda un poco? Fueron las ansias de combustible de fuego lo que mató al Pueblo de la Luz. Esos idiotas fueron a la guerra por él y usaron bombas más grandes que este avión. Se fueron a la mierda ellos solos. Y aquí estamos, a mil pies de altura, en un trozo de hojalata endeble, con un depósito de combustible bajo el culo.

—Este avión es un milagro de Thal —digo, rotundo.

Como soy el piloto de mayor rango, no pienso consentir palabras sediciosas. Sin embargo, lo que ha dicho Finch me perturba, y eso no me gusta.

Guarda silencio, aunque no por mucho tiempo. No tarda en ponerse a tararear una canción que ha escuchado en la radiobina y que tiene una melodía irresistible. Al final, me uno al coro. Recompenso a Finch con una canción de la Espesura que mi madre solía cantarnos cuando éramos pequeños. Me duele el corazón pensar en ella y en mi propia sangre de la Espesura cuando nos acercamos al extenso dosel arbolado. Quiero que se enorgullezca de mí.

Nos pasamos más de una hora sobrevolando un inmenso enredo verde. Las montañas suben y bajan en toda su gloria. Hay árboles hasta donde alcanza la vista. Las torres y chapiteles en ruinas del Pueblo de la Luz nos sirven de referencia y, cuando el sol está en su punto culminante, vemos acercarse la costa noreste. A lo lejos, hacia el este, veo páramos. Northaven está en esa dirección. Siento una punzada de nostalgia por mamá, por las calles arenosas, por mi vida de cadete, por...

No, no pensaré en él.

El paisaje empieza a cambiar. Matorrales. El verdor desaparece. Sobrevolamos un desierto feo y atrofiado de ruinas de hormigón retorcido, cubiertas de algún tipo de vegetación que no parece nada sana.

—Milpol —dice Finch.

Nos fijamos en nuestros compañeros pilotos, que vuelan a nuestro lado con aviones que reflejan el sol como pájaros enjoyados. Oímos al teniente coronel Wixby por los auriculares de la radiobina, otra innovación de las luciérnagas.

—Mantened la formación. Veréis una antigua avenida de torres. Usadla para guiaros. En lo alto están vuestros objetivos.

Vemos la cuadrícula de la antigua ciudad, manzanas cuadradas, como si un niño gigantesco la hubiera dibujado en la tierra. Nos dirigimos al callejón de torres antiguas.

—Preparados para disparar —crepita la voz de Axby en nuestros oídos—. Voy a soltar pintura blanca para marcar los objetivos. Cada uno de vosotros tiene su propio color para comprobar la precisión.

Un artillero dispara demasiado pronto y acierta en una de las torres. Otro lo hace demasiado tarde y las bombas de colores aterrizan en el mar. Finch acierta fácilmente en las marcas blancas de Axby. Pienso en cómo será cuando haya ailandeses huyendo de sus hogares como cochinillas de una roca. No me gusta demasiado lo que me hace sentir.

—Buen trabajo —dice Axby cuando terminamos—. Pilotos, ahora tendréis que volver por vuestros propios medios. Yo me quedaré en retaguardia. Os quiero de vuelta en Meadeville para cuando se ponga el sol.

Finch y yo nos mantenemos pegados a la costa. Las ruinas de Milpol continúan bajo el mar durante un buen rato. Vemos que la cuadrícula de calles sigue bajo el agua, con sus edificios de hormigón cubiertos de algas. Es un lugar aterrador. Según se dice, por la noche, las polillas y los murciélagos salen de sus escondites y se alzan formando nubes enteras, como una niebla pestilente. Una nube de ese tipo podría derribar cualquier avión. Este sitio me provoca un escalofrío de desagrado.

Pero Finch dice:

—La vida está invadiendo de nuevo la zona. Tarde o temprano, enterrará las toxinas. —Él cree que todo progresa hacia un futuro mejor—. Dentro de cien mil años, la gente volverá a vivir en Milpol.

La idea no me consuela demasiado mientras nos alejamos de este lugar tan intimidante.

A medio camino, me distraen unas volutas de humo que se alzan sobre el dosel arbolado de la Espesura. De nuevo, empiezo a pensar en el pueblo de mi madre.

—¿Qué es eso? —pregunto.

Me desvío de nuestra ruta y Finch se asoma, tan intrigado como yo. Él tiene mejores vistas, ya que su ventana está justo debajo de su cabina, para asegurarse de ver bien el objetivo.

—Hay gente ahí abajo —me dice—. Hay un claro...

Efectivamente, sobrevolamos un campamento. Las volutas de humo proceden de fogatas ilegales. Vemos figuritas que corren buscando refugio. Es imposible calcular cuántas son porque el campamento se mete bajo los árboles. Desciendo más, curioso. Cerca localizo un viejo templo cubierto de hiedra que se alza sobre el dosel. Un hombre se sube al tejado y nos mira. ¿Es ésta la tribu de mi madre, la gente de la Espesura?

—Nómadas —dice Finch—. Probablemente nos tomen por dioses.

Cuando no volamos, estudiamos geografía e interpretación de mapas. Nuestro instructor nos cuenta que los de la Espesura se han mantenido alejados de los Hermanos e insisten en las antiguas costumbres de la Edad Itinerante. Sabemos que el gran hermano Peregrine los corteja y los anima a unirse, pero que siguen siendo independientes. Se rumorea que, en estas comunidades remotas, los inhumanos todavía ostentan poder. Además, se dice que todo tipo de indeseables usan la Espesura para escapar de la justicia. Ahora nos miran a Finch y a mí. Vuelvo a sobrevolarlos, más bajo. Sé que no podemos perder el tiempo, pero quiero que estas tribus remotas vean lo que la Brilanda moderna puede ofrecerles: el milagro del vuelo.

—No me gusta la cara que ponen —comenta Finch—. Me parecen bastante hostiles.

—Será por miedo. Tienen que ver lo que los Hermanos pueden hacer por ellos.

Desciendo todo lo que me atrevo y los saludo. Están vestidos con traje de faena verde y armados con ballestas potentes. Finch me imita y los saluda. Entonces, uno de ellos levanta la ballesta.

Asciendo a toda prisa, aunque una flecha consigue alcanzarnos y clavarse en el tejido ignífugo con el que está fabricado el ligero chasis del avión. Intento restarle importancia, pero estoy decepcionado con ellos y conmigo. He sido ingenuo e idiota.

—Han malinterpretado nuestro gesto —digo.

—¡Cabrones! ¿Crees que son insurgentes?

No respondo nada; me limito a virar hacia Brightlinghelm.

Estamos volando sobre la llanura deforestada cuando el motor empieza a espurrear. Se apaga un instante. Miro el indicador de combustible: casi hemos agotado la reserva.

—No lo entiendo, Axby nos dijo que había de sobra para el viaje. ¿Ves el motor? ¿Hay alguna avería? —le pregunto a Finch.

Se vuelve y, agachado en su asiento, mira el vientre del aparato.

—Estamos perdiendo combustible. Esos cabrones salvajes nos han agujereado el depósito.

Intento ponerme en contacto con Axby, pero nuestro rodeo sobre el campamento nos ha dejado demasiado atrás. Hemos perdido el contacto. Tengo las manos resbaladizas de sudor. El avión tose, espurrea y se para. Thal. Thal. No sé qué hacer. No tengo la experiencia suficiente para esto. Empezamos a desplomarnos.

—¡Energía solar! —chilla Finch—. ¡Cambia a solar!

Cambio a solar. Tras una sacudida tremenda, el avión se retuerce, cae… y, por fin, la batería entra en funcionamiento. Empleando todas mis fuerzas y con los dientes apretados, estabilizo a Curlew. Estoy empapado en sudor de la cabeza a los pies. Intento planear de nube a nube, como nos han enseñado, pero las condiciones están en nuestra contra. El cielo es un azul infinito y tenemos el viento en contra. La batería de nuestros aviones dura unos treinta minutos. Mientras nos abrimos paso sobre el paisaje de tocones, me doy cuenta de que no llegaremos a Meadeville. La batería se va descargando poco a poco.

—¿Cuál es el plan, Crane? —me chilla Finch.

Toda mi vida hasta este punto pasa por delante de mí: mi hermana, mi madre, mi padre, Rye. Rye. Cierro los ojos. ¿Acaso no es lo que me merezco? Lo traicioné…

Una bofetada me gira la cara. Finch se ha desabrochado el cinturón y está inclinado sobre mi asiento, mirándome.

—Pilota el avión, capullo —me dice, decidido—. Si no nos llevas de regreso con vida, te mato.

No cuestiono la lógica *tombeana:* lo llevaré de vuelta. No seré responsable de la muerte de este chico.

—No vamos a morir —le prometo.

De repente, recuerdo la cara de mi madre cuando Wheeler fue a informarnos de que mi padre había desaparecido en combate: la boca que se le abría poco a poco, los ojos que se le cerraban al mismo ritmo. Recuerdo que corrí a sus brazos y la sostuve para no tener que ver su tristeza.

—No pienso morir en un ejercicio de entrenamiento. Mi madre se sentirá orgullosa de mí. Mi padre también.

Vemos Brightlinghelm un poco más adelante. Uso el Isis para guiarme y vuelo sobre sus meandros.

—Siéntate —le ordeno a Finch—. Y ponte el cinturón. Sujétate fuerte. Sé lo que vamos a hacer.

Volamos a una velocidad aterradora al llegar a las afueras. La batería está muerta. Estamos a unos cuantos cientos de pies de altura. Voy a usar el Isis como pista de aterrizaje. Se me viene otra imagen a la cabeza: Rye lanzando piedras cerca de la roca de los Cormoranes. Me doy cuenta de que puedo hacer lo mismo con el avión, aunque no sé seguro si flotará. Puede que se golpee contra el agua y se desintegre. Sin embargo, incluso si se hunde, quizá tengamos tiempo de salir con vida. Un solo obstáculo nos lanzará disparados a otra parte. Si damos contra una roca o un barco, estamos muertos. Que Thal nos dé fuerzas.

—Gala —reza Tombean—. Gala, ayúdanos. —Lo oigo respirar con miedo a través de los auriculares. Le veo los nudillos blancos, sujetándose al asiento—. Como consigas sacarnos de ésta, ¡te invito a un puto cubo de cerveza! —exclama, y consigue que no se le quiebre del todo la voz.

—¡Canta una de tus canciones de mierda! —le grito.

Empieza con una canción vulgar de casa rosa. Le tiembla la voz, pero gana fuerza poco a poco. Es justo lo que necesito.

Los cernícalos de los páramos, las aves marinas, las golondrinas en verano. Entrego mi cuerpo a sus instintos. Siento que el avión se transforma en una criatura viva y deja de ser una frágil construcción de madera y hojalata. Yo mismo me transformo en el avión.

—¡Hay un puente más adelante! —me chilla Tombean—.
¡Hay un puto puente!

Respira. Baja en picado. Usa el pánico como combustible.
Las calles y los edificios pasan junto a mí, borrosos. Vuelo bajo
sobre un remolcador, cuya tripulación sube corriendo a cubierta, gritando. El puente está justo delante. Calculo la lon-
gitud de mis puntas alares. Las siento, es como si fueran plumas. Estoy a pocos pies del agua. La gente del puente grita y
corre. Pasamos limpiamente bajo la arcada.

Entonces, justo delante, otro puente. Éste, más bajo.

—Mierda —digo, y me preparo para estrellarme contra él.
Entonces, el vientre del avión da contra la superficie
del agua. Rebota una, dos, tres veces y, cada vez que lo hace,
el agua nos frena. A la quinta, nos detenemos. Estamos a diez
pies del segundo puente.

—¡Mierda! —grita Finch, que no es capaz de decir nada
que no sean palabrotas—. Puto cabrón. Eso ha sido increíble,
¡por Thal!

Sus tacos me levantan el ánimo. Estamos vivos.

Empieza a entrar agua en la cabina mientras nos quitamos
los cinturones. Tenemos el tiempo justo de abrir el cierre de
seguridad y subirnos al ala del Curlew. Me doy cuenta de que
hay personas por todas partes y de que nos vitorean. El puente que tenemos delante empieza a llenarse. Pequeñas embarcaciones fluviales navegan hacia nosotros. Tombean Finch
me da un abrazo de oso. Es más bajo que yo, pero tiene brazos
fuertes. Apoya la cabeza en mi hombro y noto su corazón latir
contra mi pecho.

—Puto cabrón —repite—. ¿Quién te ha enseñado a volar
en avión?

La risa me brota de la garganta.

—No lo sé.

Finch se acerca mi mejilla a los labios y la besa.

La huella de su boca es como un puñetazo.

En pocos segundos, el agua nos rodea los tobillos y sube rápidamente hacia las rodillas. Los barqueros se ríen de nuestra genialidad y nos ayudan a llegar a la orilla. Una multitud nos rodea, nos da palmadas en la espalda y nos felicita.

—¿Qué ha sucedido? —pregunta alguien que me pone delante un dispositivo extraño.

Yo me quedo perplejo, pero Finch agarra el dispositivo y habla. Nos han ordenado que, pase lo que pase, no mencionemos el combustible de fuego.

—La batería solar ha sufrido una avería —grita Finch, emocionado, y me da una palmada en la espalda—, pero este chaval nos ha bajado usando tan sólo el viento. Me ha salvado la vida, eso está claro.

El hombre del dispositivo nos pregunta el nombre.

—Piper Crane —exclama Tombean—. Este piloto tan asombroso se llama Piper Crane.

Finch le cuenta al hombre que es nuestra primera gran misión de entrenamiento. Por fin logro recuperar el habla.

—Tombean Finch también me ha salvado la vida —digo—. No perdió la fe en mí ni un segundo.

—Sois héroes —dice el hombre del dispositivo.

—No seremos héroes de verdad hasta que hayamos matado a unos cuantos ailandeses —contesto, dejándome llevar por la alegría de estar vivo.

La multitud ruge. Se oye un cántico de victoria. Nos llevan en volandas a los dos. Tombean me dice que el extraño dispositivo guarda las voces para la radiobina. Los críos dan saltos para intentar vernos. Los barqueros rodean el avión con cuerdas. La gente del puente los ayuda y, entre todos, consiguen evitar que nuestra maravillosa Curlew se hunda en el río.

Nos llevan hasta las puertas del palacio. Se ha corrido la voz de lo que hemos hecho, y vemos que el teniente coronel Axby viene a recibirnos. Todos nuestros chicos han aterrizado en el aeródromo, junto al palacio de los Hermanos. Al darse cuenta de que faltábamos, pensaban repostar e iniciar la búsqueda, hasta que, desde lo alto de la colina, vieron aterrizar el avión. Axby está gris de puro alivio, aunque también muy enfadado.

—Te he visto desviarte del rumbo, Crane —dice—. ¿Por qué lo has hecho?

—Vi que salía humo de la Espesura, señor. Sólo me desvíe un punto porcentual.

—¿Acaso se te ordenó hacerlo?

—No, señor. Sentí curiosidad por el humo.

—Esa curiosidad casi os cuesta la vida.

De repente, me muero de vergüenza. ¿Qué le digo? ¿Que quería impresionar a la gente de la Espesura? Qué vanidad tan estúpida y absurda. Agacho la cabeza.

—Lo siento, señor.

Finch pide permiso para hablar y le cuenta a Axby lo que hemos visto, el campamento que se extiende bajo los árboles. Describe la flecha que acertó en el depósito, disparada desde una ballesta muy potente.

—Estábamos intentando calcular el tamaño del campamento, señor —añade—. Pensamos que podrían ser insurgentes.

Axby asiente en silencio.

Noto el dolor de la adrenalina en todas las extremidades. También el rastro del beso de Tombean. Esta noche me dará miedo dormir porque sé con lo que voy a soñar. Este corazón mío, tan miserable y aberrante, desearía que volviera a besarme una y otra vez. Destruiré ese pensamiento pedazo a pedazo, como todos los que vinieron antes.

Un grupo de hombres camina hacia nosotros, y casi se me para el corazón al percatarme de que uno de ellos es el hermano Kite. Nos colocamos en formación y lo saludamos con rigidez. Kite es nuestro genio, nuestro héroe. Sabemos que está luchando por mantener en el aire nuestros aviones de combustible de fuego.

Axby se disculpa por nuestra imperdonable conmoción; está muy avergonzado. Kite nos observa con ojos acerados.

—¿Quién de vosotros es Piper Crane?

—Yo, hermano. Éste es Tombean Finch.

Kite sigue observándonos.

—En la radiobina no se habla de otra cosa que no sea vuestra imprudente hazaña... —Agacho la cabeza, hundido—. Os habéis comportado como verdaderos hijos de Thal —dice Kite, esbozando algo parecido a una sonrisa—. Teniente coronel —añade, dirigiéndose a Axby—, conceda permiso esta noche a todo el escuadrón para que visite el barrio rosa.

Eso hace que estalle el júbilo. Empiezo a sudar de alivio cuando Kite nos estrecha la mano y oigo que le dice a Axby:

—Esto es justo lo que necesitamos. Así la ciudad entera se emocionará con las luciérnagas...

Estoy que reviento de orgullo.


En los callejones estrechos del barrio rosa, mis camaradas se ríen y bromean, lascivos y escandalosos. No tardamos en estar hasta arriba de alcohol, y los chicos van metiéndose en distintas casas rosas. Me preparo. Tengo que hacerlo. Forma parte de ser un hombre. Fracasé la primera vez, en Meadeville, porque no me gustaba mi tercera esposa, que me deprimía hasta extremos insospechados, pero no fracasaré de nuevo. Finch me pasa su petaca de whisky y bebo con la esperanza de que, si estoy lo bastante borracho, a la chica no le importará lo mal que lo haga.

—Conozco un lugar mejor —me dice Finch en voz baja. Lo miro y, de repente, lo entiendo. Todo se desdibuja, como cuando estaba aterrizando el avión. Sólo está Finch. Nos zafamos de nuestros camaradas.

Lo sigo por otro callejón mientras le miro los hombros, la cintura musculosa. Sé lo que va a pasar. Nos hemos salvado la vida el uno al otro.

Finch me lleva a un umbral en el que hay sentada una mujer con un velo rosa. Le dice a la desconocida algo que no logro oír. Le da dinero y ella le ofrece una llave. Entramos en un lugar en penumbra, denso de humo de tabaco. Veo un papel pintado rosa y negro, iluminado por un tubo de turbina rosa. Finch abre una puerta y, después, nos besamos una y otra vez. Lo rodeo con los brazos. Noto que se pega a mí. Dejo escapar un ruido y me siento mejor que cuando vuelo. Tombean Finch me ha salvado la vida. Y ¿quién me va a ver en esta oscuridad secreta?

Thal me verá. Mi vida está en sus manos. Thal. Kite. Thal.

Finch me desabrocha el cinturón. Me toca. Se me escapa otro gemido grave. Soñaba con esto, con...

De repente, lo paro.

—¿Qué te pasa? —pregunta Finch. Lo aparto de mí—. ¿Qué pasa? ¿Voy demasiado deprisa? —Me doy cuenta de que he caído en una trampa—. Podemos ir despacio, Piper. Tenemos tiempo...

Veo a Rye en el suelo del complejo diciendo: «Ese chico está enamorado de otro chico». Lo oigo decirme que la Casa de las Crisálidas está abierta para todos.

—Esto no es un crimen —dice Finch en voz baja—. No es que te digan... Hay muchos soldados como tú y como yo... Degenerado. Dando traspiés a oscuras, me coloco el cinturón. *Definición del varón humano.* Nuestro deseo debe ser sólo para las mujeres. Y así será. Sólo mujeres.

—Piper... No es más que otra forma de amar.

Lo insulto, encuentro la puerta y salgo corriendo.

No me detengo hasta estar en un puente jorobado sobre un canal turbio. Más adelante, esta vía fluvial fétida debe de desembocar en el Isis, de vuelta a la luz. Agradezco a Thal que me haya apartado de la autodestrucción. Rezaré noche y día para que me salve de los sueños y sentimientos que amenazan con acabar conmigo.

Tombean Finch me ha engañado.

No es mi amigo.

Oigo la voz de Rye, como si lo tuviera detrás: «Ese chico está enamorado de otro chico».

La aplasto con un puño de hierro.

# 29

# RUISEÑOR

Estoy del revés. Alguien me lleva al hombro. Al abrir los ojos, descubro que observo el mundo a través de una gasa negra. Al instante, soy presa del pánico. Tiro de la gasa para quitármela, pero la tengo bien atada al cuello. Grito. No puedo respirar. La gasa me ahoga. Cuanto más fuerte me sujetan, más siento que me protestan los pulmones. Me revuelvo, dándome tirones, gritando. Al final, unos brazos me bajan y me sostienen; no les cuesta mucho reducirme. Alguien me quita la gasa. Mi padre.

—Respira —dice.

—Papá...

El pánico desaparece, aunque lo sustituye el miedo. Estamos en un banco con vistas al río. Sé adónde me lleva: al otro lado del puente, a la Casa de las Crisálidas. Al mirarlo, veo que un sollozo lo estremece. Tiene el rostro mojado y rojo.

—Lo siento... —susurro.

—Tú no eres mi Kaira. Ya no tienes nombre.

Puede que llorase así cuando murió mamá. Se le sacude el cuerpo entero. Intento consolarlo.

—Lo siento.

—¿Cómo me ha hecho esto Thal? No entiendo cómo puede ser tan cruel. Eres todo lo que tengo...

Me sujeta como si no quisiera dejarme marchar. La droga que me ha dejado inconsciente empieza a perder efecto, pero todavía pienso despacio, como si tuviera la cabeza llena de molinillos de diente de león. Me siento y respiro para que el oxígeno me aclare las ideas.

—¿Me llevas a la Casa de las Crisálidas? —le pregunto.

Asiente mientras se seca las lágrimas de las mejillas.

—Les dije a los demás que se adelantaran, que yo te llevaría. —Parece a punto de derrumbarse—. Keynes me dijo dónde estabas. No me lo creía.

—Papá, no quiero ser una crisálida.

Se retuerce de pena, sin soltarme. Sé que el dolor de cabeza que noto ahora jamás desaparecerá. Tengo una banda de plomo apretándome el cráneo.

—¿Adónde ibas? —me pregunta.

—Tenía miedo de Keynes —le explico—. Huía, sin más.

Al recordar los pulmones de Alondra llenándose de agua siento una punzada de desesperación. Alondra, ahogándose. Las lágrimas me caen por la cara.

—¿Qué le has hecho a Keynes? —me pregunta—. Los demás han tenido que llevárselo. Le hiciste daño en la mente y cayó como un saco de patatas. ¿Cómo lo has hecho?

—No lo sé... —intento explicarle—. Cuando estoy enfadada o asustada, la emoción sale de mí a borbotones. Es como un relámpago.

Mi padre se levanta.

—Es una melodía de luz muy fuerte —dice, y me agarra del brazo, aunque no vuelve a ponerme la gasa asfixiante.

Caminamos. Alondra está muerta, ahogada en el mar. Y yo iré a la Casa de las Crisálidas. Mi padre guarda silencio un instante y dice:

—Tu madre y yo... nos queríamos. Sus últimas palabras fueron que cuidara de ti. Así que tengo la solución. Puedes ser mi sirena, Kaira. —Me quedo boquiabierta, apenada—. Te trataré igual que ahora.

—No, papá...

—Puedes vivir en la casa, en tu dormitorio. No te encerraré. No cambiará nada. Sólo me ayudarás con mi trabajo.

—No puedo.

—No durarás como crisálida. No estás hecha para eso. El trabajo te matará —añade, y se le rompe la voz.

Caminamos por el muelle abarrotado: vendedores de vino, de maíz y de artículos elegantes, estibadores cargando y descargando barcos. Nadie nos presta demasiada atención, no somos más que un inquisidor y su esclava. La Casa de las Crisálidas se alza ante nosotros. Sólo tenemos que cruzar el siguiente puente para llegar.

No quiero que la muerte de Alondra sea en vano. Intentaba ayudarme, igual que Cassandra.

—¿Por qué tenemos que morir todos? —pregunto.

—No morirás si te conviertes en sirena. Todo será igual.

Tengo que ser firme, muy firme y clara.

—Escúchame, papá. Si me llevas a la Casa de las Crisálidas, elegiré la muerte. No cooperaré. ¿Lo entiendes? Nunca seré una sirena. No podría hacerle esto a otra persona.

—Los inhumanos no son personas...

—Sí que lo somos. Keynes es una persona. Radika Helms era una persona. Yo soy una persona. Somos todos tan humanos como tú. —Mi padre me mira como atontado. Pero éstos son mis últimos momentos y pienso decirle cómo me siento—. No soy inhumana. Esa palabra es una mentira. Soy Kaira, la querida hija de Sol y Mia Kasey. —Está claro que oír el nombre de mi madre le afecta—. Sé que me quieres, papá. No te moviste de mi lado cuando me moría, y rezabas. Ahora puedes salvarme. Los Hermanos te han mentido. Eso que llaman «inhumano» no existe. Sólo estamos tú y yo. Y debes elegir mi libertad o mi muerte.

# 30

# ALONDRA

Estoy tumbada boca abajo en mi barca volcada. Se me ha quedado atrapada una pierna en la quilla. Tengo frío, mucho. Permanezco tumbada mirando las olas, gris sobre gris. Lo único que hago es flotar y respirar.

Siento como si me sujetaran. Me rodea algún tipo de fuerza. Despacio, intento sentarme agarrándome a la barca resbaladiza. Tengo la barriga llena de salmuera y revuelta. Me palpita la pierna, el frío me ha dejado entumecida. Estoy viva, aunque no por mucho tiempo, creo. Levanto la cabeza... y me asusto tanto que estoy a punto de caer al mar: hay un hombre sentado en la quilla, con las piernas cruzadas. Un hombre ailandés.

—Mierda —digo.

Es un visitante luminiscente, como Ruiseñor. Lleva el pelo largo y tiene los ojos oscuros. Me sostiene en la melodía de luz y su uniforme es azul.

—Intenta no moverte mucho —me dice—. Te caerás al mar.

Tiene un fuerte acento ailandés.

—Ve a ahogarte por ahí.

—No malgastes energía. Mi barco está de camino.

Está tranquilo y concentrado, es esbelto y se sienta con la espalda recta. Le he visto antes la cara, mirándome desde su buque de guerra mientras masacraba a nuestros hombres. Siento el aleteo de su melodía de luz. Estaba espiando antes y sigue haciéndolo ahora. Quiere metérseme en la cabeza, así que le enseño el carguero hundiéndose; le enseño a los hombres subiéndose como pueden a mi barco. Dejo que vea a la crisálida que se ahoga, indefensa. Le ofrezco una imagen de los cadáveres en el muelle.

—Asesino ailandés, te vi. Bombardeaste nuestra estación de escucha. Hundiste nuestro barco. Ese día murieron muchos hombres.

Reconoce que es cierto.

—Yo también te vi.

—¿Por eso me estás salvando? ¿Por sentimiento de culpa?

—Estoy aquí porque oí un grito desesperado de melodía de luz que borró todo lo demás. Un grito pidiendo ayuda, llamando a Alondra. ¿Es tu nombre?

Oyó a Ruiseñor. Por eso está aquí. Ruiseñor gritó pidiendo ayuda y ha conseguido salvarme la vida. Intento conectar con ella, encontrarla.

Entonces mi memoria se recupera: la puerta rosa, una flor azul, nuestra precaria esperanza. Recuerdo a Ruiseñor en la calle abarrotada, intentando sujetarme, gritando mi nombre. ¿Consiguió dar con un lugar seguro?

¿Qué le ha pasado?

—No intentes enviar tu melodía de luz —me dice el ailandés—. Necesitas conservar todas tus fuerzas.

Tiene razón. Una ola inclina la barca volcada y estoy a punto de soltarme. Me aferro a la quilla, pero tengo los dedos tan helados que ya no me funcionan. Me duelen todos y cada uno de los músculos y los huesos. Tengo muchísimo frío.

—Está claro que no te falta voluntad —dice—. Cuando te encontré, estabas subiéndote a la barca. Apenas consciente, pero te agarrabas a ella.

—No me acuerdo.

—Percibí tu armonía durante la batalla en el mar. Percibí otra presencia contigo. Una canción extraordinaria me trajo hasta aquí. ¿Es ésa Ruiseñor?

—No es justo que me leas la mente...

—Estoy intentando distraerte para mantenerte con vida. Dicen que si mueres de frío es como si flotaras. Es lo que siento ahora, como si sólo me uniera a este cuerpo un finísimo hilo de seda que pronto se disipará en el aire, como si fuera niebla. El sol se pone, convertido en una ardiente bola naranja en el cielo gris oscuro. En cuanto se vaya del todo, hará aún más frío. Creo que he perdido la consciencia porque, de repente, el ailandés está cerca, rodeándome de luz, como hizo una vez Ruiseñor cuando me pilló a punto de saltar a los barracones.

—Aquí está mi barco —dice, y me vuelvo para seguir su mirada.

Veo el buque de guerra ailandés, con marcas de disparos en el lateral y la turbina rota arreglada con un tronco. Al acercarse, la silueta del hombre se vuelve más sustancial. Veo el azur de su camisa y una gema de color ámbar que le cuelga del cuello.

—Nos hemos estado escondiendo en el extremo norte de vuestra costa para arreglar el barco. Has tenido suerte de que estuviéramos tan cerca.

Algo sale a la superficie: vientre blanco, aletas negras y una sonrisa más larga que mi pierna. La barca sube y se balancea por culpa del movimiento. Me encojo de miedo.

—Esa cosa me quiere comer —digo, agarrándome como puedo a la quilla resbaladiza.

Percibo que intenta oír la canción submarina de la criatura. Por Gala bendita, ¿está hablando con ella? Noto su energía intensa y nerviosa, su inteligencia controlada, su pasión. Baña a la orca con su luz. Escucho con más atención: él también tiene espinas dentro.

—Ahora eres tú la que me lee la mente. —Me ha descubierto. No me bloquea del todo, pero sí percibo que protege su intimidad—. Está sufriendo —añade, hablando de la bestia.

—¿Estás justificándola?

—Tus anzuelos le están desgarrando la boca por dentro. La ayudaré cuando llegue el barco.

—Tú mantenla alejada de mi puta pierna.

Me gusta comprobar que mi vulgaridad lo sorprende. Empieza a hacerme preguntas.

—¿De dónde eres?

—De Northaven.

—¿Cómo es?

—Aburrido.

—Habla conmigo, que tengo que mantenerte despierta. ¿Cuántos años tienes?

—No es asunto tuyo.

—¿Cuándo apareció por primera vez tu melodía de luz?

Intento responder, pero unos puntos negros me cruzan la vista. Quiero dormir, dejar este cuerpo y alejarme flotando. La antorcha me envuelve en su luz y me transfiere su fuerza. Nota que me aparto de un respingo.

—Quiero que vivas. No soy tu enemigo, Alondra.

—No he dicho que me llamara así.

—Entonces, ¿cómo prefieres que te llame? —Nota mi desconfianza—. No es un acto de traición decirme tu nombre.

—Elsa Crane.

Lo repite. Con su acento, suena raro. *Eltsa Crenn*...

—Yo me llamo Yan Zeru. Pero mi verdadero nombre es Alción, igual que el tuyo es Alondra.

Su barco ya casi ha llegado hasta nosotros. Veo sus armas en los flancos; metal roto y torcido en la parte de atrás, obra de un cañón brilandés.

—Perdona que te deje ahora, enseguida vuelvo —me dice—. No te vayas a ninguna parte.

Me sonríe, como si fuera una broma, antes de desdibujarse y desaparecer.

Sin su presencia, me tiembla todo. La pierna mordida empieza a palpitarme de dolor. Me concentro en respirar. Dentro y fuera, dentro y fuera. El barco se alza sobre mí y ahora hay una hilera de personas en cubierta, asomadas. Oigo el crepitar de voces extranjeras.

Como si el corazón no me fuera ya disparado de sobra, la orca sube de nuevo a la superficie y le veo el vientre rosado a la luz del sol moribundo. Entonces, un hombre trepa a la proa y se quita la camisa azul. Es él, Yan Zeru. Se zambulle... y veo que Alción es el nombre perfecto para él: se sumerge en el agua sin hacer apenas ruido. Su elegancia me deja boquiabierta. Pero es temerario. Al subir, la orca va directa hacia él. En silencio, la observo esbozar su sonrisa mortífera. Alción canta que confía en ella, le mete el brazo en la boca y parte mis dos anzuelos grandes con una tenaza cortaalambres. Después, con cuidado, se los saca. Los de cubierta lo vitorean. Alción los saluda con la mano. La criatura emite una vibración ensordecedora, que me deja estremecida. A continuación agita la cola y se sumerge en las profundidades, dejando a Alción flotando en las olas. El ailandés nada hacia mí con el pelo flotando detrás, como algas, y se sube a mi barca. Mi enemigo. Ninguno de los dos hablamos.

—Supongo que quieres que te dé las gracias —le digo.

—Sería lo más normal y educado. Aunque entiendo que no estás en tu mejor momento. —Desde cubierta nos lanzan una cuerda con un lazo—. ¿Puedo subirte?

Asiento como puedo. Yan Zeru me mete el pie ileso en el lazo de la cuerda y después mete el suyo. Apenas logro sostener mi peso. Me da miedo caer y me cabrea estar asustada. Alción huele a mar.

—Sujétate a mí.

No quiero tocarlo, es como rendirse, ceder. Me ve vacilar, así que ata la cuerda alrededor de ambos, le da un tirón y empiezo a subir, lejos de mi querida barca. Oigo los latidos de su corazón. Tiene los brazos y las piernas tensos, esforzándose al máximo por sostenerme. Mientras nos suben dando vueltas, cometo el error de mirar abajo: el mareo vuelve y veo puntos negros por todas partes.

—Sólo unos cuantos metros más. Quédate conmigo.

Me abraza más fuerte. No puedo fingir valor. Tiemblo de miedo.

Mientras los desconocidos extranjeros nos suben a cubierta, me fallan las piernas. Giro a través del espacio y lo veo todo negro. Manos ailandesas me recogen y oigo sus voces. Floto, mareada. Me enfurece ser tan débil, pero no me quedan más fuerzas y tengo que dejarme ir.

# 31

# SWAN

Por todos los infernos, ¿quién me ha hecho esto? Ese grito capaz de desgarrar mentes... Alondra...

¿Qué o quién es Alondra?

Intento incorporarme en la cama. Demasiado pronto: la cabeza me está matando y me cuesta pensar. Ese grito parecía a la vez lejos y cerca, y era quejumbroso y desesperado. Daba la sensación de hallarse a mucha distancia; la canción se veía afectada por el agua, ¿por el mar? Aun así, estaba cerca, el dolor parecía cercano. Nunca había sentido una melodía de luz como ésa. Encontraré a la persona que me ha hecho daño. Daré con ella. Envío mi melodía a la ciudad y llego hasta todos los rincones posibles. La necesidad me agudiza la mente. Percibo otras presencias que sufren el mismo dolor. No soy la única persona de Brightlinghelm que se ha visto afectada. Ha derribado a las sirenas y a un par de antorchas ocultas.

Me siento, despacio, y me doy cuenta de que no estoy sola: Starling Beech se está levantando, obediente y ansioso. Supongo que Kite lo ha enviado aquí para vigilarme.

—¿Has estado cuidando de mí? —Quiero meterme en el bolsillo a este hombre—. Cuánto te lo agradezco, Starling... —le digo, esbozando una sonrisa vulnerable.

Recuerdo que me sujetó el pelo mientras vomitaba. ¿Mermará eso su devoción? Por su expresión ferviente, lo dudo. Compruebo, aliviada, que tengo la peluca en su sitio y sigo sin cargar con la banda de plomo.

Apoyo los pies en el frío suelo. Dejo que Starling me vea las piernas desnudas, como si no fuera consciente de estar a medio vestir. Miro en su interior, abriéndolo como una vaina de guisantes. Me aseguro de que perciba mi fragilidad, que me siento en deuda con él, que crea que, si me agrada lo suficiente, lo meteré en esta cama blanca y permitiré que me monte para llevarme más allá del arcoíris. Está completamente distraído mientras le rebusco en la cabeza.

Me veo saliendo a trompicones de la cámara del consejo. Me caigo, sin fuerzas. Kite da un paso atrás cuando le vomito en el uniforme. Está asqueado. Le ladra una orden a Starling.

—Llévala a sus habitaciones. —Kite sabe que me está invadiendo algo más fuerte que yo; algo que le da miedo—. Vigílala —le dice a Starling, alterado—. Recuerda todo lo que diga. Quiero un informe completo.

—Sí, hermano, por supuesto.

Y, resbalando en mi vómito, Starling me lleva en brazos a mis habitaciones.

Me retiro de su consciencia sin que sepa de mi intromisión. Se despide de mí inclinando la cabeza y va a decirle a Kite que estoy despierta.

Kite (y el resto) me han visto reducida a un despojo. Empiezo a sentir pánico. Ésta es otra prueba de mi debilidad que Kite usará contra mí. Tengo que sacarle provecho de algún modo. ¿Cómo?

Llamo a mis damas. No hay tiempo que perder. Necesito que me peinen la peluca, que me cepillen los dientes, que me limpien el cuerpo. Tengo que hidratarme, maquillarme y perfumarme ahora mismo.

—¡Más deprisa! —les chillo—. ¡Tengo que estar perfecta!

Trabajan como máquinas.

Kite quería que influyera en el hermano Drake, pero me he derrumbado de la forma más pública y humillante. Lo he vuelto a decepcionar. ¿Y qué habrá pensado Peregrine?

Mis damas trabajan mientras yo trazo un plan desesperado. Yo decido justo lo que voy a decir, y ellas me embellecen las cejas, las pestañas, las mejillas y los labios. Antes de que acaben, la puerta se abre. Kite nunca llama. ¿Por qué iba a hacerlo? Aquí, todo le pertenece. Me tumbo rápidamente en la cama procurando parecer vulnerable y exuberante. Dejo que las sábanas enseñen la cantidad precisa de desnudez. Si quiere abandonarme, no se lo pondré fácil.

Lleva mi banda de plomo en la mano y la deja al lado de la cama.

—¿Qué te ha hecho daño? —me pregunta, fingiendo preocupación.

Respiro hondo.

—Ha sido un ataque… La melodía de luz más potente que he experimentado. Casi me destroza.

—¿Quién ha sido?

Dejaré que sea su lógica la que lo guíe.

—¿Quién crees?

—Los ailandeses…

Es lo que ya sospechaba él, así que resulta sencillo alimentar su odio.

—Sin duda —miento.

—¿La misma antorcha que te derrotó en la batalla?

No debo parecer débil.

—Una única voz no puede ser tan poderosa —le aseguro—. Ha sido un ataque conjunto.

Lo asimila.

—¿Se unieron para hacerte daño? —Asiento, valiente y vulnerable—. ¿Siguen intactos tus poderes?

Le respondo que sólo tengo la mente un poco dolorida. Y paso al verdadero objetivo de mi plan.

—Si pudieras contarle a Peregrine lo que me han hecho esos perros inhumanos...

Eso sorprende a Kite.

—¿Que le diga a Peregrine que eres una antorcha?

—Niccolas, ¿no crees que ya lo sospecha?

Es cierto. Y estoy dispuesta a correr el riesgo. Si Peregrine conociera mi verdadero estatus, no estaría sola. Estaría protegida contra Kite.

—No puedo hacerlo. Sabrá que lo he engañado.

—Pero, al atacarme, los ailandeses han llegado al interior de nuestra cámara del consejo —insisto—. Es un ataque directo.

—Sí —responde, cayendo por fin en la cuenta.

—Sólo me ha salvado la fuerza de mi melodía de luz.

Lo veo cada vez más emocionado.

—Esto es una escalada bélica. Han atacado el corazón de nuestro gobierno. Peregrine tendrá que armar mis aviones.

Con delicadeza, apoyo una mano en la suya.

—Haré todo lo que haga falta por ver arder a los ailandeses.

Kite medita sobre su próximo movimiento.

—No tengo que decirle a Peregrine que eres una antorcha. Puedo contarle que los ailandeses intentaron manipular tu mente porque, al ser la única hembra de la reunión, eras la presencia más débil.

—Pero...

—No fuiste capaz de soportarlo. Eso tendrá el mismo efecto. No presiono. Por desgracia, lo tengo que aceptar. Bajo las piernas de la cama y arqueo el torso para estirarme. Después, finjo que eso me ha mareado. Me tumbo, expuesta. Tiene el efecto deseado. Mi indisposición despierta su interés carnal. Debilitada, hago que se sienta fuerte. Me pone una mano en la mejilla y la deja vagar hasta mis pechos. Conozco mi lugar, hermano Kite: debajo de ti. Hoy no me enviarás a la Casa de las Crisálidas.

Cuando acaba, cierra con llave la banda en torno a mi cabeza y se marcha. Me siento, decidida. He servido a las ansias bélicas de Kite, pero ¿durante cuánto tiempo seguiré a salvo? Estoy muy harta de aplacarlo, halagarlo, persuadirlo y seducirlo. Estoy harta de que anule mi fuerza. Mi melodía de luz se muere y estoy convencida de que Kite empieza a aburrirse de mí. Tengo que mantener viva su necesidad y convencerlo de mi poder. Y sé que debo darme prisa.

Si Kite está buscando una nueva Flor de Brilanda, puede que primero necesite yo una. Mientras mis cáscaras vacías me visten, pienso de nuevo en ese grito.

«Alondra...».

No era un ataque, en absoluto, sino que estaba cargado de dolor y angustia. Estaba cargado de una emoción que llevo toda una vida sin sentir: amor. Un amor poderoso, expresado en la más pura de las melodías de luz. Me encantaría que me quisieran así.

«Alondra...».

Encontraré esa canción tan poderosa y me haré con ella.

Envío a buscar a Starling Beech, mi enamorado.

—¿Alguien más ha experimentado el ataque que me ha vencido? —le pregunto—. Kite cree que se trata de un ataque ailandés. Busca a cualquiera que haya usado la palabra Alondra, en concreto.

Starling regresa con varios nombres de personas que se derrumbaron, que sufrieron náuseas o dolor de cabeza. Un par de ellas se desmayaron, como yo. La historia más prometedora es la de una chica joven a la que le dieron convulsiones en plena calle. Estaba histérica, angustiada. Los viandantes la oyeron gritar: «¡Alondra!».

—Es la hija de un inquisidor —me cuenta Starling—. La sirena de su padre se derrumbó a los pies de la chica.

Así que la melodía de esta joven es tan potente que es capaz de dejar inconsciente a una antorcha. Estoy asombrada.

—Quiero que me la traigan, intacta.

—El problema es que han desaparecido. La chica y su padre... han huido. La sirena ha negado saber nada de su plan.

—¿Dónde está la sirena?

—En la Casa de las Crisálidas, acusado de cómplice.

—Starling... —Lo agarro del brazo, insinuando una caricia—. Llévame hasta él.

Me pongo mi vestido blanco más recatado y oculto la peluca bajo un velo. Tomamos un tranvía que sale del aeródromo situado en lo alto del complejo del palacio y baja por la colina hasta las puertas de entrada. La última parada es la Casa de las Crisálidas. Para cualquier antorcha, este sitio huele a muerte.

Entramos y Starling anuncia mi nombre. Los médicos y los trabajadores se ponen en fila para saludarme. Los observo a todos.

—La Flor de Brilanda os saluda —dice Starling.

Inclino la cabeza. Ellos me hacen una profunda reverencia y el cirujano jefe da un paso adelante. Se llama Francis Ruppell. He visto al hermano Ruppell cientos de veces en la mesa del consejo; es uno de los favoritos de Kite. Juntos concibieron todo el sistema de la Casa de las Crisálidas. Ahora, Ruppell la dirige, y es el único que sabe que soy una sirena, aparte de Kite. A petición de mi amo, es mi médico personal, a la vez que mi cerrajero. Él inventó la técnica de la «cerradura en el cráneo» para las sirenas, y sabe el punto justo en el que atravesar el tejido cerebral para matar la melodía de luz y dejar la consciencia suficiente para seguir órdenes sencillas. Es el cirujano experimental más importante de Brilanda. Sus asistentes y él me extrajeron el útero; lo odio con cada átomo de mi ser.

—Hermana Swan —dice servilmente—, es un honor que nos visite.

Aprovecho mi estatus.

—Vengo en nombre de nuestro gran hermano. Deseo ver a la sirena que han capturado antes.

—Será un placer.

Ruppell nos acompaña él mismo hasta una celda. Después me sujeta la mano y me la besa.

—Es usted mi mejor trabajo.

Sonrío con timidez, como si me hubiera hecho un cumplido. Odio a este villano más que al cáncer. Un día le arrancaré la piel a tiras con un cuchillo y le sacaré los ojos con las pinzas del azucarero. Sin embargo, por ahora, lo más conveniente es tenerlo de mi lado. Me aseguro de que mi voz sea puro terciopelo.

—Jamás olvidaré cómo me humanizó.

Entro en la celda. Hay una sirena maloliente y cubierta de polvo, agarrada a un sombrero sucio.

—Hermana Swan… —masculla con profunda adoración.

Tiene dedos finos y la piel estirada sobre los huesos. Este hombre vive de las sobras. Le pregunto por la chica.

—Kaira —responde—. Se llama Kaira Kasey.

Me cuenta que está convaleciente, que fue víctima de la fiebre consuntiva. Me cuenta que ha sido amable con él. Quiere que sea una sirena, como él. Saca un libro de su chaqueta, que es horrenda y está muy arrugada, y me lo entrega.

—Estos dibujos son suyos.

Abro el cuaderno. Veo una enfermera desde arriba, cuidando de una niña metida en un pulmón de acero. Veo a la misma enfermera tirando de una chica entre las nubes; veo una ciudad iluminada por las estrellas, con casas hechas de cristal y magníficas cúpulas alzándose tras ellas. Hay una página llena de unos curiosos dirigibles que flotan sobre un desierto. Y, al fin, una chica en una barca de pesca, en una aldea junto al mar.

En una imagen, la chica se eleva sobre su barca, con el cabello al viento. Una alondra dibujada con suma belleza baja en picado hacia ella.

Estas imágenes son puras y están llenas de luz. Son visionarias. Siento una punzada de dolor, como si volviera a tener dieciséis años. Puede que alguna vez, hace tiempo, llevara dentro de mí el mismo resplandor. Le doy la espalda a la sirena servil porque noto un nudo en la garganta. Siento que algo tira de mí, algo que creía muerto. Estas imágenes rebosan la esperanza de algo que apenas soy capaz de nombrar: libertad.

No permitiré que el hermano Ruppell la destruya en estas habitaciones. Lo arriesgaré todo por salvar a esta chica. Y, a cambio, trabajará para mí. Esta chica será mi melodía de luz. Va a mantenerme a salvo de Kite.

Llamo a Starling. Alargo un brazo y permito que me sostenga. Le digo que debemos encontrar a Kaira Kasey. La lamentable sirena quiere hacer un trato, me suplica que le quite la banda. A cambio de su libertad, nos conducirá hasta esta Kaira; encontrará a la hija del inquisidor.

Sería capaz de prometerle la luna con tal de dar con la chica.

# 3 2

# RUISEÑOR

Todavía no me lo creo. Es un milagro. Estoy a punto de reventar de amor por mi padre.

—No puedo hacerlo —me dijo.

En vez de seguir hacia la Casa de las Crisálidas, dio media vuelta y, en un callejón estrecho, me quitó la banda de plomo de la cabeza y la lanzó a la cuneta, junto con su porra y sus llaves. Después, me abrazó.

—Pensaba que esto era imposible —le dije.

Él no respondió. Temblaba como si tampoco se lo pudiera creer. Permanecí entre sus brazos un buen rato.

—Quería a tu madre. Y te quiero a ti.

—¿Qué vamos a hacer? —le pregunté—. ¿Cómo vamos a escapar?

Mi padre no lograba aclararse las ideas, como si la mera idea de escapar le resultara completamente ajena.

—Todas las puertas de la ciudad están cerradas —respondió—. Están registrando a todo el mundo…

—Pero eres un inquisidor. Si nos damos prisa, seguro que nos dejan pasar.

Sin embargo, él no parece pensar que ser inquisidor vaya a servirle de algo, así que entra en una tienda de ropa barata y se compra un abrigo largo y una bufanda para cubrir el uniforme. Se fija en lo pequeño que me queda el abrigo a mí y me compra uno de mi talla. Por fin parezco la joven que soy. Me mira como si fuera una desconocida.

—Madre mía, cuánto has crecido.

Estoy empezando a asimilar este milagro: mi padre me ha salvado. No puedo pensar en Alondra porque ese dolor está a la espera, como una avalancha a punto de caer. Tengo que mantenerlo congelado bajo la nieve, en el rincón más recóndito de mi mente. Si cae, me derrumbaré.

—Creo que el río es el mejor plan —le digo—. Vamos a probar suerte con una barca. Pero tenemos que irnos ya, antes de que empiecen con los registros.

Él asiente, aunque no habla. Parece haber perdido toda su seguridad. Le pido que saque dinero de su banco y él obedece, como si no tuviera voluntad propia. Pasamos por delante del gran museo de la ciudad.

—¿Recuerdas este sitio? —me pregunta—. Antes venía con tu madre.

Consternada, veo que entra.

—¿Es que vamos a esperar a la noche? ¿Es ése tu plan?

No me responde.

—Vamos a esperar a que acabe la jornada laboral —digo—. Las calles estarán más llenas y nos costará menos escabullirnos.

Mi padre contempla las obras expuestas. Parece estar muy lejos, perdido en sus pensamientos. Cruza el vestíbulo, camino de las salas del Pueblo de la Luz.

—Al final, la esencia de esta guerra son los inhumanos. Por eso luchamos. Son el origen de todos nuestros males. Son la ruina de la Tierra.

Mi padre está enredado en los mortíferos hilos de sus viejas ideas.

—Eso es mentira, papá —digo, enérgica—. Ya sabes que no soy inhumana. Mamá y tú me creasteis. Soy vuestra hija.

Estamos de pie ante un antiguo mapa del mundo, del lugar verde y azul anterior a la Edad del Infortunio. Mi padre parece mirarlo sin verlo.

—Deberíamos ir a la Espesura —sigo diciendo mientras él vaga entre las reliquias—. Podemos subirnos a un transbordador en el centro y después tendremos que robar una barca.

—Lo obligo a mirarme—. La oscuridad nos ayudará a colarnos entre los centinelas. Es el mejor plan. Viajaremos de noche y nos ocultaremos de día. ¿Qué te parece?

—Sí.

—Somos fuertes, papá. Lo conseguiremos.

—Sí —repite, aunque se aleja de mí—. A tu madre le encantaba esto —me dice mientras observa un vehículo de acero con una familia de muñecos en los asientos. Visten colores desvaídos y extraños sombreros.

—Estas personas lo tenían todo. Y lo destruyeron.

A mi padre se le encorvan los hombros como a un anciano. ¿Qué hago? Por enésima vez, desearía ser tan valiente y fuerte como Alondra.

Alondra. Su nombre es un grito en mi interior que va fundiendo la nieve.

—Vamos a seguir avanzando —insto a mi padre—. Deberíamos irnos.

Pero él se mete en una sala llena de animales disecados. Caballos a rayas, gatos con colmillos, criaturas con escamas y púas, animales tan extraños que no soy capaz de describirlos. Están viejos y desgastados, y les cuelga el pellejo. Tienen la piel a parches y a algunos se les caen los pinchos.

No debo pensar en Alondra.

Se ha ido. Se ha ahogado.

—En mis comienzos rastreé un nido entero de inhumanos —dice mi padre—. Creían que podían ocultarse, pero las sirenas los localizaron. Enviamos a muchos a la Casa de las Crisálidas. El hermano Kite me concedió una distinción por mi trabajo. —Recorre con la mirada un grupo de monos andrajosos—. Lo hice, Kaira, y estaba orgulloso.

—Eso es el pasado, papá. Podemos empezar de nuevo, de cero.

Se aleja de mí otra vez y se mete en una sala llena de pájaros muertos y atrapados en vitrinas, con las alas extendidas como si volaran. Lo sigo, apesadumbrada. Aves de todos los colores desteñidos del arcoíris. Una tiene la envergadura de la barca de Alondra.

—Ahora cuesta más atraparlos —dice mi padre—. Ya hemos expurgado a la mayoría de los adultos, o han huido. Sólo quedan los nacientes.

—¿Qué es un naciente?

—Un adolescente —responde con voz temblorosa—. Un niño… Keynes es al que mejor se le da localizarlos. Conoce todo tipo de trucos. Les ponemos la banda de plomo antes incluso de que sepan que son inhumanos.

Me mira y se echa a llorar. Solloza y se estremece. Se está derrumbando en esta habitación llena de pájaros.

—Papá, para. Ahora será distinto.

Intento sacarlo de aquí.

—Si eres humana, ellos también —llora él—. No soy más que un asesino…

—Para ahora mismo —le ordeno—. La gente se está fijando en nosotros, papá. Vámonos.

—Éste es mi castigo —dice en voz demasiado alta—. Los dioses han arruinado lo único que amo.

—No estoy arruinada —respondo entre dientes—. Estoy aquí y puedes salvarme. Puedes salvarte.

Tiro de él hacia la salida, pero uno de los guardias del museo está hablando con otro y se acercan. Mi padre se seca las lágrimas de la cara.

—Soy un asesino...

—Es el aniversario de la muerte de mi madre —me apresuro a explicar a los guardias—. Mi padre venía aquí con ella cuando estaba viva. Esto le afecta.

—Le acompaño en el sentimiento —dice uno de los guardias, aunque no sea cierto y nos siga observando, suspicaz.

Por fin consigo sacar de ahí a mi padre. El aire de la calle es fresco y cae la noche. Lo conduzco lo más deprisa que puedo hasta el río. Ya empieza la hora punta de la tarde y espero que nadie se fije en nosotros entre la multitud.

—Es la conmoción —le aseguro—. Te he dejado conmocionado y lo siento mucho. Ya tendremos tiempo de asimilarlo cuando estemos lejos de aquí.

—Me merezco tu odio.

—¡Si sigues dándote lástima vas a conseguir que nos maten!

He alzado la voz y mi padre parpadea, como si lo hubiera abofeteado. Lo conduzco por el puente de palacio, donde hay colas de personas en el paseo, esperando a los transbordadores del río que los llevarán a los barrios de las afueras.

—Necesitamos un taxi —dice mi padre, más sobrio—. Gastaré en eso parte del dinero y saldremos de aquí.

Se pone en la cola de la caseta de los taxis. Empieza a volver a ser el de siempre y eso mitiga mi ansiedad. Hay guardias de palacio y emisarios por todas partes. Ya casi hemos llegado al principio de la cola. Rezo a Gala para que nos guíe. Entonces veo a Cassandra.

Está de pie junto a las puertas de palacio.

Me acerco un paso. Tiene que ser una equivocación, alguien que se le parece. Sin embargo, mientras la miro, se vuelve para mirarme. Es ella. No me lo puedo creer. Me envía una nota suave de melodía de luz.

—Kaira. Sé que intentaste encontrarme. Tuve que guardar silencio para mantenernos las dos a salvo.

Es su voz. Está aquí, con el abrigo sobre el uniforme de enfermera.

—Creía que te habían atrapado —le susurro en melodía de luz.

—Me rescataron. Nuestra gente me escondió. Puedo ayudarte.

—Cassandra —digo, y empiezo a avanzar hacia ella.

—¿Adónde vas? —exclama mi padre—. Ya está aquí nuestra barca.

Me siento atraída hacia Cassandra, como si fuera agua en el desierto. Está viva, mi amiga está viva y nos ayudará. Mi padre corre detrás de mí.

—¡Kaira, vuelve!

—Cassandra, ¿dónde has estado?

—¡Es una trampa! —chilla mi padre—. ¡Es una trampa clásica de sirena!

En cuanto lo dice, sé que es cierto. Retrocedo. A Cassandra le cambia el rostro, su expresión pierde la serenidad y se vuelve fea: se convierte en Keynes.

¿Cómo ha conseguido enmascararse así? Me ha manipulado eligiendo mis mayores anhelos y presentándomelos como ciertos.

—Y has caído en ella —me dice.

Unas manos me atrapan.

—¡Papá, corre! —grito.

Mi padre lucha contra sus hombres. Intenta llegar hasta mí, pero lo sujetan. Mientras chilla mi nombre, una descarga eléctrica me recorre la espalda y me paraliza. Caigo al suelo, incapaz de moverme y rígida de dolor. Me van a matar. Ay, Gala, me van a matar. Lo último que veo es a Keynes, que se inclina sobre mí con ojos rebosantes de emoción.

—Te salvé —dice—. Te salvé.

# 33

# ALONDRA

Me despierto con el ruido de una turbina; es un zumbido de motor, muy distinto al de mi barquita de pesca. Antes de nada, estiro la mente y envío mi melodía de luz lo más lejos que puedo.

—Ruiseñor, estés donde estés, que sepas que estoy a salvo. Rezo a Gala porque tú también lo estés.

Espero y me esfuerzo por escuchar una respuesta, pero sólo oigo el movimiento del barco. Me incorporo sobre los codos. Estoy en una habitación larga con varias hileras de catres estrechos y mal iluminados con tiras azuladas de luz de turbina. ¿Cuánto llevo dormida? Me da la sensación de que han sido días. Estoy hambrienta y muerta de sed. Tengo que ir a casa para ayudar a Ruiseñor y salvar a Rye, pero, de todos los mares de Sidón, ¿en cuál estoy?

Sobre la manta encuentro ropa ailandesa: calzones negros y una camisa azul de cuello alto, su uniforme. No soy una traidora y jamás me lo pondría. Por otro lado, me doy cuenta de que sólo llevo puesta una especie de ropa interior extraña. ¿Quién me la ha puesto?

Cabrones ailandeses…

Veo que pasa una sombra por delante de la puerta abierta.

—¡Eh! —llamo—. ¡Eh, ailandés! ¿Dónde está mi vestido?

Silencio. Y, entonces, un joven de mejillas suaves y coleta larga asoma la cabeza por la puerta.

—Estás despierta —dice con una voz curiosamente aguda—. Te traeré comida y bebida.

Oigo sus pasos alejarse y regresar. Entra cargado con una botella de agua y algunas galletas marineras.

—¿Dónde está mi vestido? —pregunto.

—Come algo. Bebe. Seguro que tienes sed.

Lo miro con suspicacia, pero después tomo la botella y me la bebo de un trago, sin aliento, disfrutando del agua fresca y saciante. Antes de empezar con las galletas, agarro los pantalones.

—No puedo ponerme esto. Necesito mi ropa.

—Se está secando. Ésta es para ti.

—No me la voy a poner. Es de hombre.

El joven se ríe. Viste los mismos calzones y camisa de cuello alto.

—A mí me van bien —dice.

Gala, tiene pechos… Me doy cuenta de que es una chica. Eso explica la voz aguda y el rostro suave.

—Creía que eras un chico —le respondo.

Se ríe otra vez.

—Soy Renza Perch.

Tiene una sonrisa tan franca que le doy mi nombre antes de recordar que es mi enemiga. Lo repite con su extraño acento.

—Elsa Crane…

—Hablas brilandés —comento.

—Por supuesto. No nos quedó más remedio que aprenderlo durante la ocupación.

Eso me deja claro lo poco que sé sobre la guerra. ¿La ocupación?

—¿Es que los ailandeses embarcan con sus esposas? —pregunto.

—¿Perdona?

—¿Eres una primera esposa o una segunda?

Ella me mira como si no entendiera nada.

—Soy ingeniera de turbinas —responde.

No sé cómo reaccionar. Las galletas están húmedas y rancias, pero me las como de todos modos. Me pregunto cuánto tiempo lleva en la mar este barco.

—¿Te sientes con fuerzas para subir a cubierta? —pregunta Renza—. La antorcha Yan quería verte cuando despertaras.

Él. La antorcha Yan. El recuerdo de cómo me sostuvo en la melodía de luz para mantenerme con vida se apodera de mi consciencia. Le doy vueltas a su nombre, desconfiada. Alción.

Salgo de la cama. Tengo la pierna toda vendada en el punto en el que la orca me clavó los dientes. Me levanto. El dolor es soportable.

—¿Cuánto tiempo llevo dormida?

—Un día con su noche. Yan quería que descansaras.

—Entonces, ¿es tu capitán?

—No tenemos capitán. Yan es nuestra antorcha. —Sigue hablando antes de que pueda preguntar—. Cuando te oyó, estuvo a punto de lanzarse al mar. Estaba fascinado. Yan es asombroso, tiene una melodía increíble, pero la tuya también tiene que ser fuerte. Guio el barco para llegar hasta ti.

Esta chica sabe que soy inhumana y no se aparta. Raro.

—Te ha curado bien, ¿verdad? —parlotea mientras me visto—. Lo ayudé a coser la herida. Después te sostuvo la pierna y meditó sobre ella. Eso lo dejó agotado. La verdad es que no sé cómo lo hace. A todos nos parece un genio.

Suspira, como si Yan Zeru fuese una maravilla.

—¿Es médico? —le pregunto.

—No, su melodía tiende hacia la sanación. No todas las antorchas son capaces de curar, pero Yan es excepcional.

Cuanto más oigo, menos me gusta Alción. Si su don es curar, ¿por qué disparó a nuestra estación de escucha? Esos hombres gritaban y ardían... ¿Por qué se alejó con su barco y dejó que nuestros hombres se ahogaran? Son las preguntas que me pasan por la cabeza, pero procuro mantenerlas dentro apretando los dientes.

—De donde vienes, seguramente es impensable ser una antorcha —dice Renza, compasiva—. Con razón te has esforzado tanto por huir.

La miro a la cara.

—Si me compadeces, Renza Perch, no nos vamos a llevar bien.

Eso la calla. Ponerme la camisa y los calzones ailandeses es como cometer traición. Mis viejas botas de pescador deben de estar en el lecho marino. Renza me busca unos zapatos blandos. Me los pongo y salimos. Me veo de reojo en un espejo y me quedo de piedra: me parezco muchísimo a mi hermano.

Renza me conduce por delante de otro dormitorio y después subimos una escalera estrecha que lleva a cubierta. Hombres y mujeres trabajan juntos en las velas y turbinas solares, todos vestidos con la misma camisa azul y los mismos pantalones negros.

¿Qué hago aquí, entre estos extranjeros?

Ruiseñor.

Rye...

El corazón me palpita con urgencia. Tengo que regresar. Tengo que volver a casa.

Sin embargo, avisto una costa lejana: montañas, un amplio estuario.

—¿Dónde estamos? —pregunto, consternada.

—A punto de atracar en Caraquet —responde Renza.

—¿Ailanda?

—Claro.

Gala bendita, me han llevado a Ailanda. Estoy tan aterrada que no soy capaz de concebir ningún pensamiento coherente. Me quedo mirando las montañas e intento asimilar la conmoción. ¿Cómo voy a volver a Brilanda?

—Yan ha estado en contacto con Janella Andric, que es la antorcha del Círculo de Caraquet. Sabe que estás con nosotros. Te cuidarán bien.

¿Qué narices es la antorcha de un círculo? No me gusta nada cómo suena.

—La verdad es que estoy encantada de volver a casa —me confiesa Renza mientras me lleva hacia la proa—. Aquí no tenemos espacio para nada. El barco está bastante mal y hay que llevarlo al astillero para que lo arreglen. —Pasamos junto a un enorme agujero negro en el lateral de la cubierta. A través de él se ve el interior del barco, fundido y achicharrado—. Nos ocultamos en aguas brilandesas —sigue explicando Renza—. El blanco más fácil del mundo. Tuvimos que bajar a tierra para cortar árboles. Dimos forma a varas de pino para remendar las turbinas y las subimos a bordo. Estoy bastante orgullosa del resultado.

Echo un vistazo a las turbinas reparadas y recuerdo que vi una estallar y caer sobre el puente, que sigue hecho pedazos, con lonas por encima.

—Elsa.

Me vuelvo y veo a Yan Zeru con su camisa azul. Es el único del barco que viste un color diferente. Lleva el pelo sujeto con una coleta suelta y la gema ámbar al cuello. La sonrisa le llega hasta los ojos.

—Me alegro de verte en pie.

Tengo una deuda con este hombre; sin él, sería comida para orcas. Por otro lado, verlo tan seguro de su propia brillantez hace que las palabras de agradecimiento se me atraganten. No digo nada de nada, y veo que se acerca otro hombre más ancho y bajo que me mira con aire suspicaz.

—Elsa, éste es Cazimir Cree, nuestro piloto —nos presenta Renza—. Caz, ésta es Elsa Crane.

Mi suspicacia está al mismo nivel que la suya.

—¿Cómo tienes la pierna? —pregunta Yan Zeru—. ¿Te duele mucho?

—No.

—La herida estaba muy limpia, no creo que te quede demasiada cicatriz.

¿Espera que lo colme de agradecimientos?

—Gracias —respondo—, pero tengo que volver a casa.

Cree se ríe.

—Ahí tienes tu gratitud.

—No tengo problema en volver yo sola —le aseguro—. Si me podéis dar un bote salvavidas, no seguiré molestándoos.

Los tres me miran, pasmados.

—Pero aquí estás a salvo —dice Renza.

¿Cómo voy a estar a salvo en tierra enemiga?

—Nos desviamos varias millas de nuestro camino, en un buque dañado, para rescatarte —añade Cree—. Arriesgamos la vida por traerte.

—Sólo necesito mi vestido. Dádmelo y me voy.

—Pocos refugiados tienen la suerte de llegar tan lejos —dice Cree, incrédulo.

—No soy una refugiada, sino una pescadora. Gracias, pero yo no quería venir aquí y tengo que volver.

Cree se ríe de nuevo.

—Claro —dice—. Toma un bote, si es lo que quieres, y que tengas buena suerte. La corriente te llevará derechita a las tierras heladas.

Está claro que lo he insultado, aunque no sé cómo.

—Caz, deja que se explique —interviene Renza.

Debo tener cuidado porque necesito su ayuda.

—Seguro que os parezco una ingrata, y siento ser maleducada —afirmo—, pero tengo que regresar a Brilanda.

—¿Para que tu gente te destruya el cerebro en su Casa de las Crisálidas? —pregunta Cree, que me mira como si estuviera loca. Y no tengo nada que decir, porque no se equivoca—. Tengo que atracar este barco sin un puente —dice, como si ya se hubiera hartado de mí—. Perdonad.

Cree se aleja. Renza lo observa, preocupada, y lo alcanza. Al ver la familiaridad con la que se tratan, hablando y escuchándose, entiendo al instante que Cazimir Cree es el hombre de Renza. Aunque ella es ingeniera de turbinas, no una esposa. ¿Acaso son traidores sexuales, como Rye y yo? Y, si lo son, ¿por qué no parece importarle a nadie? Desaparecen en el interior del barco.

—Tienes mucho a qué acostumbrarte, Alondra —dice la antorcha ailandesa.

Cuando usa mi nombre íntimo tengo que controlar la rabia, así que le doy la espalda y miro hacia la costa. Y, entonces, veo la ciudad: ennegrecida por el humo, llena de cráteres

322

y destrozada por las bombas. Apenas queda un edificio en pie y, los que permanecen, están acribillados de balas y tienen las ventanas rotas. Veo los restos de un gran puerto y casas rotas que suben por una colina. Durante un instante de horror, creo que ha sucedido una catástrofe y temo estar en una versión de pesadilla de Northaven. Es algo salido del inframundo.

—Bienvenida a Caraquet —dice Yan.

Han destruido hasta los árboles. Entre las ruinas ha surgido un campamento de carpas y edificios improvisados. Hay personas viviendo en barcas de pesca.

—¿Qué ha pasado?

—Los brilandeses lo bombardearon al batirse en retirada. No dejaron nada atrás. Estamos empezando a reconstruir…

¿Que Brilanda se batió en retirada? No sé ni qué decir. Me quedo mirando este erial y siento nostalgia de mi madre y de mi casa. ¿Y si los ailandeses nos hacen lo mismo a nosotros?

Al acercarnos, distingo más signos de vida: unos niños juegan en el paseo del puerto asolado; en un astillero, algunas personas trabajan en un barco nuevo; un hombre cuelga su colada en la colina; hay gente reconstruyendo muros. Estoy intentando atar todos los cabos: había una ocupación y Brilanda se ha retirado. Tengo cientos de preguntas y la más importante es de Rye: ¿y si los Hermanos nos mienten sobre la guerra? Me vuelvo hacia Yan Zeru deseando preguntarle quién empezó esto. ¿Por qué luchan nuestros pueblos? ¿Por qué ocupamos Ailanda? ¿Acaso no destruyeron ellos nuestras colonias? Pero, si le pregunto algo, dejo al descubierto mi ignorancia, y me da una vergüenza horrible. Tengo que guardar silencio y averiguar lo que pueda.

—La ocupación continúa en el sur —dice Yan—, pero creemos que se vuelven las tornas. —¿Es que está percibiendo lo que se me pasa por la cabeza? Hago todo lo posible por bloquearlo y observo en silencio la ciudad destrozada—. Debe de ser difícil asimilarlo todo. Sabemos que los Hermanos no os cuentan mucho y que os someten a su propaganda. —Por todos los infernos, ¿qué es propaganda? Se me pone el vello de punta—. Entiendo que eches de menos tu hogar, pero espero que no tardes en encontrar muchos motivos para quedarte en Ailanda con nosotros.

—Tengo que volver a casa.

—¿Por qué? Habla conmigo, Alondra —me pide, mirándome a los ojos con esos ojos suyos tan penetrantes y sorprendentes.

No sólo me pide que hable con él, sino que me una a él en la melodía de luz. Sería muy sencillo dejarme llevar por la influencia de su potente mirada y su encanto amable y ambarino, y contarle la horrenda ansiedad que siento por Ruiseñor y Rye. Pero no debo olvidar que este hombre es mi enemigo. Su gente mató a mi padre. No puedo bajar la guardia.

—¿Soy prisionera? —le pregunto.

Me mira, perturbado.

—¿Cómo puedes pensar eso? Por primera vez en tu vida, eres libre. Aquí te valoramos. Nadie abusará de tu mente. Y podemos enseñarte a usarla.

—¿Contra mi propia gente?

—Nosotros somos tu gente. Podrías dar rienda suelta a todo tu potencial, Alondra. Tienes un don muy poco común...

—Para, por favor. Deja de usar ese nombre. No es para ti.

Eso lo toma por sorpresa.

—Lo siento —se disculpa.

Sus palabras me atraviesan. Nadie me ha dicho nunca que mi melodía de luz sea un don; es una carga, un secreto terrible. Es un abismo entre mi hermano y yo. Me ha convertido en una desconocida para todos los que me rodean.

—¿Por qué estás tan empeñada en volver a un lugar en el que te persiguen? —me pregunta en voz baja.

El dolor que siento en el corazón me impulsa a contar la verdad.

—Tengo dos amigos. No puedo abandonarlos. A Rye lo han atrapado. Y ya has oído a Ruiseñor. Está en Brightlinghelm y corre peligro.

—¿La canción que oí estaba en Brightlinghelm?

—Sí. —Está a punto de caerse de espaldas por la borda—. Ruiseñor es un diamante. Su melodía de luz tiene un resplandor extraordinario. Pero eso la deja exhausta y cae enferma a menudo. Estaba ayudándola a escapar y ahora no sé dónde está.

Veo preocupación genuina en los ojos del ailandés.

—Cuando atraquemos, ven conmigo a la ciudad. Hay una reunión del círculo por la mañana y creo que deberías asistir.

—¿Qué es una reunión del círculo?

—Ya lo verás.

Cae la noche cuando atracamos en el puerto. Oímos los vítores de la multitud mucho antes de pisar tierra. Al bajar la mirada al muelle, veo que se llena de gente. La tripulación se alinea en la cubierta dañada por las bombas y saluda. Los ailandeses aparecen en masa. No se dividen por colores, como en Brilanda, donde los cadetes y los regidores van de negro, las doncellas del coro van de blanco y las viudas, de gris. Aquí hay una mezcolanza de colores que desentonan entre sí. Los niños corren junto al barco y saltan de emoción.

—Están preparando un banquete para celebrar que regresamos sanos y salvos —dice Yan—. Janella Andric te da la bienvenida.

Está comunicándose con otra antorcha a plena luz del día, sin nada que temer. Qué extraño. Es rarísimo.

Entonces me llega el olor de la comida: están asando pescado en parrillas al aire libre y se me hace la boca agua. Los dueños de las tabernas sacan barriles de cerveza y un grupo de músicos se reúne para tocar. Empieza a sonar un tambor estridente y festivo.

Pienso en Heron y en los hombres que yacían muertos en el muelle de Northaven, mientras todos guardábamos un silencio imponente ante nuestra derrota. Ahora estoy con los vencedores de esa batalla y me duele como una herida en carne viva.

Yan agita con ganas los brazos para saludar a los habitantes de Caraquet mientras sonríe y lanza besos. Veo a un grupo de adolescentes vestidas de colores alegres que se ríen al verlo y chillan de emoción: «¡Ze-ru! ¡Ze-ru!». Le devuelven los besos al aire, como si Yan fuera una especie de semidiós famoso e increíble. Con razón este hombre se tiene tanto aprecio. Las chicas siguen chillando cuando bajan la rampa. Yan levanta un brazo para pedir silencio, de modo que los tambores paran y no se oye nada en el puerto. Yan habla en ailandés y no entiendo sus palabras, pero mi melodía de luz percibe su significado. Se alegra de volver a casa, aunque haya perdido a algunos camaradas. Lo oigo recitar sus nombres. Al llegar al punto álgido del discurso, usa una palabra: *frelzi*. Todos vitorean y la repiten. Supongo que quiere decir «victoria». Se lo pregunto a Renza, que está cerca.

—Significa «libertad» —me aclara.

Veo orgullo y decisión en su rostro. Bajo la mirada, sudando de incomodidad, mientras la gente de Caraquet, todos a una, entre las ruinas de sus hogares, gritan pidiendo libertad.

Desaparezco en mi interior, sobrecogida, de camino a tierra firme.

No luchan por la victoria, como nosotros, sino por la libertad.

Sé que Renza me conduce entre la multitud. Todo el mundo quiere abrazar a Yan Zeru. Las mujeres coquetean con él y los hombres le estrechan la mano. A mí también me dan la bienvenida, ya que me confunden con un miembro de la tripulación. Una anciana me besa las mejillas y me habla en ailandés. Asiento y sonrío. ¿Cómo voy a decirle que soy brilandesa? Me ponen comida en la mano: un delicioso plato de pescado y arroz con especias. A Yan prácticamente lo llevan en volandas. Lo observo alejarse y me siento para comer con ganas, intentando no llamar la atención. La comida está buenísima después de las galletas rancias, y una persona desconocida y sonriente me da una jarra de cerveza espumosa. Asiento para darle las gracias.

A mi alrededor, la tripulación habla en voz alta con la gente de la ciudad. Escucho los sonidos desconocidos del ailandés. La tripulación responde preguntas, cuenta historias y habla sobre sus hazañas. Me percato de que, si esto fuera Northaven, desaparecerían de inmediato dentro de los barracones. Hay una gran separación entre los militares y el pueblo llano. Se llevan a nuestros cadetes cuando son muy pequeños. Aquí no veo esa distinción. Es como si no hubiera división alguna entre los habitantes de la ciudad y la tripulación del buque de guerra.

Cuando todo el mundo está lleno, se celebra una ceremonia para recordar a los fallecidos. La observo desde lejos, incómoda. Al final, la tripulación y los ciudadanos forman una cadena, en silencio. Dos desconocidos me levantan y me ofrecen el brazo, como si fuera uno de ellos. Agacho la cabeza. Los muertos se merecen respeto, sean enemigos o no. Al terminar la ceremonia, empieza a sonar música con un ritmo irresistible. Una violka toca con dolor y hace que afloren todas mis emociones. Me alejo más todavía, incapaz de sentir nada que no sea la pérdida. La cerveza fluye sin freno y la gente empieza a bailar. Dejo atrás a la multitud que se une al baile. Aquí nadie controla nada, ya que no hay ni regidores ni emisarios. Simplemente, se dejan llevar.

Unas guirnaldas de luces de turbina proyectan su luz sobre el puerto. Al rodear a la muchedumbre, veo a Renza y a Cree besándose en un umbral, contentos de haber regresado a casa. A nadie le preocupa que no lleven pulseras de boda. Yan Zeru está bailando. Me fijo en su esbelta figura y no me extraña nada comprobar que se le da tan bien el baile como todo lo demás. Su compañera es una joven guapísima con hoyuelos en las mejillas que parece encantada de estar a su lado. Lleva la camisa azur atada por encima del ombligo y unos pantalones negros tan ajustados que parecen cosidos a las piernas. También luce una gema ámbar. Comprendo al instante que se trata de la antorcha local con la que Yan ha estado comunicándose, y la intimidad entre ambos resulta evidente. Se forma un círculo a su alrededor; son una pareja impresionante y disfrutan tanto de la compañía mutua que resulta contagioso. Percibo que se comunican en melodía de luz mientras bailan; así presienten el siguiente movimiento del otro y giran en una imitación juguetona de su deseo. Cuando termina la canción, la multitud se echa a reír y aplaude. Camino por el puerto mirando los barcos, dejando atrás a los ailandeses mientras contemplo el mar oscuro. ¿Alguno de estos barcos me llevaría a Northaven?

Envío mi melodía al cielo.

—Rye, Ruiseñor, volveré. No os abandonaré. Si estáis bien, intentad decírmelo, por favor.

Cierro los ojos y me obligo a concentrarme, hasta que me sorprende oír una voz que habla brilandés a mi lado.

—Tendría que haberme presentado antes. Soy Janella Andric, pero puedes llamarme Paloma.

Al volverme, veo a la chica con la que bailaba Yan, sudorosa y con una sonrisa amistosa que le hace asomar los hoyuelos a las mejillas.

—Alción me ha hablado de ti. Bienvenida a Caraquet, Alondra.

Me enfurece que Yan use como si nada mi nombre más preciado. No pienso llamarla ni Paloma ni nada. Yan está al otro lado del puerto, al borde de la zona de baile, y nos observa con aire pensativo. Después nos da la espalda porque un par de sus adolescentes devotas tiran de él hacia la música.

—Tuviste mucha suerte de que te encontrara Alción —dice Janella—. Es una de nuestras antorchas más fuertes.

—Siento mucha gratitud hacia todas las personas que me han ayudado, pero estoy cansada. ¿Hay algún lugar tranquilo en el que pueda descansar?

—Por supuesto… —Enseguida se percata de mi incomodidad—. Normalmente no hay tanto alboroto…

Mientras me conduce por una calle estrecha, una anciana pasa junto a nosotros y me agarra del brazo, hablando en ailandés.

—Quiere saber si eres una refugiada —me traduce Janella—. Le he dicho que eres una antorcha. Te da la bienvenida a Ailanda.

La anciana me da un beso en la mejilla.

—Gracias —le digo.

—En ailandés se dice *taka* —me informa Janella.

—*Taka*.

La anciana me aprieta la mano y seguimos nuestro camino. El encuentro me ha afectado.

—¿Es verdad que Alción saltó por la borda y metió el brazo en la boca de una orca? —pregunta Janella.

—Sí —respondo, reconociéndolo a regañadientes—. Sí que lo hizo.

—Es idiota.

Está claro que lo quiere mucho.

Colina arriba, un poco más adelante, Janella abre una puerta. La habitación tiene tejado, pero poco más. Una lona cubre el agujero de lo que antes era la ventana. Janella enciende una lámpara de turbina. Hay una cama corrediza en la esquina, un estante con algunas pertenencias y una mesita de madera.

—Aquí vivo —dice—. Ponte cómoda. Puedes usar mi cama, porque seguro que me quedo despierta hasta entrada la noche. Alción y yo tenemos que ponernos al día...

«Seguro que sí», pienso.

Le agradezco su amabilidad, y la verdad es que Janella rebosa buena voluntad y simpatía. De todos modos, en cuanto se va, respiro aliviada por estar sola. La forma en que Alción y ella bailaban me ha roto por dentro. No he bailado nunca con Rye, ni una vez, y el dolor que siento en el pecho me dice que ya es demasiado tarde. Estará envuelto en vendas y ya no será un hombre, sino un objeto: una crisálida. Al pensarlo, la tristeza me consume, es como si me comiera viva. Me tumbo envuelta en el tenue brillo de la lámpara de turbina y dejo que la pérdida llegue como la marea. Durante horas, me lleva con ella.

Rye ya no está. He perdido a mi amor. Lo he perdido.

# 34

# RYE

Mi mejor amigo en el mundo entero es un trozo de madera de deriva. Me ha llevado río abajo, me ha mantenido con vida y me ha escondido. Sin embargo, llega el momento de despedirme de mi amigo de madera. Sé que me acerco al mar porque las heridas me pican con la salmuera. De no hacer tanto frío, me dolería a reventar. En este punto, el río fluye despacio, así que aprovecho la marea entrante para acercarme a un canal más pequeño. Con mis últimas fuerzas suelto a mi fiel y leal madera y me agarro a los juncos para subir a la orilla. Cuando la alcanzo, me tumbo en el barro y me arranco una sanguijuela del cuello. Me encuentro más por el resto del cuerpo, chupándome la preciada sangre, pero no descanso hasta habérmelas quitado todas de encima. Estoy hambriento, herido, mutilado y temblando de dolor. Con esta banda de plomo, cualquiera que me encuentre sabrá que soy inhumano. No tengo nada. Pero he logrado mi objetivo: moriré libre.

Descanso con el aliento entrecortado y me quedo en estado de shock. Soy consciente del sol que me calienta el cuerpo. Apenas despierto, oigo el trino de los pájaros y el zumbido de las nubes de insectos. Tengo unos sueños extraños y muy realistas. En uno, oigo cantar a un coro de dolientes. Estoy dentro de un ataúd y me llevan por una ciudad maravillosa. Soy un héroe muerto, tengo el cuerpo limpio y bello, me caen pétalos de rosa encima y las doncellas de blanco cantan mi nombre. Intento incorporarme para decirles a los dolientes que sigo vivo, pero no puedo moverme. Van a enterrarme. Cuando me meten en la tumba, intento levantarme para encontrar a Elsa… Entonces me despierto y descubro que me hundo en el barro. Me arrastro como puedo para apartarme de la orilla del río y encontrar un terreno más firme. Las nubes de tábanos me zumban en la cara. Qué desastre.

No quiero morir. No quiero que me atrapen. Quiero gritar de rabia y pena. El dolor del cráneo es una puta mierda. Cuando por fin llego a terreno duro, me siento bajo los largos rayos del sol que se pone; me duele todo. Tiro de la banda de plomo, pero me temo que, si consigo arrancarla, me llevaré el cuerpo cabelludo con ella. Aunque es una tortura, esta banda formará parte de mí hasta que encuentre el modo de librarme de ella. Veo un pájaro, un zarapito, que me mira. Agarro un puñado de grava y se lo tiro. Vete a la mierda.

Como no tenga más cuidado, esta ira va a acabar conmigo.

Gala, qué hambre tengo. Me miro: mordido por las sanguijuelas, sin afeitar, quemado por el sol, lleno de costras, harapiento, embarrado, cubierto de sangre seca. Me toco el pelo, que está apelmazado. Seguro que parezco un lunático. Me levanto y, medio mareado, empiezo a andar. Estas putas moscas me van a cegar. Me las quito de los ojos y me abro paso entre los altos juncos. Voy despacio. Me encuentro con un nido de patos y me como los huevos uno a uno. Ya pondrán más huevos.

El suelo es más sólido ahora. Por la dirección de la puesta de sol, creo que me dirijo al sur. Sigo y sigo hasta dar con un camino estrecho, con juncos a ambos lados. En el cielo, veo una pequeña turbina que zumba a lo lejos, recortada su silueta en el crepúsculo. Me dirijo a ella. Tengo que calmarme. Debo intentar enterrar esta rabia y pensar con claridad. Necesito comida y agua. Necesito zapatos y un médico. Necesito a Elsa Crane. No pienses en ella, idiota. La tristeza te volverá loco. Puede que ya lo esté. Puede que sea necesario estar loco para sobrevivir. Entretejo algunos juncos para fabricarme una corona que se me ajuste bien a la cabeza y oculte la banda de plomo. Los juncos se abren en abanico hacia fuera, como un sol demente. Puede que parezca un lunático, pero no pareceré una antorcha.

El hambre me empuja hacia la turbina y, al caer la noche, abandono el pantano de los juncos y me acerco a la granjita. Huelo los cerdos antes de verlos. Este paisaje llano y embarrado, con su grama salada, es ideal para ellos. Los oigo resoplar y husmear dentro de una pocilga larga y ruinosa. En la granja hay encendida una luz tenue. Qué cuchitril: pintura sucia y pelada, un carro roto junto a la puerta, una ventana entablada. Hay una pila de mierda de cerdo de una milla de altura. Aquí reina la pobreza. Veo a una mujer en el interior. Gala, está sirviendo comida. Se me hace la boca agua sin poder evitarlo. Me apoyo en el muro de la pocilga para ver si puedo compartir lo que hay en el comedero de los cerdos, pero está vacío; los cerdos no dejan sobras. Encima, los animaluchos empiezan a chillar.

—Chist —les ordeno—. Cerrad el puto hocico.

Un perro empieza a ladrar junto a la casa; me ve y está a punto de arrancarse la cadena. Un hombre aparece en la ventana, suspicaz. Esta granja está justo al final del estuario, así que seguro que no soy el primer fugitivo que aparece por aquí. Me agacho junto al muro de la pocilga, la puerta se abre y veo la sombra de un hombre grande proyectada sobre un rayo de luz.

—¡Eh! ¿Quién anda ahí?

El granjero avanza y distingo la sombra del cuchillo de trinchar que esconde a la espalda.

—Ven a comer con nosotros, amigo —ofrece.

El muy payaso se pensará que soy idiota. Su mujer se asoma a la ventana. Juraría que carga con un fusil.

—Tengo carne asada. Y agua fresca. Puedo ayudarte... Da igual lo que hayas hecho, con nosotros estás a salvo.

Se agacha para soltar al perro, así que corro sin orden ni concierto, como lo haría un lunático. Oigo un estallido detrás de mí: una bala se hunde en el lodo a poca distancia. La esposa del granjero no pierde el tiempo.

—¡No escaparás! —chilla el granjero—. Hay muchos como tú enterrados en las salinas. Servirás de comida para los putos cerdos.

Por encima del pantano hay una pasarela elevada. Al final, aguas abiertas. En vez de morir aquí, prefiero tirarme al mar. Corro y maldigo lo débiles que tengo las piernas. Los ladridos del perro se acercan. Más adelante, sobre la marea que sube, la pasarela se convierte en un muelle largo. Atada al muelle hay una barquita. Gala, si llego hasta ella, me salvará la vida.

Normalmente soy capaz de correr como el viento, pero tengo las piernas de gelatina. El chucho acorta distancia. Al volverme para enfrentarme a él, un instinto salvaje se apodera de mí: no moriré sin luchar. Chillo de rabia y corro hacia el perro. Cuando se abalanza sobre mí, lo agarro. Me arranca un trozo de hombro, y yo lo lanzo al mar. Pero el granjero ya ha llegado al muelle y lo sacude con cada pisada de sus botazas.

—No puedes huir —me dice—. Estás jodido. Mi barca tiene un candado.

Espero que sea un farol. Llego al final del muelle y veo una barquita de pesca. Dos sedales, una caja con cebo y una vela diminuta. A lo lejos, su esposa lo sigue mientras carga de nuevo el fusil. Salto a la barca.

—Eres inhumano, ¿verdad? —pregunta el granjero, cada vez más cerca—. ¿Creías que ibas a esconder tu banda con esos putos juncos?

Es grande, se alimenta de la misma bazofia que sus cerdos. Los músculos casi le revientan el jubón, pero la tripa es como un saco enorme y flojo por culpa de tantos años de cerveza barata. Puede que su peso me ayude. Me agacho en el fondo de la barca, así que prueba con una táctica distinta.

—Veo que no eres más que un chaval. Sal ya y no te haré daño...

La barca está amarrada con una gruesa tira de cuero y tiene candado, como decía.

Oigo el estallido del fusil. La bala está a punto de volarle la cabeza al granjero, aunque al final se empotra en el poste elevado al final del muelle.

—¿Qué coño estás haciendo? —le chilla a su esposa—. Casi me matas, joder.

—¡Apuntaba a la barca! —grita ella.

—¿Es que quieres agujerearla? Vaca inútil...

Casi parece que va a darle una paliza a su mujer antes de ponerse conmigo, pero llega hasta la barca.

—Eres un cadete, ¿eh? Veo muchos por aquí. —Lo miro en silencio—. ¿Es que no vas a hablarme, inhumano?

—Dame tu barca y déjame ir.

—Lo que voy a hacer es asarte para la cena. —Veo brillar la hoja de su cuchillo. Quiere abalanzarse sobre mí y destriparme—. Te voy a desangrar como a un cerdo.

Levanta un pie en el aire, pero doy un salto y lo agarro por el tobillo. Tiro con todas mis fuerzas y pierde por completo el equilibrio. La barca se mece peligrosamente y el cabrón cae al agua. Todavía tiene un brazo levantado, sujetando el cuchillo. Le agarro la muñeca y, aprovechando el momento de vacilación que sigue al contacto con el agua, se lo quito. Empiezo a cortar la cinta de cuero. Pam, otro disparo del arma me silba en el oído.

El granjero salpica y chilla. El cuero está duro, pero su cuchillo está bien afilado. Oigo a su mujer correr por el muelle. El puto perro está con ella. Encima, el agua es poco profunda, así que el granjero consigue ponerse de pie. Oigo un repertorio completo de palabrotas e insultos. Se levanta en el agua y va de nuevo a por mí. Conseguirá volcar el bote. Agarro el cuchillo con todas mis fuerzas y, a oscuras, me abalanzo sobre él y se lo clavo. He apuntado demasiado alto, pero su carne cede con un ruido húmedo. Gala. Gala. Lo he apuñalado en un ojo. El asco me hace trastabillar. El hombre cae de espaldas al agua, con cara de pasmo. En cuestión de segundos, está muerto, y yo me quedo con el cuchillo ensangrentado en la mano.

Su esposa me mira y el perro mojado me enseña los dientes. Pasa una eternidad entre cada uno de mis alientos. Me apunta con el fusil.

—¿Está muerto? —pregunta.

Asiento. Mi segundo asesinato.

El perro gruñe. No puedo huir. A esta distancia, la mujer no fallará. El cadáver de su marido flota en la superficie: en la penumbra parece una enorme morsa gris. Creo que me perseguirá en sueños. Ella lo mira.

—Deja de gruñir, que se ha ido —le dice al perro. Endereza la espalda, baja el arma y me mira a los ojos—. Lárgate.

# 35

# ALONDRA

Alguien me sacude para despertarme de un letargo profundo sin sueños.

—Siento molestarte, pero el círculo va a empezar pronto. Alción cree que deberías asistir.

Andric. Janella Andric. Ailanda. Estoy en Ailanda. Quiero a Rye a mi lado. Me duele el cuerpo entero al pensar en todo lo que podríamos haber sido.

Si no puedo salvarlo, al menos puedo ayudar a Ruiseñor. ¿Cuánto tiempo ha pasado desde que la dejé en aquella calle frente a la casa rosa? ¿La acogieron? ¿La están protegiendo ahí dentro? ¿Está a salvo de la sirena? ¿O ha ocurrido lo impensable y la han atrapado? Tengo que averiguarlo. La ansiedad que siento por ella me vuelve decidida. Si estos ailandeses no me llevan a casa, robaré una de sus barcas. Navegar se me da lo bastante bien como para sortear sus corrientes.

—Ahí tienes agua para lavarte y algo para desayunar —dice Janella—. Te espero fuera y nos vamos en cuanto estés preparada.

Le doy las gracias. La luz del sol se asoma a las contraventanas y siento que recupero la esperanza. Hoy volveré a casa.

Me como el desayuno: gachas calientes y un delicioso cuenco de cerezas. Me reviven. Me quito las vendas de la pierna y le echo un buen vistazo a la herida. Me han cosido las marcas de dientes de la orca, ¿fue Alción? La herida se ha cerrado, pero me va a dejar cicatriz. Está claro que la costura no es lo suyo. Esto parece obra de un niño, y así pienso decírselo.

El aire fresco de la mañana me revive un poco más mientras Janella me acompaña al puerto y me cuenta la historia del pueblo. Antes era una ciudad comercial.

—Antes de la guerra, solía haber barcos brilandeses en el puerto. La relación entre nuestros pueblos era buena.

¿Intuye lo ignorante que soy? ¿Intenta informarme sutilmente?

Veo otro barco atracado al lado del buque roto. Debe de haber llegado durante la noche. Éste es nuevo; más pequeño, más veloz, con velas solares altas y una hilera de turbinas giratorias. Lleva la bandera ailandesa, aunque no está pintado de azul, sino de blanco reluciente. No hay artillería pesada ni lanzamisiles, nada de armas. No es un barco de guerra. Hablo sin tapujos.

—Es el barco más bonito que he visto en mi vida.

—Es el Alerón Azul. Precioso, ¿verdad?

Janella me lleva a un edificio grande y circular, que tiene un tejado nuevecito.

—Éste fue el primer edificio que reparamos cuando se fueron los brilandeses.

Asiento, como si supiera algo del tema. Dejo que siga hablando. Me cuenta que está destinada a Caraquet durante dos años y que ya casi ha acabado. Pronto volverá a Reem para ocupar un puesto en el Círculo Central, con Sorze Separelli, la antorcha más distinguida de Ailanda. Es un gran privilegio servir así a su país y está encantada de hacerlo. Sonrío y asiento. Caraquet forma parte de la Gran Red, me dice, y comunica todas las decisiones del pueblo al Círculo de Reem. Parece ansiosa por explicarme que, en Ailanda, el pueblo tiene voz y voto en los asuntos de importancia local y nacional. No sé bien qué quiere decir todo eso. Lo único que sé es que esta joven sabe leer y escribir, que vive su melodía de luz, que hace el trabajo de un hombre y que le dan libertad para elegir amante. Si me quedara, ésa sería mi vida.

La idea me atraviesa como un dulce cuchillo.

El tejado del edificio grande y redondo es nuevo, pero los cimientos parecen muy antiguos. Hay un patrón en espiral en cada piedra.

—En este lugar ha habido un círculo desde la Edad del Infortunio —me explica Janella—. En la Edad Itinerante, la gente viajaba muchas millas para congregarse aquí y, al final, la ciudad se expandió a su alrededor. Es donde nos reunimos, la cámara donde tomamos todas nuestras decisiones. Mi función como antorcha consiste en compartir lo que pensamos con mi homóloga en Reem.

—¿Como un emisario? —No lo entiende—. Nosotros tenemos un emisario que se comunica con Brightlinghelm —le cuento—. Nos da órdenes y nos dice lo que tenemos que hacer.

Ella me mira con cara de horror.

—Yo sirvo al pueblo. No le digo lo que tiene que hacer.

De repente, entiendo lo que es este lugar: una camarilla maligna, como las que teníamos en Brilanda antes de que el gran hermano Peregrine acabara con ellas. Eran corruptas y las controlaban los inhumanos malva…

Dejo la frase sin acabar, pero, aun así, si esto es una camarilla malvada, tendré que estar en guardia.

—Esta mañana vamos a celebrar la reunión en tu idioma —me informa Janella—. Pero si algo no te queda claro, pregunta, por favor.

—*Taka* —respondo con la única palabra ailandesa que conozco.

Dentro del edificio redondo, todo es muy sencillo, de madera y piedra. Está lleno de bancos colocados en círculos concéntricos. En el centro hay un espacio vacío en el que veo a unas treinta personas de pie. Una de ellas es Yan Zeru.

—Buenos días —dice al acercarse a saludarnos.

Reconozco a parte de la tripulación del buque: Renza y Cazimir Cree. También hay una mujer de pelo blanco, vestida con una chaqueta celeste. Me saluda con la cabeza.

—Elsa —dice Yan—. Ésta es la eminencia Alize. Es una de nuestras mejores negociadoras, de Reem. Alize, ésta es Elsa Crane.

—El barco que ves en el puerto es el mío, Elsa —dice la mujer de pelo blanco, que también se acerca—. He venido río abajo desde nuestra capital para recoger a mi tripulación.

Tiene una autoridad natural, como el sargento Redshank, nacida tanto de la edad como de la experiencia. Va remangada, como un artesano, y le falta una mano. Debe de ser una veterana. Me pilla mirándole el corto antebrazo cuando inclino la cabeza educadamente para devolverle el saludo.

—Te has fijado en mi recuerdo de la playa de Montsan, ¿no? —pregunta con una amplia sonrisa.

—Lo siento… —mascullo, porque no sé qué otra cosa decir.

—No te disculpes, no fuiste tú. —El pelo corto le cae como copos de nieve alrededor del rostro—. ¿Has descansado bien?

—Sí.

Como si todavía tuviera la mano, Alize me hace un gesto con el brazo para que me siente. Todos lo hacemos, en círculo, mirándonos. Yan Zeru me presenta a las personas que no conozco, pero estoy tan nerviosa que al instante se me olvidan sus nombres. Estas personas son seguras de sí mismas y están bien instruidas. Seguro que se trata de una trampa invisible y, de repente, todos estos ailandeses se volverán contra mí y se empezarán a comportar como la horda bárbara que aparece en nuestro mural de Northaven. Su cortesía es extraña. ¿Por qué iba el pueblo que mató a mi padre a celebrar una reunión en brilandés, el idioma que tuvieron que aprender durante la ocupación? Estos ailandeses destrozaron a mi familia. Quiero saber cómo murió mi padre. ¿Y si sus restos siguen aquí, en esta ciudad, enterrados en los campos de las afueras? La pregunta de Rye es más insistente que nunca: ¿Y si los Hermanos nos mienten sobre la guerra?

—La antorcha Yan me cuenta que te gustaría volver a Brilanda —comienza Alize en tono amable.

—Sí, lo antes posible.

—¿Te importa decirme por qué?

—Hay personas a las que no puedo abandonar.

—¿Nos puedes hablar sobre ellas?

¿Será esta mujer la clave para regresar a casa?

—Tengo dos amigos. Son antorchas, como yo, Ruiseñor y Rye.

—Oí a Ruiseñor en el mar —interviene Yan—. Tiene una canción poderosa y extraordinaria, nunca he oído nada igual.

—Está en Brightlinghelm —continúo—. Y corre un peligro tremendo desde hace años. Estaba con ella en la melodía de luz cuando intentaba escapar, pero… —De repente, me doy cuenta de que Janella tiene los ojos cerrados. Se comunica con otra persona—. ¿Hay alguien más en esta habitación a quien no pueda ver?

Janella abre los ojos.

—Sorze Separelli —responde—. Es nuestra antorcha más potente en Reem. Me comunico con él. Ya te dije que ésa es mi función.

Eso me corta en seco.

—No pienso contarles mis cosas a unos desconocidos de Reem —le digo.

Todos parecen ofendidos.

—Los debates del círculo son abiertos —dice Cree—. Lo que ocurre aquí es asunto de todos.

—No si pone en peligro a mis amigos.

—Seguro que estos círculos conectados te resultan extraños —dice Yan—, pero son nuestra forma de vida.

—Antorcha Janella —añade Alize—, coméntale a Separelli que nos gustaría mantener un círculo cerrado.

Janella lo comunica.

—Se ha retirado —anuncia.

¿Puedo confiar en estas personas? ¿Puedo olvidar una vida entera de odio sólo porque me lavaran el vestido y me dieran un pescado muy rico?

—Por favor, llevadme a Northaven o dejad que me lleve una barca —les suplico—. Mi madre y mi marido pensarán que estoy muerta.

Alize me mira, sorprendida.

—¿No eres demasiado joven para estar casada?

—Estamos todas casadas, es nuestro deber. Tenemos que proporcionar hijos a los Hermanos.

—Parece que eso te irrita un poco —comenta Alize, que capta mi rencor.

—Tengo más suerte que otras —respondo, encogiéndome de hombros—. Heron Mikane es un hombre bastante decente.

Oigo que varias personas contienen el aliento.

Alize se levanta y se aparta del círculo, como si le hubiera dado una bofetada.

—¿Mikane? ¿Estás casada con Mikane? —pregunta, horrorizada.

—Soy… soy su segunda esposa.

—¡Sabía que no podíamos confiar en ella! —exclama Cree.

Alize se apoya en un banco para recuperarse.

Alción me mira como si lo hubiese traicionado.

—No me diste tu nombre de casada.

—No se me ocurrió.

Y me doy cuenta de por qué: no le di mi nombre de casada porque mi matrimonio no es real, sino una farsa, nada más. Pero ¿cómo le explico a estos ailandeses que en Brilanda las chicas sólo pueden casarse o huir?

—El apellido Mikane es un insulto en este lugar —dice Alize en voz baja. Ha desaparecido toda su amabilidad, como si la mención de Heron hubiera sumergido el sol en el mar.

—Acabamos de casarnos. No lo elegimos ninguno de los dos.

—No puedes volver —dice Yan—. Ese hombre ha matado a cientos de antorchas como tú. Es un monstruo cruel y desalmado con los nuestros.

—Eso no puede ser cierto…

Tengo un mal presentimiento. Pienso en el mural de Heron, el héroe guerrero, de pie sobre una pila de ailandeses muertos… De repente entiendo su verdadero significado. Pienso en las cortinas que cosió Chaffinch, en los edificios de Montsan ardiendo en un mar de llamas naranjas. ¿Qué ha hecho Heron aquí?

Alize regresa al círculo y empieza a recuperar el color en el rostro. Se sienta y me mira a los ojos.

—Supongo que los Hermanos os habrán contado que es un héroe. —No sé qué decir. Ardo de vergüenza y no sé por qué—. ¿Qué sabes sobre el verdadero estado de la guerra? Miro al suelo. Esto es lo que temía: verán lo vulgar e ignorante que soy.

—Sé que los vuestros mataron a mi padre.

Alize se echa hacia atrás.

—Lo siento mucho —dice.

—¿Sabes cómo empezó todo? —pregunta Alción.

—Destruisteis... Los ailandeses destruyeron nuestras colonias. Masacrasteis a sangre fría a mujeres y niños.

Alción y Alize se miran.

—La guerra empezó porque los Hermanos intentaron perseguir a nuestras antorchas —dice Alción—. Usaban sus colonias comerciales como bases para aterrorizar a nuestra población. Nos resistimos.

Lo miro. Está diciendo la verdad. Alize sigue hablando.

—Brilanda lleva quince años intentado quitarnos nuestra tierra e imponernos su cultura. Pero no entregaremos a nuestras antorchas. Son nuestros hijos e hijas, nuestros amigos y nuestros vecinos. A eso lo llamamos genocidio: un delito digno del Pueblo de la Luz.

Rye sabía que nos mentían, lo sabía.

—Es demasiada información en poco tiempo —interviene Janella—. No es justo para Elsa. No puede procesarlo. Ya sabéis lo que pasa con los refugiados. Hay que ir poco a poco.

—¡No soy una refugiada! —exclamo—. Entiendo lo que me habéis contado, pero eso no cambia nada. Tengo que volver a casa. ¡Ayudadme, por favor!

—Lo intentaremos —dice Alize—. Pero, primero, tú puedes ayudarme a mí. Dime, ¿qué piensas de verdad sobre Heron Mikane? Como su esposa, lo conocerás mejor que nadie.

La pregunta me sorprende.

—¿A Heron? Apenas sé nada sobre él.

Alize espera una respuesta en condiciones. Hiciera lo que hiciera, Heron me ayudó cuando lo necesitaba, así que le debo la verdad. Los ailandeses guardan silencio, a la espera, y entonces encuentro las palabras.

—Desde que lo vi por primera vez, Heron Mikane me ha parecido un hombre que pertenece a la Muerte. —El silencio toma forma, como si nadie esperase que dijera eso. Alize se inclina hacia delante—. No lo digo porque esté quemado y cubierto de cicatrices. Sólo tiene un ojo, perdió una oreja... —Alize deja escapar el aire, como si fuera lo mínimo que se merece Mikane—. Lo digo porque está cansado de vivir. Cuando enterramos a sus hombres, a los hombres que ahogasteis al hundir su carguero —añado, mirando a Alción—, dio un discurso. Dijo que la Muerte lo había marcado como suyo. Y, en todo lo que hace, es como si sólo esperase a que lo envolvieran en su mortaja. Que lo obligaran a casarse lo atormenta. No me ha poseído ni a mí ni a Chaffinch, su primera esposa. Creo que se casó con nosotras para que no nos enviaran al frente, nada más...

—¿Al frente? —interviene Renza—. Creía que las mujeres brilandesas no tenían permitido luchar.

—No para luchar. Como terceras esposas, para ofrecer consuelo a las tropas.

No soy capaz de mirarlos a los ojos. Oigo que Renza deja escapar el aire y agacho la cabeza, avergonzada por mis compatriotas.

—¿Qué más puedes contarnos? —me pregunta Alize para animarme a seguir.

Quiero que vean a Mikane tal y como es.

—Cuando nos casamos apenas habíamos intercambiado diez palabras, pero me ha tratado con respeto. Lo he visto ser amable con personas como John Jenkins, un soldado que ha perdido la cabeza, y Gailee Roberts, una amiga a la que siempre han pisoteado. No le interesa ostentar poder en nuestro pueblo. Le entregaron una medalla y se la metió en el bolsillo mientras decía que pertenecía a los muertos. Siempre lleva un cigarrillo en las manos. Bebe. Es leal con sus hombres, pero jamás le he oído decir una palabra agradable sobre la lucha, la gloria o lo que haya hecho en la guerra. Odia a Wheeler, nuestro emisario de Brightlinghelm, aunque lo de odiar a las antorchas no puede ser cierto... —Miro a Alción a los ojos—. Sé cómo es ese odio y no lo percibo en Heron Mikane.

—¿Sabe lo que eres? —me pregunta Alize.

—No lo creo. Pero, cuando estaba intentando encontrar un refugio seguro para Ruiseñor en Brightlinghelm, le pedí ayuda a Heron. Y él me la dio.

Guardan silencio mientras rumian mis palabras. Siento de nuevo la ansiedad. Pienso en Ruiseñor, en esa calle tan bulliciosa, gritando mi nombre en la melodía de luz. Tengo que volver.

—¿Eliges libremente volver a casa? —pregunta Alize.

—Sí —respondo sin vacilar.

—No malgastes tu futuro, por favor... —empieza a decir Alción.

—Si no me lleváis, robaré una barca y me marcharé.

Alize me mira en silencio, como si estuviera reflexionando do sobre algo.

—Elsa, estoy aquí en una misión especial. Mi barco no es de guerra, pero voy camino del conflicto. He pedido voluntarios, y estos hombres y mujeres valientes han aceptado formar parte de mi tripulación. Queremos entablar un diálogo con vuestros líderes. Queremos encontrar una solución pacífica a esta guerra. Sabemos que es poco probable que sobrevivamos, pero... —Está hablando demasiado deprisa. Hay mucho que asimilar. ¿Yan, Renza y Cree forman parte de su tripulación?—. Vamos a ofrecerles la paz a vuestros líderes.

—No termino de entender esa palabra. ¿A qué se refiere con la paz?—. Esta guerra lo está destruyendo todo —sigue diciendo Alize con mucho sentimiento. Se lleva el antebrazo amputado al pecho, como si se presionara el corazón con la mano ausente—. Tiene que acabar.

—Llévame contigo —le suplico.

Cree se opone de inmediato.

—No sabe lo que está pidiendo. Tenemos que llegar a Brightlinghelm. Northaven está en la dirección contraria. Es un lugar alejado, una pérdida de tiempo y recursos.

Alize lo silencia con un gesto.

—Elsa, quiero hablarte de nuestra misión. Quiero que escuches con atención para que lo entiendas bien.

—Eminencia, ten en cuenta que... —empieza a decir Cree para detenerla.

—Tiene que saber lo que está en juego —lo interrumpe ella echando fuego por los ojos, así que Cree recula—. Sabemos desde hace un tiempo que vuestros líderes están incumpliendo la Primera Ley. Están desarrollando aviones con combustible de fuego. Yan Zeru lo ha confirmado. —Sorprendida, miro a Alción. ¿Cómo lo sabe? Lo único que sé yo sobre aviones es que es probable que Piper muera en uno. ¿Es que este ailandés es una especie de espía? Alize sigue hablando—. Sabemos que Niccolas Kite piensa destruir Reem en cuanto sus aviones estén listos. Así que hemos desarrollado nuestro propio proyecto de misiles con combustible de fuego para protegernos. Nuestros círculos de todo el país acaban de votar a favor de atacar Brightlinghelm. Dispararemos los misiles desde los barcos y destruiremos vuestra ciudad desde lejos. Ni siquiera oiremos los gritos. —Me quedo pálida—. Sin embargo, algunos de nosotros insistimos en que, antes de atacar, debemos ofrecer al pueblo de Brilanda la oportunidad de alcanzar un acuerdo. La misión del Alerón Azul consiste en acabar la guerra a través de la paz, en vez de provocar una violencia catastrófica mutua.

Intento averiguar por qué me siento tan conmovida. No es sólo porque esté describiendo acontecimientos trascendentales y dibujando un futuro aterrador, sino porque no me oculta nada. Me habla como a una adulta, como a una igual, como si yo valiese algo.

Alize toma aire y sigue hablando.

—Sabemos que aparecer en Brightlinghelm es muy peligroso. Es probable que nuestro barco de la paz, sin armas, no sirva de nada y nos disparen en cuanto nos pongan los ojos encima. —Se vuelve hacia Cree—. Pero supongamos que atracamos en un pueblo pequeño después de salvar del mar a una joven y devolverla a su legendario marido...

Cree empieza a entender su razonamiento.

—Es un gesto de buena voluntad bastante potente —dice—. Y los habitantes de Northaven podrían conseguirnos un salvoconducto a Brightlinghelm

—Estarías poniendo en peligro a Elsa —interviene Yan—. ¿Regresar en un barco ailandés? Sospecharán mucho. Es un riesgo enorme para...

—Puedo hablar por mí misma —lo corto. Miro a Alize, deseando hablar como ella, con el corazón. Noto un nudo en la garganta. Me levanto. Y, en el centro del círculo, hablo—. En sus canciones, mi gente habla de victoria. Pero no creo que sea eso lo que queremos. Lo que queremos es tener a nuestros padres y hermanos en casa. —Intento traducir en palabras esta maraña de sentimientos—. Me cuesta hablar sin considerarme una traidora porque desde que tengo uso de razón me han enseñado que sois mis enemigos. Lo único que oímos es «muerte a los ailandeses, muerte a los ailandeses». —Hago una pausa para respirar—. Mi ignorancia es real. Y la verdad que me habéis contado lo remueve todo, como arenas movedizas bajo mis pies. Así que todo me desconcierta. Mi amigo Rye Tern me preguntó una vez quién era nuestro verdadero enemigo. Y sigo dándole vueltas a la pregunta. Se llevaron a Rye a la Casa de las Crisálidas… —Me obligo a tragarme el dolor y seguir—. Porque en Brilanda pueden destruirnos por cualquier tipo de diferencia. Rye sabía que los ailandeses no eran nuestros enemigos. Sabía que el enemigo eran los Hermanos. —Miro a Alize y observo su pelo, tan blanco y suave, y sus ojos de búho—. Sueño con la paz, pero la paz no es posible para nosotros porque, aunque acabe la guerra, nuestra vida seguirá llena de violencia.

Alize cruza el círculo y se sienta a mi lado.

—Puede que la paz sea un sueño, pero, si la guerra acaba, sólo quedaréis vosotros y los Hermanos. La paz los debilitará. Por eso están deseando prolongarla.

Estoy pensando en una olla llena de ranas que se cuecen poco a poco.

—Sin la guerra, puede que encontremos la forma de protestar —le digo, y miro a Alción, que parece preocupado por mí.

—No la conviertas en revolucionaria, Alize —le advierte—. La matarán sin pensárselo dos veces.

—Elsa, te llevaremos a Northaven si todavía es lo que quieres —dice Alize—. Y, si das tu consentimiento, usaremos el gesto para iniciar un diálogo con Brightlinghelm.

—Quiero que mi país sea libre. Eso sólo sucederá si hay paz. Así que llevadme a casa y os ayudaré.

Alize me toma la mano entre las suyas.

—Eres una joven muy valiente.

Janella me pregunta si puede informar sobre lo sucedido a Sorze Separelli, su homólogo en Reem. Acepto sin vacilar.

—Por favor, dile que nos gustaría recalar en Northaven —le indica Alize—. Si el círculo está de acuerdo.

Janella cierra los ojos. El círculo guarda silencio. Percibo la intensidad de su concentración. ¿Cómo serán las corrientes de melodía de luz de Ailanda y su intrincada red circular de comunicación? Hace que la radiobina parezca un juguete anticuado. Esperamos la respuesta de Separelli y, por fin, Janella abre los ojos.

—Lo han aprobado por una exigua mayoría —anuncia.

—Bueno, pues no perdamos el tiempo —responde Alize—. Partiremos con la marea.

Alize me acompaña al puerto. Se ofrece a enseñarme el barco, pero, tras darle las gracias, me quedo en tierra. Miro a mi alrededor para intentar quedarme con el ambiente. Aunque esta tierra es la tumba de mi padre, también es el único lugar en el que saben lo que soy y me aceptan. Me imagino cómo florecería aquí Ruiseñor, sin sentir miedo. Y, con una puñalada de arrepentimiento, pienso en lo distintas que habrían sido las cosas si Rye y yo hubiéramos huido. ¿Habríamos llegado hasta estas costas? Podríamos estar juntos, como Renza y Cree, besándonos en un umbral sin que le importara a nadie.

Veo a Yan Zeru en la cubierta, mirándome como si me evaluara desde otra perspectiva. Janella le da un toque en el hombro y se ponen a hablar. Algo de gran importancia ocurre entre ellos. Mientras subo por la rampa, se abrazan. Sin embargo, cuando Alción intenta besarla, ella mueve la cabeza y se aparta, como si lo tuviera calado. Eso me gusta.

Al pasar junto a ella, le ofrezco la mano.

—Gracias por todo. Adiós.

Me sorprende dándome un abrazo.

—En ailandés nunca decimos adiós. Lo que decimos es *amou:* hasta la próxima.

—*Amou.*

—Cuídate, Alondra —me susurra, y, por lo que sea, ya no me importa que use mi nombre de melodía de luz.

Alción la observa alejarse hasta que lo distrae un grupo de adolescentes que han acudido a despedirlo. Coquetea con ellas lanzándoles besos extravagantes. Este hombre es un seductor azur.

—No deberías venir —le digo—. Si mi gente descubre lo que eres, te atarán a una rueda.

—¿Y si hay que volver a salvarte la vida? —pregunta, sonriente.

—Hablo en serio.

—Demasiado en serio.

Hago lo mismo que Janella y lo dejo ahí plantado.

De camino a alta mar, busco mi catre. Cuando vuelvo la vista hacia la costa rota de Caraquet descubro que el corazón me duele de otro modo distinto. Se han cambiado las tornas. Ya no me consume la tristeza por Rye y mi difunto padre. Estoy haciendo algo. En ese círculo me respetaban y me escuchaban. Resulta demoledor percatarme de que nunca antes me había pasado. Hoy he hablado.

Me pesa menos el corazón y el dulce cuchillo se sale solo, aunque me lo guardo en la cabeza, porque lo voy a necesitar como arma si quiero luchar por la paz. Rye sabía que su enemigo eran los Hermanos, y no habrá paz hasta que caigan. Si no puedo salvar a Rye, al menos lo vengaré. Haré todo lo posible por derrocar a los Hermanos. Eso es lo que quiero. Por eso lucho.

Puedo hablar.

Hablaré.

Cuando las montañas de Ailanda se pierden en la distancia, Renza me da mi vestido, limpio y planchado. Le doy las gracias, pero no me lo pongo. En cuestión de un día, todo ha cambiado. Es como si perteneciera a otra chica.

# 36

# RUISEÑOR

Cassandra está conmigo. Me rodea con sus cálidos brazos. Me alegro mucho de verla.

—Cassandra —susurro—. Estás aquí.

—Te voy a enseñar a volar —dice ella.

Está aquí.

Al despertar descubro que estoy flotando. Todo es blanco. Me giro en el aire y veo mi cuerpo tumbado abajo. Estoy más pálida que un fantasma, en una cama blanca. A mi lado se sienta una mujer con una melena gloriosa que le cae por la espalda. Me da la mano y me enfría la frente con un paño helado. Algo va mal.

—¿Cassandra? —pregunto, y la voz me sale pastosa, sedienta, seca.

Me veo cortes en las sienes; me han afeitado partes del pelo.

Caigo como una piedra de vuelta a mi cuerpo.

La cabeza me palpita y me duele. No logro enfocar la vista. La mujer que tengo al lado es un borrón blanco. Me llevo los dedos a donde el dolor es peor. Toco unas heridas delgadas sobre las sienes y grito.

—¿Qué me han hecho? ¡Cassandra!

Entonces lo recuerdo. Recuerdo el rostro de Cassandra convirtiéndose en el de Keynes y la descarga eléctrica que me recorrió la espalda. Esto no es un sueño, sino una pesadilla en la vida real. Intento sentarme y, entonces, oigo una voz suave como la seda.

—No pasa nada, estás bien.

La mujer de blanco es una presencia poderosa, aunque, sin mis lentes, me cuesta verla. Lleva unos pendientes de diamantes en las orejas y la luz reflejada en ellos le brinca por la cara. Puede que sea una visión, una estatua que ha cobrado vida. No puede ser real, porque se parece a la hermana Swan.

—Has sido muy valiente, no has chistado —dice.

—¿Dónde estoy?

—He sido lo más delicada que he podido con el cuchillo. Si te he hecho daño, lo siento mucho.

¿Qué quiere decir? Presa del pánico, se me entrecorta el aliento.

—¿Qué me ha pasado? ¿Estoy en la Casa de las Crisálidas?

—Estás en mis habitaciones —responde la voz de terciopelo—. Mi hombre, Starling, te ha traído.

Mi melodía de luz. La dejo volar, temiendo haberla perdido.

—¡Alondra! ¡Alondra! —grito por dentro.

Noto que mi canción salta al exterior. Está aquí, dentro de mí, entera, indemne. Pero no hay respuesta.

Alondra se ha ido. Las heridas de las sienes me arden de dolor.

—Eres mi crisálida falsa —me tranquiliza la figura—. Tu transformación tenía que parecer real. —De nuevo, me pone el paño en la frente—. Yo misma he hecho los cortes. Después te los he cosido con mucho cuidado. Me aseguré de que no sintieras nada.

—¿Por qué?

—Tenía que hacerlo. Para salvarte...

Blanco sobre blanco. No entiendo nada. Tengo la cabeza llena de blanco, de niebla blanca.

—No veo nada —le digo con una voz muy débil.

—Pobre muñequita. Toma.

Me da los anteojos y me los pongo. Y puedo enfocar la vista.

—Creo que sabes mi nombre —dice, sonriente.

Es un mural que ha cobrado vida, la belleza más deslumbrante que pueda imaginarse.

—Hermana Swan...

Ella inclina la cabeza, encantada de que la haya reconocido. Me da agua y bebo. Lleva muchísimo maquillaje, como una máscara. Sus cejas son líneas perfectas de carboncillo. Tiene los labios de color cereza. Se acerca a una mesa de mármol blanco y regresa con un espejo. El vestido fluye a su alrededor como si estuviera hecho de leche que alguien vierte de una jarra. No puedo creerme que esté con ella.

Intento sentarme. Ella me pone unas cuantas almohadas blancas detrás. Estoy en un catre, bajo una colcha blanca y suave. Las almohadas son como nubes. La hermana Swan usa el espejo para enseñarme su obra: tengo una herida en cada sien, rojo intenso sobre la piel pálida.

—No dejé que los cirujanos te tocaran con sus bisturís finos como brochetas. De haberlo hecho, ya no quedaría nada de tu melodía —dice—. Y eso es lo que debe creer todo el mundo.

La conmoción de la captura vuelve a mí. Mi padre, advirtiéndome demasiado tarde.

—¿Dónde está mi padre? —le pregunto.

Ella deja escapar el aire y esboza una sonrisa débil.

—Me temo que no pude salvarlo.

—No... No...

Una puñalada de dolor que se retuerce hasta que dejo escapar un grito de angustia.

—Está vivo, niña tonta —me dice Swan para callarme—. Kite podría entrar en cualquier momento. Si te ve algún tipo de emoción en la cara, sabrá que lo he engañado. Tiene que pensar que eres una crisálida. Tu padre está en la cárcel y yo haré todo lo posible por mantenerlo alejado del paredón.

¿Cómo encontrarle sentido a todo esto?

—¿Dónde está Keynes? —pregunto.

—¿Quién es Keynes?

—La sirena de mi padre.

—¿Esa criatura horrorosa? —Swan sonríe—. Era peligroso para ti. Me he encargado de él. No temas.

Eso me inquieta más de lo que soy capaz de expresar.

—¿Está muerto?

—Starling Beech se ocupó de ello. Deberías sentirte aliviada.

—¿Lo ha matado?

Siento horror, no alivio. Mi reacción desconcierta a la hermana Swan.

—A veces hay que tomar decisiones difíciles y aferrarse hasta a las ortigas. Sí, esa sirena odiosa está muerta. No volverá a molestarte. Ahora, sécate los ojos, que hay que ponerte en pie.

Mi padre está en la cárcel. Han asesinado a Keynes. Alondra se ha ahogado y estará hundida en la oscuridad del mar. Las lágrimas siguen fluyendo sin que pueda evitarlo. La hermana Swan me ofrece un pañuelo blanco.

—Creo que deberías alegrarte de seguir con vida —dice en un tono amable, aunque percibo su falta de paciencia.

No quiere a una llorona. Tengo que ser lista. Necesita ver mi gratitud.

—Gracias —le digo—. Por salvarme.

—¿Quieres saber por qué lo he hecho? —Asiento con la cabeza—. Escucha. —Cierra los ojos y veo que se concentra. Al principio, sólo oigo el silencio y el tictac de su reloj. Entonces oigo... su melodía de luz. Es tenue como un aliento, apenas audible, un dedo lejano que recorre el borde de un vaso de cristal. Sus notas gimen—. ¿Notas lo limitada que estoy?

La hermana Swan me sorprende quitándose el pelo. Me enseña la fealdad que oculta la peluca: el candado brutal, la banda de plomo.

—¿Eres una sirena?

Recuerdo lo que dijo mi padre: «Las sirenas nos odian. Si pudieran nos matarían mientras dormimos». El corazón me late tan deprisa que me duele.

Swan me coge las manos entre las suyas.

—Cuando llegué aquí por primera vez, Niccolas Kite me dio una copa de champán espumoso. Dentro había echado una dosis de somnífero. Me desperté con un cirujano mirándome. Me había quitado el útero y me había cerrado esta banda odiosa en torno al cráneo.

Habla con una amargura despreocupada que me resulta horrenda.

—Ay, hermana...

—Te he mantenido lejos de la Casa de las Crisálidas porque tu melodía de luz es muy fuerte. —Los ojos le brillan de emoción—. Te he salvado para que seas mi voz.

—¿Tu voz?

—Vas a ser mi escudo y mi cuchillo.

¿A qué se refiere? ¿Para qué me quiere?

—No lo entiendo.

Swan da una palmada y entran unas mujeres vestidas de blanco de pies a cabeza, con una tela de gasa sobre el rostro.

—Poned en pie a mi muñequita —les ordena Swan en tono brusco. Después se vuelve hacia mí—. Siento tener que darte prisa, pero Kite suele visitarme a estas horas. Debes estar lista.

Las mujeres me ayudan a salir de la cama, aunque doy un respingo cuando me tocan. Son páginas en blanco. Se me hiela la sangre.

—De esto te he librado —dice Swan—. Éste iba a ser tu destino.

Sólo había visto crisálidas a lo lejos, con el rostro invisible, encargándose de sus tareas. Estas mujeres me horrorizan. No puedo ni hablar.

—¡Vestidla!

En el museo del Pueblo de la Luz, cerca de la exposición del hombre en el espacio exterior, había un mural. En él se veía una gran estrella negra, y un grupo de estrellas y planetas que eran atraídos por ella, como si la negra los consumiera poco a poco, robándoles la luz y la energía. Así me hacen sentir estas mujeres.

—¿Te inquietan mis damas? —pregunta la hermana Swan—. Supongo que me he acostumbrado a ellas. Son mis eternas compañeras. Me las regaló el hermano Kite y les puso nombres de constelaciones. Lady Orión era una insurgente, ¿te lo puedes imaginar?

Es como si no pudiera respirar. Están vacías. Su presencia es ausencia.

—Ésa es lady Lyra, lady Escorpio… Tendremos que buscarte un nombre.

—Me llamo Kaira Kasey —le digo con toda la determinación que me atrevo a mostrar.

No permitiré que me llame como a una de estas estrellas oscuras.

—Bueno —medita ella, consciente de mi angustia—. Puedes conservar tu nombre. Será nuestro secreto. Y es cierto que eres distinta de las otras. —Prueba a decir mi nombre dándole vueltas con la lengua. como para ver a qué sabe—. Kaira... Las damas me ponen un vestido blanco y me sientan ante un tocador. Parezco pequeña, arrugada, gris.

—Necesitas polvos y algo de colorete —dice Swan—. No se fijará demasiado en ti, pero, cuando lo haga, procura mirar al frente y no pensar en nada.

Me echa los polvos y me pinta como a una muñeca. Diría que lo disfruta. Parece muy emocionada por tener compañía. Observo a las crisálidas que la rodean y entiendo lo mucho que deben de agotarla.

Quiero estar con mi padre en una barcaza, con Alondra en el mar, lejos de aquí. Me cuesta ocultar mi desdicha, pero la hermana Swan parece encantada conmigo. Me cepilla el pelo y me dice lo bonito que es. Seguro que intenta ser delicada, aunque me tira de las heridas, todavía recientes.

—¿Sabe mi padre que sigo viva? —le pregunto.

Me llega un tañido agudo de cristal y sé de inmediato que la he irritado. Me doy cuenta de que no debo hablar de él.

—Creo que es mejor que te crea muerta, pero no te preocupes. Ahora, yo soy tu familia.

Su sonrisa me provoca escalofríos. Entonces la puerta se abre y ella da un respingo. A través del espejo veo a un emisario.

—El hermano Kite —anuncia.

La hermana Swan me quita las gafas, de modo que vuelvo a verlo todo borroso. Después susurra:

—Quédate completamente en blanco.

Cuando entra el hermano Kite, veo que es más bajo que en sus estatuas y tan lustroso como un escarabajo. La hermana Swan a menudo habla de él en la radiobina y nos cuenta que es uno de los pensadores más importantes de Brilanda, la mano derecha del gran hermano Peregrine. Swan camina como si flotara hacia él.

—Que los dioses te iluminen.

Kite no la saluda. Se está desabrochando la chaqueta.

—¿Qué pasa con Harrier y contigo? —pregunta.

—¿Con el hermano Harrier? Apenas lo conozco.

—Entonces, ¿por qué se comporta como si fuera tu paladín? Está preguntando con mucho interés por tu salud. Me da la impresión de que me cree culpable de tu inexplicable desmayo —dice en un tono de voz ahogado por los celos. Swan parece desconcertada, nerviosa—. ¿Ése es tu plan? —la acusa Kite—. ¿Seducir a Harrier para salvarte?

No sé qué significa nada de esto. Me escondo en mi interior con la esperanza de que no se fije en mí. Tengo a Swan justo delante y veo cómo giran sus engranajes y piensa sobre la marcha. Le tiene miedo.

—He estado trabajándome a Harrier —responde con frialdad—. Y me he ganado su confianza. ¿No te has fijado en que se está convirtiendo en uno de los favoritos? Siempre está en las habitaciones de Peregrine. El anciano está loco por él.

Sirve a Kite un vaso de licor tostado y se lo da. Me fijo en que tiene las uñas pintadas de blanco resplandeciente.

—Harrier es un obstáculo para ti —ronronea—. Si me dejas manipularlo, te despejaré el camino.

Le apoya la mejilla en el hombro a Kite y los dedos en el pecho, con delicadeza. Él sigue verde de celos.

—No conseguiste manipular a Drake —responde—. Me dijiste que podías ponerlo de mi lado.

—No tuve la oportunidad. Los ailandeses me atacaron.

—Sigue frenando mis planes, negándome su apoyo y jugando en ambos bandos como la víbora que es.

—Olvídate de Drake —le susurra Swan para calmarlo—. Conseguiré que Harrier apruebe tus planes. Pondré de tu lado al consejo entero, ya lo verás...

Kite le rodea la cintura con una mano y le clava los dedos en la carne. Ella deja escapar un leve jadeo y veo que su sonrisa es una mueca fingida. Le está haciendo daño. Eso me afecta tanto que el espejo que tenía en la mano se me cae y se hace añicos contra el suelo. Y Kite me ve.

—¿Qué es eso?

Miro al frente como si fuera una cáscara hueca y vacía.

—Una criaturita descuidada —dice Swan—. Acaba de salir de la Casa de las Crisálidas. Me apetecía elegir yo misma a una de mis muñecas. —Ordena a una de las damas que recoja los cristales mientras Kite me examina—. Me pareció que necesitaba que la cuidasen. Como no puedo tener hijos, necesito una muñeca.

Hay un deje de acusación en su sonrisa de cereza. Kite examina mis cicatrices; yo sigo mirando al frente, sin parpadear. Por dentro, me convierto en un puño cerrado.

—Pronto te cansarás de ella —dice—. Es tan espantosa como el resto.

Empuja a Swan hacia su dormitorio. Ella me lanza una mirada que significa que para eso ha venido a verla; la posee siempre que se le antoja y ella no puede negarse. Kite levanta una de sus botas relucientes y cierra la puerta de una patada.

Se han ido.

El pánico llega de golpe. Gala, ayúdame. Me quiere usar de escudo y de cuchillo. Quiere que la salve de ese hombre. ¿Cómo voy a hacerlo?

No soy más que una niña llorona, y ese hombre es un monstruo.

¿Cómo voy a enfrentarme a él?

Sin hacer ruido, me adentro en mi interior hasta el punto de ver las estrellas del cielo. Siento una soledad insoportable. No puedo creerme que esta habitación horrible y letal sea ahora mi vida. Aúllo por dentro, llorando por mi padre, por mi futuro, por mi Alondra.

Alondra...

¿Qué más da si uso ahora mi melodía de luz? Ya me han atrapado.

Canto su nombre y lo lanzo todo lo lejos que la mente me permite.

—Alondra...

Su alma valiente ahora flota sobre el mar. Intento alzarme por encima de la tristeza que me ahoga.

Y, entonces, como un milagro, la oigo.

—¿Ruiseñor?

# 37

# ALONDRA

El Alerón Azul es muy veloz. Cortamos las olas como una guadaña. Cien millas por el mar no es nada para este barco. Dormito a ratos y, entrada la noche, la oigo. Al principio creo que estoy soñando, pero su grito persiste. Su melodía de luz remonta los cielos.

—Alondra... —dice en una nota pura, brillante y dolorosa.

—¿Ruiseñor?

Debe de haber escapado. Corro a cubierta con la esperanza de que el cielo despejado e iluminado por las estrellas me ayude a escucharla. En la proa, le envió la melodía con todas mis fuerzas.

—¿Ruiseñor?

Su emoción me llega antes de verla, su alegría de saberme viva hace que me cueste respirar. Entonces aparece a mi lado, en cubierta. Sostenemos mutuamente nuestra luz y su presencia se vuelve más fuerte. Ruiseñor creía de verdad que yo estaba muerta.

Al percibir el movimiento del barco y su velocidad, su luz se curva para formular una pregunta. Le enseño mi historia y a Yan Zeru sentado en mi barca accidentada.

—Lo llamaste para que acudiera a mi lado —le digo—. Oyó tus gritos. Me salvaste la vida.

Ruiseñor ahoga un chillido al ver mi ropa ailandesa.

—¿Los ailandeses te han tomado prisionera?

—No —respondo a toda prisa—. Creían que era una refugiada que intentaba escapar. Se desviaron de su camino para rescatarme. No son... No son como pensábamos. Comparto con ella mi experiencia. Le enseño a Renza Perch riéndose cuando la confundí con un chico. Le enseño a Janella Andric dándome su cama. Le enseño a Alción.

—No he tenido que ocultarme —le explico—. Aquí soy una antorcha, no una abominación ni una inhumana. Hablé con ellos, Ruiseñor, en su círculo. Me llevan a casa.

Ruiseñor me mira sin entenderme. Cuando nuestra armonía se fortalece, me percato de lo extraña y pálida que está. Lleva polvos en la cara y un vestido blanco que le queda grande. Entonces le veo los parches sin pelo y las finas heridas rojas en ambas sienes. Contengo el aliento, aterrada.

—¿Dónde estás?

No sabe ni por dónde empezar. Veo a su padre llorar en una habitación llena de pájaros muertos. Experimento el horror que siente ella al descubrir el engaño de Keynes. Comparto el dolor atroz de la descarga eléctrica. Entonces veo a la hermana Swan y oigo su canción débil y escalofriante. Es una sirena.

—¿Te cortó la cabeza con una cuchilla y te cosió ella misma? ¡Eso es una locura, un crimen!

Me cuesta asimilarlo todo.

—Pero sigo teniendo mi melodía. Me ha salvado de esto.

Ruiseñor me enseña a las fantasmagóricas damas con velo que permanecen de pie e inmóviles en la habitación blanca. Comparto su asco.

—Dice que seré su escudo y su cuchillo.

—La hermana Swan quiere tu melodía de luz —comprendo, horrorizada.

—Creo que está desesperada, Alondra. Ella también es prisionera. Debe de sentirse muy sola. No tiene a nadie más que a estas damas tan patéticas.

—¡Te ha secuestrado!

Ruiseñor es tan buena que me preocupa que no sea capaz de ver la maldad de los demás. Lleva toda la vida justificando a su padre, y ahora esta mujer despiadada y avariciosa quiere aprovecharse de ella.

—La persona que me da miedo es otra —dice.

Ruiseñor me enseña al hermano Kite. Veo que tiene rasgos débiles y ojos duros, rebosantes de deseo y celos. También veo a Swan adulándolo y a él manoseándola. Aparto la vista.

—Kite la controla.

—¿Qué quiere de ti, Ruiseñor?

—No lo sé, pero mi padre está en la cárcel —responde, impotente—. Se enfrenta al paredón. Si Swan le salva la vida, haré todo lo que me diga.

Le doy vueltas a lo que me cuenta. Quiero volar en pedazos los muros de palacio y sacarla de ahí. ¿Qué puedo decir para ayudarla? Lo único que puedo es darle ánimos.

—Ruiseñor, eres fuerte y buena. Sobrevivirás a esto, lo sé. Voy a volver a Brilanda. Los ailandeses me llevan a Northaven. Quieren la paz...

—¡Chist! —me silencia ella, asustada—. Los oigo... ¡Kite!

Desaparece. Es como si la cubierta se hundiera bajo mis pies.

El brillo del alba despunta en el cielo. Contemplo las olas que el Alerón Azul atraviesa sin descanso. A lo lejos, en el horizonte, veo una línea negra irregular. Ya vemos la costa de Brilanda y corremos hacia ella, hacia casa. De repente, me muero de miedo por Ruiseñor y por mí. Me vuelvo, sin aliento a causa del pánico, y me percato de que me observan. Alción. Está en el puente. ¿Ha visto a Ruiseñor? Me enderezo de inmediato y me trago esa sensación física de terror. De todos modos, se acerca a mí.

—Elsa, ¿qué ha pasado? Estás pálida.

—Estoy bien.

—Ven al puente.

Lo sigo porque, la verdad, siento tanto miedo por Ruiseñor que no sé qué otra cosa hacer. Me sienta a un escritorio cubierto de documentos.

—¿Necesitas algo? —me pregunta.

Debe de notárseme la confusión en la cara. No sé qué decirle. Hay que salvar a Ruiseñor. ¿Puedo contarle a esta antorcha que está en el palacio de los Hermanos? ¿Y si desvelo que la hermana Swan es una sirena? Debe de ser un secreto de Estado guardado con celo. ¿Me convertiría eso en una traidora?

Me hundo en el océano, en unas profundidades desconocidas.

Yan me sirve un vaso de agua y me lo pone en la mano.

—Háblame.

Se refiere a hacerlo en melodía de luz. Lo miro. ¿Estoy lo bastante desesperada como para hablar?

—No puedo contarte esto. Eres ailandés. No está bien.

Bebo, y eso me ayuda.

—Elsa, existe un vínculo entre el Pueblo de la Melodía que va más allá de las fronteras, más allá de la nacionalidad. Es uno de los motivos por los que los tiranos nos consideran una amenaza. Y uno de los motivos por los que usamos con mucha precaución nuestros poderes. Me cuentes lo que me cuentes, queda entre nosotros hasta que decidas lo contrario. A las antorchas nos cuesta mentirnos. Es difícil guardarse las cosas.

—Eso es lo que me preocupa. Se lo contarías a todas las antorchas de aquí a Reem.

Ese pelo largo, esos ojos... Con razón las mujeres fuertes como Janella Andric se ruborizan en su presencia. Este hombre está hecho para pintarlo en un cuadro.

—Crees que soy poca cosa, ¿no?

—¿Qué?

—No necesito la melodía de luz para hacerme una idea de tu opinión. Me consideras insustancial y endeble.

Ha dado en el clavo.

—Mira, me has salvado la vida, como no dejas de recordarme. Soy consciente de lo mucho que te debo.

—No es una deuda. Te prometo que no me entrometeré, pero quiero que veas quién soy.

Su melodía me invita. Vacilo.

—Nos han enseñado que los ailandeses roban pensamientos y los manipulan —le digo.

—Nuestras principales leyes lo prohíben. Sólo me he metido a la fuerza en la mente de otra persona en plena batalla. Y fue para defenderme.

Recuerdo lo asustada que estaba yo cuando Ruiseñor apareció por primera vez. Unirse en la melodía de luz es un acto muy íntimo. Para Rye y para mí, era tan natural como respirar. Miro al hombre que tengo enfrente.

—¿Quién te puso el nombre de Alción? —pregunto con la melodía—. Tendrían que haberte puesto Pavo Real.

Noto que su mente se abre en una sonrisa y, antes de saber bien cómo, los dos somos uno. Veo los recuerdos de Alción a través de sus ojos, como si la separación entre ambos no tuviera la menor importancia. Veo picos nevados y árboles verdes alrededor de un lago. Estoy trepando por un saliente. Una chica desharrapada lo observa, aunque es como si me observara a mí. Me doy cuenta de que es Janella Andric, con unos trece años, sucia y descalza. Voy a impresionarla. Quiero hacerla sonreír. Llego al borde y miro abajo: es demasiado tarde para echarse atrás, tengo que hacerlo. Salto, y el contacto con el agua me deja sin aliento. Me sumerjo como una flecha, en silencio. En ese azul profundo veo un pez que se sorprende con mi repentina aparición. Salgo a la superficie con el pez en la mano. Janella Andric se pone a dar saltos, llorando y riendo a la vez.

Miro a Alción e intento comprender cómo ha conseguido compartir de forma tan vívida ese recuerdo. Puede que se trate de la cercanía física; o puede que los ailandeses lo hagan así.

—Zambullirme en ese lago fue como purificarme. Como renacer —dice.

—¿Renacer después de qué?

Tras una pausa, me golpea un batiburrillo de imágenes. Soy un niño de piernas largas sentado en la tierra. Vivo en una cabaña miserable con muchos otros niños. Me muero de hambre. No hay suficiente comida y las pulgas me están picando. Trabajo empujando carros llenos de rocas en una enorme cantera. Tengo las manos llenas de cortes y callos. Hay guardias con látigos. Gala, son guardias brilandeses. Veo a una mujer al otro lado de una alambrada, con una banda en la cabeza. Mi madre. La llamo. Me ve.

—Yan —dice—. Yan.

Se acerca a la alambrada e intenta tocarme. Tiene los brazos esqueléticos. Cuando se la llevan, me dice que me quiere y que sea fuerte. Veo soldados brilandeses, torres de vigilancia y emisarios con látigos. La llamo a gritos: «¡Madre!».

Repliego mi melodía de luz. Alción baja la vista, todavía herido por el recuerdo. Nosotros le hicimos eso, los brilandeses. Un soldado brilandés arrancó a su madre de esa alambrada.

—Crecí en un campo de trabajos forzados. Cuando vuestro ejército nos invadió, reunieron a todo el Pueblo de la Melodía. Mi madre era antorcha de un círculo, así que vinieron a por toda la familia. Y...

Todavía le duele demasiado para decirlo.

—No tienes que contármelo —le aseguro.

—Los cirujanos brilandeses vinieron hasta aquí. Usaron a los nuestros para perfeccionar sus técnicas para la Casa de las Crisálidas. Escapé de ese campo cuando tenía doce años. Janella me sacó.

—¿Qué le pasó a tu madre? —Por su silencio, sé que está muerta—. ¿Por qué te has embarcado en una misión por la paz? Si me lo hubieran hecho a mí, el odio me consumiría. ¿Por qué no estás luchando contra nosotros?

Otro montón de imágenes, mucho más recientes esta vez. Está en el buque de guerra. Dispara. Sabe que ha acertado porque su consciencia se llena de la agonía de los hombres que arden. Nuestros hombres.

—En las guerras muere la gente equivocada —dice—. No deberían morir los vuestros, sino vuestros líderes. Son ellos los que deberían responder por sus crímenes.

Me enseña una última imagen borrosa e incompleta, como si la viera esforzándose al máximo con sus poderes: la hermana Swan haciendo una mueca. Alción se ha unido a ella en la melodía, pero no es una unión armónica. Todo lo contrario.

—Te tengo, espía.

Forcejean. La hermana Swan lo ataca, abriéndose paso a la fuerza y sin piedad. Él se defiende. Su entorno va cambiando, de la cubierta de un barco a una especie de sala de control. La luz entra a borbotones por una ventana larga y Yan ve un avión que aterriza con un rugido de combustible de fuego. Cuando la hermana Swan se le mete en los recuerdos y saca de ellos su preciado lago de montaña, la sensación es horrenda. Encuentra su nombre.

—Alción.

Él la deja marchar cuando se percata de la presencia de Kite. Kite, que tiene una banda de plomo en la mano, grita a Swan. Comparto el mismo horror que siente Alción al fijarse en la cerradura del cráneo de la mujer. Percibo su repulsión, su odio hacia Kite. Ése es su enemigo. Ése es el hombre que le robó la infancia y mató a su madre.

—Quieres destruir al hermano Kite —comprendo.

—La paz lo destruirá.

Alción sabe que Swan es una sirena, lo ha visto en persona. ¿Por qué me contengo? Decido compartirlo todo, como ha hecho él.

—Esto no puede continuar —le digo.

Alción se lleva una mano al corazón y compruebo la solemnidad de su promesa.

—Ruiseñor está en el palacio de los Hermanos —le digo, y todo sale en un aluvión de palabras e imágenes.

Le enseño los cortes de su cabeza, a las mujeres fantasmales vestidas de blanco, a su empalagosa señora. Él lo recibe todo como una revelación.

—¿Para qué la quiere Swan?

—No lo sé, pero alguien tiene que salvarla. Llévame contigo a Brightlinghelm.

En ese momento entra Alize, vestida con su uniforme de gala.

—Buenos días, Elsa.

Sonríe, aunque parece inquieta. En ese momento me doy cuenta de que empieza a amanecer y recuerdo la misión del día. La silueta de nuestra costa se acerca.

—Buenos días —respondo.

Alize mira a Alción.

—¿Están listas nuestras condiciones?

—Todos los documentos están aquí. El círculo de Reem lo ha aprobado por un margen muy estrecho.

—¿Cómo de estrecho?

—Separelli usó su voto decisivo.

—Entonces no debemos fracasar. ¿Todavía puedes ponerte en contacto con él?

Alción niega con la cabeza.

—Ya están más allá de mi alcance.

Recoge los papeles en los que ha estado trabajando y se los entrega a Alize. Lo miro, asombrada por lo pulcra que es su letra, aunque sea incapaz de leerla. Ella le da las gracias y empieza a leer. Le veo algunas patas de gallo y arrugas profundas en la frente. No es tan mayor como supuse en un principio (puede que algunos años más que mi madre), pero esta mujer ha vivido de verdad.

—Elsa quiere ir con nosotros a Brightlinghelm —dice Alción.

—Mi amiga necesita ayuda —explico.

Alize me mira largo y tendido, como si supiera que no me va a gustar lo que está a punto de decir.

—Elsa, cuando volvamos a Northaven, pertenecerás a Heron Mikane. ¿Lo entiendes? No podemos interferir con las costumbres de Brilanda. Eres propiedad de tu marido.

—Pero...

—Tu relación con nosotros te pone en una situación vulnerable. Cuando estemos en tierra, no podemos demostrarte ninguna atención excesiva. Intentaremos mantenerte a salvo, pero lo primero es la misión. Si conseguimos un salvoconducto para Brightlinghelm, estoy bastante segura de que te dejaremos atrás.

Asiento, ya que de repente comprendo mi destino. Esto es a lo que he renunciado al decidir regresar: no seré nada más que la segunda esposa de Heron.

Alize me compadece.

—Caminamos por la cuerda floja. Ese margen tan estrecho por el que hemos conseguido que se apruebe la misión podría reducirse hasta acabar en nada.

Alción percibe mi angustia al llevarme a cubierta.

—Si consigo llegar con vida al palacio de los Hermanos, haré todo lo que esté en mi mano por ayudar a tu amiga.

Le doy las gracias. Ya se ven Northaven y sus turbinas a lo lejos, sonrosadas por el alba. Alción lo observa todo.

—Que no te engañe lo bonito que parece —le advierto—. Es un pueblo feo en el que pasan cosas feas. Hay horcas. La gente muere. Todo el mundo tiene miedo.

Alción responde algo inesperado:

—Hay otra antorcha, ¿verdad?

Lo miro, perpleja.

—¿En Northaven?

—Lo oigo. Una disonancia con una melodía rota…

—¿Te refieres a John Jenkins?

A lo lejos oigo su canción agitada y sin sentido, una disonancia llevada por el viento. A Alción parece afectarle.

—Siempre tenemos cerca la locura. Cuando no podemos ser nosotros mismos, cuando no podemos existir como deberíamos, la locura echa raíces. Me preocupo por ti, por que tengas que volver a un lugar en el que no puedes desahogarte, en el que nunca podrás ser quien eres. No sé ni cómo has conseguido sobrevivir hasta ahora. Me he metido contigo por ser tan seria, Alondra, pero no sé si yo habría sido tan fuerte.

Eso me toca la fibra sensible.

—Rye Tern me daba fuerzas.

Percibo que la melodía de Alción formula una pregunta.

—Dime —dice.

Da la vuelta y me conduce a una habitación que parece una celda, a un lado del puente. Su petate sin abrir está sobre la cama. Está claro que no ha dormido.

—Deberías descansar —le digo, retrocediendo.

—No podremos usar nuestra melodía de luz cuando lleguemos. Habla conmigo.

Aparta la silla de su escritorio diminuto, me siento y alargo la mano para tocar sus libros y papeles, como si las palabras de dentro pudieran metérseme de algún modo bajo la piel.

Se lo enseño, aunque me duele hacerlo. Le enseño lo preciada que era nuestra armonía y nuestro último encuentro en la playa, cuando decidimos huir para encontrar una vida diferente y mejor. Después le enseño el cuerpo apaleado de Rye y la banda de plomo que le pusieron en la cabeza. Le enseño el poste de la Deshonra y al emisario Wheeler aullando; le enseño que le lancé un puñado de tierra al chico que amaba y lo llamé inhumano.

—No salí en su defensa. No pude rescatarlo. —Lloro como una niña—. No soy nada valiente —le confieso, aunque me cuesta—. Soy una cobarde.

Noto que me sostienen, no en la melodía de luz, sino dos brazos humanos. Por un momento, me dejo llevar. Dejo que me consuele. La compasión de este ailandés, de este extranjero, me golpea con fuerza. Susurra mi nombre de la melodía y no me importa que lo haga.

—Alondra...

Me aparto y me voy. Camino hasta la cubierta, destrozada por su amabilidad, mareada por la pérdida. Susurro el nombre de Rye mientras Brilanda se acerca. Lo encontraré... o lo vengaré. Ésa es mi nueva promesa, eso es lo que quiero.

El barco aminora la velocidad al aproximarnos a la costa. Alize llama a cubierta a toda la tripulación, y Renza y Cree izan la bandera blanca de la paz. Ya deben de vernos desde el pueblo, ¿qué estarán pensando mis compatriotas? ¿Estarán ya apuntando con sus morteros? Rezo por que estemos fuera de su alcance.

—Nadie os ha ordenado que os unierais a esta misión —dice Alize, como si hablara con cada uno de ellos—. Todos os presentasteis voluntarios. Eso me impresiona profundamente. Todos conocemos los riesgos, así que no me extenderé al respecto. Estamos aquí por aquello en lo que creemos: la libertad y la paz. —No habla ni de valor ni de triunfo, ni de ninguno de los temas habituales. Simplemente les da el brazo a los miembros de la tripulación que tiene a izquierda y derecha y dice—: Nuestra fuerza reside en nuestras diferencias.

Me da la sensación de que estos hombres y mujeres la seguirían al fondo de un pozo ardiente. Toda la tripulación se engancha del brazo. Renza y Alción lo hacen conmigo. Guardamos silencio.

Ese silencio dura un par de minutos y, a continuación, todos van a ocuparse de su trabajo. Pero el ambiente ha cambiado. Es como si todo el mundo fuera una antorcha, como si nos percibiéramos entre nosotros porque todos sentimos lo mismo. Y yo me siento muy confusa porque, por primera vez en mi vida, encajo en alguna parte.

Renza me ayuda a ponerme de nuevo el vestido y, al mirarme en el espejo, veo a una humilde chica brilandesa. No estoy lista para volver. Intento prepararme, pero, al cruzar la cubierta, noto un nudo en el pecho. Me acerco a Alize y señalo nuestros acantilados.

—Hay torretas armadas en esos promontorios. Mantened el barco fuera de su alcance —le advierto—. No lo metáis en el puerto, hay demasiado odio. Llevadme a tierra en una lancha de desembarco. Así es más probable que me vean... y quizá no disparen los morteros.

Alize se lo piensa un momento.

—Gracias.

Ordena echar el ancla y bajar una lancha.

—Sólo iremos cuatro de nosotros —decide—. Yan, Cazimir, preparaos.

¿De verdad pretende llevar a una antorcha a Northaven?

—Yan Zeru no debería ir —le digo.

Él protesta al instante: por supuesto que debería ir.

—No hay nada más repugnante para los míos que una antorcha ailandesa —insisto—. Si descubren lo que eres, te matarán.

—Pues no se lo diremos.

—Yan tiene que venir —dice Alize—. Puede comunicarse con los sensibles de a bordo. Si nos tienden una emboscada, salvará el barco.

—¿Los sensibles?

—Muchas personas son sensibles a la melodía de luz, aunque no sean antorchas —me informa ella—. Renza lo es, yo también. Seguro que habrás notado esa sensibilidad, incluso en Brilanda, ¿no?

Otra revelación. Pienso en los hilos sueltos de melodía de luz que oigo de vez en cuando, escondidos en los rincones más recónditos de los seres humanos. Northaven podría estar lleno de personas sensibles, sin que yo lo sepa.

—Al menos, quítate ese uniforme azur —le digo a Alción—. Para que tengas el mismo aspecto que los demás.

Se quita la camisa delante de mí y se la cambia a uno de sus compañeros de tripulación.

—¿Satisfecha? —pregunta.

No quiero que me afecte verle el torso desnudo, pero me afecta. Veo a Rye bajo mi ventana, por la noche, con la cara levantada en un gesto impotente entre el amor y el dolor. Más tarde, en la playa, bajo las estrellas, le quito la camisa desgarrada y le beso la piel.

Aparto la vista, perturbada.

Alize y Cazimir ya están en la lancha de desembarco. Alción me ayuda a subir, aunque me mira con curiosidad. ¿Pensará que me ha deslumbrado su maravillosa figura? A su favor hay que decir que achaca mi malestar a abandonar el barco.

—¿Estás segura de esto? —Me pregunta, rodeándome de preocupación con su melodía de luz—. Puedes quedarte a bordo y te llevamos a Ailanda. Sólo tienes que decirlo.

Niego con la cabeza porque sé que, sin mí, fracasará su plan de desembarcar en Northaven. Yo podría ser lo que incline la balanza entre la paz y la guerra.

Sin dejarse empequeñecer por su sencilla camisa azul, Alción levanta la mano para despedirse de la tripulación mientras se lleva el otro puño al pecho.

—¡*Amou!* —grita.

La lancha surca las olas, veloz, y no tardamos en dejar atrás al Alerón Azul. Con él desaparece mi última oportunidad de usar la melodía de luz.

—Alize —digo—, mi instinto me dice que tu mejor aliado en el pueblo puede ser Heron Mikane.

Sabe que soy sincera.

—Ya tenemos una aliada en el pueblo: tú.

Acepto sus palabras y las atesoro.

Al acercarnos al puerto, veo que varios hombres corren hacia el muelle, armados con fusiles y ballestas, y toman posición detrás del muro. Me levanto para que se me vea bien el vestido y levanto un brazo con la esperanza de que me identifiquen antes de disparar. La señora Sweeney sale corriendo por la puerta de su casa, armada con el fusil de su marido, seguramente deseosa de derramar sangre ailandesa. Muevo los brazos frenéticamente para captar su atención y la llamo por su nombre, temiendo que las balas me atraviesen en cualquier momento. Ella baja el arma poco a poco.

—¡No disparéis! —chilla.

Una figura corre colina abajo: mi madre. Estoy demasiado lejos para oírla, pero sé lo que grita.

—¡Elsa! ¡Elsa!

Intento contar los días que llevo fuera: ¿tres, puede que cuatro? Lo bastante para romper su fuerte corazón de la Espesura. Heron Mikane sale de la taberna, la Ostrera. Greening y los regidores avanzan, también armados. Miro a Gyles Syker, que me mira a su vez. En cuanto entramos para atracar, Heron se coloca como un escudo andrajoso entre la horda de fusiles y yo misma. Yan amarra la barca con una calma que yo no siento. Aquí no puedo llamarlo Alción. Incluso pensar en su nombre de la melodía de luz me parece peligroso.

Mi madre me da la mano y me ayuda a salir. Por un momento, sólo tengo ojos para sus brazos, mientras ella dice mi nombre una y otra vez.

—Estoy bien. Estoy bien.

—Te creía muerta.

—Elsa —dice Heron cuando mi madre me suelta. Mira más allá de nosotras, hacia los ailandeses, y algo se agita en su interior y sale a la superficie de un lago muy oscuro. No es odio, no—. ¿Podemos confiar en ellos? —susurra.

—Sí —susurro para responderle.

Me fijo en que el regidor Greening tiene los labios fruncidos como el trasero de un gato. Chaffinch corre colina abajo, medio asombrada, y Hoopoe Guinea se me acerca, junto con Gailee, que tiene lágrimas de alegría en los ojos. La señora Sweeney me da palmaditas en la espalda.

—Alabado sea Sidón —la oigo decir.

En ese momento hablo, con la esperanza de que la voz no me tiemble como si fuera una niña.

—Mi barca volcó —anuncio todo lo fuerte que puedo—. Estaba agarrada como podía a ella. Estos ailandeses me vieron y me salvaron la vida.

Heron mira a Alize. Nunca lo había visto tan perdido. Alize lo mira a los ojos, con el mismo conflicto interno dibujado en el rostro. Poco a poco, Heron le ofrece la mano para ayudarla a desembarcar. Una pausa. Entonces, Alize acepta su mano con la que le queda a ella y baja de la lancha. Se evalúan mutuamente las cicatrices y las partes que les faltan.

—Comandante Mikane —lo saluda, y le suelta la mano, como si le doliera su contacto.

Yan y Cazimir salen de la barca y se unen a ella. Cazimir está mirando el mural con la insultante horda de monstruos ailandeses. Alize da un paso adelante, sin miedo; se muestra tan fría como un zorro polar. Se dirige al pueblo.

—Me llamo Drew Alize y dirijo esta misión diplomática. Nuestro barco no es un buque de guerra y ondeamos la bandera blanca de la paz. Nuestra misión consiste en encontrar la forma de resolver el conflicto entre nuestros países. Hace tres noches vimos a esta joven aferrarse a su barca volcada, a punto de morir. Mi camarada, Yan Zeru, la rescató. Que la salvaran los ailandeses fue un duro trago para ella, ya que es muy leal a su hogar. Le dije con toda sinceridad a Elsa Mikane que aspiramos a acabar con esta guerra. Nos gustaría que enviaran ese mensaje a sus líderes de Brightlinghelm. Sólo pedimos que se respete nuestra bandera de la paz.

Los regidores reciben sus palabras con un silencio helado, pero Heron grita:

—¡Deponed las armas!

A un par de hombres todavía les tiembla el dedo en el gatillo, pero obedecen. Syker es el último en bajar el fusil.

Mi madre no puede contenerse.

—Gracias, estoy en deuda con ustedes —les dice, y, tras abrazar a Alize, se dirige a Yan, aunque, en vez de abrazarlo, le estrecha la mano, al igual que a Cazimir.

Algunas personas ahogan gritos de indignación. El regidor Greening está furioso.

—¿Paz? —pregunta Heron, mirando a Alize—. ¿Por qué íbamos a creerlo?

Alize no baja la vista.

—Tenemos que ponerle fin a todo esto.

Heron medita sobre esas palabras tan sencillas y, poco a poco, asiente para darle la razón.

—Greening —ordena—, envía un mensaje a los Hermanos, tal y como piden, y puede que Northaven sea el pueblo que termine con esta guerra.

Se oyen algunos vítores y gritos, aunque la mayoría de los presentes guardan silencio, desconfiados.

Greening, con cara de puro odio, se acerca a Alize.

—No me cabe duda de que se trata de una trampa ailandesa, pero lo haré para cumplir con mi deber. Su tripulación se quedará en el barco. Si se acerca, dispararemos. Tanto usted como sus subordinados varones permanecerán bajo vigilancia en nuestro salón.

Mira a Yan y a Cazimir con desprecio, como si, al permitir que una mujer los lidere, hubieran dejado de ser hombres de verdad. A Heron cada vez le brillan más los ojos y endereza la espalda. Toda la energía de su cuerpo prende ante la idea de la paz. Lo veo buscar a mi madre con la mirada; ella está radiante de esperanza.

—Sois bienvenidos en mi hogar —le dice a Alize—. No nos van a causar problemas, Greening.

—Ya he dado mis órdenes, como regidor que soy —responde él, airado al ver que mina su autoridad—. Mantendremos al enemigo vigilado.

Los dos hombres están midiéndose las fuerzas, aunque Alize mantiene la calma.

—Hemos traído brandy de calidad. ¿Podríamos empezar por compartirlo en vuestro salón?

Heron acepta la oferta y hace un gesto de cabeza para reconocer su diplomacia.

—Os enseñaré el camino —responde con educación.

Estoy a punto de seguirlo cuando el regidor Greening me detiene.

—¿Te atreves a traer al enemigo a nuestro pueblo? —me gruñe entre dientes—. Vete a tu casa, chica. Me aseguraré de que no vuelvas a ver el mar.

Ya me han empequeñecido de nuevo. Me han puesto en mi lugar.

Alción me mira al pasar, sorprendido de lo poca cosa que soy.

Me quedo con mi madre y no tardo en verme rodeada de un grupo de mujeres y chicas. Sus preguntas me llevan colina arriba, hacia mi hogar. Mi hogar. Mi hogar.

# QUINTA PARTE

# 38

# RUISEÑOR

He salido de la cama y, a la luz gris del alba, doy vueltas por las habitaciones blancas de Swan para intentar evaluar mi fuerza. Me he pasado la noche en el catre blanco, sufriendo por la suerte de mi padre. Se enfrentará al pelotón de fusilamiento por ayudarme a escapar y sus compañeros inquisidores lo considerarán un traidor. ¿Qué puedo hacer por él? Entonces se abre la puerta del dormitorio de la hermana Swan y me quedo paralizada. Es Kite. Lleva una banda de plomo en la mano y se la guarda en la chaqueta. Se detiene frente al espejo de Swan para recolocarse la entrepierna y se va. No me he movido. Ni siquiera he respirado.

Siento algo extraño, el zumbido de mil vasos de cristal que aumenta de volumen hasta que temo que vayan a estallar. Me rodea una melodía de luz frágil. Kite ha liberado a su sirena y ella requiere mi presencia. Me asomo al dormitorio de la hermana Swan, que me sonríe con ojos relucientes. Sus damas están convirtiendo su peluca en una escultura.

—Creía que estarías cansada y pensaba dejarte dormir —dice.

—Me siento demasiado agradecida para dormir. Me alegro mucho de estar aquí, contigo.

La hermana Swan se me acerca, ataviada con un camisón exiguo, y me mira fijamente.

—Estás intentando salvar a tu padre, así que me dices lo que crees que quiero oír. —Se me desencaja el rostro porque me ha leído como si fuera un libro abierto. La miro—. No me mientas nunca, Kaira, ¿entendido? Si me mientes, te tiraré a la basura y te abandonaré a tu suerte. —Aunque me amenaza, lo hace esbozando una sonrisa amable y encantadora. Eso me aterra—. Estoy harta del odio y la desconfianza, pero me rodea por todas partes. Quiero que contigo sea distinto.

—No te mentiré, hermana.

—Tienes algo puro y auténtico, Kaira. No soportaría que me decepcionaras.

—Intentaré no hacerlo. Te prometo que no te mentiré. Es que estoy preocupada por mi padre.

Tengo que seguir siendo fuerte y sincera. No debo pensar en Alondra.

Me percato de que sus ojos son de muchos colores, como los guijarros del fondo de un estanque. Hoy está distinta, más nítida. En vez de constreñida y disonante, me envuelve como las espirales de su peluca esculpida.

—Kite me ha liberado. Quiere que me ocupe de sus asuntos. —Sonríe para compartir su libertad conmigo—. Ninguno de los Hermanos sabe lo que soy. Soy un secreto.

Sé que tengo que dejarla entrar. Quiere que le dé carta blanca para introducirse en todos los rincones de mi ser. Noto que se acerca poco a poco a mi mente. Oculto rápidamente a Alondra y a Cassandra en lo más profundo.

Swan se me cuela como un suspiro. Mira a su alrededor, deja atrás mi miedo por papá, descubre a Ishbella y el árbol larguirucho que hay al otro lado de mi ventana, y se detiene para echarle un vistazo a Keynes. Le enseño un montón de imágenes tediosas: abrillantando botas, planchando camisas. Quiero que crea que mi vida es aburrida, pero encuentra algunos fragmentos de Northaven que no he logrado ocultar. Se mete en mis sentidos y escucha el mar. Es como si ambas estuviéramos en la playa de Bailey.

—Te encanta este sitio. ¿Dónde está?

—No estoy segura del nombre.

—Guardarte la verdad es otra forma de mentir —me dice mientras me acaricia la cara.

Apilo piedras sobre Alondra y Cassandra para mantenerlas en cuevas marinas, bajo tierra.

—Es Northaven —le confieso—. Donde se ahogó Alondra. Todavía me duele.

—¿Alondra?

El abrazo de sus tentáculos se hace más fuerte. Quiere saberlo todo. Me mantengo firme.

—Hermana, te debo la vida y quiero servirte. ¿Cómo puedo hacerlo?

Swan respira hondo el aire fresco de Northaven. Después, de repente, volvemos a la realidad de sus habitaciones blancas y asfixiantes.

—Es verdad, tenemos poco tiempo y mucho que enseñarte. Pero quiero que veas quién soy. Quiero tu amor, Kaira. Únete a mí. Quiero que entiendas mi situación.

Me está ordenando que la quiera. Su melodía de luz se despliega y me invita a entrar, así que me meto en sus recuerdos e intento no inundarlos de luz porque sé lo apabullante que puedo ser. Sigo las instrucciones de Cassandra y uso mi canción con la delicadeza del vapor. La memoria de Swan se ve granulada; tiene poca capacidad para compartirla… O quizá la mantenga tapada con velos de gasa y sólo me desvele lo que desea.

Me enseña su niñez en Fuerte Abundancia, del que he oído hablar en la radiobina. Pero, cuando veo a su padre llevarla a rastras a un depósito de agua, sé que me está mostrando algo que no ha visto nadie más. Su propio padre le deseó la muerte cuando descubrió que era una antorcha. Ahogo un grito ante su crueldad y siento un extraño vínculo con ella. Siempre he temido que eso fuera lo que hiciera mi padre conmigo. Swan me arrastra con ella hacia un momento de desesperación profunda. La veo con mi edad, suplicándole a Kite por su vida, prometiéndoselo todo, tanto en cuerpo como en alma, a cambio de permitirle quedarse con su melodía de luz. Veo cómo la usa Kite, Swan no me lo ahorra. Después, un cirujano se inclina sobre ella y saca una llave.

—Perfecta —dice.

Es tan horrible que se me escapa un grito. Abrazo a la hermana Swan como haría con Alondra, y ella se pone rígida, como si fuera la primera vez que alguien la abraza para consolarla.

—Ay, hermana, ¡hermana!

Eso la toma por sorpresa.

—Qué muñequita más sensible —me dice—. Tendrás que aprender a controlarte.

Sin embargo, mi compasión la afecta y noto que empieza a relajarse.

Veo su empeño por sobrevivir. Siento su soledad cuando Kite la encierra en sus habitaciones. Veo cómo él controla su luz. No quiere enseñármelo todo. En el centro hay un denso estanque de medianoche lleno de pensamientos ocultos y bien protegidos. Esconde las cosas que la atormentan por las noches. Se acerca más al presente y la veo humillada, fallándole a Kite. Su melodía de luz se deslustra y debilita por culpa de la soledad del confinamiento y la falta de uso. Swan parece tener mucho más de veintidós años.

Mi padre siempre me decía que las sirenas no duraban mucho.

—Kite está buscando una sirena para reemplazarme. Si encuentra una cara que le agrade, se librará de mí. Nos separamos. Me seco los ojos, sobrecogida por las púas y las aristas de su vida sin amor.

—¿Qué quieres que haga? —le pregunto.

Ella me coge las manos.

—Haremos como si tu melodía fuese la mía. Entre las dos, somos todo lo que Kite desea.

Siento un asco visceral por ese hombre después de haber sido testigo de cómo la ha tratado, así que la idea de cumplir sus órdenes me revuelve las tripas. Sin embargo, sí que quiero ayudarla. El miedo y las amenazas llevan años deformando su luz. Lo que siente por él no es odio, sino algo mucho más doloroso, como un vestido hecho de espinas. Es obsesión. Se aparta de mí en cuerpo y en mente, y se pone frente al espejo para prepararse. Ya me ha dejado ver bastante.

—Ha llegado el momento de tu primera tarea.

La hermana Swan chasquea los dedos y ordena a sus damas que me pongan una gasa blanca sobre la cara. Se me encoge la piel al contacto con su piel pálida; es como ser atendida por cadáveres.

—Te voy a enseñar a sembrar una idea —dice Swan mientras me conduce por una serie de puertas de cristal hasta un patio arbolado.

—¿Eso no es manipulación mental? —pregunto, horrorizada.

—Es política —contesta, como si nada—. Es lo que tengo que hacer para mantener mis privilegios como Flor de Brilanda.

Cruzamos el patio y salimos a una plaza grande, con hierba. Parece brillante y borrosa a través de la gasa. Está llena de rosales blancos y hay una fuente en el centro. El sol ilumina el césped cortado a la perfección.

—Es mi lugar favorito para sentarme —me dice Swan en melodía de luz, aunque estoy demasiado nerviosa para responder. Hay emisarios, inquisidores, soldados y guardias por todas partes. A un lado hay un comedor con algunas mesas fuera. Nos ocultamos bajo las hojas de un viejo sauce—. Vas a empezar por Starling Beech —me indica Swan, que me enseña a un subordinado delgaducho que toma té con tostadas mientras rellena una serie de informes—. Envíale tu melodía. Siémbrale una idea en la cabeza que consiga que derrame el té.

Invadir así la mente de otra persona es horrible, está mal.

—¿Qué clase de idea?

—La que quieras —responde, sonriendo para animarme—. El pobre no es nada cauto. Siembra una idea o una imagen, algo que lo sorprenda. A ver si consigues que se eche el té encima.

Swan suelta una risita, como si fuera divertido. Apenas me atrevo a expresar en voz alta mi enorme reticencia. Me parece un delito.

—La manipulación mental está prohibida —le recuerdo.

Se siente frustrada. Su melodía de luz chirría, irritada por mis dudas.

—No está prohibido si lo ordeno yo.

—Pero…

—Te he salvado la vida —me recuerda—. Y ahora te estoy enseñando una habilidad muy especial. Venga, consigue que Starling derrame el té.

A través del velo de hojas de sauce, me concentro en el hombre de la mesa. Lo oigo masticar la tostada mientras me cuelo en su consciencia. Su mente es como un lápiz afilado con el extremo mordido: eficaz pero nervioso. Las reglas hacen que se sienta a salvo. Me meto más adentro, dejando atrás sus agendas bien apiladas, para introducirme en los rincones oscuros de su pasado. Capto retazos descuidados de recuerdos que flotan como telarañas. Para él, cada fallo es como una herida. En el fondo, Starling Beech tiene miedo. Le dan miedo las arañas, las polillas, su madre, perder, las doncellas del coro, la oscuridad, el caos, los ailandeses y, sobre todo, el hermano Kite. Percibo lo que siente por la hermana Swan: la adora. Quiere protegerla, cuidar de ella y... Retrocedo al enfrentarme a una montaña de deseos físicos que no son en absoluto de mi incumbencia.

Todo esto es privado. Me he introducido en Starling Beech como una ladrona de pensamientos. Ahora lo veo de pequeño, pinchando escarabajos muertos en una vitrina. Y sosteniendo la taza de té con la punta de los dedos, mientras recuerda que su madre le pegaba cuando sorbía.

Swan se impacienta.

—Es una orden muy sencilla. Sé que puedes hacerlo.

Me concentro en la tarea. Me coloco en las retinas de Starling y encuentro el camino al cerebro. Espero a que levante la taza... y creo una polilla que le aletea en la cara. No está ahí, claro, pero se sobresalta, da un respingo y buena parte del té le aterriza en el pecho.

—Perfecto —se ríe Swan, encantada—. ¿Ves? No ha sido tan difícil, ¿verdad?

—No.

Me da un beso, feliz, como si fuera su mascota. Starling se sacude el uniforme y busca la polilla. Después se levanta y tira la tostada sin querer, entre inquieto y desconcertado.

—Ojalá tuviera más tiempo para enseñarte —dice Swan, entusiasmada, mientras salimos de nuestro escondite bajo el sauce y regresamos a sus habitaciones—. Pero hay prisa.

Me siento fatal por haber abusado de Starling Beech, aunque Swan está muy contenta conmigo. El corazón me martillea en el pecho al pensar en lo que me pedirá a continuación.

De vuelta en sus habitaciones, Swan da una palmada y las damas vacías y espectrales ocupan su puesto detrás de ella. Swan me coloca al principio de la formación.

—Tienes que intentar caminar sin ese cojeo tan horrendo.

—Pero tengo una pierna más débil que la otra —le explico.

—Si eres imperfecta, llamarás la atención. Haz un esfuerzo.

Salimos a un pasillo muy largo y, antes de llegar al final, me duele la cadera. Ayudaría que Swan nos condujera con un ritmo más relajado, pero va deprisa y no hace concesiones. Un pasillo tras otro, patios cubiertos. Puertas que se abren a habitaciones en las que no me atrevo a mirar. La tela de gasa me entorpece la vista. Mientras caminamos, Swan me va dando instrucciones en la melodía de luz.

—Cuando lleguemos a la cámara del consejo, verás al gran hermano Peregrine y a los demás consejeros. Quiero que te concentres en un hombre llamado Harrier.

—¿El hermano Harrier? —Me enseña la imagen de un hombre guapo con barba—. Lo he visto —le digo. La cadera me está matando. Todo el mundo se inclina y se apresura a apartarse de nuestro camino—. Mi madrastra, Ishbella, y yo nos encontramos una vez con él en el mercado, mientras esperábamos en la cola para comprar patatas.

—¿Qué narices hacía en vuestro deprimente mercado?

—Suele ir mucho a la ciudad. Es prácticamente el único consejero que sale del palacio. Se dirigió directamente a nosotras y habló con todas las mujeres de la cola. Bromeó, nos hizo reír y después nos preguntó por nuestras raciones.

—¿Por qué le importaban vuestras raciones?

—Nos preguntó si nos resultaba fácil alimentar a nuestras familias y si creíamos que los Hermanos podrían hacer algo más. Más tarde, ese mismo día, lo escuchamos en la radiobina, pidiendo que se aumentaran las raciones.

Swan reflexiona sobre ello.

—Harrier va a ser tu objetivo —me dice—. Así que será mejor que no te pongas sentimental. No quiero más titubeos sobre la prohibición de la manipulación mental. Vas a meterle en la cabeza una idea muy sencilla. Igual que has hecho con Starling Beech.

Mi protesta caería en saco roto, así que se disipa para convertirse en un estrés horrible.

—¿Qué idea?

—Kite tiene razón, ésa es la idea. Que se lo crea de verdad: Kite tiene razón.

—¿Razón sobre qué? —pregunto, con los nervios de punta.

—Enséñale un avión en el cielo. Enséñale bombas cayendo sobre Reem. Después, enséñale banderas ondeando en señal de victoria. Y repite: Kite tiene razón. Kite tiene razón.

El gemido cristalino de su melodía de luz aumenta con la cantinela. Percibo su inestabilidad.

Sigo a Swan por un gran pasillo y despúes subimos por una escalera ancha e intimidante. El vestido se le hincha como la vela de un barco. No puedo hacerlo. Tengo que frenar. Por instinto, me agarro al pasamanos de piedra.

—Espera, por favor —le suplico en melodía de luz.

Swan lo hace, aunque sólo lo justo para que suba sin ayuda. Al llegar arriba, me falta tanto el aliento que temo desmayarme. Se detiene un momento, preocupada por mí.

—No te pasará nada, muñequita. Esto se te dará de maravilla. Eres más fuerte de lo que crees. —Sus palabras amables me aturden casi tanto como sus amenazas—. Me gusta hacer una entrada espectacular —dice—. La velocidad forma parte del aura de misterio. ¿Estás preparada? —Asiento y me obligo a controlar la respiración—. Vas a estar magnífica.

Los guardias abren unas puertas enormes y Swan entra deslizándose, sin hacer ruido. La sigo junto a su bandada de cisnes silenciosos e intento no destacar entre ellos como un pato. Las damas vestidas de blanco se despliegan y ocupan sus puestos. Me quedo con ellas, entre las sombras, con la esperanza de que nadie se fije en mí.

La cámara del consejo es la habitación más opulenta que he visto en mi vida. Tapices, vidrieras de colores, una mesa de madera oscura muy larga. Todas las sillas son rojas, salvo la de Swan, que es blanco puro. El gran hermano Peregrine preside la mesa. Kite está a su lado. Los consejeros se levantan al vernos entrar, y la hermana Swan acepta su cortesía haciendo una reverencia elegante y profunda.

A través de la gasa blanca, veo que el hermano Harrier está enfrente. Reconozco los hombros anchos, el pelo tupido y la barba. Me llega su risa grave. Exuda un poder natural, como si la gran mesa no fuera nada especial para él. Ojalá pudiera suplicarle ayuda. Kite y Peregrine están enfrascados en una discusión acalorada, pero no escucho ni palabra de lo que dicen porque debo concentrarme en mi tarea.

Entro en la mente de Harrier y su sangre me rodea. Siente pena por la hermana Swan y rabia hacia Kite. Tiene sus esperanzas puestas en Peregrine, necesita que se ponga de su parte. También percibo algo brillante debajo de todos sus defectos, aunque no sé cómo llamarlo. El corazón de este hombre es luminoso. No está aquí por él, sino por algo más importante, algo que le parece muy preciado. Veo su ideal para la ciudad y más allá: Brilanda en todo su esplendor, extendiéndose por el bosque y las montañas. Veo un lugar en el que se vive sin miedo, en el que hay comida suficiente, en el que no se pisotea a nadie. En la mente de Harrier, la Casa de las Crisálidas arde. Veo esta sala del consejo repleta de hombres y mujeres corrientes que hablan sin cortapisas. Veo a Kite colgado de una horca.

Me sorprende tanto que apenas me atrevo a abrir los ojos. Este hombre quiere cambiarlo todo y su mente es una revelación. Que haya alguien en este consejo que opine así me anima, me da esperanzas. Pero me estoy dejando llevar. En realidad, no soy más que una polilla que revolotea servil alrededor de la luz de la hermana Swan.

No puedo hacer lo que me ha pedido, no puedo abusar de este hombre. Swan me mira. No lleva la banda puesta. Igual que yo leo a Harrier, ella me lee a mí y me ve vacilar. Me mete una imagen en la cabeza: mi padre, con los ojos vendados, en un paredón.

No necesita decir nada más. Me concentro en Harrier, convertida en una timadora frívola, en una embaucadora sin experiencia.

—Kite tiene razón —le insisto—. Kite tiene razón.

# 39

# ALONDRA

Llevamos todo el día preparando un banquete para alimentar a los regidores y a los ailandeses. En plena tarde de calor, la señora Sweeney está troceando cordero para el estofado y mi madre lo sella en una enorme sartén. Hoopoe prepara una montaña de harinosas bolitas de masa y Chaffinch está sentada en una esquina con Tinamou Syker, picando una colina entera de judías verdes.

—¿Está bien cocinar para esa gente? —pregunta Chaffinch—. ¿No es una traición hacia nuestros hombres muertos?

—No si han venido a firmar la paz —respondo con toda la paciencia que puedo.

—Yo me habría lanzado al mar antes que pisar un barco ailandés —me dice con desdén Tinamou.

—Entonces estarías muerta —contesto.

Gailee está pelando patatas con su madre.

—¿Crees que dicen en serio lo de la paz? —pregunta, sin atreverse apenas a albergar esperanza.

—Si te lo crees, es que eres tonta —responde Tinamou, convencida.

—¿No quieres que acabe esta guerra? —le suelto—. Tu hermano está luchando, igual que el mío.

Me irrita muchísimo estar aquí, atrapada en esta cocina, cuando debería estar en el salón, con los ailandeses. Están aquí por mí. Aprieto los dientes, frustrada. Mi madre me calma diciendo que debemos confiar en que las personas del salón hagan lo correcto.

—Eso es, deberíamos dejar a los hombres el tema de la guerra y la paz —coincide Hoopoe.

—Pero no son hombres, ¿no? —dice Chaffinch—. Están todos dominados por esa bruja maltrecha. Quizá manipule mentalmente a nuestros hombres para que hagan lo que quieren los ailandeses.

—Alize no es una manipuladora de mentes —le aseguro.

—¿Cómo lo sabes? —me salta Tinamou.

—No me dio la impresión de que me estuviera manipulando.

—Bueno, son muy listos, ¿no? —interviene la señora Sweeney—. No sería algo evidente. Por eso son tan peligrosos.

—Precisamente a ti te caería bien —le digo—. Alize me recuerda a ti. Si te sentaras con ella a tomar un par de copitas, te juro que acabaríais riéndoos.

La señora Sweeney niega con la cabeza ante mi incorrección mientras se limpia la sangre de cordero de los dedos. Tinamou sigue insistiendo: ha oído que hay un inhumano en cada barco ailandés.

—¿Dónde está el suyo? ¿Será esa mujer manca o uno de esos hombres tan sospechosos?

—¿Cómo voy a saberlo yo? —respondo—. Conmigo fueron amables y amistosos, pero no son idiotas. Soy brilandesa. Saben lo que opinamos de los inhumanos.

—Pero ¿y si te han entrado en la cabeza, Elsa? —especula Hoopoe—. Podrían haberlo hecho, viendo lo mucho que los defiendes.

—Sólo lo hago porque me salvaron la vida.

—Pues ten cuidado. Cuando el regidor Greening te interrogue, no hables demasiado bien de ellos —deja caer como si nada Hoopoe, aunque capto su advertencia.

Sigo pelando y cortando, ruborizada.

—Ve a traernos agua de la bomba, cariño —me pide mi madre, a sabiendas de que es mejor que esté en cualquier parte menos aquí.

Decido que es mejor no decir ni una palabra más.

Gailee me sigue. Vamos hasta la bomba, que se encuentra bajo el rostro sereno e impenetrable de la hermana Swan. Pienso en Ruiseñor, arrastrada por la resaca de esa mujer.

—Todo está en tensión —dice Gailee, que echa un vistazo al salón de los regidores—. El pueblo está cargado, como antes de una tormenta. —Siente la misma aprensión que yo—. Creo que va a pasar algo. Se está cociendo desde que se llevaron a las terceras esposas.

—¿Qué quieres decir?

—El pueblo está enfadado. John Jenkins parece percibirlo, siente esas cosas. Es como si todos se estuvieran tomando la medida para ver si están en el mismo bando.

Gailee siempre ha sido muy intuitiva y, de repente, caigo en que quizá sea sensible. Ojalá pudiera sacar el tema con ella. Parece mayor, más segura de sí misma.

—¿Cómo está John Jenkins? —le pregunto.

—Un poco mejor. A veces, cuando está lúcido, es un hombre muy dulce y tímido. Nela y yo le hemos tomado cariño. Y tenías razón sobre lo de cantar: la música lo consuela. Pero después tiene esas horribles pesadillas cuando está despierto y no podemos hacer nada para ayudarlo. Pronto lo enviarán de vuelta al frente, y eso está mal. Está muy mal, Elsa.

—Rezo a Gala por que los ailandeses traigan la paz. Gailee asiente. Estoy a punto de regresar a la casa cuando me detiene. Tras vacilar un momento, la historia brota a borbotones.

—Tu madre estaba hecha polvo cuando desapareciste. Todos lo estábamos. Te buscamos día y noche. Tu madre estaba destrozada, Elsa. —Cuando pienso en el sufrimiento de Curl, me duele el corazón—. En fin, que se emborrachó con la señora Sweeney la noche que encontraron los restos de tu barca. Se sentaron en el puerto y tu madre se exaltó hablando de lo mal que se hacían las cosas, sin importarle que los regidores la oyeran. La señora Sweeney se preocupó y mandó llamar a Heron Mikane. Prácticamente tuvo que llevársela en brazos a casa. Yo estaba fuera con John porque le gusta sentarse en el escalón de la entrada a mirar las estrellas. Total, que tu marido pasó junto a nosotros colina arriba, con ella. Al verla así, también me preocupé, así que los seguí un rato. Iba a darle el pésame, pero, de repente, entre las sombras..., se abrazaron. Bueno, no era del todo un abrazo. Heron y tu madre se aferraron el uno al otro. —No me gusta el cariz que está tomando esto—. Ella lo besó —dice con cautela Gailee—. Un beso de verdad. Y Heron se lo devolvió.

Muevo un poco los pies y me ruborizo, incómoda.

—Gailee, no es asunto tuyo.

—Pero es tu marido...

Me paro a asimilarlo. Recuerdo la forma en que Heron miró a mi madre cuando ella me llevó a su casa. Recuerdo la forma en que dijo su nombre: «Curlew Crane». Y recuerdo que le dio vueltas en las manos a la figurita que ella había tallado.

Cuesta pensar en mi madre como en una mujer con sentimientos y deseos, porque siempre ha sido mamá, la viuda de papá, con una vida tan gris como el mar brumoso y su luz oculta bajo un velo.

—Heron no es mi marido de verdad.

—Claro que lo es.

—Es un matrimonio forzoso, como el tuyo. No hemos compartido lecho con él, ni yo ni Chaffinch.

—¿Crees que yo lo he hecho con John? No importa nada. Estamos unidas para toda la vida a esos hombres. Lo demás es adulterio.

Sus palabras me provocan escalofríos.

—Hablaré con mi madre.

Gailee parece aliviada.

—No la critico, Elsa, pero en este pueblo hay personas monstruosas. Un día son los mejores vecinos del mundo y al siguiente te hacen pedazos.

Me quita el cubo de agua de las manos para llevarlo a la casa.

Intento meditar sobre lo que me ha dicho. Pienso en mi madre con Heron. Seguro que a él le gustaba antes de irse a la guerra y seguro que ella ni se dio cuenta por aquel entonces. Tenía un marido y niños pequeños, y quería a mi padre. Pero han pasado ocho años de su muerte y todo ha cambiado. ¿Por qué no deberían encontrar juntas la felicidad dos personas que han sufrido tanto?

Recuerdo esos cadáveres azotados por el viento que colgaban del patíbulo. Adúlteros.

Justo cuando me estremezco con la idea, la señora Greening aparece en el camino, sudando dentro de su vestido caro. Se detiene para recuperar el aliento y me mira sin disimular su aversión. Me doy cuenta de que sabe lo que está sucediendo en el salón de los regidores, y no puedo evitar sentir anhelo y enfado por no estar allí. Sin embargo, me comporto como una buena segunda esposa.

—Estamos preparando un buen banquete para todos, señora Greening —le digo en lo que espero que sea un tono amistoso.

—Típico —jadea—. Tantos años siendo nuestros enemigos, pero algunas personas son lo bastante idiotas como para prepararles la comida.

Mi madre sale y hace caso omiso de su insulto apenas velado.

—¿Cómo estás, señora Greening? —pregunta con educación—. ¿Hay noticias de nuestros regidores?

Todas las mujeres aparecen detrás de mi madre, deseando saber lo que sucede. La señora Greening se alza cuan larga es.

—Ely envió un telegrama al palacio para pedir instrucciones a los Hermanos. Acaba de recibir la respuesta del gran hermano Peregrine en persona.

—¿Y? —pregunta Hoopoe.

—Ha invitado a los ailandeses a Brightlinghelm en términos muy cordiales. Hoy mismo llegará una escolta para su barco.

Siento un alivio enorme. Traerme a Northaven les ha funcionado. Mi madre se sonroja, esperanzada.

—Entonces, ¿el gran hermano Peregrine está dispuesto a negociar la paz?

—Es una invitación diplomática, sí.

La noticia corre entre las mujeres. La idea de que la paz es posible se eleva en el aire y flota como el delicioso olor de la comida que se cocina.

—Bueno, ¡esto es un milagro de Gala! —exclama mi madre, entre risas—. Parece que de verdad hay esperanza para todos nuestros hijos.

Pero la señora Greening tiene los labios fruncidos.

—Eso si te crees algo de lo que dicen. Yo no me creo ni una palabra. Es una astuta treta ailandesa y han usado a una niña tonta para llegar hasta aquí.

Mi madre no le hace caso.

—¿Van a venir todos a casa de Heron para la cena?

Me entran ganas de darle una patada, ¿por qué no lo llama comandante Mikane?

—Ely ha ordenado que los ailandeses no salgan del salón.

—¿Ah, no? —replica mi madre, decepcionada.

—Pero Heron Mikane se ha puesto en pie y, en clara oposición a mi marido, ha insistido en recibir a los ailandeses. Esa mujer comandante ha aceptado ese disparate de invitación. Y sus limpiabotas granujas de pelo largo la han imitado.

Mi madre se toma con filosofía las palabras de la señora Greening.

—Bueno, ayudaremos a que los regidores y las visitas se sientan bienvenidos, aunque estarán bastante apretados.

—No te molestes, que los regidores no van a venir. Y dicen que cualquier hombre que asista se arriesga a que lo detengan.

—¿Por qué?

—Por colaborar con el enemigo.

Mi madre está pasmada y yo noto que la ansiedad me presiona las costillas.

—Pero nuestro gran hermano se está portando con diplomacia, ¿no deberíamos hacer lo mismo? —comenta mamá.

—Lleva tu comida a casa de Mikane, si te empeñas —concluye la señora Greening—. En el salón no la quieren.

Se da media vuelta y se marcha por el sendero, envuelta en el repiqueteo de sus zapatos.

Chaffinch me observa como si tuviera el pie metido en un cepo. Después mira con rabia a Curl y sale corriendo detrás de su madre.

# 40

# SWAN

Es un éxito. Mi muñequita es magnífica. Toda la mesa del consejo está absorta en el debate. Kite defiende con todas sus fuerzas la necesidad de armar y desplegar sus luciérnagas. Yo estoy concentrada en Harrier, que es incapaz de formular ninguna objeción.

—La amenaza de Ailanda es grave, no cabe duda. Y puede que Kite —dice, aunque le asoma una mueca a la deteriorada barba— tenga razón.

Peregrine parece sorprendido y lo mira con la decepción pintada en el rostro.

—Entonces debo meditar con calma sobre este tema.

Es un paso más hacia el acuerdo. Kite me mira, impresionado por lo fácil que me ha resultado. Me emociona llevarme el mérito por el poder silencioso de mi muñequita.

En ese momento entra un mensajero con un telegrama, Peregrine lo lee y le cambia la expresión.

—Perdonadme, hermanos, tengo que atender este asunto.

Peregrine se va y Kite lo sigue, seguramente para continuar insistiendo. La reunión se disuelve y Harrier se marcha con pinta de sentir una gran desazón. Mi Kaira tiembla como un ratoncito, así que le envío una voluta de melodía para consolarla.

—Estupendo, muñequita, bien hecho...

Mando al resto de mis damas a las habitaciones y me llevo a mi muñequita al jardín para su siguiente lección (manipulación mental a distancia), pero, en cuanto nos quedamos solas, está a punto de desmayarse, temblorosa. Me escandaliza que muestre con tanta imprudencia su malestar.

—¿Qué haces? Deberías estar encantada.

—Está mal —llora—. Le he hecho algo horrible al hermano Harrier. No me obligues a volver a hacerlo, por favor.

Se le entrecorta el aliento, y tiene el rostro rojo y arrugado.

—Contrólate —le ordeno.

Una tropa de guardias se acerca y este despliegue de emoción es peligroso.

Kaira se obliga a permanecer inmóvil. Espero hasta que los guardias me saludan y se van. Parece cansada, frágil bajo la tela de gasa. Puede que la haya puesto a trabajar para mí demasiado pronto.

—Te acostumbrarás —le aseguro—. Y la próxima vez será más fácil.

La llevo a un banco. No debo tratarla como a las demás, no debo pegarle, ni sacudirla, ni pellizcarla, ni negarle la comida. Tengo que tratarla como el tesoro que es. Le explico que eso es lo que quiere Kite y que debemos hacer su trabajo.

—La alternativa está allí mismo.

La vuelvo para que mire hacia la Casa de las Crisálidas y funciona: siento que se recupera. Gana decisión con cada nuevo aliento.

—Eres muy amable conmigo, hermana. Siento haber reaccionado así.

Curiosamente, resulta emocionante estar con alguien tan rebosante de emociones. Es mía, mía para atesorarla, de mi propiedad. Es la primera vez en mi vida adulta que cuento con una confidente, con una amiga. Esta muñequita tan dulce ha llorado por mí, me ha abrazado por compasión. La idea me hace sentir más ligera y luminosa.

—Aprenderé, te lo prometo —dice.

Le doy un beso en su preciosa manita. Y despúes vuelvo a lo importante.

—¿Qué has visto en la mente de Harrier? Necesito todos los detalles. Cada uno de los secretos que desenterremos tiene potencial.

A mi muñequita se le nubla la vista.

—Bueno… Todavía le duraba la resaca de anoche.

—¿Y?

—No le gusta demasiado el hermano Kite.

—Dime qué quiere y no te guardes nada. No te permitiré ocultármelo.

A veces hay que ser firme, no queda otro remedio. Kaira mira al suelo.

—A Harrier le importamos mucho nosotros, el pueblo. Quiere que tengamos una vida mejor. Siente que el cambio está en el aire y cree que… Cree que el pueblo no puede seguir así.

—Pero esto es Brightlinghelm.

—Sí.

—Es la ciudad más avanzada del mundo. Nuestro pueblo vive en una tierra bendecida.

—¿Sí? —Kaira parece sorprendida—. Supongo que es lo que parecerá en el palacio.

—¿Qué quieres decir?

—La vida en la ciudad es mucho más difícil.

—¿En qué sentido?

Kaira me mira, desconcertada por mi pregunta.

—¿Es que no sabes que no hay suficiente comida? —La miro sin entender nada—. Nos reducen las raciones una y otra vez, mientras que aquí, en el palacio, hay de sobra. Starling Beech le echa más mantequilla a su tostada de la que mi padre recibe para la semana entera. La gente tiene hambre. Harrier cree que estamos malgastando toda nuestra riqueza en la guerra.

—¿Malgastando? —pregunto, asombrada. Es sedición.

—Cree que el pueblo quiere un cambio.

—Si la gente tiene hambre, es culpa de los ailandeses. Por eso tenemos que ganar. Cuando Kite triunfe, todas las riquezas de Ailanda serán nuestras y nadie pasará hambre. —Espero a oír lo que opina Kaira, pero guarda silencio, temiendo decirlo, así que la presiono—. Dime qué más has visto.

—Le gustaría que hubiera un gobierno distinto?

—¿Está conspirando contra Peregrine? —exclamo, interesada.

—No, se ha encariñado de él. No se ponen de acuerdo sobre muchas cosas, pero Harrier siempre le dice la verdad. Cree que Peregrine podría sentar las bases para un futuro diferente.

—¿Qué futuro?

—Harrier quiere un mundo en el que nadie tenga derecho a decirle a otra persona cómo debe vivir. Se imagina una cámara del consejo llena de gente corriente que lo decide todo junta. —Me entran ganas de reírme, pero Kaira aparta la vista y mira hacia la ciudad—. Hermana, ¿y si Harrier tiene razón?

Poco a poco voy entendiendo lo que ha pasado.

—Te ha infectado —le explico—. Cuando entras en los pensamientos de alguien, debes tener cuidado para que no te infecte lo que encuentres.

—No me ha infectado. Sólo pregunto si puede que tenga razón.

Me mira con tanto ardor, tan expectante que me inquieta.

—No debes dejarte llevar por la visión de nadie, por fuerte y franca que parezca. No olvides nunca quién es tu amo.

Kaira me mira, sorprendida.

—Yo no tengo amo —dice sin más—. Tengo ama. Soy tu voz, no la de Kite. Trabajo para ti.

Kaira habla como si fuera evidente, pero para mí es toda una revelación. Está aquí para mí.

Le cambia la expresión cuando ve a alguien por encima de mi hombro y habla en melodía de luz.

—Se acerca.

Me vuelvo y veo a Kite caminar hacia nosotras con los labios bien apretados. Me levanto e inclino la cabeza con elegancia. Mi muñequita me imita, siguiendo su instinto.

—Espero que estés satisfecho con mi éxito —le digo, y esbozo una bonita sonrisa.

Kite me agarra del brazo y tira de mí sin decir palabra. Veo adónde vamos y se me hiela la sangre en las venas: me lleva a la Casa de las Crisálidas.

—Mi muñequita... —protesto.

—Deja ahí a esa porquería.

Kite sigue tirando de mí y me preocupo por mi muñequita. ¿Sabrá comportarse? ¿Se delatará?

Caminamos a paso ligero.

—¿Qué noticias hay de Peregrine? —le pregunto, intentando sonar despreocupada—. ¿Necesitas mi consejo?

—No. El tiempo para consejos terminó.

—¿Has visto lo bien que doblegué a tu justa causa al hermano Harrier?

—No me preocupa Harrier.

La Casa de las Crisálidas no tarda en aparecer en el horizonte. Los guardias nos ven llegar y nos abren las grandes puertas. Cada vez estoy más atemorizada. ¿Para qué me quiere? Al entrar, veo que el personal se apresura a formar para saludarnos.

—Ahorraos las tonterías —ladra Kite cuando el cirujano Ruppell empieza su rutina servil.

Después me arrastra por delante de los que se han reunido a toda prisa y cruzamos una puerta metálica. La cierra de golpe.

Es una sala de interrogatorios. Estas paredes están forradas de plomo, y hay luces de turbina de color rojo oscuro, mesas y sillas clavadas al suelo, y cadenas colgando del techo. ¿Por qué me ha traído aquí?

—Un barco ailandés ha atracado en Northaven —me dice en tono brusco—. Una misión diplomática que quiere hablar de paz.

—¿Paz?

—Peregrine les ha otorgado un salvoconducto y pretende negociar.

—¿Negociar? —pregunto, incrédula—. Eso es impensable...

Los ailandeses mataron a mi familia. Negociar es una traición a todo lo que he sufrido.

—A la mierda su paz —dice él, escupiendo cada palabra—. Que Thal lo maldiga. No puede haber paz, sólo victoria.

—Sí, victoria —exclamo para darle la razón, mientras me agarro a sus brazos.

—La paz es contagiosa. Basta un pequeño germen para que la idea se propague.

—Esas negociaciones no deben tener lugar —digo, porque entiendo al instante cómo agradarlo—. Tienen que fracasar antes de que empiecen.

—Claro que tienen que fracasar —exclama, impaciente, alzando la voz.

Tengo que pensar más deprisa, debo enfrentarme a su ira con sutileza, con un plan.

—Conseguiremos que descarrilen —le aseguro—. Pero nadie puede enterarse de que las has saboteado tú... —Empiezo a darle vueltas a la cabeza. Kite quiere más—. ¿Cuántos barcos tiene el destacamento ailandés?

—Uno, y en él ondea la bandera de la paz.

—¿Por qué Northaven? ¿Por qué ese sitio tan insólito?

—Encontraron a una chica que se había perdido en el mar. Resulta que es una de las esposas de Heron Mikane.

Esto es importante. Una chica perdida en el mar.

Respiro hondo dos veces y recuerdo a la antorcha ailandesa que me venció en la batalla naval. Su nombre me sube desde las tripas en un escupitajo de furia: Alción. Recuerdo que me sujetaba con su melodía de luz, que me humilló delante de Kite. Incluso sentía que el muy cabrón de compadecía de mí.

—Envía a un emisario a Northaven —le digo—. Asegúrate de que sólo te sea leal a ti. Tiene que decirles a los ailandeses que hay una condición para las negociaciones: insiste en que la antorcha se debe quedar atrás.

—¿Por qué?

—Si de verdad quieres sabotear las negociaciones de paz, lo mejor es apagar a su antorcha.

—¿Asesinar a su antorcha?

—Puedes echarle la culpa al ignorante pueblo de Northaven.

A Kite le gusta la idea, así que asiente mientras le da vueltas.

—Ailanda se escandalizará. —Lo he agradado, gracias a Gala—. Sin su antorcha, los ailandeses no pueden comunicarse con Reem —calcula—. Su parlamento no sabrá que la negociación ha fracasado y eso nos dará la oportunidad perfecta para atacar. —Se aprieta contra mí. Las ideas astutas siempre lo han excitado—. En vez de paz, les llevaremos la guerra. —Me empuja hasta dejarme tumbada en la mesa. La excitación aviva su deseo. Sé que no debo incitarlo, que no debo moverme ni un centímetro—. Hablar de paz es traición —dice él, con la respiración cada vez más alterada.

—Tienes razón.

—Peregrine ha revelado sus intenciones al ofrecerse a negociar. Es un traidor.

Sé que se requiere mi conformidad, aunque tampoco me cuesta darla.

—Sí, es un traidor.

—Zara —susurra—, sabes lo que hay que hacer…

Quiere que me asome a su mente. En un segundo, veo su terrible plan; está ahí, en el aire, entre nosotros, en la tensa quietud que nos domina. Veo el asesinato al que ha dado forma durante las horas más oscuras de la noche. Percibo el anhelo secreto de matar a su jefe, a su mentor, al hermano Peregrine.

—Ha llegado el momento de que Brilanda tenga un líder mejor —susurra con vehemencia—. Uno con el valor necesario para ganar la guerra que comenzamos.

Sé que debería demostrar al instante que estoy de acuerdo con él, pero me puede el horror. No digo nada. Mi silencio crece como un charco de sangre.

—¿Y bien?

—Es asesinato —susurro.

—Es por el bien de Brilanda.

Ahora sé por qué me ha traído hasta aquí, a este lugar de pesadilla: si me niego a ser su cómplice, estaré firmando mi sentencia de muerte. Estoy en la Casa de las Crisálidas para planear un asesinato... o morir. El cuerpo se me estremece de miedo y, maldita sea, no soy capaz de pensar con claridad cuando me tiene sujeta contra la mesa. Intento recuperarme y ganar tiempo.

—¿Cómo lo harás? —pregunto intentando que mi voz suene dulce.

—A través de la más bella y sutil de las maneras. Porque tiene que ser algo veloz e invisible. Esta noche. —Me pone una ampolla de veneno al lado. Yo. Quiere que lo haga yo. No está dispuesto a mancillar su propia alma—. El consejo va a cenar para debatir sobre la negociación. Yo estaré con mis tropas. Tendrás vía libre.

Kite me ha obligado a hacer cosas horribles, y me ha corrompido para convertirme en la más nauseabunda de sus ayudantes, pero ¿esto? No consigo pronunciar palabra. Me quedo en blanco.

Me agarra con más fuerza.

—¡Habla!

—Nadie odia a los ailandeses más que yo, pero... ¿asesinar a Peregrine?

—De todos modos, la muerte lo acecha —me dice, perdiendo la paciencia—. Ya sabes que necesitamos a un líder fuerte, me lo susurras cada noche. Me has dicho lo mucho que deseas subir al poder a mi lado. Ahora es tu oportunidad.

Pienso en el anciano y siento una emoción repentina, ardiente y desconocida que me confunde.

—Niccolas, no puedo envenenar a Peregrine. Encuentra otra forma.

—¿Te niegas? —me pregunta, sujetándome con manos de hierro.

No respondo, me da demasiado miedo. Pero Kite sabe que mi silencio es resistencia y me suelta de golpe.

—Muy bien, respeto tu decisión.

—Te ayudaré de cualquier otro modo —digo en voz baja—. Eres mi ídolo y vivo para servirte.

—Temía que sucediera esto —responde mientras se alisa la ropa.

—Serás nuestro líder. Muy pronto, todos los obstáculos desaparecerán.

—Llevo un tiempo notando que tu cobardía crece.

Va hacia la puerta y yo me levanto, medio mareada. Cuando se vuelve hacia mí, veo una chispa de algo parecido al pesar.

—Me voy directamente a la radiobina. Le contaré a Brilanda lo mucho que me entristece haber descubierto lo que eres en realidad: una inhumana que se oculta a plena vista y nos ha engañado a todos. Una serpiente, no una flor.

—¡Kite, no!

Me pongo en pie y vuelo hacia él.

—Es la última vez que me decepcionas. No saldrás nunca de estas habitaciones.

La puerta se está cerrando. Me agarro al pomo y grito su nombre:

—¡¡Kite!!

Es demasiado tarde. La gruesa puerta se cierra y la golpeo con los puños. Las luces de turbina parpadean y zumban.

—¡¡Kite!!

El terror me ha formado un nudo en la garganta. Siento que cobran vida los fantasmas de esta habitación en la que tantos inhumanos han gritado antes que yo.

—¡¡Kite!!

Me vuelvo lentamente y observo mi prisión.

En la mesa, ha dejado la ampolla de veneno.

# 41

# RUISEÑOR

Siento el impulso irrefrenable de huir, de obligar a mi pierna mala a trabajar. Me veo corriendo por los patios, cruzando la plaza de armas, trepando los muros y saliendo al paseo fluvial. Si fuera Alondra, me lanzaría al río y escaparía. Anhelo enviar mi melodía de luz para unirme a ella, para preguntarle qué debo hacer, pero, Gala, no puedo. En algún lugar, cerca de aquí, mi padre necesita que lo salve.

Vuelvo la cabeza despacio, centímetro a centímetro, hasta estar mirando un edificio alto en la parte de atrás del recinto de palacio. La cárcel. Si mi padre sigue vivo, estará ahí. Puedo explicarle a la hermana Swan que perdonarlo sería una muestra de amor. Lleva tanto tiempo aislada en este lugar horrible que creo que no se da cuenta de que el amor nace de hacer cosas por los demás. Con cada muestra de generosidad, el amor se expande. Nadie se lo ha enseñado, pero yo lo aprendí primero de Cassandra y después de Alondra.

No debo dejarme llevar por el oscuro corazón de Swan, sino enseñarla a amar.

—¿Qué tenemos aquí? —pregunta una voz que suena a dulce.

Al levantar la vista recuerdo que soy una muñeca sin vida, un juguete. Un anciano me está mirando. El corazón me da un vuelco y clavo los ojos en su pecho. Hay una hilera de medallas y algunas migajas que se han quedado pegadas al uniforme. Es el gran hermano Peregrine.

—Debes de ser propiedad de la hermana Swan. ¿Por qué te ha dejado aquí?

Se pasa los dedos por la barba. Me está examinando a fondo.

—Gala, no eres más que una niña.

Peregrine suspira y se vuelve hacia el hermano Harrier, que se pone a su lado.

—No necesito ir a la Casa de las Crisálidas. Esta criatura me dice todo lo que me hace falta saber sobre el trabajo que hacemos allí.

Yo soy la criatura.

—Kite se nos ha adelantado —dice Harrier—. Seguro que ha ido a comerle la oreja a Ruppell para que se una a su causa.

Peregrine se lo piensa.

—No iré detrás de ellos. Diles que se reúnan conmigo en la biblioteca. Le devolveré esta hembra a la hermana Swan.

Soy una cosa.

Harrier se aleja rápidamente. Peregrine me mira.

—Ven —ordena, y lo sigo.

El hermano Peregrine me lleva hacia un edificio viejo y abovedado. Intento mantener el paso todo lo firme que puedo, aunque tengo la cadera muy fatigada. Peregrine se vuelve hacia mí.

—¿Eres coja? —pregunta.

No respondo, por supuesto.

—Te ha puesto gafas. ¿Tienes la vista defectuosa?

Miro el interior de mi velo.

—¿Por qué ha decidido quedarse con algo así? —se pregunta, y da una vuelta a mi alrededor para examinarme—. Es más compasiva de lo que creía...

Siguen adelante y deja atrás el edificio abovedado. Es antiguo, y está descuidado y maltratado por los elementos. Lo he visto desde nuestro parque. Se alza como una reliquia entre el palacio y el impresionante templo de Thal, que es nuevo. Sé lo que es: el viejo templo de Gala.

Peregrine se detiene ante las puertas abiertas, podridas en sus bisagras. Se desvía del camino, como siguiendo un impulso, y me mira de nuevo.

—Ven —me dice, y entramos en el templo.

Dentro, la luz solar entra en cascada por un agujero irregular de la cúpula. También caen por él las enredaderas. El suelo forma un círculo perfecto de mármol fresco, agrietado por la edad. La luz moteada lo acaricia todo como olas sobre arenas poco profundas. Los pilares están tallados como si fueran árboles vivos. Hay animales de piedra plasmados en pleno movimiento. La belleza de este lugar me deja sin aliento. Lleva mucho tiempo vacío y sólo se oye un goteo de agua. Gala, atemporal, está sentada en el altar. El expresivo rostro de arenisca está desgastado por el paso del tiempo y le falta uno de los grandes brazos. Tiene los pechos llenos y el vientre enorme, ya que está embarazada de la Creación y, en la rodilla, sujeto como si fuera un juguete, está sentado Thal, el dios de la guerra.

Peregrine, con su pelo blanco de vilano, levanta la mirada hacia la poderosa estatua. Siento que crece la intensidad de su emoción, como una tormenta de rabia y desdén reprimida durante una vida entera.

—Mi madre te servía —dice, dirigiéndose a Gala—. Eras lo único que veía ante ella. Me tenía encadenado a su rodilla, igual que tú tienes a Thal, conteniendo su poder y su genialidad, culpándolo por la idiotez de sus antepasados. Me daba cuenta de lo que eras, Gala: nada más que una superstición que nos infantilizaba y frenaba nuestro progreso. —Suspira. La tormenta retrocede y se le hunden los hombros—. Aun así, aquí estoy, buscándote.

Suena dolido, y su voz arranca ecos alrededor de la estatua. Peregrine sigue ahí, con la cabeza gacha, respirando con dificultad.

El tiempo se ralentiza, poniéndose a la par con el goteo del agua.

Me imagino trepando por la gigantesca pierna de arenisca de Gala. Me imagino que está caliente, como carne viva. Le rodeo el vientre con los brazos y me imagino que sigo trepando. Oigo el latido de su bebé, Creación, y me acurruco encima del corazón de la diosa. Oigo su aliento entrar y salir. Es como las olas al lamer la orilla. Casi las siento bañar el suelo de mármol.

Pienso en las olas de la playa de Bailey, donde vi a Alondra por primera vez. Pienso en ella con el corazón roto por su chico perdido. Rye. Mis sentimientos se introducen en la piedra de Gala. A pesar de tener a Peregrine en persona delante, ¿podría enviar la melodía de luz a mi amiga? Estoy desesperada por saber cómo se encuentra. Me parece algo liberador, audaz y de una valentía gloriosa. Juraría que es la misma Gala la que me alienta a hacerlo.

Me elevo en busca de la melodía de luz de Alondra y me entrego a nuestra armonía. La encuentro preparando una mesa. Me percibe y sale a su jardín, donde nos abrazamos en silencio. Me llena la sensación de unirme a ella, y ella oye el goteo del agua en el templo y ve la inmensa estatua y al anciano frente a ella, con la cabeza gacha. Es peligroso para Alondra. Es peligroso para mí. Ninguna de las dos habla, pero noto la fuerza que fluye entre nosotras.

Los ailandeses han venido buscando la paz.

Le pido a Gala que nos proteja. Gala, protégenos. Gala, tú eres la marea, eres Alondra, eres yo y este anciano, eres la vida en la Tierra. Gala, abrázanos con tu piedra viva. Somos tuyos.

Abro los ojos y Alondra ha desaparecido. El anciano me mira y su expresión es muy distinta. Me levanta el velo.

—Tranquila —dice, y, con un pulgar seco y arrugado, me limpia las lágrimas.

No debo levantar la vista.

Después, me recorre la cicatriz nueva de la sien y me observa como si fuese un enigma.

—¿Podría ser reversible? —medita—. Es muy fácil dañar el cerebro humano y muy difícil repararlo. ¿Quién podría hacerlo? Ningún cirujano que conozca. Y ya hemos apagado a nuestras antorchas más poderosas, así que no tenemos a nadie que ilumine el camino. —Un suspiro lo estremece, como si viviera en un inframundo de su propia creación—. Éste es mi legado: no se me recordará ni por la paz ni por la prosperidad, sino por esta tropelía. —Me pone el velo en su sitio y me da la espalda, con los hombros hundidos. Se dirige a las puertas de la entrada y, al llegar, se vuelve hacia Gala—. Ninguno de nosotros anda muy lejos de la muerte y, cuando morimos, lo hacemos solos. —Es la frase más solitaria que he oído en mi vida—. Vamos —me dice, y, de nuevo, lo sigo.

Mientras me lleva por los terrenos del palacio, pienso en lo difícil que debe de ser envejecer y enfrentarse al inevitable final. Con razón Peregrine piensa en su legado. Alondra dice que los ailandeses vienen en busca de paz y, de repente, me pregunto si puedo ayudarla de algún modo. Quiero saber qué ocurre dentro de la cabeza del anciano. Swan me ha enseñado bien, así que me concentro en él hasta que veo el mundo a través de sus ojos. Es algo natural, como si éste fuera mi sitio, como si nada nos separase.

Peregrine da vueltas como un viejo puma. Echa de menos su juventud y su vigor. Quiere a Harrier, pero confía en Kite. La guerra y la paz pesan sobre él como una balanza muy cargada. Lo sigo en silencio y obediente mientras planto en él la idea de un amanecer pacífico. Pienso en un rayo de sol que atraviesa las nubes y veo al hermano Peregrine volver la vista hacia él.

—Paz —suspira.

Me contengo y veo aparecer más rayos de luz. Peregrine respira hondo. Pienso en la visión del hermano Harrier para la ciudad y más allá, en una Brilanda que se extiende hasta los bosques y las montañas, donde las personas están unidas y no tienen miedo, donde no se pisotea a nadie. Le enseño una imagen de la Casa de las Crisálidas ardiendo. Le enseño a un grupo de personas en la sala del consejo, hombres y mujeres corrientes que hablan sin cortapisas.

—Harrier —dice—. Harrier tiene razón.

Peregrine me lleva a su palacio. Se detiene y mira su propia estatua. Lo dejo ahí y regreso a mi cuerpo pequeño e imperfecto.

¿Lo he manipulado? No me lo parece. Me da la impresión de que, con sólo sacudir la cabeza, es capaz de rechazar lo que le he enseñado. Sin embargo, no lo hace, sino que medita a fondo sobre ello mientras sube por la enorme e intimidante escalera. Toma aire y se llena de fuerza; la piel se le calienta a la luz del sol dorado. Al llegar arriba, se humedece los labios y se pasa la lengua por los colmillos.

—Todavía me queda algo de poder.

# 42

# PIPER

Estoy en la lavandería cuando me dicen que nuestro teniente coronel quiere verme. Me vuelvo a poner el uniforme a toda prisa y me pregunto qué habré hecho mal. ¿Por qué estará descontento conmigo? Nuestra flota lleva ya tres días en Brightlinghelm y he participado en todas las misiones de entrenamiento sin ningún percance. Hoy hemos sobrevolado el estuario y disparado a blancos flotantes que representan barcos ailandeses invasores. Isias, mi nuevo artillero, sólo ha fallado dos veces. Es un hombre callado, como yo, y regresamos a la pista de palacio antes de lo previsto, pero el teniente coronel no me felicitó.

Camino hacia el hangar y paso junto al comedor del personal de tierra. Oigo a Finch reírse y bromear con sus nuevos colegas. Mantengo la vista al frente, pero guarda silencio al verme pasar.

Es culpa suya que ya no sea artillero. Podría haber sido mucho peor para él, y espero que lo sepa. Me he comportado como lo haría un soldado de Brilanda: he demostrado contención y liderazgo. Le dije a Finch que me olvidaría de lo sucedido con la esperanza de que se reformara; que no le contaría a nuestros superiores que es una aberración, pero que no volvería a volar con él. Finch guardó silencio y después me dijo que lo entendía y que se había equivocado.

—Equivocado, ¿en qué? —le pregunté.

—En mi comportamiento —respondió tras una pausa.

Me dio las gracias por mi comprensión. Le dije lo importante que era que cumpliera con los principios de *Definición del varón humano*, del gran hermano Peregrine. Debe reservar su deseo para las mujeres, de modo que ayude a repoblar la Tierra y su familia esté orgulloso de él.

—Sí —respondió.

Le dije que estaba seguro de que podía cambiar su naturaleza.

—¿Puedes cambiar tú la tuya? —me preguntó, mirándome con intención.

En aquel momento, no le hice caso.

Estoy salvando a Finch y me gustaría que lo entendiera. Cambiaré. Es cuestión de pasar más tiempo en una casa rosa. Sin embargo, la idea de ir a una me desanima. Esos sitios no tienen dignidad. Algunos humanos están hechos para no amar a nadie, y debo de ser uno de ellos. Tengo mis momentos de debilidad, claro. Cuando pienso en ese beso...

Pasará. Thal me ayudará. Y yo salvaré a Finch.

No acabará como ese chico que vi en la cárcel con Rye Tern.

El teniente coronel Axby se sorprendió cuando le pedí un compañero nuevo.

—Creía que Finch y tú erais todo un éxito —me dijo—. No suele verse a menudo un vínculo tan estrecho.

—Es que es muy volátil, señor. Lo siento, pero necesito una mano firme.

Axby respetó mis deseos: me dio a Isias y degradó a Finch para que sirviera con el personal de tierra.

—En el aire no hay lugar para la volatilidad.

Me enderezo la chaqueta y entro en el hangar. Hay un grupo de hombres junto a mi avión. Apenas me atrevo a creer lo que me dicen mis ojos: el hermano Kite está al frente. El hermano Kite. La fuerza y la sabiduría asoman a los perfilados rasgos de su rostro. No sé bien si me va a salir la voz.

—Hermano —lo saludo chocando los talones e inclinando la cabeza.

No sin desazón, me doy cuenta de que el hermano Wheeler está con él. No lo he visto desde que salí de Northaven. Lo saludo educadamente con la cabeza y por su nombre, pero recuerdo la horrible paliza que le dio a Rye.

—Wheeler, éste es el joven granuja que aterrizó su avión en el Isis —dice Kite, que me apoya una mano en el hombro—. Tiene un talento muy especial.

Un estremecimiento de placer me recorre el cuerpo.

—Me alegro de que mi regalo haya cumplido con su deber —dice Wheeler, satisfecho.

Kite se vuelve hacia mí.

—¿Eres nativo de Northaven?

—Sí, hermano.

—¿Dónde aterrizarías tu luciérnaga cerca del pueblo?

Ni siquiera me lo tengo que pensar.

—En la playa de Bailey. Es una milla de arena dorada a pocos minutos del puerto.

—¿Podrías llevar al emisario Wheeler sano y salvo?

El corazón se me acelera de alegría al pensar en volver a casa. Mamá. Le contaré todo esto y reventará de orgullo.

—Suponiendo que la marea esté baja y el viento no ruja.

—¿Y traerlo de vuelta?

Miro al teniente coronel Axby.

—Si tuviera una batería de repuesto o se doblara la reserva de combustible. Seguro que es posible.

—No queremos que vuelvas a aterrizar en el Isis —dice Kite, y se le arruga la comisura de los labios, como si no sonriera a menudo.

Atesoraré para siempre este momento. Los hombres van a comprobar la tabla de mareas y los informes meteorológicos. La tripulación de tierra equipa el avión con todo lo que necesitamos. Evito mirar a Finch a los ojos mientras ayuda con las comprobaciones de seguridad. Su contacto es como un crisol que lo funde todo.

Me vuelvo hacia Kite, hacia su frío rostro de icono. Se ha llevado a un lado a Wheeler y habla en voz baja, para que sólo él lo oiga. Tienen que ser unas instrucciones muy especiales. Oigo el nombre de Heron Mikane y algo como «no nos entorpecerá». Trabajaré para que, algún día, el hermano Kite también me susurre algo en confianza.

Cuando se despide de Wheeler, le oigo decir:

—Déjame a mí a Peregrine.

Y entonces sé que estoy en el centro del mundo, siendo testigo de un gran poder. Mientras Finch ayuda a Wheeler a subir al asiento del artillero, le pregunto a Kite cuáles son mis órdenes. Me mira con ojos brillantes.

—Tu pueblo natal ha sido invadido. Los ailandeses han llegado por barco y llevan consigo una paz fraudulenta. ¿Eso qué te hace sentir? —No logro expresar mi torbellino de miedo y confusión, aunque Kite no espera respuesta—. Lo único que quieren los ailandeses es hacer daño, tenlo por seguro. Debes informar a tus paisanos del peligro que corren.

—Sí, hermano.

—Northaven debe permanecer fuerte. ¿Lo entiendes? Hay que detener a los ailandeses cueste lo que cueste.

—Los ailandeses mataron a mi padre, y yo pienso acabar con ellos.

—Tu padre estaría orgulloso.

Con su fuerza, Kite me salvará de mí mismo. Si le doy mi corazón, me ayudará a mantenerlo en su sitio. Me lo arrancaré del pecho y se lo pondré en la mano, ensangrentado.

—Le pertenezco a usted y a Brilanda, hermano.

—Sigue todas las indicaciones que te dé tu emisario.

Podría dominar el mundo. Podría volar a la luna. Podría subir al cielo en alas de los elogios de Kite.

Creo que Wheeler no está preparado para la sensación de volar, así que intento tranquilizarlo con algunos comentarios amistosos, pero no tarda en vomitar dentro de una bolsa. Después de eso, mantiene los ojos cerrados.

# 43

# ALONDRA

La cena está lista, todo está hecho. He salido al jardín trasero de la casa de mi marido, donde estamos poniendo las mesas y las sillas para los habitantes del pueblo que quieran venir. Es esa hora dorada del día en la que el sol empieza a ponerse.

Ruiseñor me ha dejado, aunque todavía siento nuestra armonía vibrándome en los huesos.

Al cabo de un rato, Curl sale y me rodea con un brazo. Miramos el puerto. Sobre nosotras, las aspas de las turbinas son como bronce pulido que proyecta sombras largas mientras dan vueltas y más vueltas.

—Tengo melodía de luz, mamá. Soy una antorcha.

Lo digo sin pensar, suelto esa cosa innombrable que se me atasca en la garganta desde hace años. La miro. Está preciosa a la luz baja del sol y sus ojos parecen brasas ardientes.

—Creo que siempre lo he sabido —responde al fin—. Pero no estuve segura del todo hasta que se llevaron a Rye.

—Tengo que irme de Northaven —le digo mientras apoyo la cabeza en ella—. No puedo quedarme aquí, ahora lo sé.

—Pues nos iremos.

Cuánto ha pasado entre nosotras en tan pocas palabras.

Mi madre me mira, sonriente.

—¿Algún otro secreto que quieras contarme?

—¿Y tú? —le pregunto con intención, mirándola a los ojos—. Cuéntame los tuyos.

Ella suspira, despacio.

—Hoy no.

Está a punto de alejarse, pero la detengo.

—Ten cuidado, mamá —le advierto—. Se han fijado en vosotros. —No hace falta que diga el nombre de Heron. Mi madre baja la vista como si la luz estuviera dañando algo muy preciado para ella—. Por ahora, estás a salvo. Pero no permitas que te cuelguen por adulterio.

Está enfadada.

—Es algo nuevo —dice—. Tan nuevo que ni siquiera hemos hablado todavía de ello. —Tarda un momento en calmar la respiración—. No he hecho nada malo, y él tampoco.

—Lo sé —le aseguro.

El sol se vuelve de un rojo ardiente.

—Tomo nota de la advertencia —dice, y se vuelve al interior, afectada.

Miro hacia el salón de los regidores. Resentida por mi exclusión, le envío una nota a Alción en forma de pregunta. Me responde con un rayo de luz.

—No lo hagas.

No quiere usar su melodía por no ponerme en peligro. Pero eso me irrita. Yo lo he traído aquí, formo parte de esto.

—¿Es que sólo sirvo para prepararos la cena?

Me oye, aunque no espero respuesta.

Dentro, la mesa está puesta, han encendido las lámparas y la casa está limpia. Durante el tiempo que he estado fuera se había quedado hecha un desastre porque Chaffinch es una pazpuerca. Ahora entra corriendo, justo cuando regreso del jardín.

—Heron trae a los ailandeses. El sargento Redshank también viene.

—Me alegro —le digo.

Está nerviosa, tensa.

—Mi padre no va a venir. Ha llamado traidor a Heron, y Heron lo ha puesto de vuelta y media. Ahora hay mala sangre entre ellos y... ¿dónde me deja eso a mí?

Está roja y acalorada, así que le sirvo un vaso de agua y se lo bebe.

—Deberíamos apoyar a Heron, Chaffie.

—¿Por qué? —Flexiona los dedos como si fueran delicadas garritas—. Fue un honor que me regalaran como esposa al comandante, y me ofrecí libremente. Pero Heron Mikane no es un hombre de verdad.

—Necesita nuestra lealtad —insisto.

—No ha sido leal con nosotras. A veces me pregunto si le será leal a alguien. Desprecia a Leland Wheeler y a los regidores. ¿Será leal a Brilanda?

Me deja pasmada.

—Se entregó en cuerpo y alma a Brilanda, claro que es leal. ¿Es que no quieres la paz? —pregunto con vehemencia.

Mi madre, que entra con un humeante estofado de cordero, nos interrumpe. De ella sale un fuego que no se debe sólo a la cocina.

—En el pueblo hay desavenencias —dice—, y quizá nos toque a nosotras, las mujeres, convertirlas en armonía. —Deja el estofado en la chimenea para mantenerlo caliente—. Chaffinch, baja e invita a tu madre.

—¿A mi madre?

—Si los regidores han prohibido asistir a los hombres, debemos invitar a las mujeres. Hoopoe Guinea y la señora Sweeney van a venir. Invita a tu madre. Heron se alegrará, te lo aseguro.

—Para ti no es Heron, es comandante Mikane —responde Chaffinch, irritada.

Mi madre pierde la paciencia.

—Lo conozco desde que era un crío con granos —le suelta—. Y a ti te conozco desde que te hacías caca en los calzones, así que no te des importancia conmigo. —Entonces, Chaffinch se derrumba, frágil, a punto de llorar. Curl toma aliento porque se arrepiente al instante de su arrebato—. No pretendía alzar la voz. Hay mucho en juego. Esta noche, los ojos de Brilanda están puestos en nosotros.

—Podría haber paz, Chaffinch —intervengo—. Todo depende de lo que hagamos.

Ella sigue impasible, así que mi madre prueba con otro enfoque.

—El gran hermano Peregrine quiere negociar. ¿Crees que estará contento si tu padre hunde las negociaciones antes de que empiecen? Protege su puesto. Si tu padre no viene, tu madre tiene que venir.

Chaffinch se lo piensa, se muerde el labio y mira con resentimiento a mi madre. Se marcha sin decir palabra.

Sin embargo, cuando llegan los comensales, su madre está con ellos.

# 44

# RUISEÑOR

Cuando cae el sol, Swan regresa a sus habitaciones, aunque pálida y demacrada. Huele a Kite, como si cada glóbulo de sus venas segregara miedo. Parece exhausta. No me mira a los ojos y su mente, ahora bajo la banda de plomo, resulta impenetrable. Kite ha encerrado su luz. Le llevo un vaso de agua.

—Deberías descansar, hermana —le sugiero.

—No hay tiempo.

Se pone de pie, ordena a sus damas que la vistan y se prueba un vestido blanco tras otro, pero los rechaza todos.

—¿Qué ha pasado en la Casa de las Crisálidas?

—Nada.

—¿Es que el hermano Kite te ha molestado de algún modo?

—No.

Parece derrotada. Me sobreviene una oleada de asco por él. El asco se transforma en odio al estrellarse contra la orilla. Le ha hecho daño, la ha roto; algo ha cambiado. Swan me ve preocupada y sonríe débilmente.

—Dulce Kaira —dice mientras me roza la cara con sus sorprendentes uñas—. Tengo otro encargo para ti. Es lo más sutil del mundo. —Respira hondo—. Lo único que tienes que hacer es meterle el color amarillo en la cabeza al hermano Peregrine.

¿De qué narices está hablando?

—¿Amarillo?

—Sí. Amarillo limón.

—¿Por qué?

—Por nada.

La hermana Swan se aleja, inquieta.

—¿Qué sentido tiene, si no hay ningún motivo?

Esto es una de las intrigas de Kite, y ella quiere usarme para servirlo a él.

—¿Qué mal puede hacer el amarillo? —pregunta—. Es el color de la luz del sol, los narcisos y todas las cosas bonitas. Debes confiar en mí y la razón ya te quedará clara.

La miro a los ojos.

—Confío en ti. Y tú puedes confiar en mí. ¿Para qué es?

Su irritación centellea como un diamante.

—Yo te salvé —exclama con voz aguda—. Te salvé de la condena y harás lo que te diga.

Asiento sin responder. Se le ven muy tensos los nervios del cuello. Me da la espalda y se mira en el espejo: lleva capas y más capas de espumosa organza blanca.

—¡Quitadme de encima esta pesadilla! —les grita a sus damas—. Traedme el damasco de polillas de la nieve.

Siguen sus órdenes y le llevan un vestido tan enorme y pesado que tienen que cargar con él entre tres. Una cuarta dama acerca unos escalones y le meten por la cabeza el vestido, que se extiende a su alrededor como una avalancha.

—¡Quitádmelo! —chilla—. ¡Cómo os atrevéis a ponerme esto! Lleváoslo.

Sus damas obedecen sin rechistar.

—Traedme el satén con el escote en la espalda. Quiero que se me vean los brazos. Tengo que parecer vulnerable.

Le quitan el damasco de polillas de la nieve y traen un vestido que parece una voluta de humo. Swan se lo pone. Parece joven, esbelta y muy muy triste.

—Estás encantadora —le aseguro. Ella alza los ojos para mirarme a los míos y veo que algo la atormenta—. ¿Es una cena muy especial?

—No —contesta con ligereza—. Peregrine cena con su consejo todas las semanas. Es rutinario. Yo elijo el menú y mis damas lo sirven.

Soy consciente de una disonancia débil y aguda bajo su banda de plomo, como si un enjambre de abejorros le zumbara por la cabeza. Cuando llaman a la puerta, da un respingo.

—No puedes sentarte a la mesa, como comprenderás, pero estarás cerca, pensando en el amarillo.

—¿Va a pasar algo malo?

—Sólo es una cena —me espeta—. Te he pedido ayuda amablemente y lo único que haces es socavar mi amor. Si así es como van a ser las cosas, ya no te quiero por aquí.

Me mira con tal crueldad que doy un paso atrás. Después la miro en silencio, angustiada.

Starling Beech entra y casi ahoga un grito: los brazos al aire de la hermana Swan brillan en la blancura de la habitación. Lo cierto es que parece una diosa.

—La mesa está lista —consigue decir el hombre, y Swan me da la espalda y se le acerca.

—Starling... —dice ella, susurrando su nombre como si fuera una palabra de amor—. Quiero que me hagas un pequeño favor. Es por el inquisidor al que detuvieron con mi muñequita. Si hay orden de ejecutar, posponla.

435

El corazón me da un vuelco porque no me lo esperaba. Le ha perdonado la vida a mi padre. Starling asiente, embobado.

—Considérelo hecho —responde, y se marcha.

—Gracias.

Quiero abrazarla, pero me detiene y me mantiene apartada.

—Tu papá está a salvo, por ahora. —Entonces se trata de una amenaza, no de una muestra de amor. Lo entiendo. Acatará la voluntad de Kite contra viento y marea. Su subyugación es completa... y me obligará a mí también a servirlo—. Amarillo, un bonito amarillo limón. —Sonríe—. Siémbrale esa idea en la cabeza a nuestro querido y amado líder.

Alondra me dijo que yo era lista, que tenía que sobrevivir como fuera. Me pongo de puntillas y beso la mejilla perfecta de Swan.

—Tienes mi palabra, hermana.

Ella respira hondo y me desvela una momentánea punzada de dolor.

—Sabía que no me decepcionarías.

Me alisa la gasa sobre la cara, como si no me quisiera ver los ojos, y, al salir de las habitaciones, de nuevo me convierto en una criatura vacía.

# 45

# ALONDRA

El jardín de Heron está lleno. Al final acude tanta gente que tenemos que pedirles mesas prestadas a los vecinos y vestirlas. Las familias comparten su comida, animadas por la aprobación de las negociaciones de paz. Han venido todos a pesar de la negativa de los regidores, como si el desafío de Heron les diera permiso. Unos cuantos de sus hombres, Hamid y Jenkins incluidos, están sentados fuera con los habitantes del pueblo y sus hijos. Gailee y la señora Roberts sirven estofado y pan.

Dentro, mi madre y yo nos aseguramos de que todo el mundo tenga el vaso siempre lleno. Estamos alimentando a tres ailandeses, Chaffinch (que está sentada al lado de Heron y no mueve ni un dedo), la señora Greening, el soldado Wright, el señor Malting, el sargento Redshank, Hoopoe Guinea y la señora Sweeney.

Syker, Forbe y los regidores se han negado en redondo a asistir.

En la mesa se mantienen dos conversaciones simultáneas. Una es sobre baloncesto. El sargento Redshank es lo bastante mayor como para recordar la época en que se disputaban partidos entre ambas naciones. El resto de la mesa está hablando de la comida brilandesa y ailandesa. Todo el mundo se esfuerza al máximo por no sacar el tema de la guerra.

Alción guarda silencio y escucha. Parece pequeño y corriente, como si toda su energía se concentrara en ocultar su verdadera naturaleza. Mientras sirvo las verduras, me pregunto cuánto me cuesta a mí ocultar la mía. Quizá mi luz también fuera más brillante en el barco. Sin embargo, aquí, en mi propio hogar, me siento invisible y mantengo los labios bien pegados.

Alción me observa servir al otro lado de la mesa. He intentado no mirarlo, pero ahora levanto la vista, me encuentro con sus ojos y la energía entre los dos aumenta de intensidad.

—Pronto te irás a Brightlinghelm —se me escapa en melodía de luz, sin poder evitarlo—. ¿Y si no vuelvo a verte?

Mis notas son simples y directas. A Alción le cambia la cara y me doy cuenta de que Chaffinch nos mira. Aparto la vista y Alción se concentra en la comida.

Entro en la cocina, mientras Gailee y la señora Roberts van y vienen entre el jardín y la casa. Veo a Nela ahí fuera, sentada con John Jenkins, que come en silencio. Parece más tranquilo. Ahora entiendo por qué la locura acecha a las antorchas. Quizá cuando nuestra llama no tiene donde arder nos consumimos de dentro hacia fuera.

Salgo al exterior y miro el cielo, deseando ponerme en contacto con Ruiseñor, y, con los últimos rayos de sol, veo un insecto dorado, algo precioso que se parece a una libélula. Es demasiado grande para ser un insecto. Es un avión.

Qué maravilla de imagen. El jardín guarda silencio al ver descender en círculos el avión resplandeciente. Asombrados, lo observamos virar por encima del promontorio y desaparecer. Todos los niños salen corriendo para perseguirlo, y yo misma siento el impulso de seguirlos, hasta que mi madre me llama.

—¡Necesitamos cerveza, Elsa!

Entro y cojo una jarra. Mientras lleno los vasos, susurro al oído de mi marido:

—Un avión está aterrizando en la playa.

Heron asiente para darme las gracias. Miro a Alción y, con la melodía de luz, informo de lo mismo. La señora Sweeney está sentada frente a Alción y noto que siente curiosidad por él. Mientras le lleno el vaso, oigo que le pregunta:

—¿Tiene por ahí guardadas una esposa o dos, joven?

—No —responde—. Mi corazón es libre. —La deslumbra con una sonrisa—. ¿Está usted soltera?

La señora Sweeney se ríe.

—Hoopoe le elegiría esposa en un abrir y cerrar de ojos.

—Puede que me lo quede para mí —responde Hoopoe antes de darle un traguito a su vino, tan tranquila, y todo el mundo se ríe.

Alción está avergonzado, pero Alize se inclina hacia delante, curiosa.

—¿Es usted una casamentera? —pregunta.

—Es uno de mis deberes como madre del coro.

—Y ¿cómo funciona eso? ¿Cómo sabe si es un buen emparejamiento? Por ejemplo, ¿cómo unió a esta feliz pareja? —pregunta, señalando a Heron y a Chaffinch.

Chaffinch esboza una sonrisa incómoda y Heron no dice nada de nada. Hoopoe está en un apuro.

—Bueno, el matrimonio no atañe sólo a una mujer y un hombre, también a la comunidad. Tenemos que pensar en lo mejor para el pueblo entero.

—Debe de ser un asunto muy delicado —dice Alize, intrigada.

Hoopoe se anima al ver su interés.

—Es como juntar dos imanes. Queremos que se queden pegados. No siempre acertamos, pero es un asunto muy serio, se lo aseguro.

—¿Y también tiene que elegir a la segunda esposa?

—Ah, no, son los hombres que regresan del frente los que la eligen. La primera esposa es el premio que les concede el pueblo. La obligación de la segunda, que tiene un estatus mucho menor, es darle placer.

De repente, noto que todo el mundo me mira, como si me sopesaran como objeto de placer. Clavo la vista en el suelo, dejo la jarra en la mesa y empiezo a retirar los platos vacíos. Cuando levanto la vista, Alción vuelve a mirarme con lástima. Él, que lanza besos a las jóvenes que lo adoran, jamás sabrá lo que es que te subasten como si fueras un juguete. Me arde la mirada, desafiante.

—Sé lo que es el amor —le digo en melodía de luz—. Sé lo que es el placer. Ni se te ocurra compadecerme.

Alción me mira a los ojos como si tuviera mucho que decirme, pero me alejo rápidamente para llevar los platos al fregadero. Cuando regreso, Alize y Hoopoe siguen con su conversación.

—Es usted una negociadora muy hábil —comenta Alize—. ¿Cómo empezaría a negociar la paz?

La señora Greening resopla, a punto de reírse, pero Hoopoe se toma en serio la pregunta.

—No podría. No me veo capacitada.

—Yo me siento igual —reconoce Alize—. Y, aun así, hay que hacerlo. Imagínese que se trata de emparejar a alguien. ¿Por dónde empezaría?

Hoopoe se lo piensa. Todos la miran.

—Empezamos por poner todas las piezas sobre la mesa. Se describen los puntos positivos y negativos de cada chica, y lo mismo con los hombres.

—Entonces, ¿eso es lo que haría con los brilandeses y los ailandeses? —pregunta Alize.

—Supongo, sí.

Mi madre sale de la cocina con una bandeja humeante y la deja sobre la mesa.

—Tenemos tarta de manzana. Es una especialidad de Northaven.

—Os aseguro que la de Curl Crane es la mejor de toda Brilanda —dice Heron, que levanta la vista hacia ella con admiración. A Chaffinch le tiembla la mandíbula.

—¿Usted cocina? —le pregunta Hoopoe a Alize.

—Qué pregunta más tonta —se burla la señora Greening—. En Ailanda, seguro que sólo cocinan los hombres.

Pretende que sea un insulto a Cazimir y Alción, pero Cazimir sonríe.

—Tiene que darnos la receta, señora Crane.

Mi madre sacude la cabeza y sonríe.

—La receta de mi tarta de manzana es un secreto de Estado.

—Antes cocinaba —dice Alize—. Ahora ya no se me da tan bien —añade, levantando el muñón.

—¿Cómo sucedió? —pregunta la señora Sweeney, que se lo mira como si llevara toda la tarde muriéndose por preguntar.

Alize hace una pausa antes de responder.

—En la batalla de la playa de Montsan.

Heron la mira a los ojos y se queda pálido. El silencio se alarga tanto que oigo la carcoma arrastrarse por el interior de la madera.

—Deberíais hablar de ello —dice Alción—. Flota entre vosotros como una nube tóxica.

—Es cierto —responde en voz baja Heron—. Deberíamos hablar aquí, con comida y vino, para que no nos asfixie en Brightlinghelm.

Alize lo mira, airada.

—¿Quieres hablar de cómo perdí la mano?

—Sí.

Las velas iluminan las cicatrices de Heron. El silencio del resto de la habitación es absoluto. Mi madre y yo nos quedamos inmóviles como estatuas con los platos vacíos en la mano.

—Teníamos un arma contra la que no podíais hacer nada y lo sabíamos —empieza Heron. Deja escapar el aire como si algo oscuro le saliera de dentro—. Un lanzallamas. El primer experimento del hermano Kite con combustible de fuego. No me importaba que rompiera la Primera Ley. Tenía una sola orden: ganar. Desplegamos nuestras fuerzas en la playa de Montsan, la base perfecta para un ataque sobre Reem, y os esperamos.

—Ahí está una de nuestras academias —dice Alize—. Donde entrenamos a nuestras antorchas.

Los brilandeses dan un respingo visible al oír la palabra.

Miro directamente a Alción. ¿Lo entrenarían allí? Niega con la cabeza, pero se conoce la historia y una tristeza inmensa se apodera de él.

—Para nosotros, es un lugar sagrado —dice Alize—. Nuestros niños vivían allí.

—Inhumanos —dice la señora Greening.

—Niños —insiste Alize—. Adolescentes desarmados y apenas protegidos. Era una trampa. Fue una masacre.

Las palabras brotan como nacidas de fuego y sangre. Estoy siendo testigo de algo íntimo y feo, de algo valiente.

—Quiero que sepas que fue idea mía atracar y luchar allí —dice Heron despacio, en voz baja—. Se lo sugerí a Kite y a él le pareció que era lógico. El río Montsan nos conduciría hasta Reem, y yo sabía que venceríamos. Con tal de derrotaros, me daba igual quién o qué cayera. No se me ocurrió averiguar qué había en ese edificio.

—Se quemaron vivos... —dice Alize—. Doscientos de nuestros niños.

Heron agacha la cabeza y a mí se me revuelve el estómago. No lo sabía. No lo sabía. La señora Greening se revuelve en el asiento. Quizá lo supiera. Quizá, cuando le dijo a Chaffinch que hiciera esas cortinas tan feas, supiera que en las torres ardieron niños. Niños como Ruiseñor y como yo.

—Ese producto químico incendiario que usasteis... —dice Alize intentando mantener la calma—. No había forma de apagarlo, no bastaba con agua. Era tan virulento que quemaba en la superficie del mar. No pudimos hacer nada.

—Lo sabíamos. Y sabíamos lo mucho que lo intentaríais.

—Mi hija estaba allí —dice Alize, y tiene que dejar de hablar. El silencio de la habitación está preñado de su dolor. Se obliga a seguir—. Tenía trece años. Intenté llegar hasta ella. Seguí adelante con una sola mano hasta que mis camaradas me sacaron a rastras.

Su tristeza es impactante y repentina. No logra controlarla. Cazimir le aprieta el brazo. Ella intenta volver a ponerse la armadura mental, pero ha desaparecido y la ha dejado desprotegida.

—¡Gala! —exclama Heron—. ¿Por qué estás aquí? ¿Cómo puedes buscar la paz? ¿Por qué no acabas conmigo?

—¿Por qué estás tú aquí, Mikane? —responde ella—. ¿Por qué nos has dado la bienvenida? Cuando cayó Montsan, eras el comandante que estaba a punto de vencer.

Yo también quiero conocer la respuesta a esa pregunta, y, en voz baja, la respuesta llega.

—Estaba lo bastante cerca como para oír los gritos. Mientras vuestros barcos seguían ardiendo, recorrí la playa. Caminé entre los muertos. Se olía la carne quemada en varias millas a la redonda. Entre la carnicería, vi una figura que me sonreía con su rostro de hueso. Supe que era la Muerte. Aquélla era su victoria, su triunfo, y me daba las gracias. En ese momento supe que no había servido a mi país, sino a la Muerte. Y, desde entonces, ella me posee.

Alize asiente. Para ella, la muerte es lo que se merece, ni más ni menos. Llora en silencio, en homenaje a su hija.

—El pelo se me volvió blanco cuando me dieron la noticia.

A Heron no le queda compostura. Tiene que arrancarse las palabras de la garganta.

—Descubrí demasiado tarde lo que era ese lugar —susurra—. Estas quemaduras son el resultado. —Agacha la cabeza herida—. Lo siento.

Había oído decir que los remordimientos pueden matar a un hombre, pero no me lo había creído hasta ahora. Heron se ha estado dejando morir desde la playa de Montsan. Puede que Curl Crane sea lo único que todavía lo ata a la Tierra.

Alize mira a Alción. Percibo que quiere saber con certeza si Heron dice la verdad. Alción la mira a los ojos y asiente sutilmente.

Entonces ocurre algo realmente extraordinario: Alize extiende el antebrazo sobre la mesa. Heron lo acepta como si fuera una mano. Los dos se levantan. Algo emana de ambos, brota de ellos sin parar. Ninguno de nosotros sabe cómo acabará este momento, pero parece como si este gesto tan simple, lleno de valor y angustia, fuera la mejor forma de firmar la paz. Alize se inclina sobre la mesa y apoya la frente en la de Heron.

—La Muerte nos ha poseído a todos.

La señora Greening empieza a ser presa del pánico, noto que se le acelera la respiración. Me llega la imagen de una urraca atrapada en una ramita con liga. Dentro de nada va a empezar a aletear. También percibo que Redshank se está derrumbando, como si todos los cuentos heroicos que se ha creído hasta ahora se consumieran en las llamas de Montsan. Y, entonces, a mi lado, mi madre empieza a cantar.

Es una de las canciones de la Espesura, no de Northaven. Una canción dulce dedicada a Gala, una canción infantil, una nana. La recuerdo de cuando era pequeñita. No interrumpe a Heron y a Alize, sino que se suma al momento. Parece decir que todos los niños están con Gala, que Gala los abraza a todos. Sé que la está cantando para los niños de Montsan. Poco a poco, Heron y Alize se apartan. Alize se seca las lágrimas de la cara y le ofrece su única mano a Redshank, que la acepta. Heron le da la suya a Cazimir Cree.

Alrededor de la mesa, la gente se da la mano. Alize le da el antebrazo a la señora Sweeney y Chaffinch mira la mano que le ofrece Cazimir. Poco a poco, la toma. La única que se queda sentada es la señora Greening, con las manos entrelazadas con fuerza sobre el regazo. Alción me ofrece una mano, y yo dejo los platos y camino hacia ella. La acepto. Y después tomo la de Heron, y el dolor de sus remordimientos hace que empiece a quererlo. Las sostengo ambas. La canción acaba. Cuando mueren las últimas notas, es como si la luz de la habitación volviera a la normalidad.

Y entonces es cuando Heron se fija en mi madre y, ahora que ha terminado, de repente es consciente de lo que ha hecho. Allí de pie, con los platos en las manos y su sencilla nana, ha sellado la paz entre los brilandeses y los ailandeses.

# 46

# ALONDRA

No sé exactamente por qué, pero tengo un mal presentimiento cuando oigo que alguien llama con mucha delicadeza a la puerta de Heron. No es una llamada ni atrevida ni fuerte, sino la que haría un hombre oscuro. A Alción se le tensan los hombros porque ha percibido de inmediato el peligro. Mira a Alize a los ojos y los ailandeses se levantan. Heron se acerca a la puerta y la abre.

—Emisario Wheeler, adelante.

Veo que Wheeler entorna los párpados al encontrarse con la casa abarrotada. Cabrón.

—¿Por qué no salen? —pregunta.

Heron mira a Alize, que asiente poco a poco, y todos salimos. Heron le presenta a los ailandeses uno a uno, mientras que Wheeler no dice nada y mantiene el rostro tan inexpresivo como un ladrillo.

—Queda comida —dice Heron, que hace todo lo que puede por ser educado—. ¿Le gustaría unirse a nosotros?

—Vengo con órdenes de los hermanos —dice el ladrillo.

Mi mal presentimiento es tan fuerte que casi me ceden las rodillas. Sin embargo, cuando mi madre me adelanta para salir, sonríe.

—¡Piper! —exclama.

Piper entra en la zona iluminada. Es el piloto que siempre ha querido ser, tan guapo que me dan ganas de llorar. Mi madre lo abraza con ganas y él acepta su afecto, aunque da un paso atrás rápidamente, como si su amor estuviera fuera de lugar. Siento una gran pena por el abismo que ahora nos separa.

—¿Cómo ha ido tu vuelo? —le pregunto amablemente—. He visto tu avión desde el jardín. Es precioso, Piper.

Quizá haya cambiado y ya no sea el chico novato que vendió a su amigo a la Casa de las Crisálidas. Quizá haya un modo de arreglarlo todo. Además, puede que tenga noticias de Rye. Por un momento, siento que me embarga la esperanza, pero Piper no sonríe.

—¿Cómo es posible que hayáis cocinado para los ailandeses?

Mi madre parece decepcionada.

—Le salvaron la vida a Elsa —explica—. Tu hermana se habría ahogado si no la hubiesen rescatado ellos.

Piper me mira, hostil.

—¿Así que has sido tú? —me acusa—. ¿Tú los has traído a nuestro pueblo?

De repente, tengo miedo. Él sabe lo que soy y podría desvelarlo con una sola palabra: inhumana.

La gente del jardín (los hombres de Heron y nuestros vecinos) rodean el lateral de la casa para acercarse. Cada vez somos más.

—Agradecemos que Peregrine haya aceptado reunirse con nosotros —le dice Alize a Wheeler con su tono más diplomático—. Y le damos las gracias por traer en persona sus instrucciones.

—Deben abandonar Northaven de inmediato —le dice con frialdad Wheeler—. Nuestra guardia costera está preparada para escoltar su barco hasta Brightlinghelm.

—Estaré encantada de atender su petición —responde Alize, que se niega a dejarse intimidar—. Cuanto antes nos reunamos en torno a una mesa, antes le pondremos fin a esta guerra.

La esperanza recorre la multitud, pero, sin decir nada más, Wheeler le da la espalda a los ailandeses y se dirige al puerto. Mi madre lo sigue, manteniéndose cerca de Piper. Me duele que mi hermano evite mirarla a la cara.

Heron le hace un gesto a Alize para que lo acompañe y yo camino a su lado, con Alción. Uso mi melodía de luz para hacerle una advertencia.

—Ese hombre, Wheeler, tiene una cola de escorpión escondida bajo el abrigo. No confíes en él.

—Sabíamos que esto sería peligroso —contesta.

A medida que avanzamos, rostros curiosos se asoman a las puertas y se unen a la muchedumbre.

—No quiero dejarte aquí —me confiesa Alción, como si llevara reprimiendo la idea un buen rato—. Ahora más que nunca, me gustaría que te hubieras quedado en Caraquet.

Lo miro y me hago la valiente, aunque no lo sienta.

—No soy yo la que necesita protección.

Lo cierto es que me duele en el alma que se vaya. Ha traído una melodía brillante a mi vida y echaré de menos su vibrante color.

En el puerto, la guardia costera está en sus barcos, esperando para escoltar a los ailandeses de vuelta al Alerón Azul. La multitud sigue creciendo para ser testigo de este momento histórico. Veo algunos rostros llenos de esperanza, y otros tensos por el odio y la suspicacia. Localizo a Mozen Tern, con los hombros hundidos y más malo que la quina. Paso junto a él, orgullosa de estar con los ailandeses.

Cuando llegamos al muelle, Alize se vuelve hacia Mikane.

—Comandante, ¿por qué no te traes a tus esposas y te vienes con nosotros?

De inmediato sé que intenta mantenerme a salvo... y me emociona que lo intente. Sin embargo, Wheeler lo ha oído e interviene antes de que Heron pueda responder.

—Heron Mikane no viene. Ya no es comandante y la mesa de negociación no es asunto suyo.

Es una noticia para todos. Chaffinch está horrorizada.

—¿Que ya no soy comandante? —pregunta Heron, perplejo—. ¿Y eso?

—Dimitió —le dice Wheeler.

—Intenté dimitir hace un año y Peregrine no quiso ni oírlo.

—El hermano Kite ha aprobado hoy su dimisión. Ya no tiene ningún estatus ni militar ni diplomático, así que no se requiere su presencia en Brightlinghelm.

Heron mira a Wheeler, digiriéndolo. Ojalá le dé un puñetazo en esa cara fea de engreído que tiene.

—Parece que debo quedarme aquí —le dice con pesar Heron a Alize—. Aunque anhelo volver a ver Brightlinghelm.

—*Amou* —dice Alize, usando la palabra ailandesa—. Espero que volvamos a vernos.

El encuentro los ha cambiado a los dos y la emoción está todavía a flor de piel. No hace falta decir más.

Los ailandeses se preparan para subir a bordo.

—Gracias por traerme a casa —le digo a Alize, y la abrazo. No me importa nada lo que piensen los demás.

Cree le está dando la mano al soldado Wright y al sargento Redshank. Hoopoe y la señora Sweeney le desean buen viaje a Alción. Juraría que les está dedicando la más resplandeciente de sus sonrisas.

—Si alguna vez necesito una esposa... —dice, encantador, y las mujeres se parten de risa.

Wheeler permanece impasible ante esta muestra de buena voluntad tan sincera. Pero la gente del pueblo lo ve. Me fijo en Gailee, que está con John Jenkins. Están conmovidos, como si fueran testigos de algo trascendental. Miro a Piper para ver si reacciona, pero tiene los puños apretados y me lanza puñales con los ojos.

«No lo hagas, Piper».

Wheeler se coloca frente al barco ailandés, con los regidores a su lado. Me fijo en que Syker y Forbe van armados.

—Si vamos a firmar la paz, será de forma justa —anuncia—. Los Hermanos exigen que entreguéis a vuestra antorcha. —El pánico se apodera de mí. «¡No no no!», grito en la melodía de luz, y también percibo la angustia de Alción—. Nuestra cultura no permite que sentemos a un inhumano a la mesa. El vuestro permanecerá aquí hasta que terminen las negociaciones.

La voz de Wheeler suena nítida contra las losas y los adoquines. Alize mantiene la calma.

—Mis camaradas son todos humanos, como puede ver. Permaneceremos juntos —insiste—, tal y como exige nuestra cultura.

—Esa orden no puede proceder de Peregrine —exclama Heron, indignado—. Va en contra del tono de su telegrama. Su invitación era cordial y clara. ¿Acaso Niccolas Kite lo ha enviado para sabotear la paz?

Eso toma por sorpresa a Wheeler, que seguramente no esperaba que Heron fuera tan directo en público.

—No habrá negociación si los ailandeses llevan consigo a un inhumano —insiste, implacable.

Lanzo un rayo de melodía de luz a Alción para enseñarle una imagen de Wheeler en el poste de la Deshonra, disfrutando de dominar a Rye.

—No te entregues —le advierto—. Ese hombre odia a los nuestros.

El sargento Redshank se abre paso entre la multitud y se enfrenta a Wheeler alzando la voz, para que todos lo oigan.

—Me conoces desde hace muchos años Leland Wheeler, y puedo garantizarte la buena voluntad de estos ailandeses. Lo que ha pasado aquí esta noche me hace creer que la paz es posible. Mikane y Alize han hablado de corazón sobre la playa de Montsan. Se han reconciliado de verdad. Aquí no hay lugar para el odio y la desconfianza. Dejemos que todos los ailandeses se marchen en paz.

Nunca, en toda mi vida, había oído a Redshank hablar tanto. Es un hombre querido y respetado en el pueblo, y sus palabras calan en la multitud.

—Recuerde su graduación, sargento —dice Wheeler en tono amenazador—. Y su deber.

—¡La paz está germinando aquí, en Northaven! —grita Heron con la voz que usa en el campo de batalla—. Y se podría extender por ambas naciones.

Casi huelo las ansias de violencia de Wheeler. En sus ojos veo gotas de sangre caer en una habitación en penumbra. Sé que este hombre pretende hacer daño.

—Si no obedecen, les daremos diez minutos para regresar a su barco —amenaza el emisario a Alize—. Después, dispararemos los morteros.

Alize lo mira, apenada.

—Que así sea.

Se dirige a la lancha de desembarco mientras la multitud empieza a protestar. La esperanza frustrada se estrella con el clamor de las olas contra una contracorriente de prejuicios y odio. Alción se lleva a Alize a un lado y bloquea mis advertencias de melodía de luz.

—Deja que me quede —se ofrece con urgencia, aunque tranquilo—. Tenemos un salvoconducto para ir a Brightlinghelm. Es más de lo que esperábamos conseguir. La misión es lo primero.

—Nuestra fuerza reside en la unión —insiste Alize—. No te abandonaré.

—Marchad sin mí —la presiona—. Mantén a salvo al resto de la tripulación.

Y Alción, el idiota temerario, insensato y amigo de las orcas, da un paso adelante.

—¡Yo soy la antorcha! —exclama—. Y jamás usaría mi melodía de luz para lograr una paz falsa.

—¡No, no, no! —grita mi melodía con toda su intensidad.

Alize ve la determinación de Alción y se vuelve hacia Wheeler.

—Accederemos a su exigencia por el bien de la paz, pero, si nuestro camarada sufre algún percance, habrá graves repercusiones.

Wheeler inclina la cabeza, engreído, en silencio. Eso me provoca aún más escalofríos. Heron ayuda a Alize a subir a la barca.

—Algo va mal —lo oigo decir en voz baja—, pero Peregrine es sincero, no me cabe duda. No tardará en enviar a buscar a vuestra antorcha. Mientras tanto, la protegeré con mi vida.

Alize asiente, le da las gracias a Heron y le estrecha la mano. Después vuelve sus ojos, tan sabios y perceptivos, hacia mí.

—Elsa, *amou*.

—Nos volveremos a ver, esta vez en tiempos de paz —contesto.

Cree acelera con la lancha para salir del puerto. Tres barcas militares brilandesas la acompañan. Los observamos hasta que desaparecen.

Alción se ha quedado solo, vestido con su sencillo azul ailandés. Por el rabillo del ojo veo que John Jenkins lo observa, fascinado. Wheeler también, aunque a él la sed de sangre le acelera el pulso.

—Yan, mi casa es tu casa —le ofrece Heron—. Espero que aceptes ser mi invitado.

Pero Wheeler no pierde el tiempo y, antes de que Alción pueda responder, revela su aguijón.

—Llevad al inhumano a la cárcel —ordena.

—¡Acaba de dar su palabra de que no sufriría ningún daño! —grito.

—Controla a tu mujer, Mikane.

—Lo que dice es cierto y estoy de acuerdo con ella. Ha dado su palabra.

Me alegro de recibir el apoyo de Heron; me hace sentir más valiente, tanto como para mirar al emisario a los ojos. Cabrón de mierda.

—El manipulador de mentes debe permanecer bajo tierra para que no pueda usar sus poderes. Ésas son las órdenes que he recibido y las cumpliré.

Wheeler hace un gesto con la cabeza a Syker y a Forbe, que van a por Alción.

—Por encima de mi cadáver —dice Heron, que los detiene.

Alción se interpone entre ellos.

—Sin violencia —les pide—. Iré.

—No confíes en ellos, Yan, ¡es un torturador! —grito tan fuerte que me duele la garganta, y entonces me doy cuenta, horrorizada, de que no he usado la melodía de luz. Me ha oído todo el pueblo.

—¡Cierra la boca, Elsa! —me exige mi hermano con un grito tan doloroso como el mío—. Estás avergonzando a nuestra familia.

Piper tiene la palabra justo detrás de los dientes: inhumana.

Wheeler me mira y el desdén le tuerce el gesto.

—Aquí tenemos a una amante de los ailandeses.

Miro a mi hermano y sé que va a hacerlo, que su próxima frase me delatará. Pienso en Rye, roto en el poste de la Deshonra; en Ruiseñor, atrapada y abusada; en su amiga Cassandra, perdida para siempre. No me quedaré encogida de miedo, esperando a que me atrapen.

—Señor, mi hermana es...

No le permitiré decirlo.

—No lo hagas, Piper —le ruego en voz baja—. Se lo hiciste a Rye y lo destrozaste. Y a ti te está destrozando el alma. No me lo hagas a mí.

Veo que se debate.

—Elsa es...

No permitiré que decida mi destino. Yo tomaré las riendas. Es como si fuera a saltar a un lago azul muy profundo.

—Yan Zeru no es inhumano —le digo a todo el pueblo—. Tiene melodía de luz. Es una antorcha. Igual que yo.

Siento un alivio muy extraño ahora que mi terrible secreto ha dejado de serlo. Se oyen gritos ahogados, un chillido de Chaffinch y un susurro entrecortado de mi madre.

—Elsa, no…

Alción se me acerca. Algunos de mis vecinos parecen afligidos, mientras que otros me matarían ahora mismo. Mi voz angustiada se eleva hasta las aspas de las torres de las turbinas.

—¿Por qué deberían destruirme por eso? Soy hija de este pueblo, formo parte de vosotros, como Rye Tern. ¿Por qué debéis matar a vuestros propios hijos?

Veo que Gailee me mira, comprendiéndolo todo, y que Hoopoe Guinea empieza a entenderlo también. Wheeler se dirige a su rebaño.

—La chica ha atraído a los ailandeses hasta aquí con la intención de destruirnos.

—¡Eso es lo que dijiste de Rye Tern! —chilla mi madre—. Era mentira entonces y es mentira ahora. Eres un hombre malvado y un asesino, Wheeler. Cada vez que vienes, nos enfrentas a unos contra otros. Te llevaste a nuestras niñas para que fueran terceras esposas, y lo más probable es que las violaras a todas en el barco.

Me va a estallar de orgullo el corazón, pero me quedo perpleja cuando veo que Piper le tapa la boca con una mano.

—Hay que atajar esto, señor —advierte—. No podemos darles una excusa para organizar una revuelta.

Así que mi hermano ha elegido bando: pertenece a Wheeler.

—¡Encerrad a los inhumanos! —grita Wheeler—. Si alguien intenta ayudarlos, ya conoce las consecuencias.

—Si algo he aprendido como soldado es a saber cuándo merece la pena presentar batalla —exclama Heron—. Y os digo que esta batalla es por la paz y que merece la pena morir por ella. He dicho que protegería a Yan Zeru con mi vida, y lo mismo haré por Elsa Crane.

En este momento, lo quiero tanto como a mi padre. Wright, Hamid, Jenkins..., todos acuden al lado de Heron. Veo que el señor Malting se acerca corriendo para protegerme. La multitud se adelanta.

Curl intenta llegar hasta mí, pero Piper la sujeta.

—¿Qué estás haciendo? —le pregunta mi hermano—. ¿Dónde está tu lealtad?

Syker dispara su arma por encima de la muchedumbre.

—¡Como deis un paso más, estáis muertos!

Todos guardan silencio. Forbe y los regidores apuntan con sus fusiles. El regidor Haines me agarra y Forbe apoya el cañón de su arma en la espalda de Alción.

—Dejad que se vayan —dice con calma Heron, que se acerca a nosotros, pero Forbe no se mueve y Syker apunta con el fusil para detener en seco a su comandante.

—Mikane, entra en razón. Esa chica te ha manipulado y algún día me lo agradecerás.

Mientras frenan a Heron, los regidores nos sacan a rastras. Sin embargo, el descontento se propaga por la multitud. Se oyen más disparos y la gente empieza a gritar. Me vuelvo y veo que Heron y Syker forcejean por el control del arma. Algunas personas gritan para mostrar su apoyo o para darle la razón, aunque otras expresan su indignación y piden que nos cuelguen.

Oigo a mi madre gritar:

—¡Elsa, Elsa!

Piper sigue sujetándola.

Los regidores tiran de nosotros hacia la cárcel. Alción tiene los brazos levantados y no se resiste, pero yo lanzo una llamarada de angustia y mi rabia hace temblar el cielo nocturno. Oigo en el viento el reluciente susurro de Alción:

—Mantén la calma. Habrá un momento para luchar. Mantén la calma.

El regidor Haines me está retorciendo el brazo y se me escapa un grito de dolor...

Y entonces veo aparecer una imagen. Ruiseñor. Me ha oído.

—¡¡Alondra!!

—Me han atrapado —le digo—. Saben que soy una antorcha.

—¡¡Alondra!!

Está horrorizada. Alción se tambalea y cierra los ojos ante la fuerza de mi amiga. La canción de Ruiseñor es como un estallido de luz.

—¡¡Alondra!!

Veo que dos de los regidores se adelantan corriendo para abrir la puerta de la cárcel. La llaman «el tanque» porque se inunda cada vez que la marea está alta y los desgraciados de dentro tienen que encaramarse a un saliente hasta que vuelve a bajar. Los muros son gruesos y sólidos y, según se cuenta, ningún inhumano puede atravesarlos con su melodía. Ahí es donde encerraron a Rye.

Siento la angustia de Ruiseñor. Le digo que no me pasará nada, pero sabe que es mentira. Le digo que sea valiente... y después caigo dando tumbos por unos escalones de piedra resbaladizos. Me quedo tirada en el fondo, sin aliento. Hemos perdido la conexión.

Está oscuro. Apesta a óxido y algas podridas. Me arrastro hasta una esquina mientras Greening y Wheeler envían a Forbe de vuelta a la refriega, con su fusil. Alción parece afectado cuando Wheeler lo obliga a bajar la escalera. Apenas es capaz de guardar el equilibrio. Ruiseñor lo ha dejado atontado con su potente melodía de luz. ¿Cómo puedo detener esto? ¿Cómo lo ayudo?

Piper aparece en lo alto de la escalera.

—La multitud está enfadada —le dice a Wheeler—. Mikane los está agitando... No lograremos contenerlos sin recurrir a la violencia. Señor, debería calmar los ánimos.

Oigo disparos a lo lejos.

—Dile a Redshank que arme a los cadetes —ordena Wheeler.

Piper ve que Wheeler lleva un cuchillo en la mano.

—¿Qué va a hacer? —le pregunta, nervioso.

—¡Van a matarnos, Piper! —le chillo.

Mi hermano vacila en lo alto de la escalera y me mira, aturdido.

—¡Te he dado una orden! —le grita el emisario, y el cobarde de mi hermano sale corriendo.

—No vaciles —le dice Greening a Wheeler—. Haz lo que has venido a hacer.

Miro a los ojos a Alción. A pesar del grosor de los muros, todavía podemos comunicarnos por melodía de luz.

—Peregrine no te quiere muerto, estoy segura. Lo he visto en el templo de Gala, con Ruiseñor. Estaba preparándose para negociar la paz.

Alción ha recuperado la compostura y se enfrenta a sus asesinos.

—Asegúrate de contar con la aprobación de Peregrine antes de cometer una imprudencia —le dice a Wheeler—. Mi muerte supondrá años de guerra y la historia te echará la culpa.

—¿Intentas manipularme?

—Kite no se hará responsable de sus actos —le advierte Alción—. No te protegerá. Te echará a los perros.

Con un movimiento rápido y sin gracia, Wheeler le pone el cuchillo en el cuello.

—Los días de Peregrine han llegado a su fin. Lucho en el bando ganador.

Alción se mueve más deprisa que la luz y Wheeler acaba en el suelo. ¿Cómo lo ha hecho?

El emisario se levanta torpemente y vuelve a atacar, pero Alción se aparta de un salto y le da una patada que lo hinca de rodillas. Por primera vez soy consciente de que Yan Zeru es un guerrero. Haines va a por él. Alción los mantiene a raya a los dos, moviéndose con rapidez y agilidad, y usando el peso del contrincante a su favor tira de espaldas a Haines.

Si eso es lo que se aprende en la escuela de las antorchas, me apunto.

Corro escaleras arriba pensando en que hay un hombre en este pueblo que puede ayudarnos. Envío una flecha de melodía de luz a través de la rejilla de la puerta y percibo que aterriza en medio de una cacofonía.

—John Jenkins —le digo con voz alta y clara—. Dile a Heron que venga. Van a matarnos a los dos.

Entonces veo a Greening cuchillo en mano, detrás de Alción. Es como si mi propio grito me elevara. Bajo la escalera de un salto y me abalanzo sobre el regidor. Su cuchillo me lacera la mano y siento un dolor ardiente, pero no permitiré que mate a mi amigo azur. Golpeo el brazo de Greening contra la pared y el cuchillo cae al mar por la rejilla. Alguien me golpea entre los hombros y oigo el ruido sordo de mi cabeza al chocar contra el muro. Antes incluso de sentir el dolor, todo se vuelve negro.

# 47

# SWAN

Carne de venado con toda su guarnición: la última cena de Peregrine está en marcha. El sitio de Kite a la mesa está vacío, no quiere que ni una motita de culpa le manche el traje. Me tiemblan los brazos al aire. No logro hacer gala de mi habitual encanto chispeante y tengo que obligarme a tragar cada bocado. Sin embargo, los consejeros apenas se fijan porque estoy aquí para decorar, como las flores de la mesa. Mientras fluye el vino, hablan sobre los asuntos de Estado. Hay que prepararse para la paz. Veo a mis damas servir con su mirada inhumana oculta bajo la tela de gasa.

El hedor de la Casa de las Crisálidas se me ha quedado pegado a la corteza cerebral: sangre, materia gris y desesperación. No permitiré que me perforen el cerebro para sacarme la melodía de luz y después lo envuelvan en un capullo. No seré como uno de estos espectros cubiertos de gasa. No moriré allí. No moriré.

Así que Peregrine debe hacerlo.

Ése es el pacto que hice con Kite. Ha aplazado mi sentencia hasta mañana, pero, si Peregrine sigue vivo, yo muero. Aunque quiero suplicar clemencia a estos hombres, tras tantos años engañándolos a todos, si conocieran mi verdad se apartarían de mí como la sirena que soy.

Quiero volver este veneno contra Kite, pero ¿cómo? ¿Cuándo? No está aquí. ¿Cómo escapo a esta situación?

Peregrine no tiene ni idea de que soy la serpiente en la flor. Está organizando las negociaciones con los ailandeses sin saber que su paz ya está contaminada.

—Tenemos que anticiparnos a todas sus condiciones —les dice a sus Hermanos.

Sé que le encantan las almendras cubiertas de limón.

La dulce acidez encubrirá el sabor del veneno.

Lo he preparado con cuidado. Basta con una.

Harrier está hablando de los beneficios económicos de la paz.

—Merece la pena hacer todas las concesiones necesarias.

¿Y si apelo a la piedad de Harrier? ¿Aceptaría mi lealtad y mi servicio? No, me aborrecería por ser inhumana y me encerraría en la cárcel.

Mi muñequita está cerca, en una antesala; así se encargará de su tarea sin que nadie se fije en ella. Conseguirá que al anciano se le caiga la baba por el amarillo limón.

¿Por qué he aceptado hacerlo?

Cuando llegue el momento, no lo haré. No seré capaz. Cuando mis damas sirvan las almendras azucaradas, tiraré al suelo la bandeja.

Por otro lado, el viejo idiota quiere la paz. Traidor.

—Querrán que abandonemos las colonias costeras que nos quedan —anticipa, y yo pongo la oreja—. Será su primera exigencia.

—Eso queda descartado —digo.

Los hombres se vuelven para mirarme. Peregrine es una persona atenta y sonríe con indulgencia.

—Todos sabemos cómo perdiste a tu familia, Zara. En las colonias ha tenido lugar mucha violencia. No se las concederemos de inmediato, pero debemos estar abiertos a la idea de devolver las tierras ailandesas a cambio de nuestras rutas de comercio continentales. Hemos perdido el acceso al territorio más allá de Ailanda.

Oigo a Kite como si me siseara al oído: «¿De verdad es un crimen, teniendo en cuenta que el viejo pretende firmar la paz con los ailandeses?».

Mascullo una disculpa.

—Perdóneme, he hablado con el corazón.

—Nos recuerdas a todos lo difícil que será llegar a un acuerdo —dice nuestro gran hermano—. Existe un odio visceral en ambos lados.

El reloj sigue avanzando mientras pasan al segundo plato y al postre.

Las almendras vendrán con el café.

Sin la presencia de hierro de Kite, la noche resulta más agradable. Durante el postre, Harrier hace una imitación muy divertida de mi amo. Se nos permite reír porque Peregrine se ríe y, cuando la oscuridad me angustia, me obligo a tragármela hasta que desaparece.

¿Podría confesárselo a mi muñequita? ¿Podría compartir con ella este aprieto tan horrendo? Sé que percibe la ciénaga asfixiante en la que me hundo.

Pero ¿qué haría esa frágil chiquilla?

Kite la mataría a ella también.

A partir de ahora, debo mantenerla a distancia. No es más que una herramienta, y quererla es un error que sólo servirá para debilitarme.

Cuando Kite ascienda al poder, me encumbrará con él.

Llega el café.

Lady Orión trae las almendras azucaradas. Le he dicho que empiece por Peregrine. Hay una almendra amarilla en la parte de arriba, y casi espero que Kaira se haya negado a acatar mi voluntad. Se daba cuenta de que algo olía a podrido.

Sin embargo, en ese momento, su melodía de luz pasa aullando a través de mí, revolviéndome, cegándome, a pesar incluso de la banda de plomo.

—¡¡Alondra!!

Me agarro a la mesa. Cómo se atreve.

—¡¡Alondra!!

—Llevaos las almendras —le digo de malos modos a lady Orión—. ¡No las queremos!

Ella se aleja con la bandeja.

—¡¡Alondra!!

Me chilla la corteza cerebral. Mi silla rechina contra el suelo cuando me levanto.

—¿Algún problema, querida? —me pregunta Peregrine.

—Lo siento —balbuceo—. Perdónenme un momento, por favor.

Entro en la antesala.

Kaira está de pie y viene hacia mí con lágrimas en los ojos, implorándome en melodía de luz.

—¿Qué estás haciendo? —le digo entre dientes.

Me envía unas imágenes brillantes, tan cegadoras que no veo nada. No le preocupan ni Peregrine ni Kite. Veo a una chica a la que llevan a rastras por una plaza.

—¡Sálvala! —me suplica en una melodía de desesperación.

—Eso debe esperar. Debe esperar a después.

Kaira niega con la cabeza.

—La van a matar.

—Para ya si no quieres que te ponga una banda de plomo.

—Han tomado prisionero al ailandés en Northaven. Díselo a Peregrine. Tú puedes detenerlos. ¡¡Alondra!!

Me tiembla la cabeza. Me va a hacer vomitar.

—Cómo te atreves a pensar en tu amiga antes que en mí. ¡Me estás poniendo en peligro!

—¡¡Alondra!!

Estoy a punto de caer de rodillas por culpa del dolor.

Maldita sea, quiere a esa Alondra más de lo que jamás me querrá a mí. Una de mis damas está junto a la ventana, así que le quito el pañuelo blanco y se lo meto a Kaira en la boca para ahogar su voz.

—Si no te callas, te dejo inconsciente.

Kaira controla la respiración y abre mucho los ojos con una angustia silenciosa mientras la tapo con la gasa.

—Llévala de vuelta a mis habitaciones —le digo a lady Libra—. Apártala de mi vista.

# 48

# RUISEÑOR

Cuando Swan me amordaza, le huelo algo empalagoso en las manos. Su banda de plomo no puede ocultar la gota opalescente que veo caer de un vial sobre una sola almendra amarilla.

Peregrine.

Llevo un rato sentada en esta habitación llenándole la mente de limón amarillo y dulce. De repente, sé para qué me ha usado. Sé lo que ha hecho: nuestro gran hermano es su víctima.

Estoy demasiado horrorizada para hablar y, la verdad, me pregunto si se ha vuelto loca.

Ordena a una de sus damas que me saque de aquí. La criatura me agarra por la muñeca con una mano fría y húmeda, y no me resisto. Nos vamos.

Creo que no puedo vivir así ni un día más.

Alondra…

Intento llegar hasta ella en Northaven, pero sólo recibo silencio. Rezo a Gala para que la salve.

Los pasillos de palacio están vacíos y nos movemos como fantasmas.

Me siento impotente. Ya estoy muerta.

La autómata vestida de blanco me lleva a las habitaciones de Swan, me levanta la tela de gasa y me quita la mordaza. Hace lo que su dueña le ha ordenado.

No miraré nunca a los ojos a estas damas porque me da miedo que sus ojos muertos me absorban...

Entonces me detengo en seco. Seguro que mi miedo hace más inhumana a esta mujer. ¿Por qué la trato como si fuera un objeto? Ella y yo somos exactamente lo mismo, y sigue siendo una persona, al margen de lo que le hayan hecho.

—Gracias —le digo.

Decido mirarla, hablar con ella como si siguiera ahí, aunque me cuesta alzar la vista y enfrentarme a esa espantosa mirada vacía. Le miro primero las manos. Manos humanas. Me conmueve que ahora estén exánimes. Exánimes, pero vivas.

Tiene un tatuaje en la parte inferior del brazo: una cigüeña con una larga pata levantada.

Y huele a algo que recuerdo.

Me asomo a través del velo que le tapa la cara. Me levanto.

Una cama de hospital, un uniforme pulcro, la cofia azul y blanca de una enfermera.

Me salvó la vida; gracias a ella sé lo que soy.

Esas manos son las suyas.

—¿Cassandra...?

Su nombre ahora no significa nada para ella. La observo acercarse a la ventana sin parpadear, sin pensar.

«Es una monstruosidad...».

Una ola de rabia sale de mí, sube por el río llevando con ella todas las aguas del océano y se estrella contra Brightlinghelm.

Mi ira destruye el palacio de los Hermanos e inunda la Casa de las Crisálidas. Barre a Kite y a sus ejércitos, y se los lleva al mar.

Cassandra.

# 49

# SWAN

Cuando entro en el salón de banquetes, veo que Peregrine ha despachado a los consejeros. La bandeja de almendras que tiene al lado está medio vacía. El alma se me cae a los pies y se aleja rodando, rodando hasta el inferno.

—¿Se ha comido las almendras?

—Tu dama intentó llevárselas, pero ya sabes que me encantan.

La amarilla no está. ¿Quién se la habrá comido? ¿Peregrine? ¿Harrier? ¿El cirujano Ruppell? No hay antídoto. Uno de estos hombres no vivirá para ver el alba.

He intentado evitarlo, pero ya no está en mi mano.

—Zara —dice Peregrine mientras me ofrece sentarme a su lado—. Me gustaría hablar contigo, a solas.

Es lo que menos deseo en este mundo. Tiene que irse. Tiene que rendir cuentas ante Thal.

—Perdóneme, gran hermano, pero tengo una nueva muñequita de la Casa de las Crisálidas y no es muy fuerte. Debería acostarla.

—No me llevará mucho tiempo.

Me siento mientras mis damas quitan la mesa.

—Creo que antes he conocido a tu muñeca.

—La elegí yo misma —le digo, con la cabeza inclinada.

—Respeto tu compasión —responde nuestro gran hermano con una dulzura inaudita.

Lo miro y, al instante, siento el impulso de abrirme a él, de contarle lo que soy, pero justo ésa es la principal habilidad de Peregrine: es capaz de sonsacar secretos sin necesidad de usar la melodía de luz. Es el padre que todos queremos tener. Lo amamos tanto que no vemos cómo nos rebaja y nos arrebata la libertad. Le perdonamos que subiera al poder a través de la muerte y la división—. Kite es un hombre sumamente capaz —empieza—. Juntos hemos transformado Brilanda en una fuerza a tener en cuenta. Esa transformación ha traído consigo muchas cosas buenas, pero, en su celo por el cambio, Kite se ha vuelto cada vez más cruel. Lo he visto constreñirte cada vez más y ya no lo soporto.

No tengo nada que perder, así que seré sincera.

—Lo sabe, ¿verdad? ¿Sabe que soy una sirena?

Los ojos le brillan a la luz de las lámparas.

—Creo que siempre lo he sabido. —Esto abre todo un polvorín de preguntas y puede que muera antes de contestarlas. Le dejo hablar sin interrumpirlo—. Voy a acabar con esta guerra con Ailanda. Harrier tiene razón: no podemos ganar sin una pérdida de vidas catastrófica. Además de sus armas de fuego, Kite está desarrollando un gas venenoso, un asesino invisible de todo ser vivo que respira. Su plan consiste en soltarlo desde sus aviones y asesinar sigilosamente a los ciudadanos de Reem. Como táctica militar, es despreciable. Y la venganza de los ailandeses será espectacular. El Pueblo de la Luz nos ha enseñado cómo va a acabar todo. —Me rodea las manos con las suyas, tan nudosas—. Sé que Kite intenta sabotear la paz. Mis espías me informan de que pretende dar un golpe de Estado. Está recabando el apoyo de las fuerzas armadas. Así que, esta noche, voy a detenerlo y encarcelarlo.

Estoy absolutamente pasmada. Su instinto es certero y ha detectado a la serpiente que se arrastraba entre la hierba.

—Gran hermano, ojalá me lo hubiera contado antes.

—He tenido que actuar deprisa y era mejor que nadie lo supiera hasta que estuviera hecho. Voy a arrebatarle el poder a Kite. Se quedará sin sus títulos y se le juzgará por traición. —Hace una pausa—. La justicia decidirá su destino. Si se ha comido esa almendra, el veneno pronto empezará a quemarle las paredes del estómago.

—¿Por qué me cuenta todo esto? Ya sabe que pertenezco a Kite.

—Te tengo mucho cariño, querida. A pesar de ser una sirena, nunca has perdido tu resplandor. Debajo de esa banda de plomo, sé que late el corazón de una hija.

Me dejo llevar por la amargura.

—Ha dejado que Kite me use. Ha visto lo que me ha hecho y no ha dicho nada. Ni tampoco le ha ordenado que pare.

—Divide y vencerás —dice—. Es la máxima por la que me he guiado en el gobierno. Enfrentaba a los consejeros entre sí y los controlaba desde arriba. Enfrentaba a los hombres contra las mujeres, a los humanos contra los inhumanos, a Brilanda contra Ailanda. En mi juventud, me parecía lo más inteligente. Cada vez que sembraba la división, mi poder aumentaba. Pero no es sabiduría, sino tiranía.

—Kite es el tirano. La amenaza de la Casa de las Crisálidas pesa sobre mí todos los días.

Peregrine hace una pausa, como si empezara a notar una indigestión. Deja escapar un profundo suspiro.

—Teníamos que sacrificar a los inhumanos —me dice—. El Pueblo de la Luz era una élite corrupta. Pensé que podría extirparlos, eliminarlos de nuestra raza. —Suspira de nuevo—. Me equivoqué. La persecución se va a acabar. Mi próximo edicto será un cambio de política: para cuando el barco ailandés entre con su escolta en Brightlinghelm, ya estaremos demoliendo la Casa de las Crisálidas. —Lo miro, perpleja, intentando asimilarlo—. Esa muñeca tuya, esa niña... —Niega con la cabeza—. Lo que hacemos es aborrecible.

—¿Qué me pasará a mí, como sirena?

—En cuanto Kite esté en la cárcel, le quitaré la llave y te liberaré. Nadie volverá a llevar jamás una banda de sirena. —Me mete las manos bajo la peluca y, con los dedos, recorre la banda metálica—. Zara, espero que seas capaz de perdonarme.

De repente, la pena me destroza. Consternada, empiezo a llorar como una niña.

Yo soy la que no tiene perdón.

El viejo idiota... ¿Por qué no me ha dicho antes todo esto?

Es demasiado tarde, demasiado tarde.

Me abraza para consolarme, como mi padre nunca hizo. Y yo soy su asesina.

—Te quiero mucho, querida. No llores. —Cuando empiezo a recuperarme, me suelta y se levanta—. Mañana será un nuevo día —dice, sonriente, mientras me da palmaditas en la mano—. Nos espera un futuro mejor.

Me siento a la mesa y lo veo dirigirse a la puerta, pero se detiene y se abraza el vientre.

—¿Peregrine?

Se vuelve y ve que estoy muy preocupada.

—Demasiada comida rica...

Empieza su sufrimiento.

Podría decírselo. Podría confesar.

Pero se está muriendo de todos modos.

Me oigo decir:

—Espero que duerma bien.

El anciano agacha la cabeza y se va.

# 50

# ALONDRA

De lo primero que soy consciente es de que me duele la mano. Tengo frío. Abro los ojos y sólo veo penumbra. Entonces percibo su melodía de luz: Alción tiene mi mano ensangrentada en la suya.

—¿Qué estás haciendo?

—Frenar el flujo de sangre —responde—. Tiene que coagularse. Te he fabricado un torniquete con mi cinturón. Dime si te duele demasiado.

Esto debe de ser lo que hizo cuando la orca me mordió la pierna. Noto que su luz concentrada aplaca el dolor.

—¿Me estás curando?

Niega con la cabeza.

—Es tu cuerpo el que te cura. Yo sólo puedo darle un empujoncito.

Oigo el rumor de las olas detrás de nosotros, lo que significa que llega la marea. Respiro con ella y dejo que Alción trabaje. El pelo le cae sobre la cara y tiene la sencilla camisa azul hecha jirones. También sangra.

—Te han herido.

—Me has salvado la vida —dice sin más—. Ese hombre iba a agarrarme por la espalda para cortarme el cuello.

—¿Adónde se han ido?

Niega de nuevo con la cabeza.

—Discutieron sobre mi suerte. Creo que quieren ciertas garantías del hermano Kite antes de asesinarme. —Levanta la vista hacia la puerta y la luz se le refleja en los ojos. Tienen motas de ámbar, como su gema—. Seguro que usan un arma de fuego —reflexiona—. Una bala para atravesar mi inhumana cabeza.

El tiempo nos mantiene a ambos al borde del abismo.

—No vamos a morir aquí —le digo, aunque percibe el recelo en los latidos de mi corazón. ¿Y si esto es el final y mi vida acaba aquí, en una mazmorra, a los dieciocho años, de un tiro, un navajazo o estrangulada? Sus labios tienen una forma muy bonita—. ¿Cómo salimos?

Alción agarra el cuchillo de Wheeler, que refleja también la luz.

—Lo único que podemos hacer es luchar.

—Estoy lista.

—Alondra, lo que has hecho, tu forma de hablar…

No quiero oír lo que quiere decir a continuación, tengo asuntos más importantes de los que ocuparme. Me inclino hacia él y lo beso.

Él me devuelve el beso. Es dulce, muy dulce, como agua en el desierto. Bebemos hasta saciarnos y después lo suelto.

—Entiendes que lo he hecho por si morimos, ¿no? —le digo.

Sonríe.

—¿Me estás usando, Elsa Crane?

—Ya sabes que sí. Eres como una segunda esposa, creado para darme placer. —Alción deja escapar una carcajada, sorprendido conmigo, creo—. Como te dije, mi corazón ya no me pertenece. Y me doy cuenta de que el tuyo sólo te pertenece a ti.

Se ríe de nuevo, aunque con más timidez.

—¿Además de mis otros pecados, también piensas que soy un egoísta?

—Ni siquiera Janella Andric te controla.

—Janella no me quiere con ella —dice, y parte de mí se lo cree.

—Una mujer muy sabia.

Nos miramos a los ojos. Mi cuerpo entero ha cobrado vida y me muero de curiosidad por saber cómo es su tacto. Con la mano buena, le recorro los esbeltos contornos de la espalda y siento el impulso de besarlo de nuevo, pero recuerdo de nuevo a Rye y me incorporo.

Veo una única silla cubierta de óxido, sal y cieno.

—Rye estuvo aquí cuando le pegaron y lo torturaron. —Su respiración cambia de ritmo—. No dejaré de buscarlo, Yan. No perderé la esperanza.

Alción asiente, sin responder, y me pone el cuchillo en la mano buena.

—Úsalo cuando tengas que hacerlo.

Después me afloja el torniquete. La circulación vuelve a fluir y, junto con la sangre, a mi mano acude un dolor agudo.

—Te hablaré de Janella —empieza, y siento que algo se abre dentro de él, un secreto doloroso que guarda con celo.

Está a punto de hablar cuando una llave gira en la puerta de arriba y los dos nos ponemos de pie al instante, alerta.

Los asesinos han llegado.

Alción se lleva un dedo a los labios, sube las escaleras de unos cuantos saltos y se agacha justo detrás de la puerta. No hay donde esconderse. Veo retazos de mi vida: juego con mi hermano en la arena; papá me sube a su barca; estoy con Gailee cantando en el coro; levanto una trampa para langostas, bañada en la melodía de luz de Rye; veo a una chica con anteojos de pie, en la playa; hablo en el círculo; Alize y Heron se toman del brazo para sellar la paz; veo a mi hermano ponerle una mano en la boca a mi madre.

Cuando la puerta se abre, entra un rayo de luz y Alción se abalanza sobre la persona que entra. Dos siluetas luchan en las escaleras... y entonces me doy cuenta de quién es.

—¡Para! ¡Para!

—Tranquilo —le advierte Heron.

Los dos están a punto de caer.

—Mikane —dice Alción, agarrando a Heron para que no se caiga.

Las piernas me ceden de alivio, así que apenas soy capaz de caminar hacia ellos.

—Deprisa —nos urge Heron, que alarga un brazo para ayudarme—. Nos vamos en una barca. Yan, te devolveré a tu gente. Elsa, tú también te vas. —Entonces se fija en mi herida—. ¿Qué es esto?

—Nada —miento.

—Me ha salvado la vida —dice Yan.

Heron me mira y asiente, como si ya lo supiera. Nos sube a la cárcel y allí están sus hombres, atando a los guardias. El regidor Haines está maniatado y amordazado.

—¿Dónde está mi madre? —pregunto.

—Con tu hermano.

Heron le ofrece un fusil a Alción, pero él lo rechaza y elige un cuchillo.

—¿Dónde está Wheeler?

—En el salón de los regidores. Volverá.

Me sorprende ver a Gailee. John Jenkins le está enseñando a sostener y disparar un fusil. Me mira, y su melodía de luz intenta formular una pregunta. Asiento para darle las gracias y él me devuelve el gesto. Mientras me recupero, veo que el señor Malting está armando a sus dos esposas, y también hay otros vecinos y marineros preparándose para luchar.

Gailee encuentra una caja de vendas, me envuelve rápidamente la mano con una y me guarda en los bolsillos unos rollos extra.

—Procura mantenerla limpia —dice.

Le doy las gracias.

—Tenemos que salir tan deprisa como hemos entrado —nos indica Heron, tranquilo y decidido. Entiendo por qué los hombres lo siguen allá donde vaya—. Wheeler sabe que estamos intentando llegar al muelle y hará lo que sea necesario para detenernos. Está intentando reclutar a los cadetes, pero Redshank está de nuestro lado y no los armará. Su disputa nos dará algo más de tiempo.

—La barrera del puerto —digo—. Intentarán evitar que nos llevemos una barca.

Heron frunce el ceño.

—Id —dice el soldado Wright—. Os cubriremos.

Esta gente sabe que soy una antorcha, y aquí está, salvándome. Jamás lo habría creído posible. Al pasar junto a ella, me fijo en la expresión de Gailee.

—No dejes que te maten —me dice.

—Ni tú.

Y sucede algo extraordinario: ya no nos sentimos impotentes.

Al salir de la cárcel, los hombres de Heron y nuestros aliados nos rodean. John Jenkins, muy decidido, devuelve los disparos que cruzan la plaza hacia nosotros. Puede que la lucha por fin tenga sentido para él.

Heron nos hace de escudo y corremos. Tiro de Alción hacia el puerto y nos escondemos detrás de los puestos del mercado y la lavandería comunitaria.

De repente, me detengo: Piper está en un almacén, suplicándole a mi madre.

—Estaba intentando protegerte —lo oigo decir.

—¡Mamá! —grito—. Ven con nosotros.

Le suelto la mano a Alción y corro con todas mis fuerzas hacia ella.

—¡Elsa, para! —me grita mi madre.

Corre hacia mí, oigo un disparo, y Curl sale volando hacia atrás y cae. Wheeler está junto a la estatua de Peregrine y me apunta con el fusil. Mi madre ha recibido el balazo. Se retuerce en el suelo. Creo que estoy gritando.

—¡Alto el fuego! ¡Alto el fuego! ¡Alto el fuego! —grita Piper.

Heron corre como un toro hacia Wheeler, lo levanta en el aire y le clava un cuchillo en el pecho. Deja que el emisario caiga y, con un movimiento rápido, le corta el cuello. Wheeler muere antes de tocar el suelo.

Los disparos y el enfrentamiento cesan. Todos miran a Heron, pasmados por esta violencia tan fácil y experimentada. La sangre del emisario forma un charco a sus pies.

—¡Alto el fuego! —chilla mi hermano, y los dos corremos hacia nuestra madre.

Tiene la herida en el hombro, y es roja y fea. La sangre le empapa el vestido gris de viuda. La acuno mientras ella respira entrecortadamente.

—Heron —consigue decir, y me doy cuenta de que tiene la vista clavada en él.

Heron está al descubierto, sin importarle su seguridad, mirando el cadáver de Wheeler como si la Muerte lo hubiera engañado para matar una vez más. En este silencio tan extraño, se percata de que todo el pueblo lo mira.

—Wheeler vino hasta aquí para dividirnos, para enfrentarnos los unos a los otros. Ahora ha pagado por ello. —Suelta el cuchillo—. Se acabó la violencia.

—¡Estás acabado, Mikane! —chilla Syker—. Eres un vulgar asesino.

El sargento Redshank da un paso adelante para intentar que todos mantengan la calma.

—Todos tenemos que vivir con lo que ha sucedido. Por el bien de los niños, vamos a soltar las armas.

Sus palabras tienen peso y los vecinos empiezan a bajar las armas, pero Chaffinch no le hace caso. Corre con una piedra y, hundida por el rechazo, se la lanza a Heron y le acierta en la sien.

—¡Amante de los ailandeses, traidor! —chilla, mientras Heron sangra.

Es un grito de batalla. Mientras Syker apunta, el soldado Hamid corre a proteger a su comandante, empujándolo detrás de la estatua de Peregrine. Cuando llega la lluvia de balas, se incrustan todas en la efigie de nuestro gran hermano.

Intentamos meter a mamá detrás de una pila de cajas, pero algo estalla cerca de nosotros y el almacén que tenemos detrás se incendia. El puerto parece estar a miles de millas de distancia.

Las llamas se reflejan en la medalla del uniforme de Piper cuando le sujeta la mano a nuestra madre.

—Necesitas un médico —dice—. Puedo llevarte a Brightlinghelm en el avión.

—Te amordazó, mamá. Te tapó la boca —digo, incapaz de superar mi indignación.

A mi madre le cuesta mantenerse consciente y habla con una voz llena de dolor cuando tira de Piper para acercárselo.

—Pensaba que lo más seguro para ti era amar a Peregrine... Te dije que tu padre creía en él, pero era mentira. Desconfiaba de los Hermanos. Y ahora han manipulado tu naturaleza para amoldarla a su voluntad. Debería haberte enseñado mejor.

Piper niega con la cabeza, no entiende nada.

—Puedo salvarte —insiste, desesperado—. Ven conmigo a Brightlinghelm.

Ella nos implora a los dos.

—Mis niños... Tenemos que conseguir la paz.

Después se derrumba, inconsciente. Se ha quedado completamente blanca. Miro a Piper y él me mira a mí. No necesita decir la palabra para saber que piensa en ella. Sus prejuicios tienen raíces profundas. Inhumana.

—¡Curl! —grita Heron, que está arriesgando la vida para llegar hasta nosotros.

A través del humo veo que Alción se acerca a rastras. Ve la mancha de sangre que crece en el hombro de mi madre.

—Si la llevamos a un lugar seguro, puedo curarle la herida —dice.

—Quítale las manos de encima, ailandés —le escupe Piper, con el rostro afeado por el odio.

Me pongo delante de él.

—Puede ayudarla. Despierta, Piper, o vas a acabar matando a todas las personas que te importan.

Mi hermano se queda inmóvil como una estatua. Al parecer, he acertado con mis palabras. Percibo que una respuesta empieza a agitarse en su interior, hasta que Forbe me agarra por la espalda.

—¡Aquí! —chilla—. ¡Los inhumanos!

Forcejeo, y un caos de cuerpos cae sobre nosotros. El dolor de la mano herida ruge. En la otra blando el cuchillo y rajo con él. Forbe grita de dolor y me lo arranca de la mano. Veo que John Jenkins, armado, se nos acerca.

—Déjala en paz —dice mientras su melodía de luz emite un acorde nítido y agudo.

—Jenkins, puto cobarde demente —dice con desdén Forbe. Jenkins dispara. Me tambaleo hacia atrás porque Forbe me ha soltado de golpe y ha caído al suelo. Piper lucha contra el señor Malting. Me da la sensación de que es una situación difícil para él: no quiere pelear, pero el señor Malting lo ve como uno de los chicos de Wheeler y no lo deja ir. Gailee, Nela y el soldado Wright cubren nuestra huida con sus disparos. Veo a Heron y a Alción alejarse con mi madre en brazos y corro tras ellos. En pocos segundos llegamos al puerto.

Se me cae el alma a los pies: hay regidores armados vigilando la entrada al muelle. También han bajado la barrera del puerto, cortando nuestra vía de escape. Heron mira al frente, consternado. No podemos pasar sin matarlos a todos.

Vuelvo la vista atrás y veo que Syker ensarta a John Jenkins con su bayoneta. Mientras el hombre se retuerce, me ceden las piernas. Veo la cara de Gailee y mi primer impulso es correr hacia ella. Entonces, la señora Sweeney aparece a mi lado.

—Por aquí —dice.

Durante un segundo dudo de cuál es su bando, pero, cuando me da la mano, el instinto me dice que nos va a ayudar. Su preocupación por mi madre resulta evidente.

La señora Sweeney nos mete en su salón y salimos a su pequeño patio. Su casa forma parte del muro del puerto y la parte de atrás se abre directamente al mar. Allí nos espera una vieja barca con la turbina zumbando. Es de su marido y está tan destartalada como él.

—La batería debería serviros durante unas cuantas millas —dice la señora Sweeney—, pero no es demasiado rápida. Si os siguen, tendréis problemas. No podéis usar luz. Debes confiar en tus conocimientos para alejarte de las rocas, Elsa.

Le doy las gracias con un abrazo silencioso, pero Alción mira la barca, angustiado.

—Con esto no vamos a alcanzar mi barco —dice, y me temo que está en lo cierto, aunque no hay tiempo para pensárselo.

Heron mete a mi madre en la lancha y la tumba. Ahora tiene el vestido rojo y empapado. Le paso las vendas a Alción y él se arrodilla a su lado para tapar la herida y frenar la sangre. La señora Sweeney me pone un puñado de mantas en los brazos. Estoy esperando a que Heron nos aleje de la casa, pero, de repente, mira hacia el pueblo y se pone rígido.

Entre las llamas del incendio que se propaga, ve a una cohorte de niños que gritan de miedo y odio mientras cargan. Greening ha armado a los cadetes. Los seguidores de Heron se enfrentan a unos chicos aterrados de catorce años; a sus propios hijos y hermanos. Se niegan a dispararles. Wright y Hamid levantan los brazos para rendirse, y Malting y los demás los imitan.

—Heron, tenemos que irnos —le digo.

Por desgracia, él está mirando otra cosa.

—¿No la ves? Está ahí, en el muro del puerto, burlándose de mí. —Tiene el rostro ceniciento. Ve a la Muerte—. No puedo ir con vosotros —me dice, e intenta bajar de la barca.

Me interpongo en su camino.

—¿De qué estás hablando? —le pregunto, frustrada—. Has matado a Wheeler. Si te quedas, te colgarán.

Pero el demonio de Heron lo espera y lo llama con sus dedos huesudos.

—La vida de tu madre corre peligro —dice—. Si voy con vosotros, llevaré la Muerte conmigo.

Veo que sus heridas de guerra son tan profundas que se le han introducido en la mente. No es tan distinto de John Jenkins y no permitiré que sucumba a su desesperación. La voz me sale feroz y decidida.

—Me has salvado. Has salvado a Yan. Nos has dado la vida. Nos das esperanza. Y varias personas han muerto para que puedas escapar.

Le vuelvo la cara hacia mí y lo obligo a dejar de mirar su terrible visión.

—Esta lucha es más importante que tú; es más importante que Northaven. Es el principio. Vamos a librarnos de los Hermanos.

De repente, parece entenderlo.

—Tu madre… —empieza a decir, pero se le forma un nudo en la garganta.

—Heron, me divorcio de ti. Ahora, siéntate en la barca.

Heron se sienta y procura recuperarse. Tomo el control de la embarcación y la batería cobra vida. Ayudo a la señora Sweeney a soltar las cuerdas.

—Deberías venir con nosotros —le digo—. Te detendrán por ayudarnos.

—Les diré que me obligasteis a punta de cuchillo.

Oigo gritos que vienen del muro del puerto.

—¡Aquí, están aquí!

La señora Sweeney da un paso atrás.

—Qué Sidón os proteja —dice.

Los regidores y los cadetes bajan corriendo por el muro mientras disparan. Cuando la señora Sweeney se vuelve para refugiarse en su casa, una bala le acierta en la espalda.

—¡No! —grito.

Intento agarrarla, pero las balas llueven sobre el agua y Heron tira de mí hacia atrás. Y la señora Sweeney cae al mar.

La Muerte está con nosotros, con todos nosotros.

# 51

# PIPER

¿A quién informo? ¿Qué hago? Los he visto disparar a la barca y estaba gritando su nombre cuando alguien me golpeó.

Mamá.

No tengo ni idea de quién me ha derribado. Puede que sufra una conmoción. Tengo que levantarme, tengo que ponerme de pie. Creo que me he roto una costilla. Quizá por eso me duela tanto el corazón.

Wheeler es ahora un cadáver exangüe. Me quedo mirando a las regidoras que lo están limpiando. Tiene la boca abierta y mira hacia arriba, como uno de los peces de Elsa. Veo otros cuerpos boca abajo, muertos. Gyles Syker está cerca, exhortando a los marineros a que persigan la barca de los traidores. Corren a abrir la barrera del puerto. Se encienden los focos sobre la bahía. Oigo que disparan nuestros morteros por encima de nosotros.

Están disparando con cañones a una barca de pesca.

Elsa.

—¿Qué estás haciendo? —le chillo a Syker—. ¡Diles que paren!

No me presta atención. Como si, ahora que Wheeler está muerto, se hubiera convertido en nuestro líder.

Los regidores están deteniendo a la gente. Veo a Marcus Wright y al señor Malting esposados espalda contra espalda. El almacén arde hasta los cimientos.

Mamá.

La señora Greening pasa junto a mí con un cubo y un trapo empapado con la sangre de Wheeler, y vacía el cubo en el puerto. De repente siento el vómito en la garganta y lo echo fuera, delante de todo el mundo. Me sujeto las tripas e intento controlarlo, pero sigo con las arcadas hasta que no queda nada dentro. La señora Greening me ayuda a levantarme.

—Pobre chico —dice—. Yo también vomitaría si estuviera en tu familia. Eres la única manzana que no está podrida, Piper Crane. —No soy capaz de formar palabras—. Estaba claro que tu hermana no era uno de nosotros. Hasta tu padre estaba lleno de ideas equivocadas.

—¿Qué quiere decir? —pregunto. ¿Está insultando a mi padre?

—Protestó cuando nombraron regidor a Ely. Y le encontraba pegas a todos los edictos. Nos alegramos cuando lo llamaron a filas. Pero tú, su valiente hijo, recibiste una distinción del hermano Kite en persona.

Una voz me sale del corazón. La oigo por encima del rugido de las llamas: «Despierta, Piper, o vas a acabar matando a todas las personas que te importan».

Rye intentó decírmelo. Finch intentó decírmelo.

Elsa me lo ha dicho.

Mamá.

Le doy la espalda a la señora Greening porque, si no, voy a tirarla al mar, cubo incluido.

¿Dónde está Redshank? El sargento Redshank me lo explicará. Le preguntaré por qué el comandante Mikane se ha puesto de parte de los ailandeses. ¿Por qué el héroe de Montsan luchaba a su lado?

Mamá.

El mundo me da vueltas. «Nada de lo que creía es real». ¿Me mintió Kite? ¿Mentía Wheeler? He guardado el secreto de Elsa como si fuera una vergüenza. Cuando dijo que era inhumana, ¿por qué no la rechazó todo el mundo? Tengo que encontrar a Redshank. Encontraré al sargento Redshank y le haré estas preguntas. ¿Me han mentido todos?

Redshank me pondrá la mano en el hombro y dirá: «Bueno, muchacho, lo mejor será que no le demos muchas vueltas. Nuestro trabajo consiste en hacerlo lo mejor que podamos».

Mamá.

Hay personas a mi alrededor, pero camino entre ellas sin ver nada. Gailee Roberts solloza sobre un soldado muerto, pero no siento nada.

—Piloto, ayúdanos a atar a estos malditos insurgentes —me dice alguien.

Pero sigo adelante.

El piloto no está aquí.

Me lavo la cabeza en un abrevadero y empiezo a pensar con claridad.

A pensar por mí mismo.

Llevo reprimiéndome tanto tiempo que ya no sé cómo hacerlo.

Tombean Finch...

Levanto la mano y toco la huella de su beso.

«No es más que otra forma de amar», me dijo. Quería liberarme.

Rye.

Camino hacia los barracones en busca de absolución. Necesito preguntarle a Redshank si hice lo correcto, aunque ya sé que no. Mi crimen me desgarra el alma como una cuchillada. Hay un cadáver tirado a la entrada de los barracones. La calle sube para encontrarse conmigo, porque de repente me encuentro a cuatro patas. El sargento Redshank está ante mí, muerto.

Me tumbo a su lado y lo abrazo.

—Estaba con los traidores —dice uno de los cadetes novatos, un niño con las rodillas sucias que protege la entrada con un arma de verdad—. Se puso del lado del insurgente Mikane.

Si han matado al sargento Redshank, se equivocan, eso es lo único que sé. Me hago un ovillo y aúllo en silencio. Si tuviera melodía de luz, llegaría hasta la luna.

No sé cuánto tiempo me paso así, abrazándolo. El humo negro se eleva por encima del pueblo y me llena los pulmones de polvo y ceniza. Los morteros guardan silencio. Syker y sus hombres sueltan tacos mientras reúnen a los vecinos detenidos. Alguien está esposando a Hoopoe Guinea.

Esto es una locura.

Redshank, dime qué debo hacer.

Cierro los ojos e intento dar marcha atrás al reloj para volver a esta mañana... Cuando los abro de nuevo, veo que alguien se me acerca. Es Ely Greening. Baja la vista para mirarme.

—Vamos, Crane. Es horrible, está claro que manipularon a Redshank. Esto de negociar la paz era una estratagema de los ailandeses. Pretendían sembrar la anarquía y el caos.

Esta mañana me lo habría creído, pero ahora sé lo que es: un mentiroso.

Wheeler es el culpable de este desastre, y yo lo he traído.

Greening me pone de pie.

—Nos ocuparemos de Redshank, joven —me asegura—. Tienes que llevarte el cadáver de Wheeler a Brightlinghelm y contarles lo que ha sucedido en Northaven.

—Sí, señor —respondo, interpretando el papel de un buen piloto.

—Siento decirte que tu hermana formaba parte de la trama. —Greening sacude la cabeza—. Debes renegar de ella en público en cuanto puedas.

—Sí, señor.

—Siento lo de tu madre, muchacho. Siempre he pensado que Curlew Crane era sensata, aunque quizá también la manipularan a ella.

Estoy a punto de soltarle lo que pienso, pero no soy tan tonto. Vivo en un mundo de mentirosos y las únicas personas que me decían la verdad se han ido.

Mamá.

Me llevaré el cadáver de Wheeler y lo tiraré a los pies de Kite.

Descubriré si él también es un mentiroso. Y, cuando conozca hasta dónde llegan sus mentiras, me convertiré en la espada de la verdad.

En el cielo, todo está claro. El vuelo es algo natural para mí, como si fuera un pájaro. Y, en el aire, cuando subo y bajo y giro en el viento, todo es sencillo y sabré qué hacer.

Encontraré la vida que debo vivir.

Y, si esa vida es corta, que así sea.

# 52

# RUISEÑOR

Observo a Swan mientras se pasea, a la espera de noticias. Cassandra se encuentra junto a la ventana, con sus ojos vacíos y su espíritu encerrado dentro de ella, como una crisálida.

Siempre me he dejado llevar por el miedo.

La gente me dice que soy fuerte, que mi melodía de luz es extraordinaria, pero no me lo he creído hasta ahora. Respiro poder.

¿Swan cree que puede usarme? No. A partir de ahora, yo la usaré a ella. Mientras da vueltas, el silencio se vuelve terrible. Debe de sentir que la juzgo con la mirada, porque se vuelve hacia mí y algo sincero parece brotarle de dentro.

—¡Ordené que se llevaran las almendras! —exclama—. Ordené que se las llevaran, pero se las comió de todos modos. ¿Cómo iba a evitarlo? Estaba contigo, encargándome de tus gritos histéricos. —¿De verdad intenta culparme a mí?—. Ahí estás —me acusa—, brillando con una luz pura e inmaculada. Sólo has conocido la bondad y el amor. No puedes comprenderme.

La comprendo más de lo que se imagina. Es la persona más egoísta que he conocido en mi vida y, si piensa que soy su muñeca, está cometiendo un error.

Alguien llama a la puerta. Starling Beech entra y le da la noticia con mucho respeto: el gran hermano Peregrine ha muerto. Se requiere la presencia de la hermana Swan.

Siento que caigo a través del espacio, sin nada a lo que aferrarme. Ella me da la espalda y se sujeta los costados, cayendo hasta el infinito. Le ceden las rodillas. No hace sonido alguno al desplomarse en su oscuro lago negro. El emisario corre a su lado y le pregunta si puede hacer algo por ella. Swan levanta un brazo y se aferra a él. La veo recuperar poco a poco la fuerza, como si se alimentara de la devoción muda de este hombre.

Ahora el palacio estará lleno de cobras luchando por ser la reina de las serpientes. Sólo hay un hombre decente: Harrier, que imagina una nación en la que las personas importan. Quiere ver arder la Casa de las Crisálidas y yo voy a ayudarlo. Ésa será mi primera tarea.

Uso mi melodía para localizarlo. Swan iba a enseñarme a manipular mentes a distancia, pero renunciaré a su lección y lo averiguaré yo sola. Encuentro el centro de la emoción en palacio: es una habitación grande llena de libros en la que el anciano acaba de morir entre grandes dolores. Harrier está con él, horrorizado y conmocionado. Toma la mano de Peregrine.

—Hemos llegado demasiado tarde.

Si Harrier se queda aquí, Kite lo matará. Se interpone en su camino y Kite no tolerará ningún obstáculo. Quiero que este hombre viva; es imperativo que Harrier siga adelante. Me cuelo entre sus rizos oscuros, me introduzco en su cabeza gacha y siembro una imagen en ella: él huyendo, salvándose, escondiéndose en la ciudad para poder luchar desde un lugar seguro.

El consejero se queda muy quieto y vacía la mente de todo lo que no son los pensamientos que he introducido en ella. Le muestro cobras que reptan hacia él. Kite cuenta con el ejército y la fuerza aérea. Le enseño las puertas de palacio, el puente que lleva al barrio rosa. Puede esconderse en una casa con una rosa azul en la puerta.

—Bueno —le dice a Peregrine—, ahora debo dejarte. —Y le da un beso en la mano pálida y arrugada. Oye pasos que se dirigen a la puerta y los guardias entran en tromba—. ¡Estoy rezando! —les grita, con tal fuerza que se paran en seco—. ¿Dónde está vuestro respeto por los muertos? ¡Fuera!

Al ver el cadáver de Peregrine y sentir la autoridad de Harrier, retroceden. En cuanto se van, el consejero recoge su bastón y abre la ventana. Mira los muros cubiertos de hiedra y suspira dándole gracias a Gala porque las habitaciones de Peregrine estén lo bastante cerca del suelo. Pasa una pierna por encima del alféizar y se marcha.

Parpadeo para regresar a mi realidad. Swan sigue agarrada a los brazos enclenques del emisario. Veo su increíble instinto de supervivencia. Para cuando Starling se marcha, su corazón pertenece por completo a esta mujer y ella ha recuperado su frágil esplendor y casi vuelve a ser quien era.

Tiempo atrás fue una chica como yo. Kite la ha empujado a ese lago negro y le ha metido la cabeza en el agua, a la fuerza. Me acerco a ella, decidida, porque mi instinto de supervivencia es tan fuerte como el suyo.

—Deja que te ayude —le digo. Le llevo sus polvos de maquillaje y, con mucha delicadeza, se los distribuyo por el rostro—. Este asesinato no es culpa tuya. Es de Kite.

Ella me mira como si el hecho de que yo lo sepa la avergonzara. Las lágrimas le forman ríos blancos entre los polvos. Conseguiré que esta mujer me quiera. Nos salvaré a las dos.

—Soy tu hermana —le digo—, no tu jueza.

# 53

# ALONDRA

Hago lo que mejor se me da: manejar la barca y mantenerla firme para esquivar los disparos de los cañones. Es mi habilidad especial. No puedo usar la vela, ya que se nos vería, pero, con las turbinas contra el viento y la batería a plena potencia, pronto dejamos atrás el promontorio y nos ponemos fuera del alcance de los morteros.

En la playa de Bailey, veo un grupo de niños. Parece que ha pasado un siglo desde que salieron corriendo del jardín de Heron, detrás del avión. Deben de haber estado jugando ahí desde entonces. Han encendido una fogata y vigilan el aparato de mi hermano, para mantenerlo a salvo de monstruos marinos, sin duda. La belleza del aparato es sorprendente, sobre todo cuando su superficie de espejo refleja las llamas. Los niños siguen jugando sin saber que, en el pueblo, sus padres se han hecho pedazos. La marea se arrastra hacia ellos.

Alción está inclinado sobre mi madre, con las manos sobre la herida. Heron está a popa, con la mirada fija en el mar que dejamos atrás. Intento no pensar en su demonio sonriendo a la brisa y persiguiéndonos por encima de las olas.

Mi madre recobra la consciencia.

—¿Dónde está Piper? —me susurra.

—Ha elegido su bando, mamá. Lo hemos dejado atrás.

Cada palabra que dice le causa dolor.

—Tienes que perdonarlo, Elsa. —No quiero alterarla, así que asiento con la cabeza, aunque no logro responder. Mi madre siente el movimiento del mar—. ¿Somos fugitivos?

—Sí.

Heron le da la mano en silencio.

—¿Cómo estoy, doctor? —le pregunta ella a Alción.

—Eres fuerte, pero tenemos que llevarte a un lugar seguro.

—Sé dónde ir —responde mi madre.

—¿Dónde? —pregunta Heron.

—Brightlinghelm. Tenemos que llegar allí como sea. Debemos luchar, Mikane.

Heron percibe su empeño y asiente. El excomandante tampoco encuentra palabras. Veo que Alción se siente aliviado.

—Brightlinghelm. Mi misión no puede fracasar.

Intento sonreír a mamá.

—Siempre he querido ir.

Curl me devuelve la sonrisa, aunque algo ida por el dolor. La luna se oculta detrás de unas nubes muy densas y cubre nuestra huida. Puede que el demonio de Heron nos pierda de vista.

En la oscuridad, busco a Ruiseñor para decirle que estoy viva.

Y en menos de un segundo está a mi lado, en la barca.

Nos contamos el caos de los acontecimientos. Ve a Alción verter su melodía de luz en la herida de mi madre, y sabe al instante lo cerca que hemos estado de morir y lo que ha pasado entre nosotros en la celda de la prisión. Le enseño a Heron cortándole el cuello a Wheeler y a la señora Sweeney muriendo en el mar. Ella ve lo que le han hecho a mi madre.

—Ay, Alondra…

Percibe mi sufrimiento.

Entonces me enseña una gota de veneno que cae en algo dulce de color amarillo limón. Veo a Swan sentada en un banquete, resplandeciente con su vestido blanco. A continuación veo a Cassandra, convertida en un espectro vacío y muerto en vida.

—Ruiseñor…

Comparto su dolor, pero mi amiga no desespera.

—La he mirado a los ojos y, durante un buen rato, no percibía ninguna luz —me dice—. Pero después me llegó una pequeña chispa de quien es, de Cassandra. Lo cierto es que no creo que sea posible matar un alma humana. Creo que, en alguna parte, en lo más profundo de su ser, sigue entera. Cassandra sigue ahí y voy a encontrarla, Alondra.

Comprendo que está decidida a no rendirse, y eso me inspira y me llena de luz. En la realidad de Ruiseñor, oigo que una voz masculina grave entona una oración.

—¿Dónde estás? —le pregunto—. ¿Es seguro comunicarse conmigo?

—Me da igual.

No percibo miedo en ella. Esta Ruiseñor es distinta, más fuerte, más audaz.

—Te quiero aquí, conmigo, Alondra. Tienes que ser testigo de esto.

Y me dejo llevar por la melodía de luz hasta unirme a ella.

Ruiseñor me enseña una escena espectral a través de la gasa que le cubre el rostro. Está al lado de Swan en una cámara en penumbra. Hay libros del suelo al techo y una cama con un dosel de terciopelo verde intenso. Sobre ella hay un cadáver.

Peregrine.

La habitación está llena de hombres y un sacerdote gris de Thal canturrea la oración. Veo a Kite y al Consejo de los Hermanos. Se miran entre sí con desconfianza mientras Swan coloca un único lirio blanco sobre el pecho de Peregrine.

—¿Quién puede haber cometido esta atrocidad? —se pregunta, fingiendo tristeza.

—Creo que está bastante claro —responde Kite con frialdad—. El hermano Harrier ha huido como un ladrón en la noche. Llevo un tiempo sospechando de él. Se ganó el afecto de Peregrine con sus malas artes y ha usado su veneno para asesinar a nuestro gran hermano.

En nuestra armonía, vemos que ninguno de los consejeros se atreve a contradecirlo.

Kite se acerca al cadáver y le quita del dedo frío el anillo de mando para ponérselo en el suyo, más frío aún. Respira hondo mientras prueba cómo le sienta el poder.

—Una nueva era —dice Swan, sonriendo con afectación, y me da un asco infinito.

—Una era de victorias —replica su amo—. Mi era.

Ruiseñor me enseña cómo Kite obligó a Swan a obedecerlo, pero no hay excusas para lo que ha hecho. Es una asesina. La mujer hace una reverencia frente a Kite para dejar clara su sumisión. Después le otorga su nuevo título.

—Siempre te serviré, gran hermano Kite.

Kite le levanta el rostro y sopesa su destino. Decide besarla. Y Ruiseñor cierra los ojos.

Cuando los vuelve a abrir, está de nuevo con nosotros en la barca. Alción la percibe, estoy segura.

—Mi amiga Ruiseñor está conmigo —les digo a todos—. Está en el palacio de los Hermanos. Me ha enseñado que Peregrine ha muerto. Ahora, Kite es nuestro gran hermano.

La noticia cae como una bomba. Heron niega despacio con la cabeza.

—Entonces, seguro que la paz fracasará.

—¿Significa eso que mis compañeros navegan hacia su muerte? —pregunta Alción con voz grave

La costa que se acerca está oscura. No hay luz que nos guíe, ni una sola estrella en el cielo. Me da la impresión de que el mal es demasiado poderoso, de que no podemos luchar contra él. No somos más que una barquita contra la marea.

Pero la fuerza de Ruiseñor nos alienta.

—Hay una luz —dice, captando mis pensamientos—. La luz es Harrier. Es Heron Mikane. El barco ailandés. Y tú, Alondra.

Entiendo lo que quiere decir.

—Es Drew Alize y Alción —digo—. Es el pueblo de Northaven, que lo ha arriesgado todo para ayudarnos. Es mi madre. Eres tú, Ruiseñor. Nosotros somos la luz. —Nos sostenemos la una a la otra con nuestro brillo más potente—. Tenemos que hacer algo más que sobrevivir. El destino nos ha puesto donde estamos y debemos atrevernos a actuar.

Ruiseñor me da la razón.

—Puedo ayudar a los ailandeses. Cuando su barco llegue a Brightlinghelm, encontraré la forma de avisarlos. —Su fortaleza fluye por mis venas—. Puede que seas una fugitiva, Alondra, pero eres libre.

*Frelzi*. Libertad. Por eso luchamos.

Mi madre se duerme en brazos de Heron mientras la luna nos lleva al sur. Alción, con la cabeza gacha, la llena de calor y vida.

Abandono mi hogar convertida en una criminal, en una antorcha. Lo abandono llevando tan sólo el vestido con el que me cubro. Mi corazón llora por Rye, pero tengo a mi madre, a Alción y a Mikane. Tengo mi melodía de luz y tengo a Ruiseñor.

En esta barquita, tengo todo lo que necesito.

—Vamos a buscarte, Ruiseñor —le aseguro.

# AGRADECIMIENTOS

**G**racias a John Wyndham, cuya novela sobre la Guerra Fría, *Las crisálidas*, me inspiró para pensar en el futuro lejano cuando era una adolescente. Y me ha acompañado desde entonces.

Gracias a Matt Charman, que creyó que yo era capaz de escribir esta extraña historia de telépatas para la pantalla. Cuando le dije que tenía que escribirla en prosa, siguió creyendo que era capaz de hacerlo. Gracias, Matt, por escuchar todos esos primeros capítulos y por no perder nunca la fe.

Gracias a todo el personal de Binocular: Annelie Simmons, Elena Hamilton y, sobre todo, Josh Fasulo, por esos largos días hilando la historia. Habéis sido unos colaboradores imprescindibles y una novela se convirtió en trilogía gracias al trabajo que hicimos juntos. Gracias también a Annelie Simmons por sus preguntas, tan pertinentes, sobre el aspecto que tendría el mundo de *Melodía de luz*.

Me gustaría dar las gracias a Martin Biltcliffe, Nuala Buffini, Fiona Buffini, Andrée Molyneux, Isabel Lloyd, Sam Jones, Hugh Williams, Bridie Biltcliffe, Joe Biltcliffe y Maya Gannon por leer los primeros borradores y por sus notas, tan consideradas, y su apoyo. Escribir novelas es un trabajo solitario, pero yo nunca me sentí sola.

Me gustaría dar las gracias a St John Donald, de United Agents, por leer, escuchar y apoyar de todo corazón mis intentos por escribir esta novela. Gracias también por apoyar mi año sabático sin escribir teatro. ¡Volveré, lo prometo!

Esta novela se pasó año y medio en un cajón digital. Gracias a Anwen Hooson, de Bird, por animarme a terminarla y por el increíble trabajo que hizo para encontrar a las editoriales más adecuadas.

Gracias a Allison Hellegers, de Stimola Literary Studio, por su fantástico trabajo y encontrarle un hogar en Estados Unidos a *Melodía de luz*.

Un agradecimiento enorme a mi editora de Estados Unidos, Tara Weikum, de HarperCollins, por creer en el libro, por sus consideradas notas y por sus ánimos.

Un agradecimiento igual de enorme a mi editora del Reino Unido, Alice Swan. Alice, cuando nos conocimos me dio la impresión de que, si seguía tus indicaciones, la novela sólo podía mejorar. No me he equivocado.

Gracias a todo el personal de Faber, en Londres, por darlo todo por *Melodía de luz*.

Y, finalmente, Martin Biltcliffe, el más generoso de los hombres, has estado a mi lado en cada paso del camino. Te lo agradezco de corazón.

Esta obra se imprimió y encuadernó
en el mes de diciembre de 2024,
en los talleres de Egedsa, que se localizan en
la calle Roís de Corella, 12-16, nave 1,
C.P. 08205, Sabadell (España).